庆余年

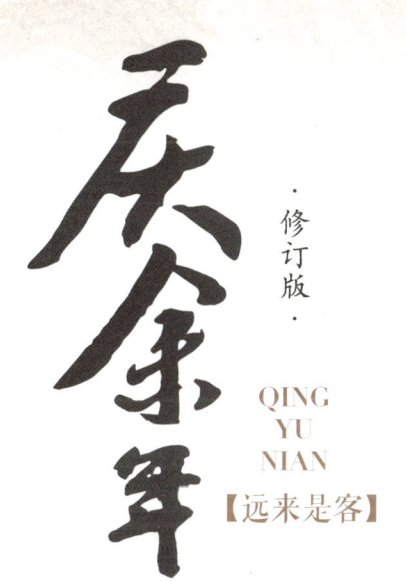

·修订版·

QING YU NIAN

【远来是客】

一

猫腻／著

人民文学出版社

图书在版编目(CIP)数据

庆余年:修订版.第一卷,远来是客/猫腻著.—北京:人民文学出版社,2019(2025.9重印)
ISBN 978-7-02-015354-1

Ⅰ.①庆… Ⅱ.①猫… Ⅲ.①长篇小说—中国—当代 Ⅳ.①I247.5

中国版本图书馆CIP数据核字(2019)第110688号

选题策划	胡玉萍
责任编辑	黄彦博
装帧设计	李思安
责任校对	刘佳佳
责任印制	王重艺

出版发行　人民文学出版社
社　　址　北京市朝内大街166号
邮政编码　100705

印　　刷	河北博文科技印务有限公司
经　　销	全国新华书店等
字　　数	288千字
开　　本	890毫米×1290毫米　1/32
印　　张	10.5　插页3
版　　次	2019年12月北京第1版
印　　次	2025年9月第22次印刷
书　　号	978-7-02-015354-1
定　　价	39.00元

如有印装质量问题,请与本社图书销售中心调换。电话:010-59905336

目录

楔　子　一块黑布 …… 001

第一章　在儋州 …… 009

第二章　安之 …… 029

第三章　高岗上 …… 049

第四章　有刺客来 …… 065

第五章　浪花只开一吋 …… 079

第六章　回京 …… 098

第七章　初入范府	116
第八章　在酒楼上	130
第九章　庆庙里的姑娘	146
第十章　钱眼里的少年	160
第十一章　千古第一七律	172
第十二章　黑拳	188
第十三章　讼	202
第十四章　登堂	217
第十五章　庆余堂	239
第十六章　牛栏街少年杀人事件	252
第十七章　监察院	266
第十八章　狱	281
第十九章　御前	298
第二十章　太平	322

楔子

一块黑布

范慎困难地撑着上眼皮,掰着手指头计算自己这辈子做过一些什么有意义的事情,可是右手五根瘦成筷了般的手指头还没有数完,他就叹了一口气,很伤心地放弃了这个工作。

病房里的药水味总是这么刺鼻,旁边那床的老爷子前两天已经去地藏王菩萨那里报到了,大概再过几天就轮到他了。

他得了某种怪病——重症肌无力,就是特别适合言情小说里男主角的那种病。据说没得医,将来嗝屁的那天什么都动不了,只有眼泪可以流下来。

"可我不是言情小说里的男主角啊。"范慎咕哝着,但由于两颌的肌肉没有了作用,所以变成一串含糊的呓语。

他这辈子确实没做过什么有意义的事情,除了扶老奶奶过马路、在公交车上让座位、与街坊邻居和睦相处、帮助同学考试作弊……

他是一个传统意义上的无用好男人,父母早就去世了,所以只能一个人孤单地待在医院里,等待着生命终结的那一天……

"好人没好报。"

在一个寂清的深夜里,范慎似乎能清晰地感觉到自己的咽喉肌慢慢放松，再也无法收紧，呼吸肌也渐渐像失去弹性的橡皮筋一样软弱无力地平铺开来。

"这就是要死了吗？"

他双眼耷拉着，看着蒙在病房窗上遮挡阳光的那一块黑布，觉得人生真是寂寞如狗屎。

…………

一滴湿湿的液体从他的眼角滑落。他有些悲伤，伸出舌头舔了舔从眼角滑落到自己唇边的液体，却惊奇地发现自己的眼泪居然不仅咸，还带一点点腥味——难道因为在医院很少洗澡，所以连眼泪都泛着臭气？

但他马上发现有些不对劲，为什么自己的舌头还可以伸出嘴唇去舔眼泪？据医生说，自己的舌头早就丧失了活动能力，现在唯一的作用就是可以很轻易地倒滑进食道，把呼吸道堵死，从而成为世界上很少见的吞舌自杀的天才。

然后他发现自己睁眼睛也变得容易了，视线十分开阔，视力也变得比得病前好许多，眼前的景色一片清亮，一个竹子编成的东西正横在自己眼前……

正在发呆的他忽然隔着那几根竹片，看到了一个可怕的画面。

十几个浑身充满厉杀感觉的黑衣人，正手持锋利的武器，向着自己劈了过来！

一时间他根本来不及分辨这是梦境还是濒死前的奇怪体验，下意识里脑袋一缩，两只手捂在了自己的脸上，就像一个普通人那样做出鸵鸟般的选择。

嗤嗤嗤嗤……无数道破空之声响起！

紧接着是无数声闷哼，再之后便是一片安静。隔了一会儿，他感觉有些不对劲，小心翼翼地把捂在脸上的手掌分开两根手指，偷偷向外面望去。

竹片编成的筐子把眼前的空间分割成无数块，透过这些洞眼望过去，可以清楚地看到地上躺着十几具死尸，鲜血横流，腥气冲天。

眼前看到的一切太过真切，让他一时回不过神。

忽然，他想到自己脸上的手，难道手也能动了？难道自己的病真的好了？那眼前的这一切究竟是怎么回事？这难道只是在做梦？等梦醒之后，自己还是那个躺在病床上一动不能动，只能等死的废人？如果真是这样，那还不如就在这梦里不醒的好，至少自己的手可以动，眼睛可以眨。

他有些悲哀地想着，用手在湿湿的脸上摸了摸，却发现手上淌着一片鲜血，原来刚才他眼角滴下的那滴湿湿的液体，竟然不知道是谁溅上的血！

范慎呆呆地望着自己的双手，震惊无语，这绝对不是自己的手！

那双手如此白嫩，而且小巧，明显是婴儿的手！

庆国纪元五十七年，皇帝率领大军征伐西蛮的战争还没有结束，司南伯随侍在军中，京都由皇太后暂摄。

这一日，京都郊外流晶河畔的太平别院失火，一群高手趁着火势冲入了别院，见人便杀，犯下惊天血案。

别院的一个少年仆人带着小主人趁夜杀出了重围，被一群穿着夜行衣的凶徒追击，双方一直厮杀到城外南下的道口上。

伏击的高手们却没有想到这个身有残障的少年居然是位深不可测的强者，而在丘陵之后，竟然还有对方的援兵。

"黑骑！"

凶徒们倒在血泊之中哀呼着。

那些骑兵穿着黑色的盔甲，映着天上的月光，发着幽幽暗暗的噬魂光泽。

骑兵手上拿着只有军队才允许配备的硬弩，先前轻弩疾发，已射死大部分杀手。

黑骑里有一辆马车，车里坐着位中年人，面色苍白，下巴上留有稀疏的几绺胡须。他看着场里那个背着孩子的少年仆人，点了点头，然后轻轻拍了拍手掌。

掌声就是出击的信号！

骑兵分出一队，就像黑夜里的镰刀一样，毫不留情地冲进了死伤惨重的杀手队伍。

忽然间，杀手队伍里有人举起了一根手杖，开始吟念起谁也听不懂的经文，场中的人感觉到有些不知名的气息波动开始在丘陵四周汇集。

那位中年人微微皱眉。从他身边蹿出一个黑影，像鹰隼一样在夜空里疾速飘了过去。

一声脆响，那人的吟诵戛然而止，头颅高高地飞了起来，鲜血如雨。

中年人摇摇头："从西边来的这些法师总是不明白，在真正的强者面前，法术就和丞相大人的笔一样，没什么用。"

巡察归来的黑骑握紧右拳比了一个手势，报告四周的杀手已清除完毕。

骑兵队伍分开，里面的马车缓缓前行，来到了少年仆人的身前。

那位中年人摇着身下的轮椅，缓缓靠近场中央，来到那个一直笔直如枪的少年身前。

看着少年仆人背后的竹筐，中年人苍白的脸上终于现出一丝红晕："总算没有出事。"

背着竹筐的少年眼部蒙着一条黑色布带，竟是个瞎子，手上提着一把似剑非剑的黑色铁钎，此时还有鲜血从铁钎上缓缓滴下，四周的地面上全部是被他一剑刺死的杀手。

"这件事我要你们给我一个交代。"瞎子少年的声音没有一丝颤抖，也没有一丝感情。

中年人说道："我自然会给你一个交代，我也必须要给主人一个交代。"

瞎子少年转身准备离开。

"你要把这孩子带到哪里去？"中年人冷冷说道，"你是个瞎子，难道让少爷跟着你浪迹江湖？"

瞎子少年沉默了一会儿，说道："这是小姐的血肉。"

"这也是主子的血肉！"中年人阴冷地说着，"我保证在京都里给小主子找一个很安全的地方。"

瞎子少年摇摇头，扯了扯自己脸上的黑布条。

轮椅上的中年人知道对方除了听那位小姐的话，就算是自己的主人也不可能命令他，遂叹了口气，劝道："京都里的事情，等主子回来了就一定能平息，你何必一定要带他走。"

瞎子少年说道："我不信任你的主子。"

中年人微微皱眉，似乎很厌恶对方的这句话，稍停半晌后嘲弄道："小孩子喝奶、识字，这些事情你会做吗？你除了杀人还会什么？"

瞎子少年也不生气，轻轻推了推背后的竹筐："跛子，你也只会杀人。"

中年人说道："等主人回来后，我就着手清理那些人。"

瞎子少年摇摇头。

中年人的手轻轻在轮椅上抚摸着，似乎在猜测对方害怕什么，片刻后说道："在这个世俗的世界里，除了主人，还有谁有能力保护他逃过那种不知名的危险？"

瞎子少年沉默片刻后终于说话，声音仍然是那样的毫无情感。

"新的身份，不被打扰的人生。"

"没有问题。"

"哪里？"

"澹州，主人的姆妈现在居住在那里。"

瞎子少年接受了这个安排。

中年人摇着轮椅转到瞎子少年的身后，伸出双手将竹筐里的孩子接了下来，看着小孩子冰雕雪琢般的可爱小脸，叹息道："真和小姐长得一模一样，太漂亮了。"忽然间他哈哈大笑道，"这小家伙将来长大了一定有出息！"

远处他的那些下属沉默地站立着，忽然听到大人发出如此开心的笑声，面上虽然纹丝不动，内心深处却是十分震惊，不知道这个小孩子究竟是什么来历。

"嗯？"瞎子少年伸手将孩子接了回来，他比一般人单纯，但也不愿意让筐中婴儿的脸离这条毒蛇的手太近，仅用一个单音节的词，表示了纯粹礼貌上的疑问。

中年人看着小孩子的脸，笑容里有股说不出来、特别令人恐惧的味道："才两个月大的孩子，居然能伸手抹掉自己脸上的血，经历今天晚上如此的恐怖，居然还能睡得这么香，真不愧是天脉者的孩子。"

他在京都手握大权，手段狠辣无比，但凡犯事的官员落到他的手上不出两天便会吐露实情，眼光更是毒辣。但就是这样一个非凡人物，也没有看出来此时这个小孩子不是在香甜地睡觉，而是被吓得昏了过去。

天脉者，天指的是上天，脉指的是血脉。

天脉者，就是上天遗留在人间的血脉。在这个世界上的传说中，每隔数百年，便会有一位上天遗留在人间的血脉开始苏醒。

这种血脉有可能代表强大到无法抵御的战力，比如遥远的纳斯古国的那位大将军，在国家即将被野蛮人灭亡的历史关头，他以个人的勇猛和战力，刺杀了野蛮人原始议会里的大部分成员。

也有的天脉者会表现出在艺术或者智慧上的极高天赋，比如西方那位刚死了三百年的波尔大法师及他的夫人剧作家伏波。

自然，没有人能证明他们是上天眷顾苦难的人间而留下来的血脉。但事实上这几个人给人间带来了和平及很多东西。而且所有的天脉者最后都消失得无影无踪，没有一个人甚至国家可以查到其蛛丝马迹。他们只是突然地出现，又突然地消失，除了留下一些隐晦的记载之外，根本没有留下任何可以证明他们存在的痕迹。

坐在轮椅上的中年人，恰恰是知道天脉者这种异象确实存在的极少数人之一。

不知什么原因，范慎死去之后，灵魂来到这个世界，就是这样不可思议地投生到一个婴儿的身体里，而且这个婴儿的父亲或者母亲便是神秘莫测的天脉者。

天明时，战场已经被打扫干净，马车缓缓驶上通往东面的石板路，在马车之后，一队黑色骑兵与一个坐在轮椅上的苍白中年人构成了一幅很诡魅的画面。

马车硌着石头，颠簸了一下，将平躺在软色丝绸垫上的婴孩弄醒了。

婴儿的双眼无神地离开那些救了自己性命的人的面容，望着马车的前方，全不像一般的婴孩那样视线游移、清澈无比却无法聚焦，反而多了几丝说不清道不明的意味。

没有人知道,这样一个柔嫩的小身体里,竟然容纳着一个来自不同世界的灵魂。

目光及处,车帘随着迎面而来的风飘了起来,露出一角车外的青青山色和疾退而后的长长石板路,就像是无数幅的画面,正在不停地倒带。

马车前方,瞎子少年紧紧握着手中的铁钎。那块黑布蒙住了他的双眼,也蒙住了这片天。

第一章 在澹州

澹州港在庆国的东面,虽然靠着大海,但由于最近南方的几个港口已经建设起来,商人南下,往日热门的港口渐渐显出了颓败,变得安静了很多。

海鸥自在飞翔,不再有那些可恶的水手来骚扰。

安静的澹州很适宜居住,有些官员会选择在这里建造庄园。但由于离京都太过遥远,真正留下来的官员并不多,算得上大人物的便是城西那座院子里的老夫人。

老夫人是京城里司南伯的母亲。城里的居民都知道司南伯很受皇帝陛下的赏识,一直留在户部做事,所以人们都对那个院子表示了足够的礼貌和敬畏。

但小孩子是不懂这些的。

这一天风和日丽,大人们坐在酒馆里享受海风所携来的咸味和湿气,享受盐渍的梅子和杯子里的那些酒水。也有一堆十几岁的少年正围在城西司南伯爵别府的后门石阶外,密密麻麻的,不知道正在做什么,到近处才发现场景颇为有趣。

那些少年都在听一个只有四五岁的小孩子讲话。

小男孩长得很漂亮,眉毛如画,双眼清亮无比,声音中奶气未退,语气却是老气横秋的。只听他叹了口气,小小的胳膊比画道:"话说那楚门走到墙边,发现那里有个梯子,所以一步一步地走了上去,找到了门,用力推门而出……"

"然后呢?"

"然后?然后……自然就是回到人世间咯。"

小男孩嘟着嘴,似是不耐烦比自己大的少年们居然会问出这样弱智的问题。

"不会吧?难道不会去把那个什么什么哈尼……"

"哈尼死。"另外一个少年接话。

"对,难道楚门不去把那个哈尼死打一顿出气吗?就这样被关了好多年。"

小男孩耸了耸肩:"没有哎。"

"喊!真没劲,范闲少爷,今天这故事可没有前几天的故事好听。"

"那你们喜欢听什么?"

"缥缈之旅。"

"风姿物语。"

那个叫范闲的小男孩无聊地说道:"打打杀杀不健康,四处挖宝不环保。"

这时,院里忽然传来一个极为愤怒的声音:"少爷!你又到哪儿去了?"

少年们笑嘻嘻地散了。

范闲从石阶上站起身来,拍拍屁股上的灰尘,一转头就跑进了院子,只是在关门之前,他用那双机灵劲儿十足的眼睛,瞄了瞄对面杂货店里那个年轻的瞎子老板。

范慎来到这个世界已经四年。他终于明白自己不是在做梦,而是真的来到了一个未知的世界,这个世界与自己记忆中的那个世界似乎是一样的,又似乎有很多不一样。

通过偷听下人的议论，他知道自己原来是司南伯范大人的私生子。就像一般的豪门恩怨剧一样，私生子的身份很容易遭到后宅妇人的隐秘攻击，而范大人似乎仅有自己这一个儿子，为了延续血脉，便把他送到离京都十分遥远的澹州港来了。

这些年来他已经渐渐习惯了自己的身份和穿越的现实。

一个成年人的灵魂被困在一个幼儿的身体里，不论是生理还是心理都要经受完全不一样的体验，换成一个正常人只怕会发疯。但他前世是个重症肌无力患者，在病床上已经躺了很多年，现在只是有些行动不便而已，与前世的凄惨情形比较起来又算得了什么？他最不适应的其实是现在的名字，一岁的时候京都寄了封信来，给他取了个名字。

范闲，字安之。

这名字不好，听上去很像他原来家乡里骂人的话　　犯嫌。

但他的外表只是个小孩子，根本不可能用言语表示反对。

在澹州住久了，老夫人外冷心热，骨子里很疼爱自己，府里的丫鬟下人也没有因为他私生子的身份而另眼看待，但无法与人交流的痛苦还是让他很郁闷。难道能和丫鬟说自己是另一个世界来的人？难道能告诉教书先生，自己其实认得这书上所有的字？

所以他经常偷偷溜出府去，和街上那些平民孩子一起玩，更多的是在给他们讲故事，讲自己那个世界里的电影小说。似乎他想以此来提醒自己一些什么，提醒自己是不属于这个世界的人，自己的那个世界里有电影有网络，自然也有网络小说。

直到今天，不知道为什么，他讲了《楚门的世界》这部电影。

这电影的剧情本就有些深，又没有金·凯瑞在那里扮可爱，所以他很清楚，这些澹州港十几岁的少年们根本不可能喜欢。

但他还是讲了。

因为他的内心深处总是有一种荒谬感，自己明明是要死的人，为什么会忽然在这个躯体里重生？也许，眼前的这些人，这些街道，天上飞翔的这些海鸥，都是被人安排的？

就像楚门一样。

楚门最后发现了他身处世界的虚假，所以毅然地坐船而行，找到了出口。但他知道自己不是楚门，这个世界确实是真实存在的，并不是一个大的摄影棚。所以他发现用天天讲故事提醒自己是另外一个世界的人，这本身就是一个很荒谬的举动。

用了整整四年，他才想清楚这个问题，既然有重新再活一次的机会，那自己为什么不好好活一场？比如既然自己现在能动了，那为什么不多动动？

所以别府的下人们，都知道这位庶出的少爷是个闲不下来的角色。

"少爷，求您了，快下来吧。"

范闲正坐在院子里假山的最高处，看着远方的海平线，微笑着。但在丫鬟的眼中，一个四岁的小孩子居然爬到那么高的地方，还如此成熟地微笑，实在诡异。

看着丫鬟们着急的脸色，范闲不由叹口气，说道："不过是运动一下，着什么急？"

府里的下人们早就习惯了小少爷时常会说些奇怪的话，所以不以为意。

范闲爬下假山，被大丫鬟一把抱住，便去洗澡。

等他被洗得口红齿白、体香肤嫩之后出来时，那个大丫鬟笑眯眯地摸了摸他的脸蛋，取笑道："少爷生得像别家的小姐一样，将来不知道让哪家的小姐享福呢。"

范闲羞羞地把头埋进丫鬟的怀里。

"该睡午觉了，小祖宗。"

丫鬟们一直很奇怪，少爷年纪小，性情已经开始显出顽劣来，但在某些方面却一直保持着一种成年人的自律与刻苦，比如睡午觉。

但凡有过正常童年的人，总会记得自己当初在明媚的午间阳光中与那些逼迫自己睡觉的大恶魔们拼命斗争的伟大事迹。

那些恶魔有的叫爸爸，有的叫妈妈，有的叫老师。

但范闲是个从来不需要人来逼自己睡午觉的人，每到正午，他就会堆出最可爱的纯真笑脸，乖乖地回到自己的卧房睡觉，中间连一点声音都不会发出来。

老夫人最开始不信，让丫鬟们盯着小家伙，以为他是借睡觉之名，在床上胡闹。但盯了大半年，发现这孩子每天都睡得死死的，甚至都很难喊醒他。

从那以后丫鬟们就不再盯着了，当他睡觉的时候，只是在外面守着。

这时候是夏天，丫鬟们自然乏得厉害，斜歪着身子，手中的小罗扇有一下无一下地轻轻摇着，偶有飞虫在扇风中轻舞。

回到卧室，范闲爬上床，掀开上面铺着的席子，从自己掏的暗格中取出一本书来。

那本书的封面微黄，看上去有些年头了，但上面一个字也没有，边角绣着一些不知道代表什么含义的纹饰，每一笔画的最后都勾卷了起来，像流云一般。

他把书翻到第七页，上面画着一个赤裸的男子，男子身体表面有些红色的线条似隐非隐，那些线条不知道是用什么涂料画成的，竟能让观看的人产生错觉，似乎这些线条正在依循着某种方向缓缓流动。

这本书是在范闲很小的时候，那个叫五竹的瞎子少年留给他的。

他一直记得那个瞎子少年，应该是自己在这个世界上的母亲的仆人。

还是个小婴儿时，他在那个瞎子少年的背上待过很长时间。

也许对方认为他年龄太小，根本不会记住什么。但他的灵魂却不是个懵懂无知的婴儿，从京都到澹州一路同行，他早就能看出对方对自己的关怀发自内心，没有虚假。但不知道为什么，瞎子少年将自己送到这里后便离开了，任老夫人千方百计挽留也没有留在府中。

瞎子少年离开之前，将这本书放在了范闲的身边。

范闲一直对此举有些疑惑，难道这位仆人就不怕自己瞎练？转念一想便知道了原因，自己是个小孩子，根本不可能认识书上那些字，自然也就不怕练出问题来。

但他恰巧认识这个世界上的字，恰巧经历了这次重生大变之后，连鬼魂神仙这种事情都深信不疑，更加确信眼前这本书便是传说中的修行秘笈，自然不会错过。

范闲从一岁的时候便开始修行这门功法，这和打娘胎里开始练也没有什么区别。

要知道这全天下所有的武道强者，包括那些百姓们奉若神明的大宗师们，就算再如何天才，也不可能和他一样，从刚出生的时候就开始炼内家真气。

这叫什么？这叫早起的鸟儿有虫吃，这叫笨鸟先飞。

范闲这样想着，已经有明显气感的真气开始缓缓循着书上描绘的那些线条，在他的身体里流动起来，那种感觉十分舒服，就像某种温暖的水流正在洗刷着他体内的每一寸内脏。

然后他就这样慢慢睡着了。

范闲并不知道自己修炼的是一门极其高深的内功心法，如果换成别的人，一定会无比谨慎，而且一定会请师长或者是值得信任的朋友帮忙看护。

这门功法最凶险的便是在入门处，初生真气入丹田雪山之时，修行者的身体与意识的反应速度会产生极大的差异，最直接的后果就是修行者的身体会变得如瘫痪一般。

如果修行者没有经验，此时很容易误以为自己走火入魔，强行要收纳真气入府——运气好些的、实力异常强悍的修行者可能将体内乱窜的真气归入经络之中，但也就等于半道而废，始终无法真正学会这种功法，而更可怕的结果就是真正的走火入魔，一命呜呼。

范闲没有走火入魔，反而更容易体会到那种玄妙的感觉。因为最开始修行的时候，他的身体还是个婴儿，体内依然留存着不少先天真气，更重要的是，所谓心魔对他毫无难度。

前世的时候，他缠绵病榻数年之久，早就习惯了大脑不能指挥自己的身体，所以当他第一次遇到这种情况时，根本没有惊慌，反而有一种回到过去的感觉。因为无所畏惧，所以心无杂念，反而让他轻轻松松地迈过了最艰难的一关。

从那以后修炼便变得简单了起来，他只要默念功诀，便自然而然地进入了冥想状态，他每天正午之所以睡得那般香，便是因为这个原因。

一觉睡醒，他凑着那张可爱的小脸在丫鬟姐姐手上的毛巾里打了个滚，就算是把脸洗了。

下午的时候，他开始在书房里跟着教书先生学习，据说这位先生是京都伯府专门从东海郡请过来的名师，年纪不大，约莫三十来岁，给人的感觉却是老腐味十足。

庆国多年前兴起了一场文学改良，以文书阁胡先生的一篇文学改良刍议为发端，如今的文场正是古文与今文大战的沙场。所谓古文便是范闲记忆中的文言文，而今文则有些像白话文，只是用词要雅训一些。

这位教书先生是古文派的拥趸，所以天天教范闲看的都是经书，这些经书虽然与那个世界的"四书五经"不大一样，但妙的是很多内容相差不大，竟也有儒墨法道之分。以至于范闲第一次听课的时候，又开始怀疑自己究竟是在哪里。

夏日闷热，书房里也是热气蒸腾，教书先生将南面的窗子推开，窗外蝉声传了进来，和着清风，极是清美。先生回头一看，自己的小学生正趴在桌上发呆，正想出言训斥，但看着那张清美的小脸蛋儿，心头一软，便没有说什么。

先生其实很欣赏自己的这个小学生，小小年纪，居然谈吐清楚，对于书上所载的前人微言大义也能明白一二，这对于一个四岁顽童来说实在是很不容易。而且在他看来，京都的范大人未免也太心急了些，对小公子的要求太高，他迫不得已只好现在便开始教经文。如果在寻常人家，这个年纪也不过就是学些字罢了。

上课完毕，范闲极有礼貌地向先生行了一礼，恭敬地等先生先离开书房，这才脱了已经汗湿的外衣往书房外跑去，急得身后的丫鬟一路嚷着小心紧跟着。

进了正院，范闲马上停了下来，脸上堆出天真可爱的纯纯笑容，像小大人一样摇摇晃晃地走了进去，对着正中央坐着的那位老夫人，稚声稚气喊道："奶奶。"

老夫人面容和蔼慈祥，深深的皱纹里全是岁月的痕迹，只有眼里偶尔的几抹明亮，才让人想起她曾经在京都住过很长一段时间。

司南伯能在朝中有今天的地位，与老夫人在京里的背景绝对有关系。

"今天学了些什么？"

范闲站在椅子前将先生教的东西说完了，然后去偏院和妹妹一起吃饭。

老夫人和孙子之间，似乎很陌生。

不知道是不是因为范闲是个私生子的原因，老夫人虽然没有虐待他，但总是对他的要求特别高。范闲还记得自己只有一岁的时候，老夫人在深夜里抱着自己哭泣。老夫人自然想不到一岁的婴儿能听懂她的话，还将她的话一直默默记了下来。

"不要怪你父亲，只能怪你母亲命不好，你可得好好活着。"

范闲对自己的身世有很多疑问，比如自己的母亲究竟是谁？

他体内是属于另外一个世界的灵魂，自然不会对没有见面的司南伯有什么父子之情，只是偶尔还会想到那个已经离开这个世界的女子，那位自己名义上的母亲。

那些杀手应该是针对这位母亲来的，那个坐在轮椅里的中年人，那些黑色的骑兵，包括街对面的瞎子少年，都表明这位母亲的身份必然不是一个普通女子,她究竟是谁?为何愿意给司南伯做外室?

"哥哥,你在想什么呢?"

两个丫鬟正在端菜。坐在范闲右手边的小女孩嘟着嘴问道。小姑娘皮肤略黄,又有些瘦,所以和漂亮得像女孩儿样的范闲坐在一起,显得格外的可怜。

范闲伸手揉了揉小女孩的脑袋,说道:"想在京都里面,你们平时都吃些什么菜?"

小女孩是司南伯正妻的女儿,也是他同父异母的妹妹,名叫范若若。因为自幼体弱多病,老夫人又心疼孙女,一年前接到澹州来养病。只是养了将近一年也没有什么起色,头上的毛发还是稀疏发黄,官宦人家自然不会缺衣少食,所以这应该是先天体弱。

范闲和这个小丫头很投缘,虽然自己是以大叔的心态,出于心疼时常带着她玩、给她讲故事,但在旁人的眼里却成了他们兄妹情深的佐证。只是私生子的身份毕竟有些尴尬,尤其是与正室小姐在一起,所以丫鬟们都刻意不提京都府上的事情。

听到哥哥发问,小女孩很认真地扳着手指头,开始数叨在京都里都吃些什么东西,但数来数去,三岁的小丫头哪记得住什么,只会翻来覆去地说糖葫芦和面人儿。

吃完饭后,天色有些晚了,浓浓暮色笼罩着整座庭院。

"若若啊,你还真是个弱弱。"

"哥哥欺负。"

"好了,今天想听什么?"

"白雪公主。"

范闲忽然笑了起来,压低声音问道:"哥哥给你讲鬼故事好不好?"

"不好!"范若若吓了一跳,拼命地摇头,黑黑的小脸蛋儿上居然立刻淌下两行清泪,很明显在这一年里已经受过不少鬼故事的荼毒。

欺负小丫头只是范闲的恶趣之一,他最拿手的还是欺负那些丫鬟,经常讲些鬼故事给她们听，吓得那些青春气息十足的女孩子尖叫不停，大家在床上瑟瑟挤成一团。

在这种时候，范闲便可以享受一下温暖与香腻的感觉。

每当丫鬟们好奇，少爷这么小的年纪怎么可能知道这么多可怕的故事时，范闲就会把责任推到教书先生身上，以至于好些天，丫鬟们看教书先生的目光都有些不善。

今日依例的鬼故事结束后，两个丫鬟面带受惊之色，犹有满足之情，侍候小家伙洗了洗，便关门让他睡了。

似乎又是一个平常的夜晚。范闲将自己脑袋底下那个硬硬的瓷枕扒到一边去，去衣柜里取出冬天穿的棉袍，规整成四方的模样，聊作枕头。

他靠在枕头上，睁着的两只眼睛在黑夜里发亮，久久没有睡去。

他已经接受了自己转生到这个世界来的事实，却很难习惯这个事实。

换作那个世界，这时候应该才晚上九点多钟，正应该是看电视、吃烧烤的时候，但在这个世界里，便要吹熄烛火睡觉，实在是很无聊。

更何况他前世在病床上已经睡得够久了。

他摸了摸床的表面，感觉自己做的暗格应该不会被人看出来，稍微放下了些心，很自然地，体内的真气开始缓缓流动，随时有可能进入那种冥想的状态。

就在这个时候，屋子里忽然响起一道沙哑难听的声音。

"你是范闲？"

看着忽然出现在床前的那个人，范闲很自然地想起才给丫鬟们讲的鬼故事。

那人的眼睛里全是冰冷的颜色，瞳子里染着一丝不寻常的褐色，看着便让人害怕。

如果范闲真是一个四岁的小男孩，遇到这种情况，必然会惊声尖叫起来。

他没有这样做，不是因为胆子大，而是因为怕死——一个能够悄无声息进入别府的夜行人，肯定是本领高强、心狠手辣的家伙，想必不会介意杀死一个四岁的小孩子。

他揉了揉眼睛，看着那个夜行人，有些迷茫地问道："父亲，是你吗？"

他露出天真而可爱的笑容，向着对方扑了过去，双手紧紧抱着他的腰，只是小孩子的双手太短，所以环不过来，只好用力地抓着对方的衣服，似是怕对方跑了。

也许是因为抓的时候太用力，嘶的一声，夜行人的衣服被范闲撕掉了一大块。

夜行人眉头一皱，也不见他怎么动作，整个人便从范闲的怀抱里脱身而出，怔怔地站在原地，似乎是在思考为什么范大人的私生子要叫自己父亲。同时他也很疑惑，自己的衣服是院中特级品，就算是刀子也无法划破，这个幼童怎么用手就抓破了？

他疑惑，范闲更是郁闷至极——趁边上没有人的时候，他经常用假山上的石头来试验体内无名真气的威力，当发现自己嫩细的小手指也可以捏碎那些并不怎么坚硬的松石之后，他对于自己的自卫能力有了一定的信心。

然而他没想到，自己好不容易让对方放松警惕，运集全部真气至指间，满以为能够伤到对方，结果竟只抓下一块碎布。

来到这个世界的第一天，他便遇到了暗杀，那些血水和尸体牢牢地印在了他的脑海中，所以他一直都很不安，知道自己这不清不楚的身世终有一天会带来麻烦。

看来今天这麻烦来了。

偷袭没有成功，自然不可能故伎重施，范闲抱着那个夜行人，快速地转动着脑筋，想要找到逃出生天的方法。

"不用装了，小家伙。"

夜行人笑了笑，眼角的皱纹暴露了年龄。

范闲忽然面露惊异，看着夜行人的身后喊道："妈妈？"

这是很蹩脚的一招声东击西,哪怕是再愚蠢的人都很难被骗到,更何况这个夜行人在某些领域堪比大宗师。但四岁的小男孩总是容易令人信任,更重要的是,范闲喊的是妈妈,这让他的心神难以控制地紧张起来,下意识里转头向着后方望去。

没有人,只有紧闭的门和那片浓浓的夜色。

砰的一声脆响,在卧室里响起。

夜行人满头是血地躺在了地上。

范闲手里拿着半碎的瓷枕,看着地上这个家伙,很是紧张。

犹豫片刻后,他举起小胳膊再次朝着对方的后脑砸了下去。

此时外面传来大丫鬟的声音:"怎么了?"

"没什么,姐姐,摔碎了个杯子,明天再来弄吧。"

"那怎么能行,把少爷脚扎着了怎么办?"

"说了明天弄啊!"

向来温和可爱的小少爷难得发大脾气,丫鬟没有再说什么。

范闲走回衣柜旁,从里面拖出一床冬天的棉被,双指用力一撕,将被面撕成布条,拧了拧,将地上那个昏迷不醒的夜行人牢牢实实地捆了起来。

这时候,他才发现自己的背后已经全湿了。

无论前生还是今世,这都是他第一次意图杀人,虽然不知道杀死对方没有。现在想来,他的选择还是太过冒险,如果对方真是个武道高手,自己说不定已经死了。

将手探到夜行人的蒙面黑巾下试了试,发现对方还有呼吸,他忽然生出杀人灭口的念头,旋即心头一凛,暗想自己怎么变成了如此心狠手辣之人?

他重生后性格变了许多,那是因为他是已经死过一次的人,这一世的重生就显得格外的珍贵,所以他不允许任何人来伤害自己的生活。

醉过方知情浓,死后才知命重,就是这么简单的道理。

性情再如何变化，也不可能用短短几年时间，便成为冷血无情的杀手，最终范闲也没能把刀子捅进夜行人的胸口，他悄悄推开房门走了出去。

别府对面街角处，有间杂货店。

范闲轻轻敲了敲门。

"谁？"

杂货店里传来一个平淡至极，没有一丝情绪波动的声音。

范闲低声说道："我是范闲。"

杂货店的木门悄无声息地打开，瞎子少年五竹就像鬼一样出现了。

范闲看着面前这个把自己送到澹州港来的人，发现对方的容颜打扮四年来没有任何变化，包括脸上的那块黑布，不禁有些好奇，难道这人不会老吗？

但此时他的卧室里还有一个昏迷不醒的刺客，所以根本来不及问什么，便直接说道："有人来杀我，现在被我敲昏了，正躺在地上。"

瞎子少年"看"着他说道："你……认识我？"

"五竹叔，现在没时间陪你演戏，随我走吧。"

范闲心想都什么时候了，还在这儿装不认识，便拉着瞎子少年的手向别府走去。

瞎子少年微微皱眉，不明白这个小孩子为什么知道自己是谁——当年他送范闲来澹州时，范闲还是襁褓里的婴儿，应该没有记忆才对。难道是老夫人将自己的身份告诉了他？

夜已深，远处传来几声凄厉的狗叫声，不知谁家的主人起夜摸错了房门。

五竹提着范闲的衣领，越过别府高高的院墙，无视值夜的家丁，来到了范闲的卧室里。

范闲有些费力地将地上的刺客翻过身来，取下他的蒙面巾，露出刺客的真面目。

刺客面容消瘦，年纪有些苍老，颌上的胡须都开始发白，但不知道为什么，白色里面还夹杂着一些绿幽幽的颜色，看上去让人恶心。

五竹有些意外，在他想来，范闲既然是小姐的孩子，那么一定会有些与众不同的地方，但他没有想到，才四岁的孩子就如此成熟，居然能够暗算京都来的费大人。

范闲看着那个夜行人的脸，感叹道："叔，这刺客的长相真是奇特。"

"这是监察院三处的费大人。"五竹蹲下身体，摸了摸那人的下颌，"全天下公认用毒最精深的三人之一，精通用毒辨毒解毒。这样厉害的人物，居然会被你用个瓷枕就断送了，不知道是你运气太好，还是他的运气太差。"

"是他的运气太差。"范闲在心里想着。他虽然惊讶于地上这位夜行人的来头，但想到对方碰上自己这样一个貌似顽童实则两世为人的妖物，这运气确实不太好。

"别用手去摸，万一他身上有毒怎么办？"范闲提醒道。

五竹没有停止动作，也没有解释。

范闲觉得对方是在向自己表示，这个世界上没有能够毒死他的毒物。

"叔，接下来怎么做？"

这个瞎子少年是他第一个认识的人，也是他唯一完全相信的人，而且知道对方是很厉害的强者，所以刻意地可爱些、恭敬些，"叔"字不绝于口。

至于他问这句话的意图很明显，如果要杀人灭口，自然请长辈动手。

没料到五竹说道："少爷，你打错人了。"

"啊？打错人了？"范闲顿时呆在原地，低头望向地上那位满脸是血的黑衣人。

"不过打也打了，就不需要考虑太多。"

五竹说道："准确来说，费大人是你父亲属下的属下。他这次来澹州应该不是来杀你，如果他真的是来杀你，那我相信无论少爷再如何有本事，都已经死了无数次。"

费介这些年一直待在京都监察院里，五十几岁的老头了，虽然当代用毒大家的美称无人敢质疑，但实际已经处于半退休状态。这次如果不是那个跛子命他前来澹州当先生，他又没有勇气拒绝，是断然不会离开京都的。但他怎样也想不到，第一次看见自己的学生，就被他打了两个大包，流了半碗鲜血，险些送了老命。

但看着面前这个小男孩满脸的天真可爱，忽闪忽闪的大眼睛，夹着一丝畏惧和惭愧，再想着小男孩的身份，他纵有满腹怒气也无处可发。

他转头看见一个仆人模样的家伙，自然动了迁怒的念头，低声喝道："还不快把我给解开！我可是大人重金聘请的先生！"

那仆人却比他还骄傲，根本不予理会，面无表情地说道："我和你上司之间的协议里，似乎没有你来当老师这个环节。"

"五大人？"费介瞪大了有些浑浊、夹着褐色余毒的双眼，看清那仆人的模样，吓了一大跳，"五大人，您怎么在这里？不不不，您当然应该在这里。"

知道这位用毒大师名叫费介，范闲心里生出很多费解，监察院似乎是个很了不起的地方，这位费大人必然是位了不起的人物，按照五竹的说法，他只是自己父亲属下的属下，一个户部侍郎有这么大的本事吗？而且那个父亲不是向来不管自己这个私生子吗？

既然对方认识五竹叔，范闲知道这个事情轮不到自己插嘴，便继续扮演着一个懵懂无知的小孩子，只是今天他做了这些事，五竹和费介都知道面前这个四岁稚童的脑子很不简单。

天色微亮，远处隐隐传来鸡叫和下人们烧水的声音。

澹州城开始从睡梦里醒来，那间不起眼的小杂货店却没有开门的迹象。

杂货店深处的幽暗房间里，五竹的声音更加幽暗。

"跛子是什么意思？"

在用毒方面，费介可称一代大家，但想到传闻中面前这位瞎子少年的冷酷可怕也不免心中惴惴，忙赔笑说道："少爷总要回京的，早些做准备，将来也可以多些胜算。"

五竹抬起头来"看"了他一眼。

虽然明知道对方是个瞎子，但费介总感觉那块黑布后面有两道足以杀人的精光正盯着自己，赶紧说道："五大人如果有意见，我马上就回京都，相信院长会尊重您的意见。"

五竹摇了摇头："我想跛子让你来，应该不是这么简单。"

费介心想，虽然监察院，尤其是朝廷里很多人私下都会带着怨气称院长为跛子，但放眼整个世界大概也只有陛下与面前这个少年敢当着人面叫出来，于是说道："院长一直没有找到小姐留下的那个箱子，很担心会出问题，想请五大人指点迷津。"

"小姐去世前已经把那箱子毁了。"五竹面无表情地说道。

这真是毫无诚意的谎言，费介沉默了一会儿，说道："总觉得小少爷有些奇怪。五大人，他才四岁，您就让他修行如此霸道的真气功法，难道不怕出事？"

"奇怪的还在后面，他的真气功法也不是我教的。"五竹看着这个即将成为小主人老师的毒物，说道，"今后可能你会比较辛苦。"

费介摸了摸自己头上隐隐作痛的伤口，总觉得这句话好像有些什么不好的兆头。

费介走后，五竹进入杂货店的一间密室，呆呆地对着角落里一个蒙满了灰尘的箱子，黑布遮着眼睛，不知道他在想什么，但很明显，他在想什么。

白天的时候，范氏别府来了位奇怪的先生，递交名帖后得到老夫人的亲自接见，又不知如何得到了老夫人的信任，开始担任范家少爷的第二任先生。

这件事情很快传开，丫鬟们都很奇怪，一个头上裹着纱布、看着像老流氓一样的家伙怎么有资格当自家可爱少爷的先生。

书房里，范闲在给费先生捶背，细声细气地讨好着，自己都觉得有些肉麻。

"老师啊，这可不能怪学生，学生年纪小，所以昨夜紧张了些。"

费介面无表情地说道："这件事情以后不要再提。"

范闲松了口气，好奇地问道："我还以为老师会悄悄来教我。"

"不错，在很多江湖传说的故事里，独处小园的少年，偶遇一个风尘异人，学得惊世之艺，而身边之人一无所知，这种事倒是常有。"

费介像看白痴一样看着他说："但是这个世界上不是所有人都是傻子，你也不是我儿媳妇，我也不喜欢天天爬墙。所以既然能够有个身份，还是用这个身份教你比较好。"

范闲问道："那您准备教我什么呢？"

费介嘿嘿笑着，微褐色的眼瞳里闪过一道妖异的光芒："我只会……用毒，所以我来教你怎样用毒杀人，怎样不被别人毒死。"

本来以为这句话可以吓到小朋友哭，但他马上想到自己面前这位小朋友不是一般人，自己这招估计没用。果不其然，范闲非但没有害怕，眼睛反而变得明亮起来，更加可爱。

一月后。

澹州港十几里外有片乱坟，天空微微发白，淡淡的晨光洒在坟地里，显得更加鬼气森森。

费介拢着双手，站在坟地外面，看着正在坟坑里蹲着的小少爷，眉头微挑。

这次是借口出游，向老夫人请了几天假，他将范闲带到坟地里刨尸。

想要学习用毒杀人，便必须了解人体，这种事情必须要做。

虽然知道范闲和普通的小孩子有很多的不一样，但当费介看到范闲居然只用了一会儿就习惯了坟地里的阴森气氛，很快稳住了心神，开始按照这一个月里学习的相关内容对坟地里的尸体开始解剖，费介自己反而受到了很大惊吓。

他是和死尸打交道的专业人士，但从没有见过一个可以如此平静地面对尸体的四岁小男孩。

坟坑中一片污臭，一个小男孩戴着个大口罩，露出漂亮清澈的眼睛。他小小的双手正从一具半腐的尸体里往外拖出粘成一团的肠子。

这个场景很恐怖，很可怕。

范闲觉得自己的第二次人生依然凄惨。

取下口罩，用清水净手，范闲开始记录这具尸体所表现出来的特征，然后分析可能得的病症，详细地记录在费介提供的一个大黑皮本子上面。

做完这一切之后，他站起身来，问道："老师，还有什么要做的？"

他的小脸有些发白，长长的睫毛微微颤动。

费介没想到他居然还撑得住。

没等他开口，范闲终于没有忍住恶心，跑到地垄下面，哇的一声，拼命地呕吐了起来，一直吐到胆汁都没了，才觉得烦恶稍去。

这时候费介才觉得范闲像一个小孩子，而不是时时刻刻都像有另一个灵魂隐藏在里面一样，不禁有些不自在，心想自己让四岁大的孩子接触这些，会不会太残忍了？

"算了，先有个直观的认识，下次再说。"

费介的话音还没有完全落下，便听到范闲有些遗憾的声音。

"可惜澹州太小，死人太少，不然可以找具新鲜的尸体。"

费介皱了皱眉，转头看着范闲那双没有杂质的眼睛，说道："为什么……"

"嗯？"

"为什么你不害怕？为什么你不因为我让你做这些事情而感到

愤怒？"

范闲沉默了一会儿，说出了自己的理由。

"老师说要毒死一个人来让我观察学习，我很怕，所以我宁愿来挖尸体。"

"原来这个世界上还有你怕的事情。"

"是……小闲才四岁半。"

"年纪小不是借口。虽然你可能不懂，但要记住，像你这样的……私生子，在以后的岁月里可能会面临许多的阴谋与伤害，有时候这种廉价的同情心往往是杀伤自己的利器。"

说完这句话，费介忽然生出一个念头，也许自己说的这些面前这个小孩子都懂。

将被挖开的无名坟墓重新整理好，一老一少古怪的师徒开始循着天光来处往东面走去，一路走着，费介忽然问道："你应该很好奇吧？"

范闲认真地说道："是啊，老师对我很用心。"

费介没想到小孩子会答非所问，沉默了一会儿，望向远方隐约可见的城墙，又说道："你父亲在京都的家产很大，将来要与你争家产的人很多，所以你必须变得更强，学习更多。"

范闲没有说话，心里盘算着那份家产到底是什么。

听说那位父亲很受皇帝陛下信任。前年京都里局势动荡，不知多少王公贵族在那场事变里死去。自己的父亲却很奇妙地依然保持着陛下对他的信任，官反而是越做越大。

但他还是不能理解，是什么样的家产居然会害死自己，让自己的父亲请来京都最可怕的监察院中人来当自己的老师。

"我明白，老师教我用毒，其实是怕我被人毒死。"

"杀人的方法有很多种，但最方便，也是最不容易让人发觉的就是用毒。我的任务就是在这一年之内教会你这方面的知识，保证将来没有人能在饭菜里下毒，毒死你。"

"为什么是现在？为什么以前不用担心有人想毒死我？"有些问题必须问清楚，范闲顾不得对方察觉到自己的异样，继续追问。

费介说道："因为上个月，范大人的姨太太生下了一个儿子，也就是说伯府产业你多出了一个竞争对手，而那位姨太太又和监察院里的某些人有些关联。你父亲不方便长期派人保护你，因为那样容易让你过早被人注意，又不想你出事，所以安排我来教你。"

范闲没有注意这句话里的某些细节，不解地问道："我是私生子。没有资格继承父亲的爵位，姨太太应该不会太担心我才是。"

"这世界上什么事情能说得准呢？"费介随口道，"虽然五大人一直在暗中保护你，但他毕竟不可能当你的保姆，饭菜里的毒药毒不死他，却能很轻易地杀死你。而如果你死了，不知道多少人会陪着你一起送命。"

范闲越发困惑，心想自己那个从来没有见过面的父亲究竟在暗中有着怎样的权势，明显比一个户部侍郎能拥有的权力和能力要大太多。

晨光熹微，费介牵着他的小手往澹州城走去，一高一矮的两个影子落在地上拉成长长的两截，费介看了他有些苍白的小脸一眼："其实死人是最不可怕的。"

"是。"

"以后不要用那种真气来控制自己的情绪了，人的情绪不能得到正确的宣泄，就算你体内的霸道真气炼到顶峰，也就是一个只会杀人的怪物。"

"是。"范闲很听话地散去了体内的真气，不再强行控制自己对于死尸的畏惧和恶心。

费介忽然说道："你的衣袖里还有一截烂了的肠子，难道准备回家红烧？"

"啊！"

寂静的郊野小道上传来一声小孩子的惊叫和某个不良老师的阴险笑声。

第二章 安之

在之后的一年时间里，年幼的范闲开始跟随从京都来的费老师学习关于毒药的一切知识，偶尔抽空出城，翻山越岭去找那些马钱子、巴多坚果之类的植物性毒药，还尝遍了各种菌类，肚了疼了无数次，要不是身边有位用毒宗师，只怕早就去了地府。

当然，为了更深入地学习这一切，在费介老师的带领下，范闲已经犯下了累累血案，无数尾巴不长的小白兔、四处乱窜的癞蛤蟆都死在了他的双手之下。

费介来到澹州港之后，一直住在杂货店里的五竹也不再刻意回避范闲，每当范闲悄悄溜到杂货店去喝小孩子一定喝不到的酒的时候，五竹甚至会帮他做几个小菜。

范闲有时候很奇怪，五竹是自己母亲的仆人，那为什么居然连自己喝酒都不管？

他知道自己的母亲一定不是普通人，才会拥有像五竹这样忠心、实力又十分恐怖的强者为仆，但他也不确定五竹会不会一直留在自己的身边。

他已经渐渐习惯了五竹在不远的地方守着自己，习惯了那块黑布时不时出现在某个角落，比如巷角的竹下，比如街头的豆腐摊旁。

前生患了重症肌无力，没有办法行动，这一生忽然间可以自由行走，让范闲无比珍惜，天天清早就会爬起来锻炼身体，修行功法，勤奋到连费介都感到十分恐怖的地步。

他体内的真气缓慢却稳定地不停积累，隐隐接近某个关口，却变得有些不稳定，这让他感觉到了一些不安，就像遥远京都里的范府那些隐藏着的未知危险一样。

入夜，油灯的光辉还没有散去，费介靠在桌边，正提着鹅毛笔，在白色的信纸上写着什么，花白的头发竟似比初来澹州港时黑了些，仿佛年轻了几岁。

门外传来敲门声，费介说道："进来。"

范闲推开门，笑着凑了过去："老师在写什么？"

费介并不怎么避着他，很随意地将信纸推到一边，问道："有什么事？"

和范闲相处一年，不知为何，这个令无数官员大盗魂飞胆丧的监察院老毒物居然心头生起些许温柔，看着这小子便欢喜。小家伙小小年纪，能吃苦，够勤奋，对毒物也没有世人那种做作的畏惧感，这让费介很是舒服。

最关键的是，范闲很聪明，很懂事，很多时候都不像是一个五岁大的孩子。

范闲看着他认真地说道："老师，我真的很想知道我父母是什么样的人。"

这已经是一年当中，他第四次提起相关的问题。

前几次问的时候，费介总是不置一词，直到今夜，终于有了一句评价。

"你父亲……是个很了不起的人。当然，你母亲是一个更加了不起的人。"

这等于没说。

监察院是朝廷最阴森恐怖的衙门，费介是监察院三处大头目，称得上职高位重，就算在京都这样藏龙卧虎的地方，也是人人畏惧的对象。

这样一位用毒宗师，居然被司南伯一句话就发配到遥远的澹州城来教自己的私生子。用脚指头也能想见司南伯在京都里的权势是多么的恐怖。

至于那位在自己"出生"之日死去的母亲，范闲虽然不知道她是个什么样的女子，但直觉告诉他，这位母亲一定非常不简单，而且不知道是因为血脉还是什么别的原因，他对那个女子一直都非常好奇，甚至有些不知来由的想念与倾慕。

范闲知道今夜还是问不出来什么，转而说道："老师，我修炼的那种真气法门似乎有些问题，今天晚上悄悄过来，想请老师指点。"

费介自认在用毒上天下无敌，却一直不肯教范闲别的本领，总对范闲说："人的生命是有限的，杀人的方法是无限的，我们应该把有限的生命，投入到最厉害的杀人方法里。"

在他眼中，最厉害的杀人方法自然就是下毒。

不过今天范闲主动提问，费介不免有些好奇，伸出两根指头往他的脉门上轻轻一搭，眉头慢慢皱起，因为相信瞎子少年的境界实力，他从来没有想过范闲修炼的真气会出什么问题，但今天一查脉却发现了一些不寻常的地方。

看见他一脸慎重，范闲也知道事情有些不对，问道："有什么问题？"

费介沉吟片刻，说道："上次只知道你炼的真气很霸道，但没想到霸道成这样。"

范闲睁大眼睛问道："有多霸道？"

费介很认真地回答道："相当霸道。"

范闲认真地说道："老师，这是废话。"

费介是用毒大家，不是武道宗师，自然判断不出范闲炼的这种无名真气是什么套路，但很明显地感觉到小孩体内那股真气的凶险，遂建议范闲去找五竹。

不料范闲说道："五竹自己也没炼过，不知道应该怎么炼。"

费介大怒："五大人这也太过分了，世间有他不会的功法吗？"

他早已经将面前这个小孩子当作自己晚年生活最大的安慰，还指望着范闲将来能够接过自己衣钵，继而发扬光大，听到五竹如此不上心，自然抱怨起来。

"五竹叔……很厉害？"范闲眯着眼睛，像只可爱的小狐狸。

费介想到监察院过去的那些传说，便说道："你可知道四大宗师？"

范闲当然知道。当今天下有被百姓奉若神明的四位武道超级强者，那便是四大宗师。

"本朝便有两位大宗师。"费介说道，"世人愚顽，只知道打架厉害，哪知道用毒一旦入了化境，那也是宗师……"

范闲咳了两声。

费介有些不自然地把面前的茶碗挪了挪位置，说道："除开最神秘的神庙不算，四大宗师，庆国得其二，其中一位便是如今京都守备叶重大人的叔父，姓叶名流云。"

"老师，我们在说五竹叔的事情。"

"着什么急。"费介瞪了他一眼，"当年你母亲第一次进京的时候，把叶流云的侄儿，也就是现在的京都守备叶重给揍成了猪头，所以叶流云放出话来，要找你母亲的麻烦。"

范闲呆住了，心想自己那位没见过面的老妈，当年竟是个嚣张角色。

费介轻捋胡须："没人想到，第二天叶重忽然跑到太平别院去给你母亲端茶认错。"

"啊？"

"这事一直神秘得很。据说是头天夜里叶流云和五竹大人曾经在皇城根下战了一场。"费介端起茶喝了一口。

"最后谁赢了？"范闲睁大眼睛问道。

他虽然知道五竹叔是个相当厉害的强者，但想不到当年居然还有这等传奇。

"没人知道结果,可能是平手,反正不可能是五大人输。听说叶流云回到剑阁后,曾经蒙着黑布练了半年剑,继而弃剑不用,一套古朴散手自成,才真正地成了一代宗师。"

范闲撑着小脸傻傻想着,四大宗师?那五竹叔难道就是第五大宗师的意思?原来自家的瞎子叔竟然厉害到如此歇斯底里的程度,那以后自己闯世界还用得着怕谁!

"其他的三大宗师,老师都见过吗?"

"还有位宗师在皇宫里,不过身份神秘,没有人见过,据说是位太监。"

"太监?"

"不要小瞧太监,我这辈子见过最可怕的人也是个太监。"

"《葵花宝典》?"

"什么?"

"没事,您继续。"

费介看了他一眼,接着说道:"北齐大宗师自然就是他们的国师,那个变态的光头苦荷。"

"光头?"范闲想到这个世界上并没有佛教,自然没有和尚。

"苦荷是苦行僧,传说他曾经在神庙的青石阶前跪了三个月,只饮寒食露水,不知怎么居然把神庙里的人给感动了,就这样得了天授神学,成了一代宗师。"

"神庙?"

"神庙,就是供神的庙。"

"老师,这还是废话。"

"神庙是最神秘的所在,据说是先人供奉神祇的庙宇,但很可惜,除了运气极好的那些王八蛋,没有人能够找到神庙在哪里,也不知道里面到底是什么样。"

"那也许……神庙根本就不存在?"

费介用力打了一下范闲的头:"平日胡闹也罢了,对神庙岂能出言不敬。"

范闲还保留着一些前世的怀疑精神，依然坚持问道："谁有证据证明神庙真的存在？"

费介傲然道："苦荷偶得神庙垂青，便成为大宗师，难道不足以证明？"

范闲还是想不明白，便不再理会，说道："老师你说了半天闲话，还没有说我体内的真气到底是怎么回事。"

"刚才说过，你体内的真气很霸道，霸道到你虽然只修行了这么短的时间，但丹田和经络里的真气数量已经远远超过你现在这个年龄的身体所能容纳的程度。"

"有这么严重？"

"还没有确定。"

"那你就提前吓唬我。"

"不是吓唬你，只是你现在就像个装酒的皮袋子，袋子拢共只有这么大，里面的酒水却越来越多，如果你继续练下去，我担心将来你这皮袋子会被胀破。"

这些日子范闲练功，除了经常觉得腰部有些灼痛之外，并没有太怪的感受，听见老师如此说，不免有些不信，摇头道："老师是在骂我酒囊饭袋，这话我是听得懂的。"

"你试着按平日里的功法运行一下体内的真气。"费介说道。

范闲依言闭目归心，自然而然地进入了修行的状态，体内腹下那处温暖的气团开始逐渐胀大，沿着人体的经络缓缓地向着四肢散去。

费介闭上双眼，指腹搭在小家伙的手腕上，片刻后微微皱眉。

"不要故意收着，你不过是个五岁的孩子，就算这真气太霸道也不可能伤害到我。"

"噢。"范闲一直控制着释出真气的强度，此时听老师一讲，心想也对，自己这点儿真气自然不能伤到他老人家，便闭上双眼，全力运转功法。体内的真气宛若得到了指令，跳跃着，欢快地从他的丹田里跑了出来，循着经络由腹至背，沿着一个很古怪的路径冲到手腕上。

书房里一声闷响响起来！

费介猛地睁开双眼，只觉自己搭在范闲腕上的手指被一股浑厚的真气一弹，指间一阵炙热灼烧感，胸口一痛，竟是噗的一声吐出血来！

另一边，范闲也是胸口一阵烦闷，抬起头来才发现费介的惨相，顿时吓了一跳。

费介摆摆手示意无事，擦掉唇边的血渍，再看小家伙的眼神就有些古怪，还有几丝说不清道不明的意味，喃喃道："才五岁……这真气怎么霸道成这样了？如果再练下去，将来岂不是要被体内的真气活活爆死。"

听到老师的话，范闲愣住了，心想自己有这么厉害吗？旋即他想着老师受伤后，首先想到的不是自己的伤势，而是关心学生将来的平安，不禁有些感动。

费介忽然说道："我还是觉得不对，五竹大人为什么不管你？"

范闲叹了口气，说道："老师你真的老了，我先前才说过，他没练过这种功法。"

"一个没有内功的人，能和四大宗师当中的流云散手打成平手？"费介很是不解，"虽然那时候叶流云还在用剑，并没有练成散手。"

"老师。"范闲恭敬地问道，"一个人没有内家真气，有可能像五竹叔那样厉害吗？"

费介沉思良久，说道："除非他的每一个动作都精确无比，这样才能在别人来不及反应之前，用他手中的铁钎子，插入对方的要害。"

精确的动作需要难以想象的力量为基础，而力量也意味着速度。

范闲自然记得自己刚刚降生到这个世界的那个夜晚，瞎子少年背着自己，手里就握着一根不停滴血的铁钎。

"不过……这种速度和力量，应该不是人类能够达到的。"

费介摇了摇头，去床边取下一个小药囊，递到范闲的小手里："拿着，这药很贵，如果将来你练功练岔了，记得吃一颗，用大量清水送服。"

范闲握着手里的药囊，知道这药物一定很宝贵，认真说道："谢谢老师赠药。"

费介望着面前这个像小大人一样的孩子，忽然正色道："虽然你年纪还小，但希望记住我下面说的话。你家的事情，要比你所想象的复杂许多，这里面涉及的不仅仅是你一人之存亡，可能牵涉更多的人命，所以你一定要谨慎。在你长大之前的这些年里，要学会保护自己，将来才更有保护别人的实力。"

"将来……要保护谁呢？"范闲有些困惑。

费介指了指自己的鼻子："比如说像我这种和你已经脱离不了关系的人。"

范闲回到自己的房间，进门就看见五竹正安静地坐在角落里。深夜时节没有点灯，自然极为幽暗，他眼睛上蒙的那块黑布却比这夜色更浓。

他有些意外，喊了声"叔"。

五竹的声音单调而无情绪："那本书分两卷，第一卷叫霸道，第二卷没名字，这是小姐留给你的书，所以在你小时候，我就放在你的身边。我没有练过人间这些功法，所以无法教你，但我认为既然叫霸道卷，那真气霸道一些也是正常的，练不成只能是你的问题。"

说完这句话，他便走了。

"真是简单粗暴的解释，真是个冷漠古怪的人。"范闲叹了口气，爬上床从暗格里取出那本没有名字的书籍。

在练功的过程，他发现当真气充盈丹田之后，并没有依心念循经脉而行，而是有一部分逆着虚府的通道，直接灌入了后腰肾门之上的雪山关处。

雪山关通着脊柱，不论前生还是今生跟随费介学习，都让范闲了解那里的神经束直抵大脑，是人体最最关键的部位，稍有不慎便会残废瘫卧在床。

但他体内的霸道真气，经过后腰雪山处却变得平稳安静许多，那种躁狂感也会随之而去，反而浑体舒泰，如同夏天里吃冰激凌。

难道自己练错了，还是说这功法本身就有问题？

五竹叔说，如果练不成是范闲自己的问题。

范闲却在想，练还是不练，这才是真正的问题。

清早，鸟儿叽叽啾啾地叫着，府里的丫鬟下人们打扫完毕，开始准备早饭。

不久前范若若回京都了，府里只剩下一个半主子，事情不是很多。

将于里的事忙完后，大丫鬟冬儿去喊范闲起床，看见范闲的样子吓了一跳，以为小男孩生了重病，急匆匆地要去请大夫，却被费介看着了。

晨风入室，费介看着面前顶着两个黑眼圈的小男孩，尖声笑道："人说少年家心性如初阳，不识人间愁苦味，你又是为了何事，搞到连觉都睡不好，甚至要惊动医生。"

范闲想了一晚上，还没有确定体内的真气到底要不要炼，事涉生死，自然要慎重些，睡得太少，本就有些神思恍惚，听着费老师那句"不识人间愁苦味"，下意识里便哼哼唧唧道："少年不识愁滋味，爱上层楼。爱上层楼，为赋新词强说愁。"

书房里忽然变得安静下来。

范闲渐渐清醒，才知道自己刚才说了些什么。

费介问道："这几句谁写的？"

范闲有些紧张，说道："一个叫辛弃疾的家伙。"

费介问道："辛弃疾？"

范闲说话开始不利索起来，结巴道："上个月城西来收海盐的一个二道贩子。"

"噢,写得不错,一个商人能作出这等文字,只是觉得这首词好像没写完。"

费介看着他的眼睛,意味很深。

范闲把心一横,说道:"还有一半。"

费介说道:"说。"

范闲叹了口气,说道:"而今识尽愁滋味,欲说还休。欲说还休。却道天凉好个秋。"

费介怔住了,久久说不出话来。

中午吃完饭回到卧室里,范闲再次面对那个问题,这种霸道又危险的真气到底炼是不炼?但在这之前,他犯愁的是刚才在书房里不小心说出的那几句词该如何解释。

《丑奴儿·书博山道中壁》,这是辛弃疾遭贬谪后词风由温婉变悲凉的一首词,范闲随口念出,却不曾想到会给自己带来多少麻烦,也不知道刚才胡编的来由究竟有没有骗过老师?

范闲没有什么道德上的洁癖,不会认为抄袭前人诗作是件多么恶心的事情。在他看来,这些诗词只有自己知道,如果不重现于世,那才是暴殄天物。

来到这个世界的前几年里,他有足够多的时间去思考该怎样在这里生存,文抄公这个有前途的工作毫无意外地杀入他的计划。

但他并不想这样抄,不想此时此刻抄,在他的想象中,至少也得等自己稍大些,有了些手段和能力,最好还能用原来世界上那些先人的名字当笔名才对。

一个小孩,要抄也去抄骆宾王那首"白毛浮绿水",鹅鹅鹅叫得多欢快,多有神童范儿。小小年纪如果随口哼出"欲说还休。却道天凉好个秋"这种词,那就不再是神童,是天山童姥——外表正太,内心却有三百六十五道裂痕,每道裂痕上书写"春夏秋冬"四字,沧桑到妖。

范闲一面想着这些有的没的，一面却按照这些年来稳定如山的生物钟美美地睡了过去，又开始在梦中冥想修炼那个无比凶险又无比霸道的真气。

也就是从这一天起，他认命了。既然睡觉就是练功，那就练吧。哪天真爆了再说。

范闲睡午觉的时候，费介在自己房间里继续写昨天晚上没有写完的那封信。

信纸上有几行已经干透了的笔迹，应该是昨夜留下来的。

  这个孩子漂亮过人，胆识过人，聪慧过人，毅力过人，成熟过人，如果庆国所有五岁的男孩站在一起，他一定会躲在人群的最后面，但也一定会最快被人发现。从这一年的相处来判断，主人的家产由他来继承最为合适，只可惜他的身份，这是最大的问题……

字迹到此结束，他昨夜就是写到这里时，范闲开始向他讨教真气的问题。

费介叹了口气，想到上午在书房里听范闲念的那几句词，略定了定神，又开始在信纸上继续写道："……欲说还休。却道天凉好个秋。最近这些年古文日衰，今文当道，实在难以相信出自一个盐商之口。小主子当时回话，眼神中略有惊慌之意，一年中很少见过。最大的问题是，我与他天天待在一起，都不知道那个辛弃疾是何时偷偷与他见面。让东山路的人查一下辛弃疾究竟是谁，为什么小主子会因为这几句词惊慌？此事很为急迫，速办。"

几天后，京都监察院开始派出密探大肆找寻一个海盐商人，结果查到不少私盐贩子，掀落数名高官，成果显著，却一直没有找到那位姓辛的商人。据说那位让全天下人恐惧的监察院陈院长因为此事十分震怒，全院罚饷三月，密探们索遍天下，目露凶光。

上天保佑这个世界上也叫辛弃疾的可怜人。

又是一年秋来到，菊花满山飘。

本来费介在澹州的教书生涯应该在夏天就结束了，但他喜欢澹州的空气、海风，喜欢别府的饮食，也很喜欢自己教的这个孩子，所以拖了几个月。

几个月之后，擅长把活人毒死，自然也很擅长怎样让老人活得更久的费先生十分遗憾地接到了京都的来信，摸了摸自己日趋圆滚的肚子，依依不舍地向老夫人请辞。

老夫人自然知道眼前这位老师是京都贵人派来的，安慰几句，也不多作挽留，只是准备了厚厚的红包，感谢一番作罢。

在澹州港往西去的官道旁边，老师和学生进行分离前的对话。

"为什么我让你不要炼那个随时会爆炸的真气，你就是不听呢？"

"老师，至少在目前，我没有发现有什么太大的问题。"

"那昨天晚上你去厨房偷酒喝的时候，为什么会控制不住把整个酒瓮给抱烂了？"

"是意外呀。"范闲苦恼地说道。最近这几个月，他体内的真气越来越狂暴，经常会发生这种事情，害得他已经好多天没有和丫鬟姐姐们在床上讲鬼故事，因为他害怕大家搂成一团的时候，自己会错手摧花，犯下不可饶恕的错误。

"学会用毒，你就学会了这个世界上最强大的杀人方法，何必还要学那些。"

"因为用毒很容易误伤无辜。"

费介忽然盯着小男孩的双眼说道："你确认自己今年不满六岁？"

范闲很无辜地看着自己的老师："早熟又不是我的错。"

费介吐了口气,呸了两声,觉得自己和这个小怪物在一起待了这么久而没有精神错乱,确实很不容易,于是摸了摸小家伙的脑袋,回头往身后的澹州城望去。

"将来你如果真要来京都当医生,记得找我。"

"是。"范闲恭敬躬腰,带着真诚的感激。

"别学那真气了……"

"老师,您真的很啰嗦。"

"或许是因为年纪太大的原因?"费介收回手摸了摸自己头上缭乱的花白头发。

"不过那真气确实没什么用,威力太大,无法控制。"他还是没有死心,"东夷城那个用剑的怪物欠我个人情,如果你愿意,我可以介绍你当他的学生。"

范闲很是惊讶,说道:"您说的是东夷城那个剑圣?"

"是啊。"费介诱惑道,"四大宗师之一,怎么也比你练的这个强些。"

范闲感兴趣的是另外的事情:"您怎么认识他的?"

"他小时候,有人请我给他看过病……啧啧,那怪物明显就是个白痴,天天只会抱着根树枝发呆,我随便治了治,再过了几年,听说他居然学会了四顾剑法,成了一代宗师。"

范闲很鄙夷地看了他一眼:"随便治了治?先不说老师您骗医药费,只说您险些治死一个日后的绝世强者,这就很让人鄙视了。"

费介假装生气,迈步向远方的马车走去,一面走一面说着:"毒药的很多知识与解毒的方法,这些我都教给你了,但还有最关键的方法没有和你说。"

范闲噌噌跑着,小腿儿像风火轮一样,跟在老师身后:"是什么呢?"

"解毒并不难,配毒也不难……最难的是卜毒。"

费介头也不回地往前走去。

范闲在后面停了脚步,细心体会他刚才说的那句话。

跟随费介学习这方面的知识已经一年，他自然知道，这个世界上真要找到一种无色无味无异感的毒药出来，是件极困难的事情。所以关键还在于下毒当中的这个"下"字。他忽然有些不好意思地笑了笑，心想自己又不准备去做刺客，也不准备去皇宫里毒杀皇帝，操心这些事情做什么呢？只要保证京都那位姨娘没办法找人毒死自己就好。

马车渐渐远离，尘土扬起，又缓缓落在路旁。

范闲对着远去的马车躬身行礼。他知道车上的那个变态老头当初来澹州，一定是很不情愿。不过这一年里，对方是真对自己很好，而且那种关心绝对是无法演出来的，念及此，他不禁有些黯然，心想费介老师真是一个极好极好的人，就是长得坏了点。

费介走后，很长一段时间范闲都没有适应。他可以找到很多年龄相近的玩伴，但他清楚，在结束故事会后，自己便不可能再与那些"同龄人"在一起玩耍，因为从心理年龄来说，他要比那些孩子们大很多。现在他失去了唯一可以交流的对象，便觉得自己的人生开始无趣起来。站在别府门口，看着道路上来往的人群，他觉得有些孤单，不知这漫长的孩童生涯该如何熬过去。

他想到自己刚醒过来时曾经幻想过的美妙事情，不由自嘲一笑——前生大部分的时间都在病床上缠绵，能力水平让他的穿越显得格外可怜，但想着自己总比这个世界上的人多些技能，比如做几块肥皂、烧几个形状丑陋的玻璃杯、出几个简单却可以给自己带来很多好处的点子……但当他发现这个世界上早就有了肥皂，玻璃也并不怎么稀奇，费介离开澹州港时坐的就是四轮马车，车旁护卫骑的马更是马上有鞍、马下有镫的时候，一股失落的情绪让他唏嘘起来。

澹州城的天忽然阴了，乌云沉甸甸的，就像是被打湿了的脏棉花，或者是火候过了的棉花糖，就这样悬在人们的头顶。住在海边的人早就习惯了这种天气，知道离下雨来风还有很久的时间，所以并没有如何惊慌。不像以前有些年，司南伯爵别府的那位漂亮私生子，总喜欢在夏天台风到来之前，跑到别府最高的屋顶，对着全城的人喊个不停。

"要下雨了，大家快收衣服吧！"

澹州港唯一的一条主街上四处摆着吃食和小玩意儿，摊贩们看着从人群中间走过的那个漂亮男孩，纷纷打趣道："范少爷，最近怎么不喊大家收衣服了？"

范闲微羞一笑，没有说话，牵着大丫鬟的手往别府里走，另外一只手上托着一块豆腐。

大家都知道伯爵别府的这位私生子与一般的贵族少爷不同，最喜欢帮下人做事，尤其是帮丫鬟们做事，早就看习惯了，所以并不吃惊。

费介离开澹州已然七年，范闲已经长成一个透着股清透劲儿的漂亮少年。

回到府中，让下人把豆腐提到厨房，给身体有些欠安的老夫人请安，顺手将老太太身边的一张纸揣进怀里，范闲才回到书房里。他摸出怀里京都妹妹寄来的信，放在那张纸旁，脸上的表情顿时变得精彩起来。

今年皇帝陛下忽然宣布改元庆历，这让他感觉有些古怪，京都里的那些文官贵族虽然表面上不敢有任何意见，但在没有人的角落里总会咕哝几句。尤其是那些酸腐文人，如今不论是今文派还是古文派，不论是国立教育院里的老夫子还是喝粥的小说家，都开始在交付监察院第八处审核的文章里，忍不住提起了意见。

改元的后续就是推行新政，但新政似乎毫无新意，只是整治吏治而已，唯一让天下臣民觉得很新妙的是——就在庆历元年，皇宫里忽然传出一道旨意，内廷开始办报纸了。

报纸？没有人明白那是什么玩意儿，直到内廷真正把第一张报纸印出来之后，大家才齐声喔了一声，再没有人把它当回事。

这报纸是由皇宫独家控制的产物，而且每天的样刊必须皇帝陛下亲自看过才能付印，所以根本不可能刊登任何有意思的文章。

而连续几期贵达一银币的报纸被京都里爱尝鲜的人们买到手后，有些权贵人家认为自己是不是上了皇帝陛下的当，最近是不是皇宫又准备修什么新园子了？

那张薄薄的纸上，什么有价值的内容都没有，只是写着各地的风景名胜、前朝人物传记，而占据版面最大的那一面，沿着四周印了些流云样的花边，记载着京都里许多官员的私生活，比如枢密院某官员惨遭家中悍妻毒打、京都守备叶重为何少了一颗门牙，诸如此类。

那些官员本想找报纸的麻烦，怎奈后台是皇帝，只好怏怏作罢。

报纸印数不多，整个澹州只有两份，其中一份专供司南伯别府。

当范闲从奶奶的房里偷出那张下人们议论纷纷的报纸，匆匆一扫而过后，实在是没有办法控制自己的面部表情，张大了嘴，久久说不出话来。

在某些人看来，所谓新政纯粹是皇帝陛下胡闹的产物，但是全天下人都知道，这位皇帝陛下向来不是一个胡闹的人，而让范闲感到不安的是，这些新政都有些眼熟。他没有心情去改变这个世界，也没有兴趣去改变这个世界，但当这个世界有某些方面变得和自己以前的世界有些许相似时，他自然很想知道这些事情背后隐藏着什么。

想了很长时间他也没能想明白，摇了摇头把报纸放下，心想总不可能皇帝陛下也是一个穿越过来的人，而且还是特有雄心壮志的那种。

新政他可以不用理会，报纸旁边的那封信却和他脱不了关系。

新政对他的最大好处便是朝廷颁布了《通邮法令》，如今邮路畅通，他与远在京都的若若妹妹终于可以悄悄通信，而不用担心被别的人，比如那位姨娘知道。

在范闲的记忆中，若若就是那个和自己有点血缘关系的、许多年前曾经在澹州城待过一段童年的、长得黑黑瘦瘦的、没有自己这个皮囊漂亮的可怜小妹妹。

好些年没见过，也不知道那个小丫头现在长成什么样子，头发上那几根稀疏的黄毛有没有变黑，有没有变得漂亮？

算起来，今年范若若已经十二岁了，不知道为什么，也许是童年的鬼故事印象太深，这位范府的正牌大小姐对于远在天边的哥哥十分依赖，经常来信问候，前半年的信里还常常表述对奶奶的思念以及对于澹州生活的回忆，这半年的信里面，却只是偶尔讲讲家里的事，大部分都说在京都府邸里的无聊日子。

范闲的手指在信纸上轻轻划过，漂亮的脸上生出一抹忧色。

信纸上是妹妹略显稚嫩的字体，上面写着最近她在京都的生活。她进了王公贵族人家女子才能进的学校，一切都如同这个世界每个像她这样的人应该遵循的轨迹一般。但信里的字里行间，总是透出一些不怎么符合她年龄的忧愁来。想来应该是京都府中，那位生了儿子的姨娘越来越嚣张了，范大人忙于公务，只怕对这个孤女的照顾略有不足。

范闲拿起笔，蘸了些墨水，略一沉思便开始回信。在信中他写得很隐晦，让妹妹多争取一些与父亲相处的时间，在父亲面前表现得柔弱可爱些，绝不埋怨，但要偶露幽怨。

其次则是要在那位姨娘和娇蛮的弟弟面前表现得厉害些，所谓人善被人欺，要想不被人欺负，至少要表现出自己有反抗的意愿。再就是对家里的下人好一点，尤其是对于父亲的幕僚，要采取那种纯净无辜眼，看着大叔展示无聊仰慕的手段。

最后，尽可能地小小触犯一下京都府中目前的女主人，受些小苦，再想办法让男主人知道这件事情——任何一个男人都会有一种莫名其妙的保护欲，更何况是对自己的女儿。

但是这些宅斗技能需要极好的分寸感，范闲认真说了两句，心想如果若若足够聪明，应该明白自己的意思，只是不知道这种自己学自前世言情小说的招数会不会有用处。

过了两个月，范若若的回信来了，不知道是这些招数起了作用，还是京都府里根本就没有所谓后妈虐女事件，总之能明显地看出来，她最近很高兴。

只是在信中，范若若有些不解地问，为什么要对家里的下人好些？范闲这才醒过神来，在这个阶层森严的社会里，很少有人像自己一样看待人与人之间的关系。于是他又去了一封信，讲了几个小故事来表明：尊重，不只对别人有好处，对自己也有益处。

范闲本想凭自己的记忆抄几则《十日谈》的故事夹在寄给京都的信中，记得前世看教科书时，权威的评论家总是称赞薄伽丘在书中歌颂爱情，倡导社会平等和男女平等，但稍一回神，他赶紧放弃了，要知道《十日谈》里不雅的地方真是不少。

这只是生活当中的一个小插曲，却让他找到了某种精神上的寄托，似乎京都那个小女孩过得好不好，成了他生活幸福的重要指标。

远在京都的范若若虽然年幼，也能从这些信里感觉到澹州的那位哥哥似乎和一般的小孩子不一样。心理年龄相差极大的这对兄妹就这样书信来往，渐渐她也受了不少感染，信上言语谈吐变得比一般的小女孩成熟许多，对世界的看法也渐渐有了细微的改变。

春有风筝，夏有鱼，秋有青鸟，冬有雁，书信一来一往间，日子就这样过去了。

写信对有强烈倾吐欲望却没有倾吐对象的范闲来说，是件有趣的事情，但是写信的过程却并非如此，因为他的手臂在这几年里就没有好过，有时肿有时痛，有时如被万针齐刺，严重的时候，右手根本就抬不起来，只好用左手写。身在京都的范若若因此很是惊叹于哥哥的小心谨慎，居然隔一封信就会换一种笔迹。

一切都源于七年前的那个夜晚。

费老离开后，小范闲很寂寞，在某天晚上迈着小腿偷偷钻出狗洞，来到了那间古怪的、经常关门歇业的杂货店外，熟门熟路地找到后门，从石阶角下厚厚的草叶里取出钥匙，开门进去。

杂货店里本来是一片漆黑，直到范闲来到后门前，里面才有一盏微弱的油灯被点亮。小范闲抽了抽鼻子，很轻易地发现了五竹为他准备的黄酒，甜甜地笑了笑，自己动手拿碗盛酒喝了起来。

五竹不喝酒，范闲甚至都没有看见他吃过饭，早已习惯了独饮。只是这个场景看起来不免有些荒诞，一个小男孩居然像世间的豪迈游侠一样灌着酒，任谁都会觉得不对，五竹却偏偏任由范闲喝，从来没有管他的意思，甚至还会准备几个小凉菜给他下酒。

虽然喝的是黄酒，喝多了还是会有些晕，范闲眯着可爱的小醉眼，看着那个脸上没有表情、似乎永远不会变老的瞎子，问道："叔，这么多年，为什么你的样子都没怎么变？像是不会老似的。"

他接着自问自答道："看来绝世强者，真的可以永驻青春……不过，你不是没有练过内功吗？"

"叔，在这个世界上真正厉害的人物有多少？怎么分级别？"

"九级？怎么又是九？"

醉意十足的小家伙根本没有注意到自己言语里的漏洞。

"你是几级？"

"没级？"

"那东夷城练四顾剑的白痴几级？"

"也没级？"

"京都那谁谁谁的叔父叶流云是几级？"

"还是没级？"

其实所有的话都是范闲在自问自答。

最后他嘻嘻笑着说道："那不成，我也要练成没级。"

五竹正在切萝卜丝。他下刀很快，刀刃却是刚一触木板便会收回，切出来的萝卜丝都像是用工具量过的一样粗细，不差分毫，晶莹一片码在案板之上，十分美丽。

听到问话，他抬起头来，略略迟疑了一下，走到范闲的身边，将手中的菜刀塞进他的手里。

范闲接过菜刀，呆呆地望向案板上的萝卜，继挖坟开膛剖尸之后，开始了自己人生第二段有益却又同样悲惨的学习历程。

第三章 高岗上

深夜，杂货店的后面房内传来一阵极轻微的笃笃声。五竹侧身向外，面无表情地说道："今天切得很慢。"

范闲抹了抹额头上的汗，看着面前堆积成一座小山似的萝卜丝，微微一笑，活动了一下自己的右臂，发现切了几年萝卜丝，现在的速度已经赶上五竹叔，粗细也快要接近一致。只是他的右臂肿了又消，痛了又好，练到今天切萝卜丝仍然会发出声音来，他便知道，自己距离五竹对于手中刀的控制境界还相差许多。

虽然不明白切萝卜丝对于修行武道有什么帮助，但一想到五竹是一位能够和四大宗师对战的绝世强者，范闲就觉得这萝卜丝切得有滋有味，硬生生切出了战鼓入心的感觉。

自然，他在五竹这里受的训练远远不止这些，还有蹲马步、爬悬崖之类很俗套的东西，只不过五竹的训练要求太过变态，蹲马步蹲到无法蹲马桶，切菜切到手抽筋，跑步跑到睡不醒，令他痛苦不堪。最痛苦的是：每隔三天，五竹便会在澹州港外的偏僻处与他对练——或者说，绝代强者瞎子五竹对范闲的单方面暴力殴打。

这真是可歌可泣，血泪交加的童年生活。

五竹说，当年小姐训练下属的时候就是按照这种"三从一大"的原则。

所谓"三从一大"，指的就是：从难、从严、从实战需要出发，进行大运动量训练。范闲听了好些次，才想起来，这是前世体育健儿们扫荡金牌的最有用手段，不禁对那位小姐，也就是自己生身母亲的来历再次生出无穷好奇。

练体育与军训一样，都是世间最苦的事情，但范闲依然毫无怨言地做着这一切。表面是因为他信守承诺，实际上却是远超年龄的心智让他知道，这一切对于自己都有极大的好处。

他体内的无名霸道真气这几年越发狂暴，虽然在丹田之外还有后腰处的雪山容纳，但尚未发育完全的身体依然有些禁不住真气在经脉中的侵伐，时常会出现真气外溢的现象，每当这时，他身边总会有些家具之类的东西遭殃。

如果任由这种情况发展下去，总有一天，真气蕴积的速度会超过身体经脉成熟的速度，让他爆体而亡。

五竹确实没有什么解决他体内暴戾真气的方法，只是让他不停地锻炼身体，将浑身的机能调整到一个极佳的状态，再用切萝卜丝的方法让他锻炼心志，不急不躁，数年下来，潜移默化中，让他对于真气的控制稳定了许多。

对于死亡，所有活着的人都不如范闲体会深，所以没有人比他更怕死。当感觉到五竹的训练对于自己克服霸道之卷所带来的副作用很有帮助时，他训练得更加投入了，萝卜丝的味道都好了很多。

范闲日后细细想来，才明白五竹这些举动隐含着的深意。如果真气是一炉火，那自己就是那个炉子，锻炼自己的身体就等于打造一个结实的炉子，锻炼心志、磨炼精神，就等于在炉子上开了一个小口，能够有效地控制火势。至于天天被五竹用木棍教育，他只能拿孟子的那段话来安慰自己，一切都是有用的，一切都是好的。

只是……真的很疼啊。

清晨，范闲从床上醒来，揉了揉有些发木的眼睛，爬了起来，蹿进丫鬟的被窝里，嗅着被窝里残留的温柔体香，露出满足的微笑。

丫鬟思思正拿着把梳子在梳头，发现他起来了，笑着走到自己的床边，将像八爪章鱼一样绞着自己被褥的男孩使劲拽了出来，也来不及再梳头发，随便拢了拢，起身去准备晨洗的热水。

范闲从被窝里爬了起来，一屁股坐到自己给思思用棉花做成的枕头上，脸上笑意渐敛，有些想念前些年被自己逐出府去的冬儿。

想念也只是想想而已，不会多想，他安静等着思思回来。不料等了半天，他也没有等到敷在自己脸上的热毛巾。

院子里忽然传来呵骂的声音。

范闲穿好衣服，推门走了出去，发现花园里周管家正在骂思思，用词很是严厉，甚至可以说不堪。原因很简单，思思急着出来端热水，所以头发没有梳好，衣服也没有穿整齐。

这位周管家是前年从京都来的，范闲自然清楚是那位姨太太派来盯着自己的人，只是一年多来此人表现得倒也老实，在老夫人的视线下，他也没有插手后宅的事情，所以范闲没有理他。

今天周管家居然敢骂自己的丫鬟，这让范闲很不高兴，尤其是在他正好想念了一番冬儿姐姐的时刻。

他走到花园里，看着周管家说道："这是我的丫鬟。"

"少爷，既然是范府的丫鬟，总要守范府的规矩。"周管家看着他皮笑肉不笑地说道。

无论神情还是称呼，他都没有任何不敬的地方，却是刻意把"少爷"两个字拉长了很多，谁都能品出其中的嘲弄意味。

范闲没有私生子的自觉，直到这时候触着对方的眼神，才大概明白京都范府里的人是怎样看待自己这个远在澹州的少爷，不由沉默。

花园里变得安静无比，思思紧张地拉着他的手，脸色苍白，心想京都与澹州两房间的冲突，今天终于要爆发吗？

见到事情不妙，有丫鬟偷偷溜走去找老夫人，其他的丫鬟下人则是紧张地注视着场内。名义上是两房，但大家都知道范闲少爷的身份其实不怎么光彩，而澹州别府的一应用度全部由京都的二太太调取。正是因为这样，二太太的心腹周管家，才敢对这位少爷如此不敬。毕竟在大家的心目中，将来继承范府庞大家产的只可能是京都里的那位小少爷，而不是面前这个笑容可爱的十三岁少年。

下人们虽然一向疼爱范闲，但在这样站阵营的时刻没有人敢冒着得罪二太太的危险站到他的身边，除了思思以及从前的冬儿。

范闲很清楚下人们的顾虑，谁想生活得好点都不容易，他不觉得悲哀或是心寒，只是偏着头，静静看着面前这位面色不佳的周管家，心想一直安分的他为什么终于还是忍不住了呢？

周管家是京都范府的二管家，据说在京里犯了些小错，所以被赶到了澹州，但这自然都是表面叙事，没有半点真实。

司南伯范建的正妻已经死了十几年，二太太九年前又生了一个儿子，水涨船高，加上二太太娘家很有些背景，眼看着就要扶正。在这样关键的时候，身为二太太心腹的他来到澹州，哪里是被贬，明显是被重用，至于怎么用自然要看二太太的意思。

为了完成任务，他很小心地管理着别府，对老夫人特别尊重，对下人也是和颜悦色，很少插手内宅的事情，只是每次看见那个害自己被变相流放的小贱种时，总有些压抑不住心头的厌恶。因为不论他走到哪里，似乎都能看到那个男孩微笑着的脸，还有那双清澈透明的双眼。那张脸干净又漂亮，但如果从一醒来，就时时刻刻发现这张脸陪伴在你身旁，那种感觉就很怪异了。

当周管家满脸和蔼地与下人们打着招呼时，小范闲那张漂亮脸蛋隐在花丛之中，静静地望着他；当周管家皱着眉头认真查看账目的时候，小范闲那张干净的脸蛋搁在账房的窗台上，天真地望着他；当周管家恭敬无比地向老夫人汇报时，小范闲那张可爱的脸蛋轻轻依在老夫人的身边，充满无数好奇地望着他。

这样过了几个月，周管家觉得自己要疯了，不管睁眼闭眼都能看到那张干净可爱无害的小脸蛋，就像是一个飘浮在幽幽白雾中的鬼脸，如果不是鬼的脸，怎么可能那么漂亮，而且那么专注地看着自己。

他快要承受不住这种精神上的压力，甚至开始疑神疑鬼，是不是那个小男孩知道自己是来对付他的？但周管家马上想到，这个孽种才这么大点儿，怎么可能知道成人世界里的那些阴险，可是……为什么他总看着我？为什么？就像此时一样，明明自己的话应该会让这小贱种觉得屈辱，为什么他还能如此平静？

其实范闲并不知道自己对管家肆无忌惮的观察，会给对方带来这么大的精神压力，当然就算他知道也不会有更多的歉意。那些观察只是他很好奇宅斗文里的那些细节是不是真实的，而且他很想知道京都的那位姨娘，会用什么样的手段来对付自己。

但今天看见周管家借着教训自己的大丫鬟来拂自己的脸面，听到那声不阴不阳的"少爷"，范闲忽然发现自己错了。这里是真实的世界，宅斗不能当成文艺片来欣赏，而是真的会死人的。如果想要保护自己的生活以及站在自己身边的人，总需要做些事情。

"听说少爷前些年将一个大丫鬟赶出府去，这也太胡闹了些。"周管家像是没有看见范闲的眼神变得冷淡起来，仍然继续说话，用对小孩说话的语气说道，"这些就是规矩了，少爷您可否明白？"

范闲微笑说道："你这是警告我？"

周管家口称不敢，眼神却带着冷意："不敢，只是临来前，二太太交代过，少爷年纪小，要小的多照看一下。"

"难道你就不怕我端出少爷的架子扇你大嘴巴？"范闲似乎很好奇。

周管家笑了起来，然后笑容骤敛，正色喝道："虽然少爷自幼丧母，少人管教，但毕竟读过不少诗书经卷，居然想着仗势欺人，还是苛待下人？若让老爷知道，只怕会非常不喜。"

范闲似乎被这句话吓着了，转身牵着思思向屋里走去。

看着这幕画面,周管家的眼里闪过一抹冷意,心想一个私生子居然想在自己的面前摆主人家的谱,也不想想自己的身份。当然你若一直安分下去,在京都做出决定之前,会让你活得舒服些。

看着范闲与思思向屋里走去的画面,下人们松了口气,心想总算没起冲突,又不免觉得少爷好生可怜,竟被管家如此欺辱。

思思眼睛微湿,替范闲好生委屈,心想稍后一定要去老夫人面前告周管家一状,全然没发现范闲的眼神于平静里多了一抹冷意。

接下来发生的事情谁都没有想到。

范闲牵着思思的手进了屋,搬出两个板凳放在门口,让思思坐在一个板凳上,然后搬着另一个板凳来到花园里。

下人丫鬟们还没有散去,周管家还在回味刚才的英武。

范闲将板凳放在周管家的身前,旁边的人觉得很奇怪,周管家也不解其意,正准备发问的时候,只见他已经踩着凳子站了上去。

十三岁的他站上凳子,将将和周管家一般高。

众人很是不解,心想他站到凳子上去做什么?就在这个时候,只见范闲抬起右手凑到嘴边呵了两口热气,然后高高地抬了起来。

"你要做什么?"这句话还停留在周管家的嘴里,没有来得及和唾沫星子一起喷出。

范闲的手先是向后一抡,然后往前狠狠地扇了下去!

啪的一声响,周管家被这记耳光扇倒在地,去势不减,竟在地上滚了七八圈,撞到石阶才停了下来,刚好就趴在思思的脚下。

他整个人都被打蒙了,完全想不到这个小孩力气居然这么大,而且……这小孩居然……真的敢打自己!

范闲从凳子上跳了下来,揉揉手腕,从旁边一个小丫鬟手里拿过一方手帕擦了擦手,望着在地上捂脸呻吟的周管家,说道:"读过诗书不代表不会打人的。我虽然不虐待下人,但很乐意让你知道什么叫纨绔子弟的做派。"

周管家惊怒交加,撑着身体想要爬起来,却发现胸口一闷,竟喷出一大口血，血里夹着几颗碎牙，顿时吓死了。

如此小的年纪，手劲怎么会比京都府里的侍卫还要大！

他凄惨地倒在地上，望向范闲的无力眼神里充满了恐惧和骇异。

范闲平静地说道："真不明白你们这些人是怎么想的。你可能觉得我忘记了自己私生子的身份，但你也忘记了自己的身份，就算我是私生子，也是父亲的儿子，打了你，难道你还能打还回来？打便打了，你也只有受着，忍着。笑一个，或者自行去向老夫人或京都哭诉……但以后不要进后花园，我不喜欢看见你。"

说完这句话，他掸了掸裤子上的灰尘，转身上石阶，向坐在板凳上目瞪口呆的思思轻声说了句"出去一会儿"，就离了别府。

在他的身后，丫鬟下人们的脸上不由自主地浮现出畏惧的表情，谁也想不到这个温柔可爱的男孩竟然也有如此冷酷的一面，这种反差震慑了众人的心神，所以觉得格外恐怖。

这个时候老夫人也来到了后花园，看着躺在地上不停吐血的管家，想到那个孩子，目光里不禁露出一丝意味深长的笑意。

澹州港往西十里的海边，是一片礁石密集的险恶地，海风卷着蓝水往这处扑来，然后在坚硬的岩石上砸得粉碎，激起一大片雪色沫子。

东面有一道很狭窄的小路在怪石里时隐时现，范闲从那条小路走了过来，然后将身体背对着大海的方向，听着身后震耳欲聋的声音，抬头望去。

在他身前，是一道陡峭的悬崖，这座海边山峰凭空而生，天地造化而成，山后是绵延数百里的原始森林和沼泽，根本不可能绕路登临峰顶。如果想要上到峰顶，就只有从悬崖这边攀爬上去。

范闲看了一眼悬崖的表面，眉头微皱，在脑海中顿时将那条自己经常攀爬的线路找了出来，只是这几天海边风大，原本有些伸出崖面可以借力的石块已经变得酥松，如果爬上去，一定要格外小心。

身后的海浪扑打着黑色礁石，却没有办法越过那些无情而冷漠的石头的阻隔，只是送了些海水到浅滩，让这里的沙砾比别的地方显得潮湿许多。双脚在沙砾里，鞋边有些湿了，浸着脚让他很不舒服。

脱下鞋子，放在悬崖下一个干净的小陷坑里，范闲又找了些干燥的沙子擦在手掌上，开始调息自己体内的真气。做好了准备，右手稳定地搭在悬崖上一处毫不起眼的凸起上，微微用力，整个人的身体，便悬空而起，轻飘飘地向上攀去。

他爬行的速度很快，整个人的身体都紧贴着崖面，看上去就像是某种擅长攀岩的奇异动物，每一次探手、落脚，以及每一次用力都显得十分柔顺和自由。

不一会儿工夫，快要爬到崖顶，四周的海风打着旋跑到了他的身边，吹散因为运动而带出来的热量和汗液，让他感觉十分舒服。

"靖哥哥估计也没有我爬得快，不过山顶那瞎子可比马钰要狠多了……"

范闲一面爬一面想着刚才在府里花园中发生的事情，总感觉事情有些怪异，那位二太太的心腹管家既然老实了一年多，为什么偏偏今天有些失策，给了自己机会。

海风中带着湿气，所以裸露在外面的岩石上都有些滑溜，眼看就要到峰顶，范闲心神有些放松，一走神，右手一滑，险些掉了下去。

看似惊险，但他没有慌乱，体内的霸道真气贯注进左手，三根手指紧紧地捏住自己唯一可以借力的石角，微微颤抖的手指似乎深深地嵌进了石头中，牢不可脱。

一根木棍从他的头顶伸了下来，示意他抓住。

范闲似乎很逃避这根木棍，看也不看，身体荡了回来，脚尖在崖面上一蹬，整个人借力向上一跃，险之又险地上了峰顶。

"不够专心，会死。"

在峰顶悬崖边上，一身粗布衣衫的五竹迎着海风站立，眼睛上一如既往蒙着那块黑布。

范闲盘膝坐下，调息片刻站起身来，想着这句话，总觉得五竹叔是在说刚才别府里发生的事情，于是出言请教。

五竹说道："你觉得一记耳光能让管家收敛些？"

"能，只要奶奶站在我这一边。"范闲说道，他刚才没有用真气，但这些年来藏在少年瘦弱身体里的强大力量真的很可怕。而且最关键的是当时他所展现出来的冷漠气质，应该能震慑住周管家。

"那就行了。"五竹似乎不太喜欢探讨这个问题。

"我只是不明白，管家已经在澹州夹着尾巴过了一年半，一般情况下，实在是没有理由此时露出真实的丑陋嘴脸，除非……他觉得自己忍得很辛苦，而澹州将要发生什么事情，在他的眼里我已经不再对京都那位小主子构成危险，所以没必要再与我虚与委蛇。"

自嘲的笑容浮现在他稚嫩的脸庞上，看上去有些不协调。

说来真的很奇怪，如果说费介对丁范闲的早熟还有几丝疑惑和惊惧，五竹则是对这个问题毫不关心，似乎范闲就算变成一个老树妖，只要还是范闲，五竹就不会有任何反应。

范闲心想，可能是因为对方是个瞎子，所以看不到自己经常无意间流露出来的那些神情，那些不应该出现在小孩子脸上的神情。

五竹说道："这是小事。"显然他觉得范闲刚才的分析显得过于郑重其事。

"有人可能会来杀我，这也是小事？"范闲有些恼火。

五竹面无表情地回答道："我和费介教了你这么多，如果你还不能处理这种小事，那才是出了大事。"

范闲想了想，认可了这个判断，同时明白了五竹叔不会代自己处理这次的事情，而是把这当成对自己的考验。

总有一天他会去京都的，那里有着比海更深的水，还有比周管家强大得多的敌人，还有那些看不到的凶险。

"开始吧。"

"是。"

许久之后，在悬崖上方偏僻处，范闲赤裸着上身，可怜兮兮地对着那边呻吟道："再来……"

话音刚刚飘出悬崖，一根木棍就从天而降，狠狠地敲在他的后背上，发出砰的一声闷响。

范闲体内的霸道真气自行生出反应，在背上密密布了一层，只是木棍来得太快，竟在真气做出反应之前将力道全数"扎"了进去！

之所以用"扎"这个字，是因为这根木棍的主人出手就像一根笔直的线条，所有的力量，全部集中在棍尖上。

范闲发出一声极压抑的痛呼，少年的身体虽然有真气当护障，也是痛入骨髓，一时间整个身体都缩了起来。

前一刻他还痛成煮熟的虾米，后一刻他的手往石上一撑，整个人借着刚才缩起来的余势滚了起来，向后方狠狠一脚踹了过去！

任谁看见一个漂亮的少年郎踹出这么阴险的一脚，都会感到恐惧。但回应他的，只是很简单的一声"啪"！

范闲半跪在地，不停揉着脚踝，痛得眉毛都绞了起来。

几年来的经验早已证明，对五竹求饶没有任何用处，所以他只是盯着三丈外的那个瞎子，默默地想着别的方法——按照他与五竹的约定，只要打中对方一下，哪怕是衣角，也算自己赢。

但被痛殴了几年时间，范闲一直没办法碰到对方的身体。一方面是因为五竹的身法如鬼魅一般，悄无声息，疾如闪电，尤其可怖的是，他的动作根本没有丝毫先兆，完全无法通过肩头微侧、视线微移之类的信息来提前判断。另一方面就是五竹手上那根毫不起眼的木棍——每当范闲想尽一切办法，使尽阴招耗尽真气，将将要靠近五竹身体的时候，那根棍子就像阴间的魔鬼伸出来的爪子一样，狠狠地敲在他的手腕上、脚踝上，甚至是手指上。

没有碎，只有痛，难以忍受的痛。

最让范闲百思不得其解的是，不管如何掩去自己的声音，在这样海浪打石的轰鸣声中，蒙着一块黑布的五竹依然能够清楚地找到对手的方位，他手上的木棍更是从没有落空过。

"哎呀呀呀……"又是一棍敲中手腕，范闲痛极而唱，唱出京剧腔调，拖长了声音，然后渐渐消失在浪花的声音里。

山崖上一朵无名的小黄花瑟瑟缩缩地开着。范闲无力地躺在悬崖边上，悬崖下的大海已经恢复平静，在阳光的照耀下生出数百道金光。一直被海浪冲刷着的礁石也终于有了一些独处的时间，开始慢慢晒干，甲壳动物也爬了上去，就像一个个的小黑点。

摸着身上的痛处，运气察看体内的状况，他发现那些暴戾而行的真气，因为一部分被吸入了腰后的雪山，另一部分却因为要抵抗时刻不停的棍击而消耗掉，所以正处于一个很平静的状态……就像眼前这片宁静的大海一样。

他知道在这种情况下休息，对于自己的修行是没有好处的，所以抵抗着浑身的酸痛很困难地爬了起来，盘膝坐着，开始运行霸道之卷的法门，还悄悄瞥了眼站在悬崖边上的五竹。

五竹眼睛上蒙着的那块黑布，被海风吹得呼呼作响。

"还真酷，不是装酷。"

范闲在心里想着，说道："叔，当心摔下去了。"

五竹这么厉害的人物自然不会因为落下悬崖而死。

范闲只是有些闲。

"不要分心。"

五竹丢下这么一句冷冰冰的话，不再理他。

范闲在心里叹了口气，静气宁神，进入冥想的状态。不知道过了多久，他在海风之中醒来，发现天上的太阳已经移转了方位，而身边不远处的五竹却依然保持着那个稳定的姿势，在海风中，就像一杆永远不会折断的大旗。

他站起身来，发现身体状况已经完全恢复，真气愈发充盈，而且对经络的冲击感也弱了许多。虽然肌肉和脚踝手腕处还有些酸痛，但回府之后用自己准备的药酒揉揉，自然也就没事了。

微腥的海风中，他走到悬崖边和五竹并排站着，只是个头比五竹还要矮许多。他拾起一块石头，奋力往海里扔去。此时体内的真气雄浑，因此他此时的力气也远比一般的人要大太多。石头远远地飞了出去，落入海面，只溅起肉眼不可见的小水花。

他有些满意自己的力量，心想就算那些武道高手也不见得有自己这样强悍的臂力。看着面前的壮阔蓝波，看着天上飞翔着的自由鸟儿，体内气机受外境牵引，精神不由一振，张开双臂，对着海面大声地吼了起来。

他在发泄郁闷，发泄对原来世界的眷念，发泄对这个世界的喜爱，也发泄着一直没有勇气离开澹州所带来的困兽感。

"京都，老子总有一天是要来的！"

五竹就像是没有听见他的大吼，仍然安静地站着。

"去做什么呢？"

范闲愣了愣，才反应过来惜字如金的五竹叔居然在开口问自己，赶紧回答道："自然是去看看这个世界到底是什么模样的。"

"外面的世界很危险。"五竹仍然没有回头。

范闲耸耸肩，说道："有你保护我，怕什么？"

"和小姐出来后，我忘记了一些事情。"五竹顿了顿，又接着说，"所以这个世界上有很多人可以伤害到我，自然也就能伤害到你。"

"叔谦虚。"范闲心想在这个依然陌生的世界中，我就你这么一个强者当保镖，如果你都想当甩手掌柜，那可不行。

"如果在京都，我在你的身边，会给你带来麻烦。"

范闲抬起头，看着瞎子五竹那张永远没有表情的脸，想了想，有些不好意思地回答道："那我保护你好了。"

五竹听到这句话后，终于回过头来，很认真地"盯着"范闲的眼睛，说道："这句话……小姐也说过。"

范闲怔了怔，心想自己的无耻果然很有几分老娘的遗风。

"为什么要看这个世界是什么样子？"五竹似乎在思考什么问题，"你现在站的地方，难道不是这个世界的一部分？"

范闲不知如何回答，既然自己来自另一个世界，自然会对这个世界的很多方面感兴趣，而且缠扰他心灵最久的一个疑问就是：自己是怎么来到这个世界的？五竹叔说的小姐是谁，神庙又是什么？

七年前费介还在澹州教书的时候，曾经提到过神庙，当时范闲就在想，能让自己从一个濒死的病人，变成现在这样的一个少年，这除了神迹，还能有什么解释？所以他对神庙很好奇，很想去看看那里有些什么。

京都也是他很想去的地方，范小妹在后妈的淫威之下过得如何？费介那个可爱的变态小老头儿如今又在做什么？

最重要的是，前世因病躺了许久，今世被小孩儿身躯困在澹州多年，他心中那团火焰烧得越来越旺，不停地焚痛他的精神，刺激他的欲望，想要做些什么，又想得到些什么。

安宁与野心、权力与幸福、爱情与美女……这些其实并不搭调甚至格格不入的名词，在他的脑中如浮光掠过。

"人的生命如果只有一次的话，那总是需要去看些不同的风景，遇到不同的人，这样才能让不能重来的游戏玩得尽兴些。"

范闲说的是真心话，前世在临死前的病床上他便曾经想过，如果再有来生，自己应该怎样度过，答案早就在心里。

五竹说道："你有什么打算？"

"首先要保证自己能活下去。"范闲蹲了下来，又扔了块石头，只是这次没有用力，石头砸到了下面的黑色礁石上碎了，"所以必须有保护自己的能力。"

"然后？"

"然后我给自己设置了三个目标。"

五竹安静倾听。

"第一，我要生很多很多的孩子。第二，我要写很多很多的书。第三，我要过很好很好的生活。"

范闲平静地说着这些荒诞不经的愿景，没有半点窘迫。

在他的内心深处，这个世界既然不是地球，那么自己就算是地球人类在这个世界里唯一的代表人物。按照生物学原理，身为人类血肉遗产的代表者，自己当然有义务在这个世界上留下很多后代。

同时他认为自己也是地球人类文化遗产的代表者，试问人类由古至今创造过多少美轮美奂的艺术成就，居然在这个世界上都找不到踪影，如果不写很多很多的书，让曹雪芹、莎士比亚等的宝贵的文化遗产在这个孤陋的世界里发光发彩，他真觉得对不起那些在平行宇宙里寂寞的先贤……当然，最主要的是对不起自己。

自然而然，他也将自己看成地球人类观察这个世界唯一的代表，所以他要确保自己生活得很舒适，只有这样才能延年益寿，尽量多观察几年。

直到很多年后，范闲才从内心有些羞涩地承认，其实这些只不过是在给自己内心隐藏极深的好色、无耻、贪欲寻求一个牌坊。

五竹用了很长时间才理解了范闲这三个目标到底是什么意思，冷静地分析道："那你需要娶很多老婆，找很多代笔，请很多仆人。"

"代笔？"

范闲笑了，心想自己准备让老曹、老莎这种牛人当自己的大枪手，自然不需要那些连署名权都捞不到的可怜文人。他正幻想着以后在文坛上的无上荣光，又听见五竹冷静到逻辑过于简单的分析。

"如果你要娶很多老婆，找很多代笔，请很多仆人，你就需要赚很多钱。如果你要赚很多钱，就需要很多权力。如果你需要很多权力，就需要你离这个国家的权力中心近一些。"说着，五竹转身动作利落地离开，"你满十六岁，我们就回京都。"

在他身后，范闲站在悬崖边上发呆，心想自己只不过小小吐露了一些不怎么过分的想法，怎么就会被这位脑筋有些问题的绝世强者给推论到什么国家权力方面去了？而且这么脆生生地就下了回京都的决定——他可是记得很清楚自己刚降生到这个世界的那天，可是被五竹背着从京都的死人堆里逃出来的。

他摇了摇头，不再去想这些事情，跑到五竹身后，认真地说道："叔，我难得吐露心声，你也得回馈点儿啥吧？"

"想知道什么？"

"我母亲的事情，为什么我们会在京都被人追杀？"

"小姐的事情，我会在你十六岁的时候全部告诉你，这是小姐的遗命。至于追杀我们的人不需要你知道，他们十三年前就死光了。"

回到澹州港的时候已经是中午，在城外很远处范闲就和五竹分了手，自己一个人进了城。城里的居民早就习惯了范府少爷经常在城外瞎逛。澹州城附近没有什么凶猛的野兽，也没有什么危险的地方，但还是有人觉得伯爵别府太不关心这个私生子的安全。毕竟在人们看来，此时的范闲还只是个十三岁的男孩子。

终日闲居无事，又不用向朝廷纳税的澹州居民们，总是闲到能从很多事情里推论出一些很奇怪的想法，比如说，伯爵别府里的某些人，是不是很希望那个私生子在野外被异兽吃掉，或者坠下悬崖死掉。

想到那个总是一脸可爱笑容的小男孩竟然是生活在这样危险的府邸之中，大家总是带着某种心悸的快感。

范闲不知道这些路人在想什么，依然保持着脸上微微羞涩的笑容。他微低着头，回到了伯爵别府。

知道他今天要回来吃饭，所有下人都在等他。老夫人坐在太师椅上，眼帘似睁未睁，像是在犯困。

"少爷回来了！"

下人们很快便把准备好的饭菜端了上来。一张圆桌搁在厅中，范闲与老夫人相对而坐，中间放着七七八八许多盘菜。

厅里的气氛有些古怪，下人们盯着范闲的筷子，没有去后院吃饭，有几个年纪小的丫鬟更是偷偷咽着口水，似乎饿急了。

这是别府不成文的规矩，在范闲的要求下，经过老夫人的默许，大家早就已经习惯——只要范少爷在府中吃饭，那么每道菜都必须经过他亲口品尝，表示满意之后，才允许动筷。

虽然不明白小少爷这是在胡闹什么，但前些年范闲最亲近的大丫鬟冬儿有一次在他吃饭之前尝了一下咸淡，便被范闲凶恶无比地赶出府去，自此，大家都知道，这便是别府最大的规矩。

要知道冬儿姑娘哭泣着离开时，老夫人也没有说话。

整个房间里只有范闲的咀嚼声和喝汤时轻微的啜吸声，所有下人都安静地双手下垂侍候在一旁。就像所有的大户人家一样，主人吃剩后的饭菜，总会送到下人居住的地方，当作给下层人的赏赐，所以范闲吃得不多，只是每道菜夹一筷送进嘴里。但他吃得比较慢，很仔细，薄唇轻动，看着就像两抹清亮的光在一开一合。

老夫人手里不停地摩挲着一个雕像，祷告着什么，没有发出声音。

许久后，范闲尝完了所有的菜，笑了起来，指着桌子上面的一盘清炒竹蒿，对下人们吩咐道："这盘菜我喜欢吃。"

下人丫鬟们松了一口气，赶紧开始添饭，那些没有职事的人也终于可以去后院吃饭，另外有位下人去了厨房，将剩下的所有清炒竹蒿全端到了厅上，放到了范闲的面前。

"奶奶，请用饭。"

范闲站起身来，很恭敬地向老夫人行礼，然后双手接过饭碗，礼貌地放到老夫人的面前。接着他端起自己的饭碗，又把筷子伸向盘子里的清炒竹蒿，看起来是真的很喜欢这道菜的味道。

他的眼里生出一抹笑意，像是终于找到了某种寻找了很久的事物。但不知为何，侍候在一边的丫鬟们却想到了早晨时周管家脸上挨的那重重一耳光，心情不由紧张起来。

第四章 有刺客来

"我端回房吃。"范闲对身边的丫鬟们说了声,然后端着那盘清炒竹蒿,和一碗白米饭,往偏院里自己的卧房走去。长辈还没有吃完饭,晚辈离席是很没有礼貌的事情,但老夫人没有说什么。

回到房间里,他取了些催吐的粉末直接吞了进去,然后将手指伸进咽喉里,轻轻一挠便将腹中的饭菜残糜吐了出来,接着从抽屉中取出几颗自己配的药丸,就着清水吞服了下去,又用真气运遍全身,发现确实没有什么问题,这才放下心来。

他看了一眼盘子里的清炒竹蒿,摇了摇头,倒进床后的恭桶里——菜里有毒,是监察院那些密探经常使用的"猫扣子"。

"猫扣子"是长在南边岛上的一种类似柑橘的水果,很漂亮,花朵有一种怪怪的辣香味,而毒素则是存于这种水果的果实之中。

猫扣子果汁混到饭菜中,不容易让饭菜变色,而且闻起来不会有什么异常,反而会增加饭菜的香味,所以经常被监察院的密探用来做掩人耳目的暗杀。这种毒药入腹之后,大约到晚上就会发挥作用,让人浑身抽搐而死,特别像是某种感染类死亡,很难发现真正的死因。

费介是监察院配制毒药的祖师爷,而范闲是费介唯一的徒弟,所以当他吃第一口清炒竹蒿的时候,马上就尝了出来——猫扣子没有什么味道,唯一的破绽就是带一点点苦味——下毒的刺客知道将猫扣子的果汁混进本来就有些苦味的竹蒿中。

范闲刚才没有立刻离开解毒，是怕老夫人受到惊吓。对费介教过的他来说，猫扣子实在算不上什么厉害毒药，只是费介不在身边，这又是第一次给自己解毒，他还是有些小小的紧张。

从费介告诫他之后，他一直很注意饮食，怕京都的那位姨娘对自己下毒手，所以才会有了刚才吃饭时的古怪场景——那些毒药可能毒不死他，却能轻易毒死府里的下人，所以他要求所有的菜必须自己先过一道，就像传说中皇宫里专门负责试菜的太监一样。

是的，范闲虽然认为自己的生命比任何人都重要，但他也不愿意让无辜的人因为自己死亡。

看见少爷来到了厨房这种地方，下人们赶紧站了起来，端了个板凳给他坐，笑着问道："少爷，是不是刚才没有吃饱，还想吃点儿？"

范闲嘻嘻一笑，说："炒竹蒿挺喜欢吃。"

厨师站在旁边呵呵笑道："少爷喜欢就好。"

"挺新鲜，什么时候买的？"范闲点点头问道。

"早上买的，自然新鲜。"

"对了，今天有府外面的人到厨房来过吗？"

"送菜的老哈病了，他侄子来过。"

范闲从厨师递过来的盘子里抓了块熏肉吃了，一面嚼一面害羞地笑了笑："别告诉奶奶我到厨房来偷吃的。"

看着他离开厨房，下人们议论起来，都说范大人的这个私生子人真好，没有半点儿权门子弟的恶习，除了吃饭的规矩。

澹州港的一条窄街中，范闲用手指勾住某幢建筑的后墙，手臂微微用力，便像只灵猫一样爬了进去，这是送菜老哈的家。

伯爵别府一共只有十几个丫鬟下人，都是老夫人亲自挑选的本地户，不需要怀疑，送菜的老哈这么巧得了急病，自然要查一查。

老哈的房间里一片黑暗，在范闲眼中却如白天一般。他轻无声息地走到房间里，鼻子便嗅到一丝血腥的味道。

老哈的尸体躺在床上，身上盖着棉被，只有一双脚露了出来，血腥味很淡，刺客应该已经处理过，如果不是范闲的鼻子在费介的教导下训练得十分灵敏，说不定便会错过。

范闲站在角落，尽量让呼吸平缓下来。黑暗掩藏了那个刺客，也能掩藏他。他学习五竹叔的方法，渐渐平静，真气在体内缓缓流淌，心跳也与街外的喧哗声形成一种很默契的和谐。

刺客应该还没有离开。监察院的规矩向来很严，下毒后一定要等到晚上，确认范闲死亡，才会趁夜色离开澹州港。

而在这座城市里，既然刺客冒充老哈的侄子，一定最熟悉这座小楼，不会再去寻找另外的观察地点。

但事情的发展有些超出范闲的预判，他小心观察着房间，除了床上老哈冰冷的尸体，没有发现别的人存在。他缓缓沿着墙壁往房间里面走去，让自己的身体不碰到屋里的家具而发出声响，目光从房顶及一些不易注意的角落上飘过。

他沿着墙壁走到了窗台附近，外面的光线从窗户处透了进来。老哈家里明显没有富到可以用玻璃的程度，屋内光线不是很亮。他静静地站在那些浑光旁，借着光与暗的反差，掩饰着自己的行踪。

站了很久，他皱了皱眉头，心想自己可能真的判断错了，那个下毒的刺客已经离开了澹州港，如果这样的话，自己第一时间来到这里，而不是先控制住周管家，那就是犯了大错。

他走到床边，想看一下老哈的尸体，确认对方的死因。

忽然，他听到了一道压抑得极为轻微的呼吸声。这人的呼吸声先前一直隐没在菜场的嘈杂之中，直到他靠近床，才能够听到。

刺客发现有人进来后，便躲到了老哈尸体的后面！

如果范闲不是拥有如此霸道的先天真气，耳力敏锐，能听到菜场里冬儿用刀切开豆腐的声音，那么一定会错过这道呼吸。

范闲停在床前。

窗外依然传来代表生机的叫卖声，夹着远方传来很轻微的声音，能听清是一辆马车往这边开来了。

菜场就在小楼正面，恰好就在这里路变得很窄，马车经过的时候，一定会有些困难，所以他轻轻握住匕首，安静等待着。

刺客也在尸体后方等待着，他并没有看到进入房间的人是谁，只知道对方拥有和自己一样的耐心，不禁生出些悔意，发现自己低估了澹州的危险，不应该留在这里继续观察，也不应该贪心把可能追查到此的人尽数灭口，而是应该及早离去。

一辆马车缓缓驶过菜场，两边的商贩开始谩骂起来，车夫愁苦的脸色表明如果不是赶时间，他也不愿意走这条路。

好不容易商贩们空出来一段路面，车夫向四周的人们表示了感谢，一挥马鞭，马车往前踏去，却挤烂了一箱鸡蛋，卖鸡蛋的商贩十分生气，拦在了马前，整个菜场轰的一声吵了起来，非常杂乱。

菜场旁的小楼内。范闲奇快无比地抬起右脚，在地上一踩，整个人便跳到了床边，右手一翻，一柄细长的匕首狠狠地向老哈尸体后方扎了下去！

在那一瞬间，范闲看清楚了刺客的容貌。那人双眼冰冷，眼骨上的眉毛有些散乱，可以看得出来年龄并不大，相貌很普通，只是双唇有些厚，脸颊上的皮肤有些干燥。

床上似乎毫无准备的刺客右手忽然动了动，一柄小小的黑色弩箭穿破了袖子，飞了出来，直射范闲面部——范闲此时双脚刚沾到地面，右手已经举了起来，整个胸腹处没有一点防御。

弩箭的飞行速度很快，像一道幽光！

在弩机扣响的一刹那，范闲就反应了过来，得助于这些年五竹那根比弩箭更快的木棍教育，他的脚尖沾到了地面，却没有踩实，后脚跟没有着地，用脚趾的力量一扭，整个身体在空中没有办法借力的情况下，往右边偏了几寸的距离。

弩箭极为惊险地从他的左脸旁边擦了过去，深深射进屋顶的木梁，发出笃的一声闷响。

刺客满脸震惊，似乎没想到来人竟然是那个应该已经中毒死了的范府私生子，更想不到这个少年居然能躲过如此近距离发射的暗弩！

这个时候，范闲手中的细长匕首已经顺着扭动身体的方向，狠狠地刺入了那个刺客的身体，发出一声很难听的闷响，就像是菜刀斫入猪肉时的感觉。只可惜他为了躲避弩箭，出手的角度稍微偏了些，细长的匕首只是插进了刺客的肩膀，而没有杀死对方。

刺客像水里的鳗鱼一样在床上一弹，左手锋芒一现，准备起身给范闲致命的一击——但马上肩部的剧痛和一股向下的冲击力让他不由自主地重新摔了下来，扣住暗弩的手指也松开了。

他起身的时候，就已经准备好了肩部的疼痛，但是没有想到这种疼痛如此剧烈，而且那个小男孩的匕首竟然是穿过了自己的肩膀，狠狠地扎进了床板里，将他的身体活生生地钉住！

刺客的动作失效，范闲的左手奇快无比地反扼住了他的咽喉。刺客那张平实无奇的脸上终于露出了对于死亡的恐惧，厚厚的双唇微张，似乎准备说些什么。

范闲的心脏一缩，感觉到微微的寒意，没有给对方说话或是反击的机会，虎口用力，直接一拧。

喀咔一声，刺客的脖颈断了，脑袋歪到一边，当场毙命。

他的手依然在刺客的脖子上放了一会儿，直到那些断开的骨节变僵，鲜血变冷，才将手收了回来，蹲下身体，开始大口喘气。

过了很长时间，他才冷静下来。

冷汗已经将他的衣服与身体紧紧地贴在一起。

他从刺客的肩膀处收回细长的匕首，刀锋与骨肉分离的声音很瘆人，又让他愣了愣，接着卸下刺客袖筒里那架小巧阴毒的暗弩。

细长的匕首上面涂着黑色，是避免反光，但范闲知道费介老师亲手配制的黑色涂料里面不仅有毒，还有一种能够放大受伤人痛觉的药物。他小心地将细长匕首插入硬若象皮做成的刀鞘中，看了一眼躺在床上的刺客尸首和床下送菜老哈的双脚，转身离开。

推开房门，五竹静静地站在楼梯角。

"如果没有马车过来怎么办？"

范闲沉默了很久，终于克服了初次杀人带来的恐惧，抬起头来露出招牌式的笑容："我会和他一直耗着，然后等你来。"

五竹再次消失。范闲从建筑后墙爬了下去，走在菜场中，身边人声鼎沸。他依然沉默着，垂在大腿边的右手微微颤抖着。

拖着沉重的脚步走到菜场的一头，在一个摊子面前他停下了脚步。这是个豆腐摊子，摆摊的是一个二十几岁的妇人，面貌柔美，系着围裙，双手白嫩。

"冬儿姐姐。"范闲轻声喊道。

卖豆腐的少妇正是被他赶出别府的大丫鬟冬儿，当年很小的时候，范闲经常赖在她的怀里睡觉，感情一直很好。冬儿出府之后，在菜场里摆了个豆腐摊，他便经常来这里买豆腐。

冬儿看见是他来了，脸上浮现出温柔的笑容，将他领了进来。看着他微颤的手，以为他衣服穿少了，赶紧找了件自己的干净罩衣给他披上，带着埋怨说道："少爷，你怎么来了，思思呢？"

范闲说道："我自己出来逛逛。"

冬儿知道他从小就喜欢到处爬，到处逛，思思就算想跟也跟不上，因此没有再说什么，给他倒了碗热茶。

这时又有居民来买豆腐，冬儿看了他一眼。

范闲点点头，让她先去照看生意，回身发现摊子的后面有个婴儿床，床上坐着一个两三岁大的小丫头，脸蛋红扑扑的，正伸出稚嫩的双手，在玩床前系着的小铃铛。

范闲伸手将那个小丫头抱了出来，逗着玩。冬儿转身看见，赶忙上来接到怀里，道："衣服弄脏了，回去又得让那些丫头们洗。"

范闲嘿嘿一笑，说道："冬儿姐，我当年像你女儿这么大的时候，你不一样天天抱着我。"

冬儿笑着说道："你是少爷，怎么能和我们这些下人比。"

有些奇怪，她因为吃饭的时候抢在范闲前尝了下咸淡，就被范闲无情地赶出别府，但听语气，却并不记恨对方。

范闲挠挠头，不知道该说什么。冬儿似乎瞧出来他心情不好，所以逗着自己的女儿喊："叫小少爷，小……少……爷……"

"喊我小舅舅。"范闲坚持。

在豆腐摊里坐了很久，看着冬儿切豆腐、称豆腐、用纸包豆腐，逗着身边的小丫头喊自己小舅舅。许久之后，范闲终于驱除了心头的那一丝阴冷，站起来向冬儿告辞。

冬儿有些为难地说道："你来这一趟，我这儿也没有什么好吃的。"

范闲笑了起来："难道我还差吃的？"

"那倒也是。"冬儿掩嘴一笑，依然如当年在府里那般娇羞，忽然想着一事，说道，"谢谢少爷给小丫头买的这些东西。"

范闲说道："只要不怪我把你赶出来就好。"

冬儿笑了笑，没有说话，她信任面前这个少年，虽然很不理解那天吃饭他为什么发怒，但知道对方一定不是恶意的。更何况出府之后，少爷经常偷偷给自己送些银钱过来，后来嫁了人，一家三口的日子过得还算舒服。出来摆豆腐摊，其中有个原因是知道这样才方便少爷来看自己。

范闲挥手与冬儿告别。走出菜场之后，回头望去，只见那个柔美可人的女子正背着小妮子在水里切豆腐，那微微前倾的身子仍然是那么苗条丰润，并没有看出岁月的痕迹，就像十年前抱着自己时候的模样。

他借故将冬儿赶出别府，是因为她是自己的贴身丫鬟，如果自己有什么事情，她会很不安全。

在他的"童年时光"中，他最喜欢这个贴身丫鬟，喜欢赖在她的身上，甚至时常幻想自己长大后可以如何如何——但他却忘了关键的一点，当他慢慢长大的时候，冬儿也变成了大人。

今年他十三岁，而冬儿已经二十多岁了。

"君生我未生，我生君已老。君恨我生迟，我恨君生早。君生我未生，我生君已老。恨不生同时，日日与君好。"他一面意淫冬儿是如何如何爱煞自己，一面哼着曲子回到别府，试图让自己忘记刺客和老哈并排瞪着的两对死鱼眼睛。

中午吃了一顿"猫扣子"毒药拌竹蒿，下午又拧断了一个人的脖子，他的胃口变得极差，晚饭只是随便吃了一些，便回了卧房。

入夜的时候，他却有些饿了，一个人举着油灯来到厨房，一路悄无声息，没有惊动任何下人。

进了厨房，他干净利落地洗了条鱼，菜刀在他的手上就像是只鸟儿一样飞舞着，仅用片刻便去鳞剖肚，又用五竹逼出来的切萝卜丝功夫切了些姜丝。菜刀落在案板上，没有发出一丝声音，接着又在放姜丝的小碟里兑了些醋。

生火烧水蒸鱼肥。

蹲在地上望着旁边的炉灶，望着缓缓升起的蒸汽，范闲忽然想到一件有些好笑的事情：费介老师和五竹叔因为母亲的原因都在教自己杀人以及如何避免被人所杀的本领，但客观上，却附赠教会了自己如何做一个好医生，以及做一个不错的厨子。

香味渐出，时候到了，范闲用手取出滚烫的鱼盘，淋了些南方送来的名贵酱油，汁液琥珀，十分漂亮。蒸鱼与汁一混，香气顿时弥漫在厨房里。他找到晚上的剩饭，就着蒸鱼姜醋，美美地吃了一顿。

第二天清晨他去给奶奶请安，请安的时候，新管家前来报告昨天夜里厨房被人弄得很乱，不知道是小偷还是哪个好吃的小丫头。范闲忍不住笑了起来，一边给老夫人揉肩膀，一边对管家说道："昨天晚上我去热了些饭吃，不要紧张。"

新管家目瞪口呆，心想小少爷这么大点儿年纪，怎么不喊下人做事，偏要自己去玩这些东西，如果把房子烧着了可不是好玩的。

范闲知道对方在想什么，对老夫人乖巧地说道："孙儿最近从书上找到一个蒸鱼的方法，所以想自己先试一下，如果味道还可以，就准备孝敬奶奶。因为想给奶奶惊喜，所以就没敢让下人知道，没想到却惊动了这么多人，孙儿知道错了。"

这番话合情合理，一般人也挑不出来什么毛病。

老夫人听了这句也没有什么表情，温和地说道："怎样都好，只是不论做什么事，都要记得收拾好。"

她对范闲一向严苛，极少有这种温柔的语气，范闲心里略感不安，觉得奶奶的口气里似乎透出一丝对自己的怜惜，这是为什么呢？

老夫人接着说道："昨天的事情我知道了，周管家不大好用，像夜里你去厨房这么危险的事情，都没有人察觉，实在是很不像话。我已经把他打发回京都了，由着那一家子破落货整去。"

范闲心头微惊，这才想起从外面回来后，竟然忘了处理周管家的事情。很明显这次刺客混入府中下毒，和这个管家脱不了干系，自己居然如此大意，果然很差劲啊。

白天在书房毫无心情地读了一会儿京都寄过来的书籍，范闲再次出府，经过菜场时，看到眼前的画面，才真正明白了奶奶那句"不论做什么事，都要记得收拾好"是什么意思。

菜场一角已被烧成一片废墟，却很神奇地没有波及相邻的建筑，只是将那单独一栋小楼烧得干干净净，什么都没有留下来。

四周围着居民在议论纷纷，范闲仗着个子矮，偷偷蹭在一旁听着，知道这场火灾里烧死了两个人，面目全非。

被烧光的地方，正是昨天范闲杀人的那幢建筑。

毁尸灭迹？

范闲想到奶奶刚才说已经把周管家遣回京都的安排，再和面前这凄惨的灰烬颓垣一联系，终于明白发生了什么，不由沉默起来。

他没有想到，对自己严厉有余、疼爱不足的奶奶竟然会为了自己做这么多事情，而且行事如此果断，毫无纰漏。

一想到老夫人平日里闭目养神的老佛爷模样，范闲实在无法将这种形象和眼前这片还冒着青烟的废墟联系起来。

他混在人群里，看着面前犹有焦煳味的残砾黑木，知道自己又学习到了一些知识。

有旁边的居民注意到他来了，向他请安后准备说些什么，范闲听若未闻地离开菜场，不知不觉间走到了那间熟悉的杂货店中。

"周管家被赶回京都了。"范闲说道。

五竹站在店里，面向安静的街道，没有什么反应。居民们都跑到菜场去看热闹，街上十分空旷。

"昨天我们去的那栋小楼被烧了。"范闲继续说道。

五竹还是没有什么反应。

范闲牵起他的袖角，小声说道："你是不是觉得我忘了处理周管家，是很愚蠢的表现，还需要奶奶帮我收拾干净。"

五竹转过身去，说道："想让我同情你？自己年纪小，对于这些事情不知道如何处理是应该的，自尊心受挫，来寻求安慰？"

瞎子的声音难得出现了一丝好奇，和平日里的毫无情绪相比显得生动了许多。

范闲说道："我认为杀人的感觉很不好。而且……"

今天看到菜场里的废墟，他才明白，自己穿越来到这个世界，如果不是费介和五竹的教育，自己并不会比一般的权贵子弟拥有更强的能力，说不定早就死了。在这样一个权力纠葛，隐秘重重的背景中，多一些知识似乎并没有什么用处，每一个站在权力风浪顶上的人，谁不精通那些肮脏而又繁复的手段。与他们相比,自己还真的是一个天真的儿童。

"杀人的感觉,与被杀的感觉,你喜欢哪个?"五竹问道。

范闲不知道该如何回答,自然没有人愿意被人杀死。

"既然你已经知道了答案,那就不要再问。"

五竹递给他一个牌子,"老夫人将周管家赶出澹州,没有杀他,是因为不想京都老宅里面因为这件事情闹得太厉害。"

范闲看着那个眼熟的牌子,知道是别府家中执事的令牌,这块牌子就是周管家的。他抬起头来,疑惑地看着五竹:"你杀了他?"

五竹点了点头。

范闲想到刺客的身份,认真地问道:"为什么刺客用毒及后续的手法与监察院的手段这么像?"

"问费介去。"

庆历年间,一个春光明媚的日子。

朝廷各部衙门大部分集中在天河大道以东,这里没有什么平民,道路也格外宽阔,两侧是许多或美丽或堂皇的木结构建筑。老军部就设在道口,门口放了一只巨大无比的石制雄狮,每天迎着朝阳张牙舞爪,光影幻离中,看上去有些怪异,像是史前巨兽,并不能如何体现庆国的军威。

庆国真正的权力中心,则是在北城的重重深宫之中,皇宫的建筑并不比各部衙门高大,除了那个高耸入天的瞭望塔。但厚厚的宫墙和里面宽阔无比的广场,营造出了一种极为神圣的感觉。

庆国的官员都清楚,皇宫里那位雄才伟略的陛下,并不会纠缠官场上具体的细节,所以对于他们而言,朝廷最可怕的地方,权力最大的地方,不是各部衙门,也不是皇宫,而是城西那个方方正正,外墙涂着一层灰黑色,看上去阴森恐怖的建筑。

这里就是监察院。

庆国实行三院六部制,三院是监察院、教育院以及由老军部升级而成的枢密院。三院之中权力最大的就是监察院，监察院可以自行调查、缉捕，甚至可以特旨审案断罪。

从某种意义上来讲，这是一只没有缰绳的猛兽，是皇帝陛下手上的秘密特务机关。不，应该说，监察院本来就是皇帝陛下摆在明处的特务机关。

只是庆国的官员们总是忧心忡忡，陛下英明神武，可以收服那位阴险的陈院长和监察院无数的密探以及暗地里可怕的实力，可万一……那将来，谁来拉这头猛兽的缰绳？更何况饱受监察院之苦的官员们总在暗地里腹诽，监察院不是猛兽，只是一头阴险而卑劣的野狗。

今日监察院某间不见天日的密室里，正在进行着一场隐秘的对话。

一位面相瘦削，嘴旁光洁，没有一丝胡须的老人正坐在轮椅上，腿上盖着一条柔顺滑美的羊毛毯子。

密室的玻璃窗被黑布蒙得严严实实，没有漏一丝阳光进来，老人很多年前在北边得过一场重病，从那以后，就开始畏光。

"费老，澹州那件事情查得怎么样了？"老人望着面前这个头发花白、长相怪异的同龄人，微笑着问道。

费介坐在椅子上喝茶，看着院长大人唇边诡异的微笑，不自然地苦笑了几下，说道："火场中的刺客确实是院中编制，归属于东山路管辖。而外地的组织事务一向归四处负责。四处一位官员，与范大人家里那位二太太是远房亲戚，大概便是这么个脉络。"

"身份？"这是老人最关心的事情。

费介眯着眼睛，眼瞳里满是不确定："我相信在知道这件事情的八个人中，没有人会泄漏。五大人虽然是小姐的亲随，但他当年很少出手，如今世上没谁见过他本人，唯一与他会过面的叶流云已经是一代宗师，更不可能跑到澹州去旅游。世上没有这么巧的事情，所以不用担心别人因为五大人而推断出他的身份。"

院长的手指枯瘦，指节突出，轻轻在桌面上敲打着，若有所思："当年我要你杀死那天夜里所有看见五竹的黑骑，你向我求情，现在想来还是不对。"

费介因为与毒药浸染过多而变成微褐色的眼瞳里闪过一丝黯然，声音微沉："那天夜里已经死了很多人。而没必要的杀戮是最愚蠢的事情，您应该不会忘记当年小姐说过的这句话。"

"噢。"老人也微笑了起来，似乎想到很多愉快的往事，然后在这样的微笑里，他发出数条改变很多人命运的指令。

"东山路听命于四处，既然文书签名齐全，那程序上并没有错，所以这件事情东山路不需要负责。其余的人随便处理。居然动用我的力量去杀我要保护的人，这是巧合，还是有些人在试探什么？那位二太太，看来很不简单啊，或许她后面还有不简单的人？"

"四处言若海监管不力，乱签一气，不是自己的儿子就瞎杀胡杀，胡闹台……停他三年俸禄，再派他大儿子，那个叫言冰云的去北边，弄到两条高等级的货色才准回来。"

说完这句话，老人拿起桌面上已经拟好的文件，写下了最后结论，然后签上了自己的大名——陈萍萍。

费介每次看到院长干瘪难看的签名都想笑，但又必须忍住。他知道这个女性味十足的签名会让几位高层官员死去，会让一个更高层官员的儿子凄苦地潜入敌国，必须弄到特别有价值的情报才准回国，这只怕比死还可怕。

老人自嘲一笑："我和范建从小一起长大，想不到现在要为他家的事情操这么多闲心。让人去查一查那位二太太与宫里的关系。"

费介皱着眉头，微褐的眼瞳微抖："不可能，那位贵人应该以为那个婴儿早就死了，挂着金卡的婴儿尸体是那人亲手验的。"

老人说道："陛下一向要求贵族、文官和我们保持距离，而当年派你去澹州，虽然很隐蔽，终究还有可能被对方发现。想来不论是太后还是宰相，都很好奇我们院子与范家的关系，借着二太太的手，试探一下我们和范大人对于这件事情的反应，这也是应有之义，所以我不认为接下来的调查是反应过度，明白吗？"

费介忽然有了怀疑，澹州的刺杀说不定是院长大人故意漏出的一些风声，不然他怎么会这么快便把矛头指向了宫里？

老人推着轮椅来到窗边，掀起黑布的一角，往窗外望去，淡淡地说道："关于箱子，不论五竹有没有说实话，不要落在外人手里就好。"

"可惜我们不知道那个箱子究竟有多大，是什么模样。"费介来到他的身边，顺着老人的目光往窗外望去。

"我下地狱之后，你早点儿来陪我打牌。"陈院长笑着说道。

费介知道院长大人的年纪远没有外貌那样苍老，笑道："我可是好人，将来要上天的。"

一个黑色的影子像风一样从密室的角落里飘了过来，将黑布拉下，阻止过于强烈的阳光照在老人的身上。这个人的动作没有一丝声音，正是许多年前在京外一剑斩杀持杖法师的那位高手。

费介指着那个影子说道："估计他会来陪你下棋。"

窗外一片阳光明媚，远处皇宫几大殿上的琉璃瓦正闪着湛湛金光。

窗前道路上的行人经过监察院门口时，都下意识地绕路到街对面行走，似乎害怕沾染到这里的阴暗气息。

监察院的门口有一块石质材料砌成的宽碑，碑上铭刻着几句话，真金涂绘于其上："我希望庆国的人民都能成为不羁之民。受到他人虐待时有不屈服之心，受到灾恶侵袭时有不受挫折之心；若有不正之事时，不恐惧修正之心；不向豺虎献媚……"①

落款是：叶轻眉。

没有人知道叶轻眉是谁，但是京都所有人都知道，监察院建立的时候这块石碑就立在了这里，永远金光闪闪，一片光明，和远处皇宫里的金黄色宫檐遥相呼应，似乎隐藏了那两座建筑里所有的黑暗。

① 出自《十二国记》，译文版本为"龙空论坛"麻牙苏坛友的签名。

第五章 浪花只开一时

澹州港恢复了平静,被烧死的送菜老哈与他楼内另一具尸首是什么关系,已经没有人关心。火灾的起因官府更是没有给出任何说法,事实上也没有人对后来的结果抱有兴趣。

书房里点着香,淡淡的香味沁人心脾,感觉十分舒服。范闲手上拿着一支秀气的毛笔,在剪裁成约莫四个手掌大小的宣纸上认真写着字。如今文场之上分今文派、古文派,在用笔上也有鹅毛笔与毛笔两种。从便捷的角度看鹅毛笔自然更好,京都的各部衙门一般用的都是这种,包括费介在澹州教书时,也是如此。但鹅毛笔削笔尖的工艺,却是需要真正手艺精良的老师傅,用久了笔尖容易变形,真正推广并不容易。

范闲更喜欢用毛笔,一来是觉得既然这个世界里凑巧用的还是方块字,那么用毛笔写出来的字当然更加美丽。二是他认为像自己眼下正在"写"的这个故事,是一定要用毛笔,加上极娟丽的小楷来慢慢抄,才能表示出那份尊重。

贴身丫鬟思思用纤细的两根手指握着墨块,缓慢而柔匀地在砚里顺时针磨着,目光落到少爷面前的纸上,只见上面写着:

……只见智能独在房中洗茶碗,秦钟跑来便搂着亲嘴。智能急得跺脚说:这算什么!再这么我就叫唤。秦钟求道:好人,我已急死了,你今儿再不依,我就死在这里。智能道:你想怎样?除非等我出了这牢坑,离了这些人,才依你。秦钟道:这也容易,只是远水救不得近渴……

思思瞄到这上面写的不堪内容,不由双颊一红,啐道:"这智能怎么这么无耻?"

范闲抬起头来,笑眯眯问道:"姐姐为什么说智能无耻?"

他在房中或是别人不曾注意的地方,总是唤几个大丫鬟为姐姐,这个习惯从冬儿开始就延续了下来,丫鬟们拗不过他,老太太又不管,所以只好由着他去,这些年听下来早就习惯了。

思思脸上红晕散开,像朝云一般,说道:"那尼姑……说话行事也太孟浪轻浮……只是少爷,尼姑是什么?馒头庵又是什么地方?"

范闲扑哧一笑,心想会儿写到秦钟与智能苟合之事,你只怕才会觉得是真孟浪。但听到思思问尼姑是什么,他才想起来,这个世界上没有佛教,自然就没有和尚,也没有女和尚。

他用空着的手挠挠头,不知道该怎么解释,半天才憋出一句话来:"尼姑就像苦行僧侣,馒头庵就类似于神庙这样的地方。"

思思听到他的解释,吓了一跳:"少爷可不敢胡写,神庙悲悯世人,怎么会是那种肮脏地方。"

范闲也不与她解释,笑着说道:"知道啦,我改改便是。"

他想着馒头庵里后续的情节,想了个法子让思思出去,免得丫鬟看见后面少儿不宜的内容,会向老夫人禀报。

小时候他经常讲鬼故事吓冬儿,冬儿以为是那位西席先生教的,还真的去老夫人那里告状,害得范闲默写了好几天的书。

思思细心叮嘱了几句,放下手中的墨便推门而出,临出门前那一扭的风姿,让范闲心头微微一热。

他执笔沉思,心想这抄《红楼梦》果然要比剽窃前贤诗词要来得复杂许多，自己一年前开始动笔，到如今也只默写到十五回，幸亏如今这脑子很古怪，前世的记忆竟是分毫不差，反而更加清晰，亏得如此，才能记住曹雪芹那些美则美矣、实则难记的判词梦谶。

只是书里面的人物背景，与这个世界总是有些许差别，不知道将来被别人看到后，会不会理解得了，所以有些要紧处还是需要慢慢改去。但范闲对于笔下这《红楼梦》还是极有信心的，一头牛，牵到北京还是牛——《红楼梦》，放到这个世界上依然是《红楼梦》，依然是大牛。

为什么要抄《红楼梦》？因为他对五竹叔说过的三个梦想，也是想提前为将来的京都生活做好准备，从物质以及精神上。

《红楼梦》这种长篇美文，是断然不可能像抄袭诗词一般，临时在某个酒宴上脱口而出，必须要事先准备好。

他很清楚自己将来的人生，肯定与庆国的中心、那个遥远的京都脱不了干系，也许是那个当朝廷高官的亲生父亲，也许是那个印象中的黄毛丫头，也许是自己没有见过面，却总是莫名好奇的母亲。

他写完这回里智能与秦钟那些不可与人言之事，待墨迹干后，放入信封之中，准备寄给远在京都的范若若。

范闲没有存稿，写一篇便往京都寄一篇。

他很难抑住心中那种想将前世的美好经验与这个世界上的人分享的欲望，就像某个人拥有了这个世界上最美丽而且从来没有人看见过的玉石，藏在床下许多年，心里一定会痒得要死，恨不得让全天下人——不，应该是至少有一个人，知道这玉石夺人心魄的美丽。

将名画收藏一辈子而不示人的收藏家，如果不是变态，那就是偷这幅画的小偷。

范闲不是变态，虽然确实是小偷，但这个世界上没有人知道。所以他完全忽略了范若若丫头的年纪，一直按月将稿子给她寄过去，然后告诉她，这故事叫《石头记》，是一个名为曹雪芹的人写的，自己偶然结识，每月从他那里弄些稿子，与妹分享，如何云云……

《石头记》前十五章里，依然有秦可卿梦中会宝玉，宝玉初试云雨情之类的段落，但范闲心想小丫头在自己几年书信的熏陶下，应该不会将这些看成洪水猛兽，也不会将自己这哥哥看成淫邪之人。

果不其然，范若若得了曹公文字，懵懂读之，视若牡丹大嚼之，还是慢慢品出了很多味道。尤其是看到黛玉进府之后，便开始觉出好来，每月必来信催哥哥向那曹公多求些。

范闲接信之时，心中不免苦闷，心想这存稿都没了，更新自然不可能太快，日后抄到七八十章时，还不是要落个太监的下场。

将今日文抄公的事业做完，范闲便开始和平常的日子一样看起书来。他的书房里有许多杂书，都是京都范府寄过来的，每当想到这件事情的时候，他心里对那位从未谋面的范大人的印象会有所改观，至少对方还知道一个人成长过程之中，最紧要的是哪些东西。

书籍的内容涉猎面极广，从农物耕种到庆国律法，无一不包，还有些这个世界的经书更是像砖头一样塞满了整层书柜。

不论哪方面的学习，识毒、修行与读书，范闲都很认真，用完全不符合他表面年龄的沉稳与刻苦不停地累积。因为他明白自己比旁的人并不多什么，自己并没有来到一个平均智商为五十的完美世界。自己能够拥有的优势，不过是那么一点点地球社会沉淀下来的知识，还有就是比一般孩童启蒙要早许多的觉醒初始时刻。

有些遗憾的是，读了这些年的书，他从那些经书里发现了许多前世所学的影子，只是在表述的方式上有些不同，这让他绝了抄袭韩非子、荀子、老子、孙子等，从而成为一代学术大家的念头。

油灯里一声轻响，蹦出一小团灯花，忽然变得亮了些许，范闲伏案看书，渐渐睡去。

第二日清晨醒来，洗漱完毕，他先给老夫人请安，才去厅里用早饭。自从刺客的事情发生之后，他再看奶奶的目光就与以前有了很大的差别，除了坚持多年的晨午请安之外，还会时常与老太太聊些家常话，讲几个小段子逗老人家开心。

"听说有一天，皇帝陛下召集宰相大人、元老会领事大臣，监察院院长、宫中的太监头子，还有一群高官在大殿商议国是。可是那天天降流星，一颗陨石从天上飞了下来，砸破了殿顶，将正跪在下面的几位大臣全砸着了。陛下赶紧传唤太医前来医治，守候在病房之外。不一会儿工夫，太医出来了，陛下忙着问：太医，宰相还有救吗？太医很木然地摇摇头：宰相没救了。"

老夫人满脸狐疑，不知道小孩子为什么讲起京都里的事情，这些权力中的阴险事她不知道亲身经历过多少，向来小心谨慎。

"陛下又问：那领事大臣呢？太医又沮丧地摇摇头：唉……也没救了。陛下又问：洪公公？太医仍然是摇摇头。陛下大怒，呵斥道：那到底谁还有救？太医精神一振，说道：陛下洪福，庆国有救了！"

听到最后一句，老夫人才明白，笑得颤颤巍巍，眼泪都险些掉下来，指着范闲无辜的脸笑骂道："你这个小促狭鬼，如果是在京都里，光凭这个笑话，就要被监察院给逮进去。"

庆国的国力天下无双，朝政之弊却也无法尽除，而在天下百姓心中，最大的几个奸臣就是刚才段子里提到的宰相大人、领事大臣和太监头子洪公公，当然，监察院那位院长也是臭名昭著，但范闲看在费介老师的渊源上，不好将这人也编排进去。

这个段子其实脱胎于前世关于台湾政局的某个笑话，范闲有日写在了寄给妹妹的信中，将她逗得不行，今天讲给奶奶听，这位看似糊涂，实则精明之极的老太太，果然也笑得不行。

出府之后，想到与自己变得越来越亲近的老夫人，范闲有些欣慰，毕竟这些年，奶奶对他照顾得极为用心。

他想起一个传闻，听说范家在京都本来就是名门大族，但是范建这一房却是极远的外系，而且人丁稀少，很受欺压，以至于奶奶刚生下范建不久，就入诚王府做了奶妈。

很凑巧的是，上上任皇帝没有子嗣，当这位皇帝因为性生活过于频繁的原因英年早逝之后，两位最有可能接位的亲王殿下一个被北魏刺客暗杀，另一位却又被已经被暗杀的那位亲王早前派的人暗杀……总之在这么复杂而荒谬的过程之后，那张其实并不起眼，还很容易导致流血的龙椅，就顶到了一生谨慎自持的诚王的屁股下面。

诚王安安稳稳做了几年太平皇帝，时辰到了便上了天，皇位传给了现在的皇帝陛下。庆国在陛下的带领下西征蛮夷，北伐北魏，终于将这天下打得稀里哗啦，让原本强大无比的北魏分崩离析，变成了北齐与一些小诸侯国，只有东夷城置身事外，没受影响。

看待帝王，不外乎是文治武功在青史上的分量，如今的庆国皇帝陛下先不说文治，单论武功，也可算得上庆国历史第一人。早有群臣猜忖上意，上书请陛下往大岳封禅，传书神庙祈天。

但不知为何，皇帝陛下一直坚不准奏，甚至还将几位以为皇帝只是沽名钓誉、以退为进的佞臣当庭打得臀肉模糊、血流不止。

别府里的老太太，看似寻常普通，却正是这位杀伐决断、权重如天，却一向隐于深宫的皇帝陛下的奶妈。

范闲前些年一直有些疑惑，他的父亲——司南伯范建暗中的实力与他的官位很不相称，甚至能让监察院的费介大人来当自己的老师，直到知道奶奶是皇帝的奶妈，才找到了答案。

司南伯范建有些类似前世时康熙年间那位叫曹寅的江宁织造。曹寅的母亲孙氏是康熙的保姆，所以此后曹寅一生都备受康熙宠信，江宁织造虽只是不及三品的小官，却是极重要的差使，而且他手中握有密折上报的权力。康熙南巡，曹家数次在家中接驾，试问整个江南官场，谁不惧他？就连日后康熙晚年，曹寅被查亏空国库银饷之事，康熙都看在当年情分上拖了又拖，免了又免，直到曹寅死后，关系疏淡了，曹家才倒了霉。

如此，曹雪芹十八岁入了北京，才有了《红楼梦》。范闲才可能在这另一个时空里，抄袭《红楼梦》。

"曹先生，我们身处两地，却是情发一心，这书就该我抄啊！"

范闲想到自己家与曹家的情况差不多，不由笑了起来，轻轻弹了弹手中那封夹着《石头记》第十五回的信封，走出府去。

海边悬崖之上，范闲闭目冥想，进入一种很玄妙的感觉里。前世他如大多数身边人一样，都是天然的唯物主义者，所以今世能够和这种霸道的真气两相缠绵，他有一种如梦如幻的感觉。

这种感觉有些类似于恋爱。

恋爱总是有苦有甜，霸道真气也是让他喜悲交加，修行真气让他的身体有了些极为神奇的变化，比如力量，比如反应，但是真气时常不听使唤地乱窜，却又让他时刻处于危险之中。

这些年因为有五竹在旁锤打，他体内的真气老实了许多，今天却是一个危险关口，因为是霸道之卷修炼的最后一天。

五竹安静地站在一边，看着盘膝而坐、五心向天的范闲，手中不紧不松地握着那根寻常的木棍。

范闲随着心念动处，一直蕴积在丹田内的真气缓缓流转起来，在极为细密的神识引导下，沿着胸腹处的经络向着四处散发，由气穴处往后遁去的真气，如同过去这十几年中一样，泥牛入海一般沉进了肾门雪山之中，再也找不到任何踪迹。

其余的那些真气，依旧保持着强悍的数量，冲刷着他的经脉，就像是无数被烧热后的小刀子，在细细刮着那些柔嫩的管壁。

他双目紧紧闭着，睫毛不停抖动，忍受着无比的痛苦，冷汗如浆浸湿身上的衣服。修行霸道真气十三年，连最艰险的入关，也只是睡了一觉便轻松渡过，从那之后，便再无费劲的地方，料不到今日破第一卷之关口，竟然是如此难熬！

那些真气仍然在他胸腹间的经络里横行，这种尖锐的洗刷可以让经络扩宽，让真气运行的速度加快，但是与之相伴而来的，则是巨大的破坏力。能将无形的经络扩宽的力量，会给神识带来多少痛楚？

幸亏十三年来的辛勤修行让范闲的经脉强度达到了一种很结实的程度，所以才没有气溢脉壁，带来难以想象的惨烈后果，而他的心念定力也在前后两世奇异人生的帮助下，比一般的人要强太多。

时间似乎过了很久，其实东方海面上的朝阳才刚刚脱离海水的怀抱，横在远方，散发着温暖红红的光芒，照在悬崖之上，映出一立一坐两个孤单的人影。

真气逆行而上，那股宏大却又暴戾的气息，终于冲破了人体内经脉细微处的阻挡，由期门直抵天枢，像一把大刀，猛地向范闲额上的印堂处砍去！

红色阳光里，范闲如遭雷击，头颅无由抬起，望着头顶天空，嘴巴张大，却无法发出声音。

"脱了衣服去！"

五竹手执木棍狠狠敲在范闲的头顶，发出砰的一声巨响。

真气正在范闲的印堂里向穹顶冲去，隐约中似乎能看见自己神识里一片光亮。此时头顶处幻化成的七彩颜色，却略显黏稠，始终看不清明。一股烦闷从那滞塞处传来，让他好不苦恼，好不郁闷，于是只好将这头颅仰向天空，欲得一快。

便在此时，额前真气郁积处生生挨了五竹一棍。棍子击打在他的肉身上，却更像是打在了他的心灵深处，让他脑中猛地一炸，就像头顶天空的乌云被一道闪电劈开，漫天清丽的阳光就这样洒了下来。

"脱了衣服去！"

这句话源自庆国五经《宿语录》中一段，据传如今的四大宗师之一，北齐国国师苦荷的太师祖根尘当年得蒙天授绝学，悟道之时喝道："人之身体，便是汗衫，只有脱了，方成大道。"

而在范闲前世所看过的书中，佛教也曾有言棒喝之道，清远禅师尝云："着肉汗衫如脱了，方知棒喝逛愚痴。"

所以他听见五竹说的这句话，便明白了是什么意思，加之头顶通道已畅，天光自下，心神回复清明，意守内府，全将身体经络里的诸般痛楚都当作了天地所施、他人所受，和自己再无半点关系。

将生命中一切执着放下，将身体上一切感觉放下，恰好应和了此时霸道之卷末关的心境。

天地的霸道之气，根本无法由一个人的身躯容纳，所以只有舍了自己的身体，将自己与这天地之气贯通，成为自然中的一节，才能调取如此狂戾难驯的真气。

至此，范闲终于渡过了最危险的关头，随着时间流逝，体内真气渐渐平伏，头顶处的大关已经被打通，平缓而雄浑的真气从那里流淌而过，然后沿着背后天柱而下，直接贯入雪山之中。

奇妙的是，雪山里面一直如大海般平静的所在，今天也发生了一些小小的变化，开始渗出一些真气补充到他的丹田之中。

如此一来，他体内的真气循环终于畅通，形成了一个完美的周而复始的渠道，与外界的环境隐隐呼应。

范闲醒来，身周都是污水，黑臭难闻。

他望着一脸冷漠的五竹，露出一丝虚弱的笑容，说道："谢谢叔，只是……你这一棍子敲得真狠。"

他感觉虚弱，精神却是十分旺盛，察看了一下体内的情况，熟悉了一下真气流动的最新走势，感觉到原本暴戾的真气依旧强大，却明显少了许多躁息，流转起来更加舒畅自在。

自己终于能炼成前世只在武侠小说里见过的真气，一股子说不清楚的味道充满他的脑海，下意识里他的右手往身边拍了下去。

噗的一声闷响，就像是破布被一根烧红了的铁钎一下子戳破了一样。

地面上赫然出现了一个浅浅的掌印,边缘十分光滑!

范闲举起自己的右手,看了看,然后又低头看了看石面上的那个掌印,比画了一下大小,确认了这个掌印是自己随手拍出来的。呆呆地看了半天之后,他发自内心地感慨道:"真的很猛啊!"

"真气外溢,稍后就好。"五竹在他身边说道。

"叔,你不是说过自己没炼过真气,所以不知道该怎么教我吗?"

"我看别人炼过,所以知道今天该怎么做。"

"原来是没吃过猪肉,总看过猪跑的意思。"

范闲忽然发现这是在骂自己,赶紧转而说道:"刚才那个关口还真是危险,如果不是那一棍子,我还真怕自己又变成植物人了。"

"什么是植物人?"五竹问着。

范闲抬头望天,神游物外,不理不睬。

海阔天空,令人心情舒畅,他真气初成,兴奋之余,终于从前些日子的刺客事件阴晦情绪里摆脱了出来。

这些天来,他一直没有想明白,刺客为什么居然真的用毒。费介来传授自己识毒解毒的本领,难道就真的算到会有这一天?

还有就是那位姨娘的胆子也太大了,也太蠢了些,就算她的身后有国公娘家撑腰,但用下毒的法子等于连奶奶的性命也没有放在眼里——要知道老夫人可是皇帝陛下的奶妈!

而京都里的父亲就一点儿也没有察觉此事?

在他思考这些问题的时候,山崖下忽然传来一阵歌声。

这处山崖远离澹州,崖后尽是险地,崖前乱礁林立,渔船无法靠近,很是清静。正是因为这个原因,五竹才会选择在这里教范闲,谁曾想到会忽然听到歌声,范闲很是疑惑,探头往崖下望去。

目光及处,惊涛骇浪里,一叶扁舟正在黑色的礁石间穿行,黑色礁石在白沫一片里时隐时现。

小船在其间荡荡悠悠,看着似乎随时可能撞到礁石上,摔个粉身碎骨。

实则却是自在无比地在大浪与礁石之间穿行着。

船上坐着一个人,那人戴着斗笠,歌声正是从他的嘴里传了出来:"浪花只开一时,但比千年石,并无甚不同,流云亦如此。"

歌声柔和,却在海浪的咆哮声中清清楚楚传上悬崖。

范闲听见这歌,便想到前世松永贞德颂牵牛花的名句:"辰光只开一刻钟,但比千年松,并无甚不同。"只觉得这船上人物好不潇洒,却又高深莫测。

正想着,却听见五竹冷冷的声音:"躲好。"

范闲下意识里往石后躲好自己的身体,察觉身边黑影一逝,然后便无比惊恐地看着五竹直接从数百丈高的悬崖上跳了下去!

没有修行霸道真气之前,他绝对不会认为人的血肉之躯能比石头还要坚硬。当他刚才一掌在石面上拍出个掌印后,便放弃了这种想法。但他依然不认为有人可以从悬崖上跳下去一点儿事没有,尤其是中途没有减速。五竹帮助他推翻了这个想法,同时也给了他无比的震撼,原来这个世界上的超级强者,能力竟然令人如此惊恐!

蒙在五竹眼睛上的那块黑布,在高速下坠的过程中化作一道诡丽的黑丝,他的身体像一道迅雷般的箭矢射向那条小船。

他没有用什么轻功,只是这样由着大地的引力让自己自由坠落,在数百丈的距离里不停加速,最后要踩到船头时,速度已经快到令人瞠目结舌的程度,身体割裂空气,发出嗡嗡的声响。

气势先于身体而至,小船晃动,舟中歌者的竹笠被掀开。笠帽飞起,远远地落入海中,露出歌者的脸来。

歌者的容貌朴实古拙,一双眼睛静如秋水,此时看着头顶凌空而来的那双脚,却是瞳孔一缩,精光乍现!

一双白玉般的手,在袖外轻轻一舞,像枯枝发芽般指节散开,无数道气波从歌者的指尖喷出,竟是生生在五竹撞向小船之前,疾射在波涛不停的海面之上,将在白浪里上下的渔舟强行往后推出了两步之地。

正是这两步之地，五竹像一块天外来石般，狠狠地砸在了船首，而没有砸在那个歌者的身上。

风声未至，五竹的双脚已经狠狠地踩在渔船的前部，这种由天而降的力量，根本不是一只小船所能承受——咔嚓，一声巨响！

整只船被这股巨力踩得向下方的海水里扎去，尾部高高地翘起，马上迅疾地穿入海里。

歌者被这反震之力震得向天飞去，在空中双手一展，略显狼狈。

水花四溅，船首被这强烈的撞击力震散，沉入海底。

一道黑影破水而出，漫天水花里，追上空中那个正在飘舞着的歌者，瞬息之间，出指如剑，狠狠地刺向歌者的咽喉。

歌者双手一错，散手如同搭建房屋的房梁一般，极稳定而有美感地展现在五竹面前，封住他这必杀的一击。

空气中一阵阵轻微的爆裂声响起，这是劲气互冲的结果，也不知道在这样短的刹那间，这两位绝世强者出了几招。

片刻之后，两个身影迅疾分开，分别落在悬崖下那极狭窄的一带沙滩两旁。

海面上，小船的碎屑缓缓地浮出了水面，看上去就像药罐子里的残渣，只剩下半片船尾无主漂浮，十分凄凉。

"你要赔我的船钱。"歌者望着五竹眼睛上的黑布微笑说道。说完这句话，他将手一伸，遥遥伸向五竹，像是真要讨钱。

他和五竹相隔三丈，只见五竹眉头皱了皱，脚下奇快无比地向后动了两步，侧着身子，避开了对方手指的方向。

一阵簌簌声起，五竹先前站立的地方，沙面上一片密密麻麻，正好应了那句诗——雨打沙滩万点坑。

隔了数丈的距离，淡淡一挥手，劲气便直透沙面，甚至穿透了下面的坚硬礁石，这份修为，放眼当世，也没有几个人。

"你为什么在这里？"五竹微微侧着头，脸上虽然没有什么表情，但可以看得出来，比平时要慎重许多。

"二十几年前和你打过一架，从那以后，再也没有找到值得交战的对手。去年我回了一趟京都，叶重那小子说这些年一直没有找到你的下落，我以为你真的跟着叶小姐去了另一个世界，还忍不住喝了两罐酒，其中一罐倒在了地上，滴了两滴眼泪。今年我又出来旅行，刚才在海面上隔着很远就感觉到很强大的气机，所以来看看……哪里想到，居然是你。只是多年不见的老友，怎么一见面就要杀我？你明明知道，我杀不死你，你也杀不死我。"歌者看着五竹叹息说道。

五竹偏着头想了想，似乎认可了这个事实。

歌者知道这个瞎子性情有些古怪，如果对方能杀了自己，只怕还真下得了手，于是他问道："我以为你会回神庙，为什么到澹州来了？"

"你知道我为什么想杀你。"五竹没有回答他，冷冷说道，"在这个世界上，只有几个人认识我，而你是嘴巴最大的那个。"

歌者面色一窘，不知该如何回答。

五竹继续说道："所以如果能杀了你让你闭嘴，我很乐意。"

歌者苦笑着摇头，叹息道："你还是那个可怕的脾气，修炼到我这种境界，依然像你这样嗜杀的，真是很少见。"

五竹摇头道："我只在乎结果，从来不考虑手段。既然看见你感兴趣的人了，那就走吧。"

他这句话转得很陡，说得也很干脆利落。

歌者先是一窒，旋即朗声长笑起来，一拱拳，微笑着说道："其实，我并不是一个多嘴的人。"

说完这句话，他将双臂短袖一挥，负手于后，潇潇洒洒地飘到海面那半截短船之上，也不知道这船是如何做的，只剩了半截，居然还能浮着。他站在残船之上，双手做着划船的姿势，竟就这般滑稽无比地用内力激引着残船向着澹州城的方向驶了过去。

五竹朝着他离开的方向，沉默不语。

"他是谁？"从峰顶爬下来的范闲并没有听见二位强者在悬崖下的对话，犹自沉浸在刚才亲眼看见超强者之战的震惊之中。

"叶流云。"

"果然……"范闲叹息着，跟在五竹的身后，也往澹州方向走去。

叶流云来了，然后又走了，真的就像天上四处流动的云彩，没有留下半点儿痕迹。澹州城的居民根本不知道，他们尊崇无比、时常提及的四大宗师之一，曾经来澹州喝过酒，打过架，唱过歌。

五竹微有些担心，这个世界上知道自己和小姐关系的人并不多，但偏偏叶流云就是其中一个，而且他真是个大嘴巴。最关键的是，叶流云来澹州这件事情太蹊跷，五竹根本不相信是偶遇。

范闲却相信叶流云只是一个很单纯的旅人，拍拍五竹的肩膀安慰道："谁说高手不能旅游？"

这只是一种很纯粹的直觉。监察院，刺客，敢下毒杀人的二太太……这些事情怎么看都有问题，所以他认为自己的便宜老爹绝不简单，至少比曹寅这种包衣奴才厉害太多。

但他的思维方向完全走入了歧途。

——他猜测自己的便宜老爹会不会是前任皇帝老诚王的私生子，因为当年奶奶在诚王府当奶妈，老皇帝就让她抱回去收养。如今便宜老爹心伤身世，痛恨自己同父异母的兄弟安坐龙椅，自己还要天天跪他，于是暗地里与监察院及一切可以利用的反动势力相勾结，组织了一批私下的力量，妄想接收如今皇帝陛下的一切家产。

而自己因为毫无疑问也是位大人物的便宜老妈，所以成了某种家族利益联姻的产物，对便宜老爹的造反大业有很重要的作用。

当他将自己闲得无聊时做的推论告诉五竹时，一向东山崩而面不改色的五竹，终于忍不住将手中的菜刀狠狠地斫进了菜板里，对某位少年的疯狂想象力，表示了一定程度的敬意。

也正是因为这样，五竹决定暂时不带他离开澹州。既然范闲自己都不担心将来的事情，脸上依然保持着羞涩的、满是好奇的笑容，时刻准备投身于子虚乌有的范家造反大业中，对这种谬论可能带来的危险毫不在意，那他又怕什么？

五竹不担心自己的生死安危，只是担心范闲。而一旦范闲显得毫不担心，五竹也就随他去了。

就和范闲六岁开始酗酒那样，他只负责保护范闲的安全，并不会主动给出太多意见，从骨子里讲，这对主仆、这对师徒都是很懒惰，并且胆大包天的人物——他们不是不会阴谋，只是觉得有时候手中的武力比阴谋更有力量，所以下意识里便将旁人的阴谋看作了云淡风轻之事，来便来罢，还能怎的。

所谓明月大江，所谓清风山冈，不过如此。

范闲不是明月，是羞羞答答的弯月牙儿——他还是怕死，因为他没有五竹那种绝世手段，但他知道自己身后有监察院的那位费介，还有身旁这位瞎子仆人，想死也没有那么容易。

在悬崖畔亲眼看见五竹叔与四大宗师之一的叶流云那番交手后，他内心深处受到了极大震撼，对于武道，终于也体会到了与茶道、书道一般的艺术美感。所以他暂时停止了抄袭《红楼梦》，全身心地投入到修行之中。

五竹自己没有如何高明的剑法拳诀，但对如何杀死一个人很有研究，特别讲究快、准、直、狠，他曾经对范闲说过："不要相信弧线圆融进可攻、退可守的说法。要攻击对方，就一定要走直线，用最快的速度，走最短的距离，给对方造成最不可逆转的伤害。"

范闲想到那天五竹叔直接从悬崖上跳了下去，心想那确实是最短的距离，只是自己要达到那种境界，不知要等到何年何月。

某日切完萝卜丝之后，他挥着微有酸麻感觉的右臂，看着背对自己的五竹，认真问道："我现在的境界有几品？"

"七品的真气水平，三品的控制能力。"

范闲很快算出结果，有些得意地说道："平均就是五品，比四品高些，可以拿毕业证了。"

五竹摇摇头："如果你运气足够好，可以杀死一名七品，如果你运气足够差，那一个两品的小蟊贼就可能断送你的性命。"

范闲叹了口气，心想这位嫩叔说话真直接，不过自己的运气好像一直挺好，不然也就不可能死后跑到这个世界来了。

叶流云来过之后，范闲在澹州的生活安宁了下来，再没有什么刺客来找麻烦。听说二太太重病了一场，低调了许多。京都里范若若的书信依然每月一封寄来，范闲继续待在这座海边小城里，吃吃豆腐，抄抄小书，偶尔穿件彩衣孝顺着老夫人，到杂货店里喝酒，切萝卜丝给自己下酒，日子过得很是悠闲。

有一天，海边出现了海市蜃楼，澹州港的居民都跑出去看热闹，虽然都是长居海边的人，但能看见海平面上那些虚无缥缈、宛若仙境的岛屿，仍然是兴奋异常。

五竹关上杂货店的门，走到偏远的海边，一个人上了悬崖，静静地望着那边，似乎想起了什么让他很不愉快的事情。

海市蜃楼持续的时间并不长久，一会儿就散了，但他依然静静地望着那边，明明他的眼睛蒙着那块黑布，却仿佛什么都能看到。

范闲爬上了悬崖，赤裸的上半身肌肉匀称，已经摆脱了瘦削的体形，他看着五竹坐在那边，不敢打扰，也陪他坐了下来，看着那方被西面夕阳反照成火一般颜色的天空。

许久后，五竹忽然问道："你今年多大了。"

范闲将自己乌黑的长发束到脑后随意扎了起来，露出那张稚美中初显英气的漂亮脸庞，微笑着答道："十六了。"

五竹是一个很奇怪、很神秘的人。在范闲眼中,五竹叔的人生很凄凉,活了三十来年,身边也没个伴儿,除了自己以外,就连说话的人都没有一个。甚至有些澹州港的居民到现在都还认为五竹不仅是个瞎子,还是一个哑巴。

他的眼睛上永远蒙着那块黑布,范闲心想,那下面一定是很恐怖的残疾,所以才不愿意让别人看见。

费介老师称他为五大人,很明显五竹叔当年在京都官场上混过,但他的行事作风,却完全没有一丝"官"气,甚至连尘俗味都极少,倒有些像不食人间烟火的仙人。

五竹问完刚才那句话后又恢复到沉默之中,冷冷地"望"着天边海面上的暮色,淡红色的光芒笼罩在他的身上,映在他眼睛上的黑布上,反射出像火一般跳跃着的颜色。

范闲忽然想到一种可能,思考许久后,喃喃问道:"叔,你刚才看着那些像仙山一样的画面发呆,你不会是从天上下来的吧?"

他现在能接受内功这种东西,甚至也隐隐相信上天有眼,才会有自己这一世的遭遇。但如果说自己身边相处了十几年的叔父突然变身为九霄云上的仙人,他还是会有些接受不了。

穿越已然离奇,再加上仙侠,这是什么节奏?

五竹说道:"我只是似乎记起了以前和小姐出来时的地方。"

"你确认你不是仙人,我老妈也不是仙女?"

"这个世界上没有神仙。"

"不是有神庙吗?"

"谁说神庙里住的是神仙?"

"叔,你是不是记起了什么?"

"我只是忘记了一些并不重要的事情。"

五竹站了起来,向着海的那头不易察觉地点了点头,似乎在向什么告别,然后说道:"回去吧,有些事情可以告诉你了。"

范闲这才知道对方并没有忘记那个承诺，只要满十六岁，他就会告诉自己有关母亲的一些事情。

走到悬崖边上，他吸了一口气，体内的真气开始缓缓流转起来，整个人的身体附在悬崖之上，真气沿着经络运至掌心，被逼出掌面不足一根丝那般的距离，便倏地从掌缘外收回体内，就在手掌之间，极巧妙地构成一个微微向下陷去的真气接触面——因为真气无形，所以可以保证沿着手掌的边缘处形成一种很完美的密闭。

手掌牢牢地贴在光滑的岩石上，凭借着真空的吸附力，将他整个人都固定住，然后卸下真气，一只手便会脱离岩石。如此这般，范闲看似很轻松地往悬崖下爬去。

看着和蜘蛛侠一样。

一般的武道修行者，不论体内的真气如何丰沛，都做不到这一点。而范闲之所以能够做到，全依赖于他与众不同的修行方法和身体构造，还有就是他与众不同的思维方式。

在这个世界中，所有的武道强者，只会在乎"实""势"二字，其中的实字说的是体内真气的丰沛程度，势则是一个几乎只可意会的形容，有些类似于境界。而在五竹看来，所谓实、势其实就是真气的数量、质量以及对于真气掌控的精确程度。

武道强者都会下意识里将自己身体里的真气当作某种一次性工具或者武器，就像是水，一旦泼出去之后，根本不会想着收回，因为真气离开身体之后，再想收回来，本就是异想天开的想法。但范闲不一样，他体内的真气循环线路本来就和一般人不一样，从后背灌入雪山，等于那里就是一个开口，与外界天地元气构成了大小两个循环，所以他对于真气的感应要敏锐许多。

同时范闲很闲，又很吝啬，才会不停尝试着将真气逼出体外后再将它收回来。辛苦试验了三年，他现在终于可以在真气离开掌心十分之一寸的距离内，将真气再从另一边收回来。

这么短的距离，根本无法攻击到敌人的身体，他不得不伤感地承认，自己这三年时间基本上等于在做无用功。但既然学会了一些无用的小花招，总得想些用途，每隔三天都要爬一次海崖让自己觉得很辛苦，灵光一动，便将这招真气回流用到爬山上来了。

或许范闲比这个世界上的人真正优秀的地方就在这里，他的思维并没有受到时代的局限，没有什么先入为主的概念，对于他来说一切都是新鲜的，一切都是有可能的。

范闲像条鱼一样地游下山崖，抬头望去，五竹已经变成了一个小黑点站在峰顶边缘。他不着急，笑着抬头看去。

他最喜欢看五竹下山。五竹向前走了一步，前面就像是平地，脚一悬空，身影便开始飘飘然落下。只是每隔三丈左右，他会很随意地伸出只手掌，在崖上的石问轻轻摁下，稍微延缓下下坠的速度。如此伸掌十几次，他便面无表情地站在了悬崖下面。

五竹下山的方式看似简单，但那种对方向、角度、力量、速度乃至海风的体验，在这刹那时光里算得分毫不差。如此强悍的计算判断能力，绝对是这个世界上最顶尖的强者之一。

想到他是个瞎子，那么可以将"之一"这两个字去掉。

虽然已经看了无数次，但范闲还是忍不住鼓掌赞叹："瞎帅一气。"

第六章 回京

    三月份的澹州，春天的气息占据了全部的舞台，漫山开着一种不知名的小黄花，家家户户都用这种花的花瓣泡茶喝，一边喝着，一边在家门外与街坊闲聊。所以走在澹州港的街上，总能闻到那种淡淡的清香，不油不腻，只是一味清纯，让人心情十分愉快。

    而到了晚间，则是春雨常来之时，随温柔的海风潜入夜色，无声无息地滋润着土地，让整座澹州城的黑色屋檐和街上的青石路面，都蒙上了一层迷蒙的水泽。

    淅淅小雨轻轻落在杂货店外的篷布上，没有发出多大的声音，只是冲洗掉了浅浅的那层灰，让店面显得精神了许多。

    今天杂货店又没有开门，范闲告知了老夫人一声，便偷偷来到了店里，一面剥着花生，一面与五竹饮着酒。

    别府里的人知道他喜欢来杂货店，但都以为少爷只是贪那个瞎子酿的好酒。

    菜刀搁在菜板上，菜板干燥，刀上也没有萝卜屑，很久没用了。

    花生壳捏破的声音响了起来，范闲扔了一粒进嘴，慢慢嚼着，直到将干果全部嚼成了香味扑鼻的糊茸，才端起面前三个指头大小的小瓷杯，送到唇边滋的一声饮了下去。

    今天喝的不是黄酒，是京都送过来的贡酒，度数有些高，而且醇香黏腻，让他找到了一丝五粮液的感觉。

他没有急着发问，五竹叔是一个很简单的人，不会让自己等很久。

五竹没有坐在他的对面，手里端着一碗黄酒，坐在房间一个阴暗的角落里，声音就像平时那样，没有什么情绪起伏。

"小姐姓叶，叫叶轻眉。很多年前，我和她一起从家里出来……"

"叶轻眉……"范闲第一次知道自己母亲的姓名，莫名其妙地心头一片温润，沉默着又喝了一杯酒，很识趣地没有问家在哪里。

"我们在东夷城里住了几年。小姐天生聪明，什么都懂，又有一颗慈悲之心，十三岁就开始在东夷城里做生意。因为年纪太小，所以只是隐藏在幕后，让掌柜的冒充东家。"

范闲端着酒杯的手顿在半空中，忍不住问道："做生意和慈悲之心有什么关系？"

他并不好奇那位叫叶轻眉的便宜老妈为什么天生聪明，为什么十三岁就可以做生意赚钱，因为这些年里，他早就猜到，自己的便宜老妈绝对不是个可以用常理推断的人物。

五竹用清冷的声音回答道："因为小姐怜世人忧患实多，所以喜欢做善事，东夷城遭水灾的时候，开粥铺最多的就是小姐。而如果要做善事，就一定要有钱，所以小姐开始想办法赚钱。"

范闲觉得这个逻辑无懈可击。

"生意做得很好，渐渐也有人察觉到商铺的幕后老板是小姐，所以有些人开始打主意，然后都被我杀了。"

像五竹这样的人说生意做得很好，那就一定是非常好。范闲知道他虽然说得平淡，但当时的局面肯定很紧张。怀璧其罪，一个十三岁的小姑娘拥有如此大的家产，当然会引发世间恶人的贪欲，虽然知道已经是多年前的事情，他竟还是有些担心，又忽然想到一件事情，便问道："老妈姓叶，难道……是叶家？"

"是。"

"居然真是叶家！"

范闲震惊无语，因为就连他也听过这个名字，据说数十年前叶家是天下第一商号，就连富可敌国这个词，都有些配不上叶家的名头。

五竹接着说道："后来小姐认为我杀人太多，所以结束了在东夷城的生意，来到了庆国，开始在京都生活。"

范闲觉得事情应该不是这么简单，天下第一商号，忽然变卖了在东夷城的所有产业来到庆国，肯定会有更充分的理由。

五竹继续说道："小姐来京都后，又开始做生意，又把生意做得很好。后来认识了一些人，包括范建。大家都听她的，按照她的想法，准备做些事情，不想与庆国的一些大人物产生了利益上的冲突。"

范闲问道："这是我出生时候的事？"

五竹说道："那年庆国正和西边打仗，跛子在北边，京里无人，我也刚好去办事，不在京都……小姐被那些大人物派人杀死。我赶回太平别院，救下你，抱着你来了澹州。"

这件事情范闲很清楚，也清楚那些"仇人"早在十几年前就被杀光了，主持复仇的人想来应该就是便宜老爹，也与监察院脱不了干系。

故事讲完了，仇人也死光了，范闲不知道该说些什么，五竹也不会主动说话，落在杂货店屋檐上的雨声变得格外清楚。

"这就完了吗？"

范闲不理解，便宜老妈的一生就这么简单几句便总结完毕？她究竟做的是什么生意，做的是什么事情，能让庆国的大人物集体来对付她，能让监察院里像费介这样的大人物一提起来就一脸仰慕？

"基本上……完了。"五竹斟酌了一下用词。

范闲确认五竹叔确实不是讲故事的好手，漂亮的脸上浮现出一丝苦笑，知道还是得自己来问。

"我母亲做什么生意？"

"奢侈品、军械、船舶、粮食，基本上什么赚钱就做什么。"

五竹随意回答着，范闲却是听见一个名词就吓一跳，两世的经验让他很明白，能做这种生意的人，一般背后都有极大的背景。像母亲这样一个孤女，从白手起家做到这种程度，怎么可能？

"那母亲死后，这些生意呢？"这是范闲比较感兴趣的地方，毕竟按照庆国律法来讲，自己应该是这批庞大遗产的唯一继承人。

"后来听说，叶家的生意全部收归庆国内库。"

范闲摇摇头，原来变成了皇家生意，马上断绝了打官司讨家产的荒唐想法。他带着遗憾与向往说道："叶轻眉这个名字当年一定很拉风，听费介说老妈进京都的时候就揍了某个大人物一顿。"

室内的油灯忽亮忽暗。听到范闲的话，五竹似乎想起了什么往事，唇角有些生疏地往上挑了挑，露出一丝温柔的笑意。

范闲手腕一僵，小瓷杯落到方桌上骨碌碌转着，心里喊道："笑了……他居然笑了！"

这是瞎子五竹第一次笑，或者说，这是十六岁的范闲第一次看见自己的五竹叔笑——就在自己提到母亲当年往事的那一瞬间。

五竹露在黑布之外的脸一点儿都没有岁月的痕迹，甚至显得有些稚嫩，但总是冰冷无比，极少流露出情绪，更很难看到诸如惊怖、伤心、悲哀之类的表情，更没有笑容。所以当他想起当年和小姐初到庆国京都时的往事、牵动唇角往上翘起时，就显得有些生疏和别扭。但不笑之人偶尔露温柔，就像是悬崖之上千年不化的寒冰里，突然绽放出一枝雪莲花——温柔无比，美丽无比。

范闲好不容易才从失神中醒来，五竹已经回复如常，淡淡回答道："知道小姐叫叶轻眉的不多，旁人只是称她小姐，不过叶轻眉这个名字，就算现在，想来在京都也是很出名的。"

范闲觉得五竹这句话有些前后矛盾，既然知道老妈叫叶轻眉的人不多，那为什么这个名字还挺出名？他这样想是因为不知道监察院门口那块石碑上那一段金光闪闪的话，还有那个落款。

"讲讲父亲的事情？"范闲目光有些闪烁，不知道在想些什么。

"我只答应说小姐的事情。"

"嗯，你很滑头啊，五竹同学。"

"你出生之前，我得过一场重病，忘记了很多事情。"

范闲无奈地说道："叔比我还要赖皮。那算了，说别的吧。我母亲长什么模样？"

五竹想了想，说道："很美丽。"

虽然五竹说故事的水平极其低劣，但从简单的字里行间，范闲能感觉到，当年京都里那个女子的故事应该是怎样的多姿多彩。他的心里产生了极强的冲动，要到京都去，自己一定要到京都去！

五竹示意范闲站起来，跟自己走。

范闲有些好奇地站了起来，走到房间最深处，看着五竹轻轻在那方石墙上摁了几下，墙壁里忽然发出了轻微的声音，然后从中分开，露出了里面的一间密室！

他吃惊地跟着五竹走了进去，发现密室里什么都没有，薄薄的一层灰尘铺在地上，只是角落里很随便地放着一个箱子。

那是一个黑色的皮箱，约莫一个成年人的手臂长短，不是很宽，所以看上去较为细长。

"小姐和我去京都之前，曾经在澹州待过一段时间，这箱子就是小姐留下来的，我帮你保管到现在，以后你要自己保管。"

范闲心头微动，走上前去，用手拂去黑皮箱上的灰尘，看着箱子口那里，发现是一块类似于黄铜般的盖子，将锁口盖住了。

他很想知道便宜老妈给自己留下些什么，不料翻了半天，发现那个盖子竟然扭不动，箱子根本没办法打开。

"没钥匙。"五竹发现他忙得不亦乐乎，提醒道。

范闲有些沮丧："不早说，给个打不开的箱子有什么用。"

五竹说道："要让某些人相信你已经死了，钥匙只好留下。"

范闲挑挑眉头，从小腿边上的刀鞘里取出自己从不离身的那柄细长匕首，对准皮箱的上方比画着，看哪里容易下手。

"不用试，这个箱子比你想象的要结实很多。"

范闲用左手提起箱子试了试重量，发现还挺沉的，好奇心不免又加重了几分，道："说不定里面有几十万两银票，可惜了。"

"钥匙在哪里？"

"京都。"

又是一个很宽泛的答案。说完，五竹转身走出密室。

范闲眼珠子骨碌碌转了两下，右肘微弯，猛地一掌印在了箱子的正上方。这一掌里蕴积着他所有的功力，霸道十足，破风而落。

砰的一声闷响，回荡在密室之中，竟激起了满天灰尘，将油灯的光亮都掩去了大半。

五竹转过身来，"望"向范闲。

范闲目瞪口呆地望着自己的手掌，那个黑色的箱子上面，除了些许灰尘之外，一点儿痕迹都没有留下。

看来要打开这个神秘的箱子，就一定要去京都。他计算着自己何时才能离开澹州，却不知道京都范府派来接他的人已经在路上了。

庆历四年春，藤子京坐在澹州港唯一的一家酒馆里，抹着额头上的汗，看着酒馆的一面墙。那方墙用上好的材料装裱着一张纸，那张纸质量不错，上面密密麻麻用小楷抄写着许多字，字迹明显出自文书阁大书法家潘龄之手，风雅有神，端正纯厚。

放在京都，潘龄大人一幅如此大小的作品，至少要卖出三百两银子，在澹州这种小城，装裱后供在墙上，并不出奇。

只是这上面写的内容，着实有些不适合当成中堂。

纸上写的都是些乱七八糟的消息，对，这就是传说中的报纸。整个澹州港也只有两份报纸，官府的那份自然是放在官衙里，酒馆老板弄到手的这份,却是悄悄从伯爵别府的下人手上高价买来的。

一般百姓看不到这种新鲜玩意儿,觉得很是神奇,加上又是潘龄大人手书,所以酒馆老板买来之后,就挂在了墙上,当作是自家的镇店之宝。只是他不知道,这报纸是别府那位少爷偷出来卖的,而且已经卖了二十几份给城中富商,好好地赚了一笔黑心钱。

藤子京,马上就要去见这位少爷。

跟随藤子京来到澹州的下人们正在街巷里采购此间特产的花茶。京中的范大人很怀念家乡的茶味,往年都是别府的老夫人喊人买了寄到京都,但这次派人来澹州办事,就顺手一道购回去。

从京都来了三辆马车,七个人,领头的就是藤子京。他没有和那些下等执事去街上购物或是闲逛,只是不停地默默抹汗,澹州的天气确实比京都热些,但他的汗水更多源自紧张。

按照规矩,他到澹州就应该去别府给老夫人请安,但想到这次的任务,他有些心虚,所以让下面的人先去收购花茶,自己则坐在酒馆里稳定一下情绪。

前几年派到澹州来的周管家如今音信全无,生死不知。范府的下人都清楚,柳姨娘对澹州那位少爷是什么态度,那位周管家是来做什么的。结果周管家却失踪了,这说明什么?

如果真的像众人想的那样,范府里的人就一定要重新审视那位私生子,毕竟周管家出事的那一年,那位少爷只有十三岁,让周管家无声无息地消失,可能是老夫人的意思。

不管是京都范府还是澹州别府,都只有一位老夫人。整个京都的人都知道,范府现在的权势也都来自这位老夫人。如果老夫人站在那位私生子一边,柳姨娘又能如何?

藤子京注意到墙上那张报纸的日期是一个月前,自己在老爷书房里曾经看过。报纸上没有什么新鲜事,京都里的那些大人物生活得很平静,大皇子与西胡的战事没有更新的消息,宰相大人私生女事件似乎也渐渐平息了，至少在陛下的庇护下，御史台的那些年轻人没能取得更进一步的战果。

报纸上的花边版正在连载监察院院长大人的故事，虽然报纸的后台是皇帝陛下，但如果那个可怕到了极点、比豺狗还要阴险的院长大人在京都，报纸的编辑们一定不会有这个胆子。

由此可见，陈院长大人三十年来第一次回老家休假的旅程还没有结束，而皇帝陛下从来不会在院长大人不在的情况下有大动作。

藤子京不明白，为什么一定要赶在陈院长回京之前办完这件事。无论怎么想，这两件事情之间都不可能有任何关系。不过他怎么想并不重要，他要做的事情便是把那位少爷接回京都去。

别府里难得这么热闹，所有的下人丫鬟都站在花厅下方，好奇地打量着站在厅中间的那些家丁模样的人物。大家知道这些人都是从京都本府来的，难怪身上淡青色的衣服看着都那么精神。只是京都与澹州两地隔得远，两个宅子来往并不多，见京都派了这么多下人来，丫鬟们不免有些紧张，担心会发生什么大事。

藤子京老老实实地领着手下跪到地上，恭恭敬敬地给老夫人叩了几个响头，请老夫人安，然后又将临行前司南伯交代的话都说了出来，然后安静地站到一边，等着老夫人裁决。

他知道这位老夫人在范家的真正地位，连呼吸声都刻意放低，只是忍不住偷偷去看站在老夫人身后为她捏肩的那个少年。

那少年长得很漂亮，长长的睫毛，微红的薄唇，眼睛宁柔有光，满脸笑容，看上去跟个女孩子一样，让人觉得十分亲切。

藤子京心里叹息一声，这样一个似玉般的人，偏偏是个没身份的私生子，这老天爷确实不怎么公平。似乎是被少年的阳光笑容所感染，他心想，这位少爷应该比京都家里那位好侍候多了吧？

老夫人微微垂下眼帘，想了一会儿后低声说道："知道了，都去歇息吧，几千里的路，都辛苦了……思思去准备热水和饭菜。"

下人们齐声应了声，从京都来的那些家丁赶紧谢过，然后老老实实地退出厅去。藤子京虽然有些着急，但在老夫人面前哪敢多话，偷瞧了一眼范闲，也退了出去。

厅里安静下来。

"你刚才也听见了，你父亲让你进京。"老夫人轻轻将手搭在范闲的手上，又轻轻拍了两下，"你怎么想？"

范闲满脸微笑，心里也很疑惑，为什么便宜老爹非要这时候喊自己进京，而且一点儿先兆也没有。

若说是准备给私生子谋划一个晋身之阶，春闱已经开始，自己此时去京都，至少需要个把月，无论如何也是赶不上的。

他想了想说道："我没去过京都，虽然好奇，又有些害怕。"

这个回答半是实话，半是假话。他对京都确实很好奇，但根本没有害怕，有的只是一丝未知的惘然而已。

"你想去吗？"老夫人微笑着，似乎看穿了少年心里想的事情。

"想。"范闲老老实实回答道，"从小住在澹州，早想出去走走。"

"噢，不想再陪我这个老东西了？"老夫人打趣道。

范闲笑着说道："那位主事也说了，父亲这次准备让别府全部迁回京都去，总是随着奶奶一起走，我也没什么好担心的。"

老夫人平静地摇摇头，牵着他的手，让他站到自己面前，轻声说道："我身子骨可禁不起这一路的颠簸，如果你要去，你就去吧，我还是留在澹州看家的好。"

范闲一怔，没想到奶奶竟然不愿意回京都，一时不知道该说什么。

院子里，京都来人采购的花茶堆放在一角，袋子里的茶香花香缓缓渗了出来，将满院的花香都比了下去。花树之间，几只黄粉蝴蝶上下翻舞，花树之上，偶尔传来几声雏鸟初鸣声，十分清脆。

"去吧，雏凤终有初啼时，你已经大了，总要去见见世面。"老夫人微笑说道,"只是你一个人去京都,小孩子家,只怕要受不少委屈,能受得了吗?"

范闲知道奶奶说的是什么,笑道:"二姨娘这些年对我挺好的,还经常送些东西过来,奶奶不用担心。"

老夫人笑着摇了摇头,知道这个外表沉稳,实则古灵精怪的小家伙内心深处一定不是这般想法,摸了摸他的脑袋,说道:"如果……将来有什么事情,看在我和你父亲的分上,多忍忍。"

范闲明白奶奶说的是什么事,沉默不语。

老夫人沉默了一会儿,说道:"还记得三年前的周管家吗?"

范闲沉默半晌之后,说道:"当然记得。"

这声应答之后,祖孙二人便算是把这层纸捅破了。

老夫人看着他平静地说道:"柳氏不算聪明,但也没这么笨。"

范闲微微挑眉,说道:"您是说她被人利用?"

老夫人没有把话说明,说道:"按我本心而言,是不愿意你去京都的。因为那里风雨太疾,担心你熬不住,想给你交代几句话。"

范闲认真地说道:"闲儿听您吩咐。"

老夫人正色道:"你这孩子沉稳聪明,本来不需要担心什么。但那次事情,便看得出来,你的心性还是过于纯良了些。"

范闲微怔:"纯良难道不是褒义?"

猜到他在想什么,老夫人微眯着的双眼寒光乍现,沉声说道:"你若真要去京都,便要依我一桩事情。"

"什么事情?"范闲隐隐猜到。

"心狠些。"老夫人有些疲惫,往后靠在太师椅上闭目养神,"这个世道,看似太平,但如果你心不够狠,终究还是自己吃亏。"

范闲不是好好先生,只是在澹州一直没有机会表现出自己阴暗的一面,听着老夫人的训诫,心中明白这才是金玉良言。

"当年你的母亲何其聪慧,但就是心地太善良,才落得……"老夫人忽然睁开双眼，盯着范闲一字一句道，"宁肯自己去害死别人，也不要让别人害死自己。"

范闲沉默了一会儿，说道："您放心。"

"你去收拾一下吧，你父亲催得急，看来京都里真有什么事情。"

老夫人看着面前这个和自己一起度过十五年的小孩子，眼神越来越柔和："我不去京都，就在澹州，如果……在京都过得不好，有人想欺负你，你想回来就回来。"

范闲起身回到自己房里，坐在书桌前沉默了很长时间，有些茫然，也有很多不舍。待他醒来时，夜色已至，桌上的油灯已被点燃，思思正趴在旁边，以手撑颔，看着油灯发呆，不知道在想什么。

"怎么了？"他问道。

思思犹豫了很长时间，终于鼓足勇气问道："少爷，你要去京都了，是不是很高兴？"

范闲坐直身体，微笑道："怎么忽然问这个？"

"少爷，听说京都的人都很坏。"思思咬着下嘴唇，不知道该不该说，"而且……您毕竟没个身份，在二太太面前，只怕不好过。"

范闲笑道："原来在担心我，我躲着她就是了，将来就算在京都里混不到什么出息，也可以去开医馆养活自己，不在府里待着就是。"

思思说道："少爷才不会一世碌碌无为，少爷看了这么多书，明年考科举，一定能中，将来做大官，光宗耀祖。"

看着她说话的认真模样，范闲微微一笑，没有接话。

他对光宗耀祖没有丝毫想法，因为他对京都里的便宜老爹着实没有什么感情，这和与奶奶之间的感情差别太大。

"少爷为什么不愿意带我去京都呢？"

这才是思思真正忧愁的地方，她可怜兮兮地望着范闲："京都那些丫鬟一定都是听二太太的，你身边没个可靠的人，可怎么办？"

思思比他还要大两岁，若是普通女子只怕早已出嫁，不过整座澹州城都知道，她是范少爷最喜欢的大丫鬟，不管是她家还是别府都没这种想法。

范闲看着思思认真说道："正因为我不知道京都是什么模样，所以我才不可能带着你走。"

其实思思也明白这个道理，但想到以后和少爷天各一方，只怕再无相见之期，心头微酸，赶紧扭过脸去，收拾书案上的东西。

范闲看着她忙碌的背影，心里也是一片黯然，却无法说些什么。

京都那里或许有很好的风景，有许多有趣的人或事，但一定也会有明处的刀枪，暗处的弩箭。自己愿意冒险去经历这些，是因为既然有第二次人生，那就断没有在小小澹州城里孤守终老的道理。但是他没有把握能够保护身边的人，所以思思是不可能跟着自己走的。除非将来他在京都站稳脚跟后再做安排，但那又要几年？

夜里，他去了趟杂货店，又去了趟豆腐铺。

藤子京万万没有想到，这次任务居然完成得如此顺利。他本以为，范闲大少爷既然没有拿得出手的身份，那么一定不愿意去京都生活在二太太的视线之下，会想尽一切办法留在澹州。没想到这位少爷竟是毫不在意地同意了要求。

老夫人留在澹州的决定，他没有办法改变，也不怎么在意，那是老夫人与大人母子间的事，只要那位少爷能回京都就成。

三辆马车停在别府门口，远处站满了澹州城的居民，大家看见这种阵势早就围了过来，四相打听才知道范家少爷今天要回京都了。

澹州港的居民拥有人类所有的缺点，比如好妒，比如嘴尖，但这十几年里总能看见那个漂亮的小少爷在街上闲逛、在屋顶上大喊，总会生出一些感情。此时听说他要去京都那种繁华之地，料到多半是再没有回来的一天，难免还是有些唏嘘。

人们站在别府门口，等着范闲最后一次踏出这个家门。

此时后院里忙成一团,范闲含笑看着几个丫鬟忙来忙去。

一个丫鬟喊着:"牙刷,备用的牙刷忘记带了!"

这声喊又让丫鬟们找了半天。

范闲来到这个世界之后,没有什么大发明,只是将牙刷整得舒服了一些,将时人喜欢用的马尾牙刷变成了猪毛,同时把枕头整得软和了一些,用棉花代替了硬邦邦的枕头,另外还做了个淋浴用的喷头,挂在卧室后方用青砖砌成的隔间上方。像这样的事情还有很多,只是带到京都去的,只能是其中很少的一部分。

不知道过了多久,当几个大包将最后那辆马车塞得实实在在之后,范闲终于扶着老夫人,满脸微笑,缓步从别府里走了出来。

与四周乡亲父老拱手后,范闲并不意外地在人群外看见眼睛微红、不肯上前的思思,想来昨天夜里哭得很是厉害。

范闲今天破例穿了件长衫,掀起前襟,拜倒在地,向老夫人叩了个头。站起来后,他又用完全不合当世礼法的方式,将老夫人狠狠地抱在怀里,用力地在奶奶满是皱纹的额头上亲了一大口,然后轻声说道:"奶奶,想法子给思思找个好婆家,至少要像冬儿那样。"

全府下人就当没有看见少爷胡闹的模样。老夫人也是被搞得大惊,断没有想到一向沉稳懂事的孙儿居然也有如此胡闹的一面,就敲了一下他的额头,骂道:"胡闹什么,这些事情我自然会处理。"

目光从眼前这些熟悉的脸上扫过,范闲沉默了一会儿,拱手向四处行了一礼:"这些年来辛苦大家了。"

下人丫鬟们哪敢受礼,赶紧避让。

老夫人忽然微笑地说道:"走吧,不要让你父亲在京都着急,至于思思……将来你如果在京都过得舒服,我让她过来跟你。"

范闲一怔,来不及分说什么,就糊里糊涂地上了车。随着车轮滚滚作响,马车缓缓行出了澹州城。

天光明媚，蓝天之上，白云如丝，分外美丽。

马车行过关了门的杂货店，远远路过豆腐摊，范闲掀开车帘，看着豆腐摊上的那位少妇和她身边已经到处乱跑的小丫头，唇角浮出一丝微笑，重又坐回座位。

座位下是个古旧的黑色皮箱。

澹州城生意最差的那间杂货店终于倒闭了，城里的居民随口议论着，猜测那位瞎子老板恐怕将来会孤老而死，同情了几句，便把话题转移到刚刚离开这座小城不久的范少爷身上，人们纷纷猜测范大人让自己的私生子进京，准备给他安排个什么样的职司？

被澹州百姓们议论的范闲此时正舒服地躺在车里，铺满了他自己准备的被褥，十分软和，与别府里的床铺也没甚区别。

他自然也想知道便宜老爹让自己进京的真正原因，离开澹州不过十余里地，他便请护卫头领藤子京进车说话。

藤子京坐在车厢的另一边，一双脚不知道该放在哪里，生怕弄脏了脚边的那床雪白被褥。此时他心里有些不舒服，暗道，原来这主儿也是个败家子，比京都里的小少爷好不到哪儿去。

范闲舒服地伸了个懒腰，眯着眼睛，望着这位实力明显不俗的中年人，问道："已经离澹州很远了，能不能告诉我，父亲这次让我入京，到底是因为什么？"

藤子京有些犹豫，似乎有些话不好说出口。

范闲微笑着，眼睛里清亮无比，望着他的双眼，轻声道："你也知道我的出身，难免有些担心。"

藤子京挤出一丝笑容，恭谨回答道："少爷多想了，老爷这次接少爷进京，自然是要为少爷打点前程做准备。"

范闲挥了挥手，摇头道："车里就我们两个人，何必掩饰什么。"

藤子京憨厚地笑了笑，就是不肯说话。

范闲忽然说道："如果你不肯说，我也许会跳车跑掉。"

藤子京脸上依然挂着憨厚的笑容:"少爷喜欢说笑……"

话还没有说完,范闲已经冷冷截道:"有时候我不喜欢说笑话。"

藤子京心里咯噔一下,心道,你不想进京,这是谁都能猜到的。可为什么在澹州城的时候,你没在老夫人面前提出反对意见?

范闲自然不会真的跑,虽然他知道进京没太多好事,但这些年的富贵闲人生活,早就让他没了闯江湖的勇气。

故事里的游侠喝酒吃肉的时候有,但更多时候要住荒山破庙,每天过着朝不保夕的生活,这不符合他的性格。

他到这个世界,是来享福的。

他愿意去京都看一看,但并不代表他不想知道这个安排背后隐藏着什么。

沉默了许久之后,藤子京终于有些忍受不住车厢里的死寂,艰难地说道:"少爷,这次之所以要急着接您回京都,其实是老爷给您准备了一门亲事。"

范闲看着他,半天之后才开口问道:"亲事?"

"是啊。"藤子京恭谨地回答道。

前些年周管家的悲惨下场,注定了不管是他还是别的范府下人,对这个算不上主子的主子,都会保持最真诚的恭敬。

范闲的冷静完全与年龄不相符,全没有一般少年听说自己即将成亲后的反应,而是淡然地问道:"对方是谁?"

他十六岁了,早知道在这种权贵门阀中,自己的婚事肯定会被提到议事日程。这些年来便宜老爹一直没有忘记自己这个私生子,所以总会有这么一天。只是为何这门婚事显得如此急迫?

"这个……我也不清楚,听说那家小姐贤良淑德,在京都里风闻一向不错。"

藤子京小心翼翼的解释反而让范闲疑窦丛生。试问一个没有身份的私生子,就算父母暗中的背景异常深,想来也没有哪位官宦人家愿意将女儿嫁给自己。

看着他越来越冷的眼神，藤子京终于开口说道："只是……那位小姐好像身体不大好，最近患了病，所以急着……"

范闲恍然大悟，原来自己是个冲喜的神物啊，这下就通了。

藤子京看着他的神情，发现少爷居然没有发怒，也没有哀切的表现，反而有些愣住了，心想马上要娶一个要死的夫人，少爷居然一点儿也不生气？

范闲没有什么好生气的，前世这种片段看得太多，而且生气并不会有助于解决问题。他反而有些同情京都里那位缠绵于病榻之上的少女，只是因为自己身体不好，便要被强迫着嫁给一个从来没有见过面的男人，而且还是一个出身不好的私生子。

至于逃婚这种事情，他暂时还没有想过，费介老师在京都，更不要说还有五竹叔，那位便宜老爹别想逼他做不想做的事。

一切都等进京看看再说。

"少爷，为什么……"藤子京小心地问道。

"为什么不生气？"范闲微笑地望着他说道，"第一，我去京都不代表我会接受这门亲事。第二，如果我接受这门亲事，就一定代表着我喜欢那个女子。第三，就算那个女子缠绵病榻，我也不会觉得这件事情有多屈辱。第四，你可能不知道，其实我是一个很厉害的医生。"

藤子京愣了，这四条理由把他弄得有些糊涂，尤其是最后那条——少爷居然懂医术？可是他依然不认为少爷的婚姻，会因此而产生从悲剧到喜剧的飞跃。那家小姐身世很不简单，连御医都治不好的病，少爷怎么治得好？

马车一直未停，藤子京出去后，车厢里又只剩下范闲一个人。旅途难免寂寞，他掀开车帘，任由道上疾风吹拂在自己脸上。微眯着眼，看着四周呼啸而过的青青山色和官道上的石板路，他觉得真像是无数的画面正在倒带。就像十六年前，自己刚刚来到这个世界时，在马车上看到的画面一样。

四月末的一天，京都城外道旁长草早除，飞莺也被往来踏青的男女们吓跑，只有沿着护城河的那两排青青柳树正摆动着婀娜的身姿，自矜地审视着城外那些从天下各处前来的士民。

三辆黑色的马车在官道上排队，等着入城。车帘掀起，露出一张满是阳光笑容的干净脸颊。

范闲望着京都的城墙，看着四周面色安乐的人们，深深吸了一口气："原来这就是京都的味道。"

经历几十天的旅程，一行人终于来到了京都。一路上他好奇地观望着陌生之中夹杂着几分熟悉的庆国天下，终于满足了自己的游历欲望，与藤子京等护卫们相处也变得熟络了许多。

满脸带笑的可爱少年，总是容易与人亲近起来。藤子京扶着他的手，请他下车。

双脚落在官道上，范闲微微转动脚踝，刻意让布鞋的鞋底与这片土地多接触了一会儿，似乎想体会一下京都土地与别处的不同。

京禁森严，排的队有些长。范闲等得有些无聊，指着前方的城墙与藤子京有一搭没一搭地说着话。

范府没有派人来接他，毕竟他的身份不怎么光明正大。

闲谈间，忽然后方的人群里微微骚动起来，人群很自觉地让开。一队骑兵沉默驰过，速度很快，往城门处行去，没有半点停留。

队伍最前的那匹马上，是一位穿着浅色襦裙的少女，在这春重天时里，竟然还戴着一顶白鹿皮做的帽子，看上去十分俏皮。

这少女双眉如远山青黛，眸子清亮，十分美丽。只是她坐在马上，表情却是微显焦虑，看来是急着回城，一定发生了什么事情。

范闲望着一掠而过的马队，赞叹道："京中果然佳人多。"心中不禁越来越好奇，自己那位可能的"妻子"究竟是什么模样。

藤子京在旁边轻轻咳了两声。

范闲心想，自己只是赞了一句，又没有失态，这么紧张做什么？于是笑着说道："看来京都的风气并不保守，这位姑娘穿着裙子骑马，也没有人随意议论。"

藤子京苦笑着解释道："刚才过去的那位是京都守备叶重大人的独女，谁敢说她？少爷您在京里说话还是小心些吧。"

范闲哦了一声，站到马车上往城门处望去。发现那队骑兵到了城门口果然没有排队，就这样验了令牌，进城而去。

轮到范闲进城的时候，他看了看城门处官兵的表情，发现对方一应公事公办的表情，再望回自己的马车，才明白了是怎么回事。

三辆车上都没有范家的标记。

第七章 初入范府

京都东城住着的都是达官贵人，没有平民百姓立足的余地，所以显得比较安静。冷清的大街上隔着十来丈就有一座府门，每座府门外都安静地蹲着一对石狮子。数十只石狮子就这样在自家的门前百无聊赖地瞪着双眼，瞪着从街上行驶过的马车。

黑色的马车缓缓从大街上经过，道路两旁没有好奇的目光。走到范府旁，马车有些困难地拐入了侧巷，停在了角门外的树荫下。

范闲掀开车帘，扶着藤子京的手下车。他看了看四周，不易察觉地点了点头。咯吱一声，木门被推开，下人们迎了出来，却嗫嚅着不知道该怎样称呼和行礼。范闲笑了笑，没有说什么，跟着藤子京往门里走去。下人们松了一口气，开始搬运马车上塞得满满的行李。

门里早候着个小厮，半佝着身子，引着二人进去。一路往里，只见庭院渐深，内有假山坪草，花枝浅水，景致颇为精雅。沿路遇着些婆子，见有人来了，她们敛声静气地守在道旁，一点儿不见纷乱。

走了很长一段时间，竟还没到内院，范闲不禁有些赞叹京都老宅的豪阔，比澹州的别府不知大出几十倍去。在京都寸土寸金之地拥有如此大的府邸，范府权势果然不一般。

若换作一般常人，初入豪宅高门，总会有些心慌拘谨，即便《红楼梦》中林妹妹初入荣国府时，也是不敢多言多语，生怕行差踏错，丢了自己及府中颜面。但范闲却不是常人,两世为人,生死轮转,自然多了些洒脱。再者他也不觉得私生子的身份有何丢脸,反觉得自己的便宜老爹才应该觉得丢脸,由此延展开去,更不在乎这范府的颜面了。因此他四处打望,面带微笑,全无一丝拘谨,看着府中景色,啧啧称奇。路过垂柳时,抚上一抚;踏过浅湖上拱桥时,往水中金鳞望上一望,显得无比随意。

他这一路行来的神态,全落在阎府下人眼中,他们不免有些吃惊,心想原来这位已经听说了十几年的"少爷"竟是这样一位人物,说不出有甚好、有甚不好,但是总觉得少年郎有股子与众不同的味道,只是这味道不知该如何用言语分说。

到了内院前,藤子京小声说道:"少爷,这里面我就不能进去了,您……自己进吧。"

路行来,他对这位宠辱不惊的少爷生出不少好感与敬意,想提醒些什么,但话刚出口,却发现自己有些孟浪,又不知该如何措辞。

范闲知道他心里在想什么,微有感动,也是什么正经话都没有说,只是叮嘱他记得将自己的行李收拾好,自己夜间或许要用,如何如何。在这种时刻,居然还能好整以暇地想到晚上如何,藤子京略觉安心,笑了笑,自与那小厮去偏院休息。

领路的小厮换成一位稚美的小姑娘,范闲跟在她身后进了后院。一位中年妇女端着黄铜盆子走了过来,半蹲行了一礼,服侍他洗脸,水的温度不热不冷,恰到好处。

范闲沉默着,擦了擦手,将毛巾递了回去,然后说了声谢谢。

中年妇人听见这两个字,有些吃惊,沉默退下。范闲这才想起,京都并不是澹州,自己对丫鬟姐姐们的客气,放到此处就显得有些多余和不合时宜。

洗完脸后,却没有人带他进屋。他就这样站在门前,很久都没人理会。

——不知道是不是老宅给自己这个私生子的下马威,范闲生起一丝烦意,深吸了口气压了下去。抬眼望向四处的宅院,他发现白墙黑檐,颇有些北齐风格，很是雅致。

其实那些丫鬟婆子们站在一旁，倒不是刻意冷落他，只是想着这位少年的身份，不知该如何称呼，也不知该如何相处，只能等着太太过来。却没想过这位少年虽然不是正室所出，但现在府里的太太其实也还一直没有扶正。

时间就这样缓慢地流走，天光把黑檐的影子拉得越来越长，范闲默然想着差不多了，招手喊领自己进来的那个小丫鬟过来。

小丫鬟面容清秀，脸蛋儿滑嫩无比，年龄还极小，细声问道："少……少……有何吩咐。"她本来想称少爷，但想到其中的问题哪里喊得出来，强将那个爷字吞了进去，憋得满脸通红。

范闲看着她的模样，微微一笑，说道："给我搬把椅子。"

小丫鬟依言去了，从厅里搬了一把木椅。

范闲坐了上去，抬头观望雨檐天光变化，竟再不关心四周的目光。

丫鬟婆子们看到这少年竟然就这样坐在椅子上，吃惊不小——长辈未至，晚辈理应束手谨立阶前，哪有这样大模大样的道理？

就在这时，回廊里传来一阵极细碎的脚步声，一阵幽淡香味随风而来，让人精神为之一振。范闲侧头望去，只见一位贵妇人正满脸微笑地走了过来。

妇人面容姣好，双眸如漆，身上裙裾微摇，金铛摆动，配着身上那股含而不露的贵气，让人不觉得如何招摇，反觉着理应如此。

范闲从椅子上站了起来。

那妇人远远看着范闲，温和地说道："闲儿一路辛苦，且坐着吧。"

来者自然是司南伯爵府里的二太太。这位太太姓柳名如玉，十几年前被司南伯收入府中。她家中背景颇深，三代之内还出过一位国公。当年她嫁与司南伯做小，在京都里还惹出不少议论——众人都很好奇柳家是如何想法，竟然将自家女儿许给范建。虽然范建其时已经接了司南伯的爵位，但毕竟只是范氏大族中的远房——直到这十年里司南伯圣眷日隆，官位渐高，大家才服了柳家及这位女子的眼光。但很奇怪的是，范建一直没有将她扶正，不论从情理上还是从柳氏娘家的地位上来讲，都是说不通的。

范闲满脸笑容，对着这位二太太深深一躬："闲儿见过姨娘。"

柳氏亦是满脸微笑，瞳子里却是闪过一丝莫名的情绪。

姨娘？她已经有多少年没有听过这个称呼了。

太太与姨娘之间的差别，有若云霄与泥壤，谁不清楚？她相信面前这个漂亮的少年就是因为清楚，所以才会如此称呼自己。

柳氏微笑着说道："进来吧，大老远的，老坐在那雨檐下发呆是个什么事？叫外人见了，不得说我们范府是个容不得人的地方。"

容不得人？那自然是彼人有不可容之处，范闲知道她是在提醒自己私生子的身份，倒也佩服对方说话漂亮。看来这位姨娘与自己往日想的不同，应该不是一味阴毒的蠢货——所以他越发不明白，三年前这妇人为什么会使出用毒杀人这种昏招来。

他随着柳氏往厅里走，随意说着闲话，倒真扮演出来几分母慈子孝的模样。

茶上来了，是地道的五峰采花，好茶。点心也上来了，是地道的江南小酥饼，好吃食。只是说完了沿途见闻，问候了远在澹州的老夫人，说了些澹州海边的景致，京都有些什么与众不同之处，便没有什么好说的了。于是柳氏和范闲同时很默契地闭上了嘴。

双方意识到彼此都不是省油的灯，言语上的试探没有什么意义，干脆沉默以对。

客厅里的气氛不免有些尴尬，服侍的丫鬟们噤若寒蝉，连换茶时走路的脚步都放轻了许多。只有范闲与柳氏不尴尬，偶尔握着茶杯互视一眼，目光里流露出一丝温柔。

柳氏越来越觉得这少年不一般，居然在这种情况下都能应对自如，全无半点紧张拘束。沉熟稳重之处，竟比府上那些门客都不显弱，也不知道澹州的老祖宗究竟是怎么教的。

想到澹州的老祖宗，再看面前这个少年，她的心里便生出淡淡悔意，那年自己着实不该受人挑唆，被人利用，犯下那等大错，偏还阻止不了这个私生子堂而皇之地走进家门。

有了当年的教训，柳氏行事不得不更加小心。她看了眼天光，微笑地问道："你父亲如今任着户部侍郎，这次回京，你是准备明年的科举，还是直接进户部做事？"

范闲微笑应道："全听父亲吩咐。"顿了顿又道，"不知道父亲大人什么时候回来？"

在京都他有几个想见的人，面前这位贵妇自然是其中之一，还有费介老师和若若妹妹，但他最好奇的却是那位便宜老爹，因为他想不明白，自己那位曾经是天下最富有的叶家家主的母亲，当年怎么会瞧得上这个不怎么出色的范族旁系子弟。

说来有些奇妙的是，他愿意把叶轻眉当成自己的母亲，却很难接受这个父亲，可能是因为五竹的影响，也可能是身为男子的某种本能反应。

"你父亲一会儿就回来了。"柳氏微笑着说道，"到时候你们父子好好说话，你莫要太过心急，惹了他生气。最近这些天朝里可不太平。"

正说着话，内院的大门处微有嘈乱，丫鬟们急着去迎什么人，但脚步声来得太快，那些丫鬟们连请安声都没来得及说利落，一位十四五岁的少女就走了进来。

这少女生得并不如何漂亮，但眉宇间显得异常干净，天生一股柔弱之中还带着一丝微微冷漠。这种冷漠并不是一般人所言的冰山美人对身周浊物的蔑视，而是一种基于某种尚未得知的自信而产生的漠然，或者说是一种与周遭环境的自然距离感。

范闲看着少女微笑不语，暗中却叹息了一声，心想这种冷淡的感觉出现在一个高门大族家的少女脸上，实在是很不和谐，也不知道与自己这些年写的信有无关系。

少女直直望着范闲的脸,眉宇间的冷漠渐渐淡化,最终消失无痕。只见她两颊现出几丝红晕,张唇欲言,却又止住,退了半步,以极轻微的动作整理了一下自己的衣裾,敛衽一礼,轻柔的声音显得十分的礼貌与自矜:"见过哥哥。"

范闲微微一笑,伸手虚扶了一下:"若若妹妹,无须多礼。"

二人的目光撞在一处,都是那般的清澈,无一丝杂质,有的只是喜悦。

数年书信来往,想来这个世界上相知最深的,便是这一对兄妹了。但就在这个时候,一个相当不识情趣的小孩子声音响了起来,顿时打破了兄妹二人相隔十年再聚的美好感觉。

"你就是范闲?"

范闲转过脸去,看着从高高门槛外跨进来的那个少年。那少年约莫十二岁,有些胖,左脸上生了几粒令人生厌的黑痣,此时正一脸厌恶地看着自己。

小胖子自然便是前些年柳氏生下来的那个儿子,范闲却只作不知,看着他微笑说道:"不知道这位公子是谁?"

"我就是范思辙,范家正牌少爷。"小胖子看着他语带鄙夷地说道,"原来你就是那个私生子。"

范闲向柳氏望去,想看她准备如何处理此事,不料柳氏竟是不知何时悄无声息地遁走了,不由自失一笑,这是打算让亲生儿子来闹一番,破一破自己的镇定功夫?反正待会儿若是出了什么不合体统的事,也有年少不懂事的借口。

他的唇角现出一抹微笑,心想要不要真的教训一下这个便宜弟弟?

看着范闲的笑容,范思辙心里忽然觉得有些莫名的害怕,表面却强自镇定,冷笑不语。

接下来发生的事情却是完全出乎范闲的意料。

范若若从桌下取出戒尺,看着范思辙平静地说道:"伸手。"

"为什么啊?"范思辙大吃一惊,却本能地伸出手来。

啪啪两声，他的手上出现了两道红印子，眼睛里开始冒出泪花，然而还是咬牙忍着，嚷道："姐，为一个外……"

"外人"两个字没有说完，范若若又是毫无表情地将重重两记戒尺抽在了他的小胖手上。

此时范闲才发现，妹妹眉宇间的冷漠，在一般人的眼中确实很有压迫感。

范若若看着弟弟平静地说道："第一，兄长的名讳不可直呼。第二，你要明白家里的身份，不可说那些混账话。第三，做错了事情，自然要受罚，你服不服？"

范思辙哪里会服，却又无话可说，瞪了范闲一眼，便往后院跑去，哭声渐起。

"每次一哭就去找他的妈。"范若若摇了摇头。

范闲问道："思辙是哪两个字？"

范若若脱口而出："思虑凝滞如猪，横行霸道留辙。"

范闲笑了起来："极雅的名字，被妹妹解成这两句话，实在好笑。"

范若若看着他，认真说道："哪有哥哥讲的玩笑话好笑。"

"为什么你可以拿戒尺打他？"

"父亲让我管教他。"

"这似乎与我当初对这个世界的分析有些出入。"

"是说男权的问题？"

"嗯，还有家族后宅权力分配的问题。"

"目前我好像获得了一点点权力。"

"但不要忘了，你这种权力完全依赖于那个男人的喜恶。"

"哥哥也不要忘了，你口中所说的那个男人，是我们的父亲。"

连珠炮一般的对问对答戛然而止，范闲与范若若相视一笑，十分愉快。此时没有外人在场，范若若也不再如先前那般矜持，展颜一笑，看得出心头快乐难抑。

范闲也是如此。他们常常书信来往，这个世界上大概只有这个妹妹才是他用某种只有自己才能适应的逻辑交谈的对象。而且刚开始通书信的时候若若年纪还小，在某种程度上，她对这个世界、对人生的看法，都受到了范闲潜移默化的影响。

十年不见，本应有些陌生，但先前这番只有他俩才能体会其中滋味的对话迅速拉近了二人的心理距离，仿佛面前坐着的人不曾分开过，一直都在澹州的庭院里读书做伴。

范闲说道："你在府中，似乎过得不错，我的担心倒有些多余了。"

范若若轻声道："全亏哥哥出主意。"

范闲有些意外，心想难道自己写的前世言情桥段，真的能起作用？

"最近柳氏比较安分。"范若若直呼姨娘为柳氏，就算此时厅中只有范闲和她二人，她的神情依然有些冷淡。

范闲说道："我远在澹州，但也知道柳家在京中地位极高，你不要过于轻慢。"

"不会。"范若若垂下眼睑，睫毛搭在日渐白皙的肌肤上，十分美丽。

没有人进来打扰二人的说话，这一点范闲很满意。他喝了一口茶，正色说道："我这次入京的原因你大概还不知道。"

范若若似笑非笑地望着哥哥。

范闲有些尴尬，问道："怎么了？"

范若若微笑道："哥哥进京的原因应该有很多人知道了，京都里的名门子弟也都很好奇，你此次进京，对于那件事情到底有多大的成算？"

范闲微惊，问道："我一直以为父亲让我进京是很隐秘的安排……而且京都没几个人知道我是谁，怎么会有人好奇我的事情。"

范若若看着他调侃道："但那位姑娘很有名气啊。"

范闲微微挑眉，问道："你也认识那家小姐？"

"我那位未来的嫂嫂是林家的小姐。"范若若微笑道，"不止我认识，相信整个京都的人都认识她。"

范闲更加吃惊,问道:"哪个林家?居然如此出名?"

范若若笑得更加开心了,说道:"虽说哥哥一直住澹州,也不爱打听京都的事,但我知道皇宫里办的那纸印的物事,奶奶那里也应该有一份,你还偷偷拿出去卖过。"

范闲回忆了一下最近几期的报纸,顿时恍然大悟:"难道林家就是宰相林若甫家?那位小姐就是前段时间闹得沸沸扬扬的宰相私生女事件的主角?"

如今的庆国号称盛世,连着十年风调雨顺,民富心安,有所谓千古第一明君,千古第一治世诸多称号,很妙的是,随之而来的还有位千古第一奸相。

宰相大人林若甫出身贫寒,并非高门大族子弟,通过科举进入官场,从苏州评事做起,旋即调入京中任詹事府主簿,又调至南衙十二卫司阶,再入老都察院任掌印给事中,又入翰林院学士。在上次新政中,调入六部负责具体事务,为吏部侍郎、尚书,用了半生的时间,终于升到如今的文官之首。

人们仔细观察宰相曾经担任过的官职,才发现他做过文职、军职,有词臣之司,有监察之职,虽然官位屡有起伏,但竟是将庆国官场上所有的地方都经历过了。

据说他在宫中并无倚恃,也没有盘根错节的背景关系,却能在庆国复杂的官场中沉沉浮浮,始终不倒,这一点让许多人都感到很诧异。

林若甫表面清明,内里阴险毒辣,纳贿无数,加上在文官系统与王公贵族的博弈中得罪了不少人,所以权贵不亲,百姓不爱。但他用几十年的工夫,早已在庆国的文官系统里延伸出无数枝丫,大树屹立不倒,那些奏折对他来说与废纸有什么区别?

随着时间推移,那些官员士子们终于明白了一个真相,那就是只要皇帝陛下不在意,那么谁都不可能夺走林若甫的权力。当人们发现陛下对宰相的信任从来没有减弱过,终于开始绝望了。谁能想到,林若甫居然爆出了有私生女的消息！

当今世上，官员与富商们娶几房小妾很正常，但宰相大人一向自命清流，居然在外有个私生女，这就属于德行有亏了。最关键的是，这个消息人们是在报纸上看到的，这就首先确定了真实性，继而引发了无数猜测，难道陛下终于看厌了宰相大人，准备换人来做？

御史台自然不会错过这个机会，向林若甫发起了猛烈的攻击。然而就在那场朝会上，陛下亲自出面把这件事情平息了下去，从此没有人再敢多提一句。那位宰相大人的私生女却成了众人瞩目的中心，京都百姓茶余饭后时常提起的人物。

范闲想不到自己要娶的女子竟是宰相的女儿，而且与自己的身世竟有几分相似，不禁生出一些莫名的情绪，沉默了很长时间都没有说话。

外面的动静大了起来，他抬头望向厅外，知道那位便宜父亲终于回府了。

烛火已起，但天色并没有全黑，所以有些暗淡。

厅间摆着一桌丰盛的菜肴，坐着五个人，十余名丫鬟下人在旁服侍着，没有发出任何声音，无论是说话声还是行走时的脚步声都没有，安静得令人心悸。

范闲注意到柳氏没有像一般人家的姨娘那般，站着布菜完毕后，先侍候家主吃饭，而是从开始便坐在那个中年男人旁边，神情平静，想来常年都是如此。

他看着那个中年男人，心想这就是自己的父亲？

范建面容英美，下颌留着时人最喜欢的四寸美髯，看着有些严肃。

安静地吃完饭，他在前走着，范闲在后跟着，一路来到书房。

这是范闲第一次和这位"父亲"单独相处，并不如何激动，反而有些警惕。因为在他内心深处，从来没有真正将对方看成自己的骨血至亲。

范建看着面前这个少年飘然出尘的清秀容颜，有些恍惚，仿佛看到了当年的她，半晌后才温柔叹息道："和你母亲长得真像。"

范闲无言以对。因为他并没看过自己的母亲长得什么模样。

"这些年在澹州过得如何？"范建眉眼间有些疲惫，但依然掩不住当年风华正茂时的痕迹。

"还成。"

"以你的性格，应该已经从藤子京嘴里找到了我此次急着让你入京的原因。"

"是。"

"会不会觉得委屈？"

"不会。"范闲回答道，"我只是搭车来京都，没有说一定要娶那个林家小姐。"

这句话一出口，书房里顿时陷入了死一般的沉默。

范建静静地看着他，问道："你可知道娶了对方意味着什么？"

"意味着范府除了一直未衰的圣眷之外，还可以在朝廷里抱上一条很粗的大腿。"

范闲的回答嘲弄意味十足。他对面前的中年男人并没什么感情，本来应该能够保持着旁观者的冷静——但一想到对方名义上毕竟是自己的父亲，把自己这个私生子放在澹州十几年不管不问，现在为了结好宰相却忽然把自己喊回京都与对方联姻，当然还是会愤怒。

"很好，你终于生气了。"范建唇角微翘，一个笑容缓缓地展开，轻声说道，"一直听着澹州那边的消息，我还以为你是个不会生气的人。孩子，你毕竟只有十六岁，如果把情绪都隐藏在自己的心里，会很痛苦。"

"那又如何？"范闲用一种异样的目光看着父亲，心里确定了某件事情，"有件事情我必须事先禀告父亲大人。"

"什么事情？"

"我不是一个很好控制的人。"范闲的话说得很直白。

"我并没有想过控制你。虽然你……是我的儿子。"范建看着少年的双眼，似乎想从范闲冷静的眼神中看出些许慌乱来，"但是和宰相家的联姻，势在必行，此事不容商议。"

范闲沉默了一会儿，说道："您可以尝试一下。"

范建身体微微前倾，盯着他的眼睛说道："你太低估为父了，以我范家在朝中的地位，难道还需要卖儿子？一个林若甫还不值当我做这么多事。"

范闲感觉他这话不似作伪，不禁有些吃惊，心想既然不是联姻，那你为什么一定要我娶那个宰相的私生女，总不可能因为那位小姐是极难得的良配这般简单。

范建知道他在想什么，很快便解答了他的疑惑："你可知道她的母亲是谁？"

范闲本以为既然那位小姐是宰相的私生女，那么她的母亲必然是位可怜的女子，此时听父亲的语气，却绝非如此，不禁更加好奇。

范建缓声说道："林家小姐的母亲乃是当今长公主，是陛下的亲妹妹。长公主终身未嫁，管理着皇室的商号，为整个庆国以及皇宫提供着源源不绝的金钱。"

范闲震惊无语，心想那位小姐竟是长公主的女儿，这岂不是说宰相大人与长公主有一腿，甚至是无数腿？难怪宰相大人这些年来从下往上爬得如此顺利……这个秘密全天下知道的人应该没有几个，自己的父亲如果不是和皇帝陛下关系非同寻常，也不见得会知道。

这么大的秘密，父亲本来不应该告诉自己的，他忽然想到五竹叔以前说过的那桩事情，微微皱眉说道："长公主管理的皇家商号……是不是原来叶家的生意？"

"不错。长公主只有这一个女儿，陛下早就决定将内库让长公主一脉管理，所以谁要是娶到林家小姐，成为长公主殿下的女婿，就会成为内库未来的主人。"

范建说了很多话，略感疲惫，内心深处却又有些兴奋。他按着椅子扶手站起身来，盯着范闲的眼睛说道："内库本来就是你母亲的，你要替她拿回来，所以这门亲事必须成！"

长时间的沉默后，范闲说道："父亲深谋远虑，儿子佩服。但对方毕竟是皇家的人，您认为我们这样做就能把母亲的家业夺回来？这种想法我觉得有些过于自大。"

"为父是户部侍郎，管的就是天下银钱，以后的事情自然会处理。"

范建愈发欣赏面前这个少年的冷静与清醒，"有件事情我要告诉你，林若甫虽然在这件事情上没有太大的发言权，但他毕竟是林家小姐的亲生父亲，他对于我们两家的婚事有些疑虑。你初来京都且低调些，莫要犯什么错，别让他抓住把柄。"

范闲有些不解，林若甫虽然是宰相大人，贵为文官之首，但应该很清楚范家在皇帝陛下心里的地位，能够结交如此强援何乐而不为，为什么还会反对？难道是因为自己私生子的身份？可是那位林家小姐不一样也是如此吗？

范建说道："每个人的位置不同，考虑的事情就不一样。范氏是京都大族，林若甫是文官之首，两家联姻事体甚大。林若甫的迟疑便是惧陛下疑他用心。"

躺在香喷喷的床上，手指随意在光滑的绸面上抚摩，范闲还在体会先前听到的那些话。虽然他知道来京都后一定会碰见一些麻烦的事情，但确实没有想到会如此麻烦。

刚才离开书房前，他本来准备问一下那年柳氏派人来毒杀自己的事情，但转念一想，高门大族里的肮脏事应该都隐藏在阴影里，自己强行推到灯前，只怕没有什么用处，也没有好处。

真正让他决意暂时不提此事的原因，还在于刚才的交谈里范建说话很直接，没有隐瞒这门婚事的真正目的，对他似乎有几分真感情。只不过他有些不确定，范建想要通过这门婚事拿到内库的控制权，究竟是为了死去的母亲，还是有别的什么深层次的原因。

想到这里,他的唇角浮起一丝苦笑——自己真的要和那个病重的女子结婚?此时看来,倒是范家在对那姓林的小姑娘用诡计心思,对方比自己要可怜多了。

　　是不是应该找机会去看看那位林家小姐?那自己什么时候才能看到箱子里的东西呢?他望向随意搁在墙角的那个狭长的箱子,猜测那把钥匙会在京都的什么地方。

　　当范闲第一次在京都范宅里辗转反侧时,范建也在书房里发呆。

　　十六年来他第一次看见范闲,想着那张干净漂亮的脸庞,自然想起那个叫叶轻眉的女子,很长时间都无法回过神来,喃喃道:"小叶子,你的孩子已经长大了,果然和你当年一样,年纪小小却像是知道所有的事情……陈萍萍还是反对他来京都,所以我趁他休假的时候,把闲儿唤回京都。陛下保证过,叶家的产业一定能回到他的手里,你放心吧,只要我们这些老家伙还在,没有谁能够伤害到他。"

第八章 在酒楼上

天光透过云影铺洒而下，时亮时暗，道路两旁的老树抽出新枝，在风中轻轻摇晃。已是暮春时节，山脚湖泊里小荷初展容颜，碧嫩一片。

范府的马车在道路上缓缓前行，前后跟随着护卫，看上去颇有几分声势。车厢里却很是安静，范闲半闭着眼睛，若若小心地剥去枇杷的薄皮，将微微酸甜的果肉送到他的唇边。范闲张嘴吞下，酸得咽了好些口水。

看着这幕画面，范思辙满脸不可思议甚至有些惊恐——自己这个十五岁的姐姐，棋琴书画无一不精，大有才名，一向眼高于顶，如冰山不化，让无数才子贵人不敢靠近——居然……居然会如此小意服侍那个叫范闲的家伙，居然会亲手剥枇杷给他吃！

范若若根本不知道自己望着兄长满脸崇拜的神色，已经一丝不漏地落在了弟弟的眼中。她只是下意识里想让兄长舒服一些，她心里想，兄长这十几年来在澹州边地很是吃了些苦，好不容易入京，却马上要娶那位林家小姐，真是可怜极了。虽然她知道林家小姐也是位极好的人，但在她眼中，世上没有哪家女子能真正配得上自己的哥哥，更何况林小姐如今身体又是那般模样。

她认为，自己还是那个在澹州别府听鬼故事的小丫头。只有她一个人知道，哥哥胸腹中自有万篇诗书，至于信中托词的什么曹公、莎翁……范若若想到这里，微微一笑，看着面前的哥哥，心想明明你才气纵横，为什么却不肯让自己告诉别人呢？

范闲知道妹妹早就猜出《石头记》那些文章是自己"写"的，只是没有点破，想着别的事情。京都范府的情形与自己入京前的判断有所不同，柳氏看来从三年前那件事情里得到了某种程度的教训，现在很安分。传闻中蛮横无理的纨绔弟弟在若若的管教下，现在似乎也没有表现出太让人无法忍受的性情。如果就这样做着范府的公子哥似乎也挺幸福的。

范思辙好奇地看着范闲的脸，他承认这个异母兄长比自己要长得好看许多，但是他心里依然强烈地认为，自己才是范府正牌的少爷，面前这位只是个外人罢了。发现自己一向敬服的姐姐居然如此崇拜范闲，他难免有些郁闷，便想在别的地方找回来。

"这条街上没有人敢惹我。"范思辙对着范闲傲气十足地说道，"你才来京里，我带着你玩两天。"

范闲半靠在软垫子上，听见这话扑哧一声笑了出来。他让妹妹带着自己看看京都风光，怎么也料不到，范思辙这个小家伙居然不请自到，而且非要赖在一辆马车里。

"我说小家伙，你为什么一定要跟着我们？"他问范思辙。

范思辙嚷道："别叫什么小家伙，我才是范家的正牌少爷。"

"这般叫嚷会显得很没水准，就算你怕我争你的家产，也应该玩些阴的才对……"范闲摸摸弟弟的脑袋，微笑继续说道，"这方面你要向你母亲多学学。"

范思辙看着这张漂亮面容上微显笑容，不知怎的害怕起来，身子往后一缩，躲到范若若身后，心想这个家伙也太古怪了些，竟是如此肆无忌惮，这种话也能当众说吗？

说话间，马车来到京都一个热闹处，此时正是午时，街上行人不少，道路两侧的酒楼开门迎客，吆喝声伴着饭菜的香气入帘而来，诱得范思辙嚷嚷着要吃饭。

藤子京进酒楼去订位子，范思辙和范若若在几个护卫的保护下去街边的食摊买面人儿。范闲在酒楼下方看着那些廊柱上的纹饰啧啧称奇，这些纹饰笔法华丽，点金涂色，炫彩异常，和自己前世在书上看到的完全不一样。两个护卫离他有段距离，暗中看着四周。

一个穿着普通的中年妇女抱着婴儿，像做贼一样地蹭了过来，压低声音问道："要书吗？都是八处没有审核通过的。"

这个场景让范闲觉得很熟悉、很温暖、很感动，很有家的感觉，又有些错愕。

八大胡同听说过，八处又是什么？

监察院第八处，全名"朝廷文英总校处"，有些类似于某一世民国政府的新闻检查局，专门负责审核文字，只有通过八处审查的文章才允许刊行于世。前些年，文英总校处的职司被收了大半归礼部与太学，但依然还保留着对于民间私印图书的审核权。

所以像涉及淫秽色情、暴力血腥美、未经陛下允许的改革建议之类的文章，是不可能通过八处审核的。但是不论哪个世界的人类，对于性、暴力、政治，总是有着令人瞠目结舌的狂热爱好，于是就像那个世界一样，这里也应运而生出现了很多地下书商。政论书一般没有书商敢碰，《怡情阵》之类的风月小说却是大量地抄印了出来，经由不同途径进入不同的城市，再送到需要的民众手中。

抱孩子的大婶，无疑就是这个流通渠道的最后一环。京都百姓对这种场景早已司空见惯，没有人会大惊小怪，官府都睁一只眼闭一只眼，更何况深受其益的民众们。

范闲看了看四周，轻声问道："有些什么书？"

中年妇女将孩子换了只手，从怀里掏出一本约莫八寸见方的大开本书，书页全红，看上去装帧非常不错，神秘兮兮地说道："这是最近京都最流行的小说。"

范闲接过书来，微笑着翻开一页，脸色顿时变得十分精彩。

这书封面并没有名字，扉页里却印着四个大字："风月宝鉴"。

再翻一页，便看见以下文字："谁知这媳妇儿有天生的奇趣，一经男子挨身，便觉浑身筋骨瘫软，使男子如卧锦上。"

范闲张着嘴，半天说不出话来。他自然一眼便瞧出这是自己抄给妹妹的《石头记》。扉页上那段文字，出自第二十一回，"俏平儿软语救贾琏"一节，讲的是多姑娘的故事。

前世他常年躺在床上，身体不便，自然弄不到那些书籍，只好将《石头记》这节翻来覆去，看了无数遍，全凭多姑娘这段与馒头庵那段慰藉了好些个夜晚的寂寞。今日在京都闹市中忽然看见这段熟到不能再熟的段落，怎叫他不大吃一惊，感慨连连，只是不清楚明明只有自己与妹妹知道的《石头记》，怎么就已经印成书，在大街上开卖了。

那中年妇女以为这漂亮小哥心动，低声笑道："这只是文中一节，精彩的还在里面。"

这便是挂羊头卖狗肉的常见手段了，范闲也不点破，也不还价，直接掏出银钱买了一本。范若若领着范思辙回来时，那个中年妇人正带着满脸笑容离开。

"刚才做什么呢？"范若若微笑着问兄长。

不等范闲答话，范思辙一脸冷笑道："我看见了，他在那女人手上买了本书，也不知道避一避，在大街上买这些不堪入目的东西。"

范若若微微一怔，范闲想着找个安静的地方问问她，因此也没有理会小家伙。正好这时藤子京说已经准备好了，他牵着妹妹的手便往酒楼里走去。

酒楼的人很多，三楼却很清静，包厢门一关，便听不到外界的嘈杂。范闲看了一眼眼睛骨碌碌转动的范思辙，微微一笑，也不避他，将手上那本红页书籍递到妹妹手中。

范若若微微皱眉接了过来，只翻开扉页，眼睛里便出现了吃惊的神色，再翻了几眼，更是震惊，赶紧回头紧张地解释道："哥哥，我也是第一次看见。"

范闲安慰道："我没怪你。"他早就猜到妹妹一定会将自己抄写的《红楼梦》订成册子，而且一定会忍不住给自己的闺中密友分享，只是心想若若的闺中朋友必然都是王公贵族家的大小姐，在闺阁之间流传，应该很难传到市面上。直到今天在街上看见这本书，他才知道，原来自己到了另一个世界，依然低估了盗版商的强悍程度。

范若若认真回想，终于想起了一桩事情。去年她才将前面的六十八回全部订在一处，搁在自己的闺房里用硬木压着，恰好那天靖王爷家的柔嘉郡主来府里闲叙，看见这书后拿起来便再也不肯放下，硬是要带回府去。

在范若若心里这是哥哥心血之文，怎敢放到府外，万一有所遗失怎么办？所以她任由柔嘉郡主如何苦苦哀求，甚至是发起了小脾气也没有答应。最后靖王爷被烦得没有办法，直接说通了范建，她才允许靖王府的几位女官过来抄录了几份带走。谁知这本书一传十、十传百，竟成了众人皆知的秘密，暗中在各王公府邸间流传着，现在终于流传到了市面上。

"没有人知道是我写的吧？"范闲接过书翻了翻，发现署名写的是曹雪芹，略觉安慰。

范若若自责道："哥哥视名利如浮云，我不慎将这书流传出去，已是大错，哪里还敢透露这书出自你的手笔。"

视名利如浮云？范闲为了掩饰内心的尴尬，伸手揉了揉妹妹的脑袋，却发现将小姑娘头上的发饰弄乱了些，又赶紧道歉，说道："我既然写了出来，自然准备让世人去看。只是没料到居然让盗版商人吃了头啖汤，可惜了白花花的银子。"

小二开始上菜，兄妹二人不再说此事，却同时注意到范思辙突然从安静中挣脱出来，满脸震惊地望着范闲，说道："那本书是……你写的？"

听见这话，范若若才想起来自己与哥哥的对话全落到弟弟的耳朵里，不知道小家伙如果告诉柳氏，会不会给哥哥带来什么麻烦，不禁有些担心。

范思辙的表情已经从震惊变成了佩服。

"怎么了？"范闲看着他微笑地说道。

范思辙实在受不了这种看似柔情无限，实则无限冰寒的目光，哆嗦着说道："我只是很惊讶，这书是你写的。"

范闲有些意外："你看过这本书？"

在他的印象里，如果有人在十二岁时就会看《红楼梦》，爱看《红楼梦》，长大后一般都会变成文青或者是欺骗女文青的流氓。

"没有。"范思辙赶紧摇头，"看过一些，很没劲。"

说完这句话，他似乎觉得稍微挣回了一点面子，小脸也仰得高了些，但接着想了想，还是说了实话："只是先生看过……先生很是赞叹，说这作者诗笔有奇气，胸腹有块垒。"

这是很高的评价，范闲没有脸红，笑一笑，说道："所以你很佩服我？"

"我佩服先生……但先生喜欢看你写的书。"

他以为自己明白了为何姐姐对范闲如此之好，便羡慕地说道："我虽然不看，但知道现在在市面上这书稿是分卷卖的，每卷可以卖到八两银子。随便写几个字就能赚这么多钱，真是厉害……"

"我没有赚这个钱。"范闲略感奇怪，这个弟弟对自己的感观有所提升，居然不是因为自己的满腹诗书，却是因为写的东西能挣钱。转念一想他便明白了，范建是户部侍郎，在尚书常年因病休养的情形下，等于是整个庆国的财政管家，小家伙在范府里成长，难免会受到这些影响，对银钱之类的事情格外感兴趣。

范思辙搓搓手，激动地说道："但只有你能写啊！如果你愿意挣这份钱，我可以入股。"

范闲叹了口气，发现面前这个弟弟其实还是挺天真的，只可惜他本人对范家的家业不见得有何想法，奈何柳氏的想法已经根深蒂固，也不知道日后会如何。

饭菜上齐，三人便开始用饭，范思辙极其难得地主动给范闲倒了一杯茶。

范若若用了一些就停箸不食，半侧着身子认真地看那本《石头记》，越看眉头皱得越厉害，发现这书商出的《石头记》与自己房中的那份并没有太大差别，只是扉页前头故意将多姑娘那段话摘抄出来，只怕让京都看过此书的人们，都以为《石头记》乃是一诲淫之书。

范闲看到她的神情，就知道她为什么生气，于是将筷子搁在鱼盘边上，微笑地说道："这只是一种营销手段而已，有什么好生气的？"

范若若隐约猜到营销手段是什么意思，范思辙则是听得有些糊涂。

范闲说道："人们在买一本书前，肯定会先翻翻讲的是什么，所以这前言、序、跋、楔子之类的东西一定要清晰明了，不要求说清楚全书内容，但一定要引起别人的兴趣。你生气是因为这个无良书商将多姑娘那段摆在最前面，而这段明显不能说明这个故事的整体风格，反而容易让一般百姓产生一种误解，以为这故事是个风月故事，对不对？"

范若若睁着眼睛，点点头，心想这难道还不应该生气？

"可书商是一定要这样做的。"范闲看着妹妹认真的表情，忍不住笑了起来，"如果让我来做，我要比他们做得更过分。这一卷是十回，那就应该写十个回目印在扉页上，每回目下面写几行最诱人的话，如此方能让看客们心中痒不能挠，只好将书买回家细细翻看。"

"比如什么？"

"比如像多姑娘这种。"

"那这回怎么写？"

范若若已经明白了哥哥的意思，指着书中一处问道。第二十三回："西厢记妙词通戏语　牡丹亭艳曲警芳心"。这回讲的是葬花前事，断断找不出让人脸红心热的词句。

范闲笑道："既然有艳曲二字，当然好写，换成是我，就用里面那段……园中那些人多半是女孩儿，正在混沌世界，天真烂漫之时，坐卧不避，嬉笑无心，哪里知宝玉此时的心事。那宝玉心内不自在，便懒在园内，只在外头鬼混，却又痴痴的……正看到落红成阵。"

"然后再把坐卧不避、嬉笑无心、鬼混、痴痴、落红这些字眼全数描红。"

范若若低头一想，发现果然如此，本是些随意话语，这般一组合，再加上回目上的艳曲二字，便易让人生出无限遐想。她的脸微微红了，低声道："原来哥哥也是个不正经的。"

范思辙却在一旁听呆了，竖起大拇指道："大哥，你实在是太有才了！"

范闲噗的一声，将嘴里的茶全都喷了出来。

这时，包厢外忽然传来一道声音："哪里来的妄人，以淫技邪巧行事，居然敢称有才？"

酒楼叫"一石居"，是京都里面排得上号的富贵去处，每到午时总有些富豪官员、才子佳人来此把酒而谈，若没有相应的身份是断然上不来三楼的。正因如此，这里反而极少发生什么冲突矛盾，京都官场隐脉暗相交杂，谁知道对方身后有哪位大人物？

出言驳斥范闲的是位地地道道的才子，此人姓贺名宗纬，极富才名，骨子里未免傲气了些。前些日子，贺宗纬在朋友处看到那本《石头记》，虽对其中意旨颇多不满，也不以为书中诗词有何出奇处，但依然十分佩服作者这数十万字的细腻功夫。

今日来到酒楼上，三杯两盏黄酒下肚，正是微醺之时，却听到隔壁厢房里有人对《石头记》大放厥词，他心头一怒，便喝出这句话来。

听着这话，范思辙想到自己先前夸的海口，接着想到对方指责范闲，也是落了自己面子，不由大怒，掀帘而出，便看到了贺宗纬与他的几个同伴。

范闲想着父亲昨夜的提醒，自己初入京城应该低调，便用眼神询问了一下妹妹。范若若知道他心中在想什么，摇摇头示意范思辙应该不会太过分。

范思辙的年纪渐渐大了，在范若若的耳提面命之下也变得懂事了少许，但毕竟出身范氏大族，嚣张惯了，哪里会在意几个穷酸书生。只见他一步三摇，走到那书生的面前，问道："刚才那句话是你小子说的？"

贺宗纬肤色偏黑，面部轮廓突出，看上去有些丑陋。看见里间有人冲了出来，就知道自己那句话得罪了某人，看着这权贵子弟的嚣张模样，热血与酒意同时上头，喝道："小小年纪，说话如此没有教养，也不知道是哪家教出来的！"

他在京中交游颇广，却没见过年仅十二岁的范思辙，自然想不到对方身份。

范思辙本只准备骂两句，听见"教养"二字，就想到母亲平日里对自己的责骂，不禁怒道："你这家伙，又是谁家的泼货！"

他此时早已忘了姐姐平日里的教诲，跳起来便往那人的脸上扇去。

贺宗纬万万料不到在一石居如此清雅的地方，居然有人敢如此横行霸道，仓促间往后退了一半，躲过了这记耳光，可头上的青巾却被扯散了，模样看着有些狼狈。

与贺宗纬同桌的都是些颇有声名的才子，更有一位极有来历的人物，见此情形，不由大怒，纷纷斥道："光天化日之下，竟敢如此放肆，还有没有王法了？"

"王法？"范思辙冷声哼道，"小爷便是王法！"他一面说着话，一面捏着拳头锲而不舍地往贺宗纬身上砸去。

忽然间，一只手从旁边伸了出来，握住了范思辙细细的手腕。

范思辙只觉得自己手腕如被一只烧红了的铁箍箍住，痛入骨髓，不由啊的一声叫了起来，骂道："还不来帮忙？"

范家护卫赶紧上前，不料却是人影一晃，每个人的胸腹处都被印了两掌，惨然退了回去。

拧住范思辙手腕的是桌中一位面相阴沉之人的伴当。这伴当面相寻常，双眼却是精光微露，显然是高手。

那位面相阴沉的男子说道："将这小孩子扔开，别打扰了宗纬兄的雅兴。"

那个高手一振臂,范思辙便像只小鸡一样被扔了出去!

范闲本以为范思辙顶多与人争吵几句,哪想到转眼间事态便严重到如此程度,对方竟然有位高手,而且下手竟然如此狠辣。这一抛之中竟然隐藏着暗劲,稍有不好,便是断骨重伤的下场。范思辙再如何不堪,对一个十二岁的孩子用这种手段,实在谈不上光彩。

眼看范思辙就要遭受重伤,范闲身形轻飘来到庭前,手腕一抖,抓住了范思辙的衣领,然后借势一转,右手顺时针一拧,让范思辙在自己的手下转起圈来。

一圈,两圈,三圈……范思辙的身体停止了转动,睁着一双余悸未消的大眼睛,似乎还不知道发生了什么事情。

范闲将犹自头晕的范思辙交给范若若,看着那位精光内敛的高手,柔声说道:"舍弟年幼冒犯,但阁下下此重手,未免也太过了些。"

与贺宗纬同桌的几人冷哼一声,不好如何说话,毕竟对方说得不错。只有那位面相阴沉的年轻人略带几分自矜地饮着酒,正眼都没有看范闲一下。

贺宗纬扶正头巾后,自觉狼狈不堪,再看面前这个年轻人的漂亮容颜,无来由地生出怒意,觉得对方的微笑都十分可恶,遂沉声道:"如此顽劣子弟,稍施薄惩,有何不可?"

范闲没有理他,目光温和地看着那位高手,忽然往前踏了两步——那位精光内敛的高手先前看这位少年公子哥一手拧腕画圆消劲,感觉对方有些深不可测,不由微微一皱眉,竟是示弱般地随着范闲向前的脚步,退后两步。

二人两步一移,便把身后戴着纱帽的范若若让了出来。

范若若在京中才名颇盛,楼中这些人早就耳闻大名,有几位还曾在郡王府诗会上远远见过,一惊之下,赶紧起身,隔着段距离向她见礼。

那桌书生自然猜到了先前那个闹事孩童的身份,不免生出强烈的悔意。贺宗纬看见范若若之后，更是神色微变，不知想到了什么。

藤子京从楼下赶上来，看见这场景，眉头微皱，凑到范闲耳边说了几句什么。范闲这才知道，那个面相阴沉的男子是礼部尚书郭攸之的独子，宫中编撰郭保坤。

郭保坤看见范若若后，没有惧意，眼神却亮了起来，露出极令范闲厌恶的神情，说道："我道是谁家子弟如此霸道，原来却是司南伯家的子女。"

一般的官宦子弟根本不知道范家在隐秘处的实力，以为只是户部侍郎这般简单。当然侍郎也是高官，但与礼部尚书比起来，却明显差着几分。

郭保坤父亲官位极高，自己又是宫中编撰，与太子交好，所以养成了目中无人的狂妄性子，只听他冷笑道："真是可笑，区区范府中人，就敢以权势压人，真是有辱斯文。"

郭保坤向以文人自号，刷的一声打开手中折扇，倒有几分潇洒利落劲。旁边的那几位书生正自惴然，想到得罪了范府，不知如何处理，此时一听郭保坤如此说法，赶紧纷纷附和，抢先给对方扣好一个仗势欺人的帽子，全然不觉自己有什么做得不妥的地方。

只有引发事端的贺宗纬反而变得沉默了起来。

"斯文？"见对方言语逼人，毫无休事宁人的兆头，范闲微微一笑，满是嘲弄地问道，"读书人非学无以广才，非志无以成学，看你们这些所谓才子，大白天的不在学院读书，却跑到这一石居来饮酒作乐，志在何处？斯文又在何处？"

这桌人除了郭保坤外都是大有才名的书生，一听这话不由勃然变色。

有个书生涨红了脸，说道："休想仗着你范家权势，便如此言语放肆！"

范闲平静地说道："诸位说范家以权欺人，在下不敢自辩。倒是诸位自己坐在这桌上，与当朝尚书之子把酒言欢，真是不惧权势，清高自矜，实在佩服佩服。"

这话里的意思再明白不过，酒楼中变得安静异常，气氛很是尴尬。

与郭保坤同桌的那些书生很是窘迫，郭保坤的脸色也变得更加阴沉，起身便准备辩上一番。

范闲一旦开始攻击对手，便不喜欢给对方还手或是还嘴的余地，根本不等这位尚书公子开口，就指着郭保坤手上的扇子说道："初来京都，见诸贤终日玩乐，瘦成皮包骨头，还要拿把扇子扇风，这难道就是所谓风骨？这种风骨，在下是万万不敢学的。"

郭保坤出入皇城，与太子相交，哪里受过这等闲气，怒极气极，将手中的扇子收了回去，狠狠地敲在桌子上，气得浑身发抖，说不出话来。

庆国国朝武治之后，尤重文风，年轻士子遍布京都上下，这一石居酒楼上，少说也有七八成的读书人，这读书人哪个没有拿扇子的"恶癖"？此时听着范闲夹枪夹棒地对有关"风骨"说了一番话，不止郭保坤那桌人，就连别桌的文士也动了怒，纷纷出言呵斥。

范闲向来不喜欢所谓才子，偶发此感，自然不在意这些才子的反应，转身便带着弟弟妹妹向楼下走去，却在楼梯处被郭府的护卫拦了下来。

郭保坤咬牙切齿地将扇子往桌上一扔，骂道："你今天想离开可难了！"

藤子京与范府的护卫早就赶了过来，把范闲三人围在当中，与郭府的护卫对峙起来，眼看着便是一场乱战的节奏，也不知道一石居这酒楼还能不能保住。

危险的气氛越来越浓，喝骂声渐渐消失，有些文士心想自己应该赶紧避开，但楼梯上到处都是人，如何走得掉？

"开道。"范闲对藤子京说道。

藤子京冷哼一声，向着那个郭家的高手冲了过去，啪啪两声响，两个人影重叠在了一处，拳风四起，惹得楼中那些手无缚鸡之力的士子们惊呼连连。

京都豪贵争斗，向来是下人护卫出死命，主子在一旁看热闹的无聊游戏，极少有人会将火烧到自己身上来。范闲却和那些权贵子弟不同，他悄无声息地遁身而前，于漫天雨点般的招式之中，寻到了一纵即逝的某个空白处，直直一拳伸了过去。

啪一声脆响后，本来众人意料当中的惨烈厮杀戛然而止。

范闲收回自己的右手，就像是没有动过一样。

那个郭家的高手已经倒在了地上，脸上到处都是血！

范闲很满意这一拳的效果。

费介教得对，打断那个地方，这种疼痛是连九级高手都无法忍受的。

郭保坤眼见自家最得力的高手护卫，竟被如此莫名其妙地打倒在地，不由大惊失色，指着范闲颤抖着声音说道："你们……居然以众欺寡！"

范闲看了他一眼，摇摇头，觉得有点莫名其妙，心想打架这种事情，当然是要一起上的，自己又不是混江湖的无聊侠客。他牵起身后若若的手，理直气壮地往楼下走去，却根本没有想过自己先前的举动，完全不合这个世界上某些约定俗成的规矩。

楼中众人早已看得目瞪口呆，说不出话来。打架见过，但堂堂大族子弟亲自下场却没见过。就算有人运气好，见过这种罕见场景，估计也没有见过如此光明正大以二敌一的戏码。

在众人的目光护送下，范氏一行人正要下楼，楼角一间雅座的门被人推开，几个人走了出来，想来是听见外间争执后出来看热闹。其中一位满身贵气，衣着华丽的人看见范若若后，眼睛微亮，走上前来，和声说道："若若妹妹今日有闲出府，倒是少见。"

来人面相英俊，浓眉清目，鼻挺唇薄，看上去一表人才。

范若若有些意外，行礼道："世子居然也在。"

她赶紧将范闲介绍给对方。范闲没有想到这位便是靖王世子，微笑着说了两句话。

靖王府与范家向来交好，世子对范家的事情颇为了解，范若若一介绍，他马上猜到了范闲的身份，不由有些吃惊。只见范闲言谈不卑不亢，骨子里更有一股说不清道不明的自信，偏生面上的微笑却是如此温暖可亲，让人很是舒服，哪里像个被流放在外十余年的私生子！

这时郭保坤也过来给靖王世子请安，又有闲杂人等将郭、范两家先前的冲突说了个遍，世子听后颇觉有趣，对范闲问道："兄台似乎对读书人有意见。"

"人人皆可读书，人人皆是读书人，我也读书，怎会对自己有意见。"范闲微笑着说道，"我只是对所谓才子很有意见。"

此话一出，楼中众人都露出好奇的神色，想看这个使黑拳的高门子弟又会有什么新鲜说法。世子也极有兴趣，请教道："兄台为何看不起所谓才子？"

世子知道他的身份，但由于范闲没有正式认祖归宗，所以在这种场合他只好称兄台而不提其余，刻意不提他的姓氏，倒不是有意羞辱。

范闲明白这些规矩，自然不会生气，微笑着解释道："之所以对才子有意见，是因为觉得如今风气大谬，读书人似乎只要肯多去去青楼，就成了才子。这才子的味道，只怕脂粉味太多，书卷气太少，于国无益，倒是让那些妇人挣了好处。"

这话虽然有些尖酸，却不是如何毒辣，倒有些像在说笑。

郡王世子打了个哈哈，酒楼中人也哈哈一笑，这桩事便算揭过了。在别人眼中，这个不知道从哪儿跑出来的范家少爷似乎与郡王世子有几分交情。至于郭保坤那方，打架似乎也不是范闲的对手，骂架也不是对手，太子虽然比世子大，但在宫里，也只好恨恨作罢。

靖王世子邀范闲再饮。范闲托词回府婉拒，约好过些天再说，便下了酒楼。一行人将上马车，那位名叫贺宗纬的书生却赶了下来，对着范闲很诚恳地道了一声谢。

"所谢何事？"范闲微笑问道。

贺宗纬感慨地说道："我向来自号蔑视权贵，并以此自矜。今日阁下一语点破，方才知道原来自己只不过是喜欢这种感觉，骨子里依然是脱不了那些俗套。"

范闲觉得此人的态度变化得太快了些。出于直觉，他不喜欢这个貌似耿直的读书人，但毕竟冲突的起由是对方为自己这个"《石头记》作者"打抱不平，所以没有说什么，笑着开解道："每个人的身体里都有怯懦的那部分，只不过往往需要某些东西将这部分逼出来，这便是所谓儒袍下面的小。在下随意胡诌，阁下不要在意。"

"儒袍下面的小？"贺宗纬似有所思，醒过神来，又深深向范闲身旁的范若若行了一礼，然后头也不回地转身上楼。

范闲瞧见这黑脸书生的脸似乎有些发红，才知道是怎么回事。他满脸揶揄地望向妹妹，哪知道范若若脸色平静无波，就像刚才那个黑脸书生根本没有来过一般。

知道贺宗纬只是单相思，范闲也没有多少同情，在他的计划中，自家妹子将来要嫁的夫婿，不见得要入侯拜相，但一定要妹妹喜欢才行。

范府众人离开后，郭保坤、贺宗纬那一桌文人面上无光，也离楼而去。一石居三楼渐渐恢复平静，只是各桌的客人还在议论先前范府的那位少爷，心想从来没有听说司南伯家还有这么一位人物，都在猜测是范小姐的表亲还是什么。

靖王世子知道范闲的身份，也不可能去和那些闲人说道，倒了杯酒缓缓饮了，叹道："太子喜好文学，常与清流交往，可如今看来，这些人里连个像样的都没有。"

幕僚说道："那位贺宗纬是曾文祥的学生，明年科举是一定中的，不知道这人如何。"

靖王世子摇摇头："贺宗纬才气是有的，禀性却……"其实他先前在厢房内就听见了外面的对话，此时想到刚才那句风骨之评，呵呵笑道，"风骨确实差了些。"

幕僚在旁也笑了起来，道："范大人藏了十几年的私生子倒着实有趣。"

靖王世子拍拍手中扇子，正准备赞上一赞，忽然想到先前范闲揶揄人的话语，赶紧将扇子放回桌上，笑道："郭保坤仗着家中父亲权势，自己又与太子交好，居然敢不把范府放在眼里，这等庸钝之辈居然还能活到现在，真是不容易。"

他身为皇族，自然知道当今陛下与范家的情分，想到那个范家少年脸上亲切的笑容，不由露出欣赏的微笑，道："想来今日之后，京都的人都会知道范家多了位漂亮干净、言锋如刀的黑拳少爷。不知道相爷知道这件事情后，对这门婚事的看法会不会有变化。如果这门婚事成了，范家左手户部，右手内库，那真是……"

忽然间他醒过神来，一拍额头笑道："当初请你当幕僚时便说好了，只准帮我参谋风花雪月。我那父亲是个不理朝政的闲散王爷，我这做儿子的，一定不能不肖啊。"

那位幕僚苦笑想着，如果您真甘心做个闲散世子，那为何与二皇子如此亲近？

第九章 庆庙里的姑娘

车厢里，范闲忽然问道："那个叫贺宗纬的，如今在做什么？"

范思辙在一旁抢着回答道："太学的学生，出身贫寒，但是据说是集贤馆大学士曾文祥的学生，一向有些小才名，作得几句诗词……人们估计，明年科举的时候，至少是三甲。"

范闲沉默了一会儿，对妹妹说道："这人看似忠厚，其实很能忍，很能演，我不喜欢这种性格的人。你以后要小心一些，尽量不要来往。"

他很清楚，那个叫贺宗纬的黑脸书生是京都有名的才子，想投靠高门大族应该有很多选择，如果不是因为妹妹的关系，他没必要追到酒楼下。想给自己留下一个好印象？能在那么短的时间内发现自己的身份，发现自己在若若心中的地位，此人看来不简单。

范若若毫不犹豫地点了点头，稍后她要领着弟弟回府，范闲则是继续他的京都一日游。本来范若若要和他一起去，但想到待会儿要做的事情，他笑着拒绝了，又叮嘱范思辙不要将《石头记》的事情说出去，只是不知道对方会不会听他的话。

马车停在天河大街侧向的一个巷口，范闲掀起窗帘往外望去，看到了各部衙门与枢密院极其巍峨的正楼，还有远方那幢灰暗色的方正建筑。

在一家卖糖葫芦的摊子前确认了监察院的方位，他买了一根，边咬边往那边走去，把牙酸得快掉了，直呼过瘾。

路过一家书局,他走了进去,四处瞄了瞄,发现都是一些不知道看了多少遍的经史子集,便将店员招了过来,轻声问道:"有没有《石头记》?"

店员脸上浮现出诡异的微笑,也用极轻的声音回答道:"客人随我来。"

也不怎么避人,就在正厅旁边的一个小隔间里,店员取出一套书递给范闲。范闲接过来一看,和今天早些时候在那位大婶手里买的版本一模一样,就满意地点了点头,掏出了银子。

"书先放着,等会儿范府来人取。"

店员恭谨地应了声,将书包好后存在柜台处。范闲随意问了几句这书卖得如何,得到答案后,有些吃惊,有些恼怒,在腹中将那盗版书商好生诅咒了一番。店员见这位客人买了书之后并没有马上离开,只好满面堆着笑与对方聊些闲话。

没人注意到,范闲的耳朵不易为人察觉地动了动。他一面与店员说着话,一面将真气缓缓运了起来,耳力变得更加敏锐,顿时从书局安静的环境里找到了自己想找到的声音。

那是两道与一般民众不同的呼吸声,绵长悠远,明显是身具真气的人物。范闲知道这应该是父亲派来保护或者监视自己的人手,不由皱了皱眉。店员见这位漂亮的客人忽然皱眉,以为自己说错了什么话,不禁有些不安。

从书局后门穿了出来,范闲确认后面的两个跟班被自己甩脱了,有些得意,心想年幼时跟费介学的那些东西,终于派上了用场。

天河大道两侧各有一道平缓的溪水,如果要从大道到那些衙门里去,还需要踏过那道流水之上的小木桥。流水平缓如镜,倒映着小桥的影子与道路上青树伸到水面上的枝丫,看上去十分幽静美丽。偶有远处桃花丛被风吹落的花瓣,漂浮在水面上,缓缓行走着。

范闲在道旁行走着,看着脚下的落花流水,脸上满是惬意的笑容。在京都里总是要想些复杂的事情,脑子也有些累,此时被春景清心,精神终于好了些。

来到监察院门口，看着这幢青石灰岩修成的楼，范闲摇了摇头，觉得也太难看了些，就像费介老师的脸，和周边那些古色古香、流檐静壁的建筑实在是太不协调。

他直接走进了监察院的正楼，有些奇怪地发现，四周经过的官员和"路人"一般的人物都在看着自己，或者说，用很奇妙的眼光看着自己。

他看了看身上，确认没有什么可以引起别人注意的地方，心想这是怎么回事？他拉住一个从身边经过的书吏，看着对方那张死气沉沉的脸，不知为何有些紧张，又有些亲切，似乎找到了费介身上的那种特有味道，就甜甜地笑着打了个招呼："你好。"

那张死气沉沉脸的主人，也和监察院楼里其余人一样，用很奇妙的眼光看着范闲，半晌之后，才说道："你好。"

这两个字说得有点儿生硬。

范闲微笑着问道："实在是冒昧，只是……为什么大家都盯着我看？"

那人发现这个有着微羞笑容的年轻人很有意思，便露出满口白牙笑了起来，反问道："在一个从来没有陌生人进来的地方，忽然出现了一个陌生人，大家难道不会盯着他看？"

范闲恍然大悟，又很是不解，问道："监察院也是衙门，难道没有陌生人来办理公务？"

那人指指门外，好心解释道："你看看那边。"

范闲望了过去，发现监察院门口和自己进来时一样，非常冷清，一个人影都没有。紧接着他注意到，就连行人要经过监察院门口时都会刻意绕到街对面。

那人笑了起来，两颊的老皮都皱到了一处："京都人向来是躲着我们衙门走，至于公务，我们监察院从来不办公务，只办院务。而陛下明旨，院务不允许其他六部衙门牵涉其中，所以我们与其他的衙门也没有什么来往。"

范闲这才明白是怎么回事，说道："看来我确实是莽撞了。"

那人好奇地问道："你不知道我们监察院是做什么的？"

范闲应道："大概知道一点。"

费介是监察院里的大人物，他跟着费介学了好些年，对监察院的了解远超普通民众。

"那你还敢就这么闯进来？"那人耸耸肩，"一般人都会把这里当成人间的阎罗殿。"

范闲笑道："可能是我很小的时候就见过阎罗的原因？"

那人笑着拍拍他的肩膀说："很好很好。"

范闲衣服下的肩膀顿时生出些许小鸡皮疙瘩，觉得这人说话的口气，怎么像是孙二娘在拍案板上的那些家伙？

"有什么事需要我帮忙吗？"那人微笑着问。

范闲觉得对方又变成了前世里操着洋文的饭店前台，摇摇头驱除掉这种不合时宜的走神，袖中手指捏了一块碎银子塞了过去，礼貌地问道："请问费介在吗？"

那人愣了愣，张了张嘴，却半天没有说出话来。紧接着，范闲便发现对方的神情不再是先前的满不在乎，变成恭谨之中带着一点畏惧："您找费大人？"

说这话的同时，他指头极漂亮地一弹，将范闲塞过来的碎银子弹回他的袖中。范闲眉头一挑，知道对方这一手看似简单，实则漂亮至极，至少要在手上浸淫十余年，才会如此准确。这才知道，原来这个看似寻常的监察院官员，竟也是位深藏不露的高手。

范闲点了点头。那人使劲地擦拭着拍过他肩膀的右手，然后很隐蔽地往后退了几步，与范闲拉开了一段距离："费大人去边郡巡察，不在京都。"

范闲这才想起听藤子京说过，监察院院长这次回家省亲至少需要三个月的时间，依费介的懒人脾气，唯一能管住他的上司不在，自然也要溜走。

他向那人告了扰，便准备离开，而后忽然停下脚步，微笑着问道："阁下怎么称呼？"

"下官王启年。"

这位叫王启年的监察院官员，看见这个面带微羞笑容的年轻人敢一个人跑到监察院来，还敢直呼费介大人的名讳，便决定不管对方是谁，都必须是自己的上司。

范闲知道对方听到自己找费介，下意识里把自己和毒药之类的危险存在联系了起来，所以才会又擦手，又后退，遂笑着说道："费大人回来了，烦您通知他一声，就说他的学生来京都了。"

费介的学生？这时候王启年已有了剁掉自己右手的冲动，暗骂自己喜欢东摸摸西摸摸的毛病，赶紧咳了两声应了下来。

走出监察院的大门，天上的阳光隔着道路两旁的高树洒了下来。无数片树叶的影子包裹着全身，范闲往西走了一段路，坐在了流水旁边的栏杆上，双手撑在身体的旁边，看着街上来来往往的一群人，一时间不知道该到哪里去。

他不想回范府，虽然那里有个温柔可亲的妹妹，但一想到柳氏、父亲，还有那个本应该天天开心读书、现在却被迫与自己竞争的小胖子，他的心头便有些不舒服。

属于他的东西，他勇于争取，不会放弃。但他其实真的不大清楚，在这个世界里，到底有什么东西是真正属于自己的。他本来就不是这个世界的人。

父亲当然知道费介是他的老师，但他没有说自己会来监察院找费介。不知道什么原因，他总觉得费介更值得信任，就像监察院那座阴森的建筑，在他的眼里并不难看。

想这些事情的时候，他已经从栏杆上跳了下来，下意识里往回走。再次路过监察院门口时，他注意了一下，发现路上行人果然都是靠着街道右边行走，避开了监察院的大门，似乎很害怕那院里往外渗着的阴秽的气息一般。

薄云忽散，天光洒落，他的眼睛被一片金色光芒晃了晃，才发现监察院门口有一块宽碑，像一只伏虎般踞在地上，碑材是石质，上面写着一些字。

范闲觉得这几行字怎么看都有些眼熟，像是在哪里见过似的。但绞尽脑汁也无法想起出处，目光往下移去，看见了那个落款——那个有些陌生，却又无比亲切的名字。

"叶轻眉？"

范闲无比震惊，下意识里轻声将这个名字念了出来。他无论如何也想不到，母亲的名字居然会出现在监察院前的石碑上。此时他面上保持着平静，心中却是无比激荡——母亲当年是天下最富有的女人，但怎样也不可能享受这种待遇。更何况老妈最后离奇死亡，肯定与庆国的王公贵族们有关。

虽然五竹叔说过，十几年前的那次风波中，叶家的仇人已被全部杀死，但是谁能保证那些仇人的亲眷没有残留在朝廷之中？就算到了如今，叶轻眉很明显还是一个有所禁忌的名字，叶家的财产也全部被充收到内库之中，叶家的生意变成了皇商，那位陈院长未免也太大胆了些，怎么就敢把她的名字留在这里？

但看见那座石碑后，范闲总算明白了五竹叔在澹州时说的那句话："知道小姐叫叶轻眉的不多……不过叶轻眉这个名字，就算现在，想来在京都也是很出名的。"

人人畏惧的监察院门口竖着这样一座石碑，叶轻眉这个名字想不出名也很难。

所有这些心理活动只是发生在很短的时间内，他敛去了脸上的表情，拢了拢袖子，面无表情地往东面走去，就像没有看见这个名字。

也正是因为看见了这座石碑，范闲不由想到了自己即将娶进门的宰相女儿，她的母亲长公主如今就掌管着原来属于叶家的产业。如果说这个世界上有什么东西，是他自己觉得理所当然应该拥有的，那这份产业可能要算一份——这是一种很微妙的感觉。

藤子京已经帮他查到林家小姐住在何处，但心知肚明那女子的背景身份。京都是藏龙卧虎之地，他断然不敢偷偷跑去看，来监察院找费介，就是想通过监察院想办法提前见一见那位缠绵病榻上的女子，也是想请老师帮忙看一下她的病情。

不料费介却不在京都，范闲有些恼火，难道自己真要等到洞房花烛的时候，才知道对方长得什么模样？那岂不是逃婚都来不及了！走着走着，他更加恼火了，悲哀地发现自己初到京都，对这些道路完全不熟悉，在天河大道上来回走了两趟，居然找不到家里的马车在哪里。

正巧看见有个小孩拿了串糖葫芦在边嚼边走，嗅着那酸甜的味道，范闲觉得有些熟悉，赶紧跑上前去，抢了过来。咬了一口，凭口感确认了这串和先前自己吃的那串出自同一个摊子，这才开口询问这家店在哪里。

小孩受了惊吓，还以为碰见了不蒙面糖葫芦劫匪，最后总算被范闲的两个铜板安抚下来，认真地指了个方向。

范闲顺着那方向过去，走了很久很久，再次发现了一个悲哀的事实——那小孩是在报复自己，这地方明显不是自己应该到的地方。

这里已经到了京都近郊，很是荒凉，只有一座庙。

在繁华的京都要找出这样一个荒凉的地方，真不是件容易的事情。说荒凉也许并不准确，应该说是异常干净，那座庙前的石阶上还有檐顶上连一丝灰尘都看不到。

他抬头望着面前这个黑色木结构建筑，不由想起了前世北京的天坛，只是面前的这座庙要小不少，少了几分与天命相连的神秘感，多出了几分人世间的秀美气息。迎面的正门被漆成了深黑色，看上去十分庄严，门上是一方扁扁的横匾，上面写着"庆庙"二字。

范闲用舌头舔掉牙齿上黏着的糖渣，看着头顶那两个代表神圣的黄色字体，心里涌起了一股难以言表的情绪，这里就是庆庙？

庆庙是传言中庆国唯一可以与虚无缥缈的神庙沟通的地方，皇家祭天的庙宇。

范闲来京都前就想过，即使这个世界上的人都无法找到神庙在哪里，自己也一定要到庆庙来看看，想给那个缠绕心间十六年的疑问找到一个答案。

自己为什么来到这个世界？

前世看小说的时候，项少龙有个理由，后来的穿越也有理由，再到后来就不需要理由了。但范闲自己需要一个理由，一个能够解释自己明明死了，却重生到这个世界上的理由。

他万万没有想到，被那个孩子随便指路，就让自己来到了庆庙。这个认识让他产生了一种微微眩晕的感觉，也许自己和神庙之间隐隐就有某种很神秘的关联或者说缘分？

他走上石阶，推开那扇似乎很多年没有打开过的木门。

"停住！"

拦在范闲面前的是一个中年人，双目深陷，鼻如鹰钩，看着阴鸷气十足，低声喝道："速速退去，庙中有人正在祈福，不得打扰。"

这人的打扮就是一富家随从，语气却是官味十足，行事更是粗暴，直接当胸推了过来。

范闲自从小时候跟着费老师挖坟之后，就形成了轻微的洁癖，看着离自己越来越近的手，眉头一皱，两手交错而上，拧住对方的手腕。

啪的一声轻响。二人惊讶地望着对方，发现彼此的手法极其相似，竟是如双蛇互缠，再也撕扯不开。

那位中年人轻噫一声，目中精光大盛，一股暗力如同大江般连绵而出，从手腕处攻入范闲体内。范闲闷哼一声，哪里想到居然会莫名其妙碰上如此高手，后背处一阵灼热，安静了许多年的霸道真气在一瞬间生出反应，由丹田疾出，硬生生与对方对了一记。

嗡的一声轻响，石阶上的灰尘被两道暗劲的冲撞扬了起来，形成了一个很诡异的灰球，迅即散去。

二人各自震开数步，中年人捂着嘴咳了两声，范闲面无表情，似乎没有什么问题。

中年人冷冷看了他两眼，问道："小小年纪，就有如此霸道真气，你是谁家子弟?"

"何必管我是谁,我只是想入庆庙祈福,你凭什么拦着我?"范闲冷冷看着他。

"庙中有贵人在,少年你等上一等。"中年人觉得对方使用的手法与自己相近,心想对方可能是京都哪家子弟,与自己有旧,所以才散了心头的杀机。

范闲说道:"庆国律法中,可没有规定祭庙还要排队。"

中年人忽然转身入庙而去,庙门再次关闭。

范闲张嘴欲言,却是胸中一阵烦闷,喉头一甜,赶紧从袖中抽出手帕捂住了嘴。

中年人的实力远在他之上,先前暗劲对冲之际,如果不是他用右手食指悄无声息地弹了一下对方的脉门,只怕受的伤还要重些。既然打不过对方,自然只好退走,留待后日再打。范闲转身欲走,身后的庙门又开了。那位伤了自己的中年高手站在门口,冷冷说道:"老爷吩咐,少年自去偏殿祈福,勿入正殿。"

说完,他又加了一句:"不要进正殿,听见了没有?"

范闲转过身来,看了一眼中年人,又看了一眼似乎深不可测的森森庆庙,将双袖一拂,就这样踏过高高的门槛,头也不回地往偏殿走去。

看着少年受此一挫,依然不急不躁不怯不退,中年高手的眼中闪过一丝欣赏之色,旋即想到庙外的侍卫竟让这少年走到庙前,又生出极大怒意,心想回宫后一定要好生教训一番。

庆国人很现实——一般百姓如果祈福,宁肯去京都西面的东山庙中拜送子娘娘和那些看上去像土财主一样的仙人,所以庆庙才会如此冷清。

中年人神态恭谨地站在大殿之外,看着殿中负手欣赏壁上彩画的贵人,低声说道:"依老爷的意思,让那少年去偏殿了。"

那位贵人的年纪约莫有四十岁,容颜谈不上英武,眉眼间却有一股睥睨天下的神采,只是被一丝极不易发现的疲倦冲淡了许多。

"那少年是谁家子弟,居然能和你对一掌。"

中年人如此高强的武艺,在他面前却真的就像个随从,老实回答道:"属下不知,只是刚才报与老爷知晓,他走的路子,倒和……家里的路子差不多。"

那位贵人略觉诧异:"难道是李治家的小子?"

中年人苦笑道:"属下虽然一向懒得与人打交道,靖王世子还是认识的。"

"噢。"贵人转头去看墙上的壁画,他每天要考虑的事情太多,难得有这样轻闲的时辰,不愿意被这些小事情所打扰,之所以允那少年入偏殿祈福,也是因此。

贵人忽然皱眉说道:"丫头不在后面休息,跑偏殿去做什么?"

中年人微微一惊,运起全身真力倾听那方向的声音,急道:"属下赶紧过去处理。"

他正欲离去,忽然庆庙之外传来一声鸟叫,紧接着庙门被人推开,一个面色匆忙的人跑了上来,递给他一封上面押着火漆的书信。

范闲低着头往偏殿的方向走着,眼角的余光却落在正殿的天坛上,心里很好奇那里是谁在祈福,居然能驱使那位中年高手。

他一路走着一路咳着,看着白色手帕上面的点点血痕,想起了林黛玉,想起了苏梦枕,想起了周瑜,想起了林琴南许多位咳坛前辈。

偏殿是一个稍小一些的庙宇,被一方青色石墙围着,里面并没有人。范闲没有看见传说中的苦修士,不禁有些失望,更失望地发现这里居然没有供着前世常见的神灵塑像。

在偏殿正中摆着一方香案,香案极为宽大,上面有淡黄色的缎子垂了下来,一直垂到地面,遮住了下方的青石板。香案上方搁着一个精美的瓷质香炉,炉中插着三根焚香,香炷已经烧了大半,满室都笼罩在那种令人心静神怡的清香之中。

范闲随意在殿中走动,视线在墙壁上的彩画上掠过,发现这些壁画的画风极类似于后世的油画，但画面中那些或站于山巅，或浮沉于海面，或冥坐于火山的神灵并没有确实的面目，略微有些模糊变形，似乎是画工刻意所为。

他看了看，发现这些壁画讲述的只是经书上面曾经提过的远古神话，其中也有大禹治水之类的内容，还有一些别的东西，可是总与经书对不上。

他放弃了从这里面找到些许答案的想法，从殿旁找到一个蒲团，扔在了香案之前，跪了下去，双掌合十，闭目对着香炉里袅袅升起的青烟，嘴唇微动，无声祷告着。

前世的他是无神论者，今世的他却是个坚定的有神论者，这个转变非常自然，任何人遇到他这种遭遇，估计都会有和他一样的心理变化。

香炉里升起的青烟忽然涣散了一下，他的耳尖微微一颤，似乎听到了什么。他难以置信地睁开眼睛，看着香案上微微抖动着的小瓷炉，无比震惊地想到，难道上天听到了自己的声音？

目光在宽大的香案上停留了一会儿，终于发现了问题，他眼里闪过一道精光。他左手按上暗藏匕首的靴子，缓缓伸出右手，将香案下方垂着的幔布拉开。

幔布拉开，映入眼帘的是一个让他很吃惊的画面。

一个穿着白色右衽衣裙的女孩，正半蹲在香案下的一角，吃惊地望着范闲。

女孩精致美丽之极，淡淡粉嫩肌肤，长长的睫毛，看上去就像是画中的人走了出来。她眼睛很大，眼波很柔软，像是安静得想让人永久沉睡的宁静湖面。

范闲目光停留在她的脸上，渐渐才发现这女孩的额头有些大，鼻子有些尖，肤色过于白，双唇似乎比一般的美女要厚了一些。面容并不完美，但组合在一块儿，配上略显怯缩的神情和一股天然生出的羞意，依然让他心头一动。

女孩好奇地看着这个虔诚拜天的年轻人，发现对方的脸竟然生得如此漂亮，清逸脱尘不似凡人，连睫毛都生得那般长，忍不住多看了几眼。看完后，女孩才觉不妥，一道淡淡红色迅疾涂抹上脸颊两侧，然后快速散开，竟是连耳根都红了起来。可她依然舍不得挪开眼光，心里好奇，这外面是谁家的少年郎，竟然生得如此好看。

偏殿静寂无声，范闲的手拉着那块幔布，目光依然停留在女孩的脸上，那女孩也鼓足了勇气看着他。二人就这样互相对望着，不知道过了多久，依然无人说话。

范闲的目光温柔地在女孩的脸上拂过，女孩终于羞不自禁，缓缓低下头去。范闲的目光落在女孩的双唇上，发现她的唇瓣上面光亮异常。

他好奇地又看了两眼，才发现了原因，那个事后令他记挂许久的原因——女孩手上捏着一条油乎乎的鸡腿，唇瓣上的油，显然是啃鸡腿的时候沾上去的。

这样清美脱俗的白衣女孩，居然躲在庄严庆庙的香案下偷吃鸡腿！

这种强烈的反差让范闲张大了嘴，半天说不出话来。

很久后，香案内外终于有了声音："你……你……是谁？"

这对漂亮的男女同时开口，就连微微颤抖的声音都极为相似。

范闲第一次听见女孩的声音，只觉软绵绵的浑无着力处，那种感觉十分舒服，却又让人十分无着落，胸口一激，竟吐了口血出来。

"啊！"女孩见他吐血，吓了一跳。但不是因为害怕，眼睛里自然流露出极强烈的怜惜之色，似乎范闲所受的苦，都痛在她的心头。

范闲看着她担心自己，心头一片温润，微笑着安慰道："没事儿，吐啊吐的就会吐习惯了。"

听见这句很新鲜的俏皮话，女孩的眼中闪过一丝笑意。

范闲微笑地望着她，轻声说道："还要在里面藏着吗？"

女孩害羞地摇了摇头。

正在这个时候，外面传来了找人的声音："小姐，您又跑到哪儿去了？"

女孩眼神微黯，知道自己要走了。

范闲也知道来人肯定是来找她的,看着她的神情,心中无由升起一股不安感,似乎害怕今天分离之后,再也无法找到这位姑娘,于是急切地问道:"明天你还来吗?"

她摇摇头,脸色有些苍白。

"你是正殿那位贵人的家人?"范闲试探着问道。

她没有回答他,从香案下面钻了出来,像阵风一样跑了出去。出庙门前她回头望了范闲一眼,又看了一眼手上拿着的鸡腿,可爱地吐了吐舌头,心想要是让舅舅看见了,一定又会责骂自己,便跑了回来,将鸡腿递到范闲手里,然后笑着摆摆手,就这样跑出庙门。

范闲半跪在蒲团上,低头看着手上的鸡腿,确认那女孩并非上天派来的精灵,而是真实的存在,不由傻笑起来,并暗自下了决定,任凭挖地三尺,也要在京都找到这个女孩,如果对方还没有许人家……不对,就算与别家的混蛋有了婚约,也要抢过来!

手中拿着油腻腻的鸡腿走出庆庙的门口时,他远远看见一行车队往东面走了,猜想那个白衣女子一定就在那个车队里。落日映照着道路两旁的青青树木,树叶像在燃烧。他举起鸡腿啃了一口,忽然想到这鸡腿也在那姑娘的香唇边留过,不免心中燃烧了起来。

"鸡腿啊鸡腿,能让那位姑娘啃上一啃,你真是人世间最幸福的鸡腿。"

他笑眯眯地往城里走去,找不到回范府的路也不急,心里十分感谢那个吃糖葫芦的小孩,却不知道在他身后不远处,真正应该感谢的瞎子,正握着根木棍没入了暮色之中。

宫典的心情就不像范闲这么好。今天陪老爷出来散心,却没料到中途出了这么多事。先是那个不知谁家的少年居然能穿过自己属下侍卫的暗中封锁,跑进了庆庙,接着是小姐居然在众人的眼皮底下溜到了偏殿,真不知道那些老嬷嬷是干什么吃的。更令他心情沉重的是,老爷的脸色一直阴沉着,似乎十分生气,看来那封信里的内容不怎么妥当。

车里传来贵人冷漠的声音:"陈萍萍如果还不肯回来,你就派人去把他抓回来。"

"是。"宫典领命,心头却暗暗叫苦,心想这个差使谁能办得好?

见马车里安静了下来,他吐了一口气,心里轻松了一些,不过回头看见后面那些垂头丧气的侍卫又是大怒。先前这些侍卫竟然被人全部弄晕了过去,而且连递下的手都没有看到!

震怒之余,他忽然想到一个极可怕的事实,能在同一时间里连续弄晕八名五品侍卫,这简直是大宗师的水准!如果对方是个刺客,那刚才老爷岂不是处于极度危险之中?他感到一阵恶寒,不敢继续想这个问题,却知道回去之后此事必须要查清楚。

队伍最后的一辆马车与别的马车不大一样,车窗上是些很幽雅的花朵装饰,那位偷吃鸡腿的白衣姑娘看着车外风景,唇角微翘,似乎还在回忆着什么。

丫鬟难得见小姐如此高兴,凑趣问道:"小姐,今天遇见什么好事了?"

那姑娘微微一笑,说道:"每次和舅舅出来都挺高兴,至少比待在那个阴气沉沉的房间里要强上许多。"

丫鬟嘟着嘴说道:"可是御医说,小姐这病不能吹风啊。"

听到病这个字,那位姑娘的神情变得有些失落,心想自己生来命薄,眼看着没多少日子了,碰见那个漂亮的少年郎,应该是高兴还是悲哀呢?她接着想到那个传闻,想到那个范府的私生子,虽说母亲反对,父亲也似乎不赞同,但是谁又能拗得过舅舅呢?想到这里,她心中一片忧愁,胸口一甜,赶紧扯过一方白帕捂在唇边。

几声咳后,方帕上沾了点点鲜血。

丫鬟见状慌了手脚,带着哭音说道:"又吐了,这可怎么是好?"

姑娘想起那个少年郎说过的话,淡淡笑道:"没什么,吐啊吐的,自然就习惯了。"

第十章 钱眼里的少年

范闲终于找到马车，回到府里时天已尽黑，厅里的饭菜已经摆了很长时间。范思辙抱怨了几句，柳氏却什么都没有说，很是平静。

吃完饭后，范建忽然来了兴趣，让范闲与范若若陪着玩牌，范思辙像个账房先生一样，拿着算盘在一旁看着，帮大家计筹，一时间竟有了些其乐融融的氛围。

玩了几把，范闲手气不大好，加上着实不耐烦与柳姨娘表面上这般亲热，便拍了拍范思辙，把位置让了出来。范建微不可察地点了点头，范思辙心中狂喜，赶紧坐上了凳子。

范闲去院子里逛了逛，等回到花厅里，看着桌上的画面竟有些目瞪口呆。只见范思辙面前堆满了铜钱，另外三家竟是差不多输光了。

联想到白天在马车上，范思辙对于财富表现出来的无比热情，范闲终于发现，原来这个弟弟也不是一无是处，至少在挣钱方面好像很有些天赋。

他好奇地站在范思辙的身后，仔细观察这个十二岁的少年到底是如何操作的。看了一阵之后，不由肃然起敬，只见这小子双手极为灵活，居然可以一手码牌、抓牌、摸牌、出牌、碰牌、吃牌、和牌……另一手却是搁在算盘上，肥肥的五根手指拨得算盘珠子啪啪地响。

和都是范思辙和，计番的方法很复杂，所以算钱也都是范思辙在算。

发现范闲正盯着范思辙在看，柳氏面色不变，心头叹了一口气，觉得自己儿子这贪财的丑态全被范闲看在眼里，只怕信心会更足，却哪里知道范闲已经被她的儿子震惊了。

此时范闲在范思辙的脸上看不到一丝蛮横，一丝胡闹，有的只有那种"理想主义者"才拥有的认真坚毅的光芒，不由断定，眼前这个少年只要给他一个发挥的空间，一定能成为很厉害的人物。但是他也知道，在庆国若想出人头地，依然只有科举取士这一条道路，就算范思辙将来袭了爵，但想得授实职，以他目前在书本上的水准还是不可能的事情。难怪藤子京说柳氏对这个儿子是又恨又痛。这个时代的商人依然不受重视，户部是一回事，皇家的商号是一回事，但民间的商人却是另一回事了。

牌局很快就结束了，范建离座而去，离开时看了范闲一眼。范闲从他的目光中读懂了一些东西，看来白天甩开范府的护卫让他有些不悦。范闲笑了笑，没有回应什么，毕竟他是个不喜欢被人跟着的人，既然如此，不如提早用行动明确这一点。

柳氏看了儿子一眼，目光中流露出一丝怜爱与无奈，只是这个表情转瞬即逝，接着又起身极有礼貌地与范闲和范若若打了声招呼，便跟着丈夫离开。范府的下人们都知道，老爷每晚睡前都喜欢喝上一杯柳氏亲手做的果浆，以此助眠。

范闲本想和父亲说件事情，只好推后，回头看见仍然趴在桌上记账的范思辙，就好奇地问道："还不把钱收了，记什么呢？"

若若打了一会儿牌，有些累，轻轻转动手腕，笑着说道："年节的时候来客，那时父亲才会准他玩会儿，只是每次赢的铜钱却不准他收着，说男子汉大丈夫岂能贪这些蝇头小利。辙儿不敢逆父亲的意思，每次却都要记下自己赢了多少，说将来再慢慢和我们算账。"

范闲笑了笑，问道："我看你精于计算，不知道将来长大后准备做些什么？"

范思辙小小年纪，记账的时候却是心无旁骛，十分专心，直到记完账，才想到刚才范闲提的那个问题，他摸摸脑袋，说道："当然是读书做官，光大门楣。"

范闲觉得有些好笑，追问道："真是这样？"

范思辙的气一下就泄了，趴在桌子上有气无力地说道："不这般说，母亲大人听见了，又是一顿好揍。"

范闲说道："这里只有我们兄妹三人，你就说说真心话又如何？"

这句话落入范思辙的耳中，让他有了一些别样的感受。一般的官宦子弟总是父严母慈，但他却是父严母也严，后来父亲让姐姐管教他，谁知姐姐更严！此时听到"真心话"三字，他不禁有些恍惚，似乎眼前这个哥哥不像母亲说的那样可恶，反而有些亲切。

"我……我喜欢赚钱。"

范闲微笑着说道："什么事情，只要做好了就行，挣钱也是一样，我支持你。"

"你支持有个屁用。"范思辙唉声叹气道，"得让父亲大人开这个口才行。"

"偷偷做呢？"范闲像个魔鬼一样引诱着对方。

范思辙精神一振，旋即想到一件事情，热情地说道："哥哥，那你先把那本书的存稿给我，我有办法将这书卖出大价钱来。"

这声"哥哥"，他竟喊得非常自然，毫不勉强。

范闲一怔，说道："靠这来钱是不是慢了些？"

"你很愁钱用吗？"范思辙鄙视地望着他，"只是试一下而已。"

发现这小子居然敢鄙视自己，范闲怒了，喝道："要拿货，你就先给我份计划书看看！"

"什么是计划书？"范思辙将求救的目光投向姐姐。

范若若眨了眨眼睛，解释道："就是你准备怎么做，很简单的事情。"

范思辙点点头，从孩童时期起，他就在心中树立了一个宏伟目标，所以才能够以完全不符合所谓纨绔的认真，努力做着这些事情，那就是成为第二个富甲天下的叶家！

只是他并不知道，此时鼓励自己的兄长与那个叶家之间有什么关系。

嬷嬷带着范思辙去洗漱，花厅里只剩下兄妹二人。范闲沉默地走了出去，若若安静地跟在后面。兄妹二人很默契地在回廊里行走着，在池边停住了脚步。

范若若首先开口："你真觉得什么事情都可以做吗？"

范闲说道："在信里我写过，生命对于每个人只有一次，这仅有的一次生命应当怎样度过？当我们回首往事的时候，不因虚度年华而悔恨，也不因碌碌无为而羞耻。在临死的时候我可以骄傲地说，我已经做了所有自己想做的事情，就算没有成功，但我努力过。"

夜空里有月光洒下，经过浅池一映，在廊间墙角泛起淡淡银波，他的面容恰好笼在这淡淡清晖之中，本就清美绝尘的面容，愈发显得纤净异常。

范若若看着他，一脸仰慕。

"这句话不是我说的。"范闲解释道，"是一个叫奥斯特洛夫斯基的人说的。"

"这名字很古怪……像是海那边的人名。"

"不错，只是后面那一段我改了一下，毕竟我不是一个崇高的人，眼光只会集中在眼前三年，眼前三里。"

"所以辙儿既然喜欢，就让他努力去做，这样将来才不会后悔，才算没有虚度年华。"范若若若有所思，若有所悟。

范闲说道："人是要生存的，所以如果能找到一个养活自己的方法，而这个方法又是自己的兴趣所在，这就是一种比较理想的生存状态了。"

"明白了。"

"你或许没有注意过他在牌桌上的表情，但让我想到了一句话：认真的人最美丽。"

范若若扑哧一笑，心想弟弟那副尊容也能称得上美丽？

范闲道："不要笑，在这方面，其实你还真的不如他，至少他很明确地知道自己这辈子想要些什么。而你呢？京都的人都称颂你的才女之名，但你究竟想做些什么呢？诗文之道不是小道，如果真想寄情于此，你就要认真勤力些，不要只是当作消遣。"

范若若只觉温暖，心想往年只是停留在信纸上的这种类似于老师与学生之间的问答，终于变成了现实，这是何等幸福的事情。

二人正要分别之时，范闲想起在庆庙里偶遇的那个白衣女子，满是期盼地形容了一下对方的打扮容貌，心想妹妹时常出入京都王公贵族府邸后园，也许见过对方。

范若若听到哥哥的形容后，摇了摇头，问道："你是在哪里见到的？"

在她的心中，兄长永远是远超年龄成熟的师长，这还是头一遭看见他的脸上有些怅然若失的神情，不免有些好奇那个白衣女子。

范闲叹道："连你都不认识，那看来是真找不到了。"这时他忽然想到另一件事情，又说道，"你可曾见过那位林家小姐？"

范若若道："林家小姐我还真没见过。毕竟她的身份有些不方便，所以很少露面，只听说她与叶家小姐关系极好，是真正的手帕交，时常往来。"

"叶家小姐？"范闲现在听见"叶"字便敏感。

"京都守备叶重的女儿，叶灵儿。"范若若好奇地问道，"怎么了？"

范闲想起第一天入京都时看见的那位马上少女。

范若若冰雪聪明，立刻猜到他想做什么，劝道："你可别乱来，林家小姐她身体不好，听说最近半年很是虚弱，被你吓出个好歹来怎么办？"

范闲来京都的路上便从藤子京处知晓未婚妻身有重疾，从某种意义上来说这门亲事也有冲喜的意味。看着妹妹凝重的神情,他问道:"病得很重吗?"

范若若轻声说道:"说是小时候便得了肺痨,绵延至今。"

听着"肺痨"二字,范闲沉默了很长时间。在这个世界肺痨是不治之症,长公主的女儿一定有御医看治,自己虽然随费介学了医术,难道还能胜过御医吗?

第二天,他起来后发现父亲、妹妹和柳氏都不在,在下人的服侍下吃了些清粥小菜,便准备出门去庆庙撞撞运气,看能不能再遇到那位姑娘。

正要出门的时候,范思辙跑了过来,拉着他的衣袖,把他扯到了书房里,很认真地递给他几张纸。范闲好奇地看了他一眼,发现他的眼睛里全是血丝,看来昨天晚上熬了夜,问道:"你夜里不睡,姨娘看见了不又得说你?"

范思辙嘿嘿笑了几声:"学你的,瞒着瞒着。"

范闲笑了笑,用手指头将那几张纸搓开,开始认真阅读范思辙昨夜里做的"计划书"。他越看眉头皱得越紧,问道:"我对京都不熟,书局的选址你自己斟酌。只一个问题,虽然书稿货源只有我们一家有,但怎么能够保证别家的书商不会盗印?"

范思辙满脸狂热地说道:"家里现在很清闲,那些家丁都没事做,可以让他们到街上闲逛,看见一家盗印的就砸一家。"

范闲摇摇头:"别看书商不起眼,其实利润不小,谁知道别家后面有没有什么背景。"

"那怕什么!这书稿本来就是咱家的,他盗印还有理了?"范思辙嚷道。

范闲提醒他:"庆律里可没有保护书稿不被印的条款……再说了,这书本来就没有通过八处审核,你若打官司,只怕自己要先赔银子。"

范思辙嘿嘿一笑道:"这个不怕,真要开书局,让父亲写封信,八处总要给些面子。"

范闲心想也对,自己这位看似寻常的父亲与监察院的关系可是比一般人知道的要深很多,转念又道:"就算摆脱了禁书的定义,也没办法把那些盗印书商赶尽杀绝。"

"这怕什么?"范思辙白了他一眼,觉得这位兄长有些妇人之仁,"如果觉着没有名头,可以想办法定个规矩,以后按规矩走,别的书商再敢盗印,就让官府出面好了。"

范闲无奈地说道:"规矩?难道仅仅因为范家要出一本书,朝廷就把律法改了?"

范思辙理所当然地说道:"律法自然不好改,但京都守备条例改动一下还是很简单的。叶重家那个凶婆娘和柔嘉郡主关系不错,让姐姐去让靖王府说一声不就成了。"

范闲来了兴趣,问道:"京都守备条例还能管卖书?"

范思辙说道:"有个条款管流民游商,正好可以发挥一下。"

范闲无比赞叹,心想眼前这小家伙果然有当奸商的潜质,官商勾结,市容管理这样狠的招数竟是信手拈来,不由真的来了兴趣,问道:"你算过利润没有?"

"十回一卷,每卷八两银,眼下一共六十八回。京都一共有六十四万人,千人一卷,也能卖出六百多套,那就是三万五千八百四十两银子。东川路的房租贵些,加上校订成本,印书的事情全部放给万松堂去做,要多花些钱,但能少操些心。"范思辙津津有味地说着,这些入项他早就算得清清楚楚,"细算下来,年内至少能有几千两银子入账,如果真的能让别家书商歇了,这数目还要往上。"

范闲道:"京都民众虽然富庶,但每套要五十多两银子,哪有这么多人出得起这价钱。"

范思辙像看怪物一样地看着范闲,说道:"你难道不知道你写的那书现在是个什么行情?"

范闲瞪大了眼睛，心想《石头记》在前世乾隆年间逐渐风行，杂闻中也见过说卖上百两纹银。但那是手抄本，流传不多的缘故，你若准备大行刊印，难道还能卖这么贵？

范思辙叹息道："前些日子，听说京都府丞家的小姐就因为看了哥哥写的这书，茶饭不思，痴痴呆呆，被府丞夫人一把火将书稿烧了，孰料那位小姐痛呼一声：奈何烧我宝玉，就此病了好久……哥哥，这京都不比别地，官员多如走狗游鲫，这些整日无所事事的小姐们又有多少？卖上几百上千套是一点儿问题也没有的。"

范闲怔住了，心想自己是不是应该提些点心去慰问一下那位可怜的府丞小姐？嘴里说道："事务繁杂，你要入学读书，哪来的时间做这些，还是几年后再说吧。"

"几年后？黄花菜都凉了！"范思辙惊道。

范闲似笑非笑地说道："你毕竟是范府子弟，若真的抛头露面去经商，怎么瞒得过柳姨娘还有父亲？当心他们撕烂了你的皮。"

范思辙无奈地说道："是啊，所以我决定向庆余堂借个掌柜，自己只好隐在幕后。"

范闲很是意外，眼前这个少年性情蛮横无理，在经商方面却是天赋极高，居然想到了职业经理人这一招。由于一时心神恍惚，便将"庆余堂"三字有意无意地漏了过去。

见小家伙心意已定，他叹了口气，从怀里取出这些年来积攒的银票，加上妹妹孝敬的，递了过去，嘱咐他慢慢来，做事前先和父亲的清客商量商量，养着那些人不用也不是个事。

范思辙眉开眼笑地数了数，发现这个哥哥还挺有钱的，再加上自己存的那些，第一笔启动资金应该差不多了。

范闲不再说旁的，只是小心地提醒道："要走上层关系，打压下层良民，这种手法除了仗着老爹的名头之外，你还得许别人一些好处才行。"

"哥哥这说的是哪里话？"范思辙笑着说道，"贿赂自然是要给的，将来你若做了大官，总有让他们再吐回来的那日。"

范闲怔了怔，真不知道该说些什么，只好起身离府而去。

天刚正午，阳光炽烈得厉害，道路两旁的树木都怃了神，有气无力地垂着，不给可怜的行人些许安慰与遮蔽。范闲在路边端了碗酸梅汤小口小口地啜着，听着旁边树上的"知了，知了"噪声，很是纳闷。这才几月份，春天还没有过去，这夏天怎么就来加塞儿了？

远处的庆庙在阳光之下显得格外庄严，将原本的一些秀清气全晒干了，黑色的圆檐反射着阳光，画面感很神圣。今天的庆庙比昨天要热闹一些，不时有民众进去参拜祈福。范闲有些好奇，为什么昨天会那样冷清？他自然不知道昨天那位贵人偷得半日闲时，道路两边早布了关防，他能施施然走到门边与那位高手对了一记，全赖于某人的纵容。

五竹确实很纵容他，纵容他饮酒，纵容他胡闹，就连他想去庆庙里看看，五竹就可以为了这样一件小事出手击昏那么多侍卫，引出好大一阵风波来。

等了很长时间，也没有看到那位姑娘，范闲悻悻然回到府里。范思辙在书房里鼓捣他的挣钱大业，若若不知道到谁家去了，园子里就只有些毕恭毕敬的下人丫鬟，他想了想，换了件轻快些的薄裳，将腰间的系带胡乱一挽，便走进了父亲的书房。

范建抬头看了他一眼，说道："你来京也有几天了，不要整日在外面胡闹，昨天酒楼上的事情我已经知道了，以后能免则免，不要和你那个不成材的弟弟一样。"

范闲随口应了下来，问道："父亲，我什么时候能去见见那位林家小姐？"

范建没有因为他的要求而生气，而是淡然说道："那位小姐身份有些特殊，姓林却与宰相府没有太多关联——陛下为了长公主能够时时见着女儿，封她为郡主，一直留在宫里生活。直到年初的时候，因为报纸上那件事情才搬了出来，岂是你想见便能见的？"

范闲明白了父亲的意思，仍然不死心："我总得知道自己未来的妻子长什么样吧？"

"你娶她不是为了她，而是为了她代表的东西。"范建冷冷地看着他，"你必须舍弃一切不实际的想法，像块石头一样坚硬地砸烂任何陈腐的温情。"

范闲笑眯眯地说道："我觉得您这话说得陈腐气也很重。"

范建微怒道："你是怎么说话的？"

范闲应道："以前就说过，我不是一个很好控制的人。"

范建盯着他的眼睛说道："难道你不想夺回本来就属于你的一切？"

范闲想了想，说道："在澹州的时候，我学了很多，我相信有能力获得与自己能力相应的东西。如果能拿回母亲的家业，我当然不会反对，但这必须建立在我的意愿之上。如果我不喜欢这个过程里发生的事情，那我自然便不会做。"

范建叹了口气，知道面前这少年和他的母亲一样，都是不可能被人说服的角色，怜惜之心渐起，说道："这次两家联姻真正的推手并不是我们范家，也不是宰相府，事情有些复杂，你一心想见那位姑娘，那自己想办法吧，我不好出面。"

范闲行了一礼，应道："只要父亲应允，至于怎样去见，我自然会想办法。"他想到先前听到的话，有些疑惑地问道，"如果宰相大人坚决不同意这门婚事怎么办？"

范建神情淡漠地说道："我说过，林家小姐并没有归宗林家，眼下的身份还是陛下的义女、宫中的郡主，就算宰相大人不同意，又能如何？"

四五月的天气，范闲却觉得寒意极深——原来这门婚事的推动者是宫里的大人物，涉及内库的归属，就连宰相大人都没有多少发言权，真不知道那人是皇帝还是太后呢？而且他们为什么会看中自己？是因为父亲的原因还是因为他们知道自己的母亲是谁？

"上次您说，宰相怕陛下怀疑他与范家联姻的背后隐藏着什么，才对这门婚事有所犹豫，但既然这门婚事是宫中点了头的，他还怕什么？"他忽然觉得这件事情说不通。

范建犹豫了一会儿，说道："其实是长公主不愿意把女儿嫁给你。"

范闲一怔，心想这算什么事？闹来闹去，人家爹妈都不愿嫁，自己凑这热闹干什么？还不如一甩手求个干净，自个儿去求那贵人家的白衣姑娘去。想是这般想的，却知道这话说不出口。在长公主和宰相都反对的情形下，父亲依然可以说动宫中某位大人物强行指亲，可想而知，在这个过程中范家用了多少隐在暗处的力量。

"长公主为什么又不愿意？"他心想那位林家小姐出身和自己差不多，好比孔子对小仲马，都是私生子，摆什么高姿态？

范建微笑着说道："陛下很喜爱那位郡主，甚至比公主还要疼爱一些，曾经明言，若郡主大婚，便要长公主将手上的权力下放给郡主未来的驸马。"

范闲心想原来如此，道："长公主既然贪权，当年不知为何不嫁给宰相？"

范建道："终究是'情'字害人。当年公主若下嫁林若甫，林若甫贵则贵矣，却无法一展胸中所学，又怎能像如今这般成为文官之首，风光无限。"

范闲这才想起来，驸马不能入朝为官，空有爵位而已。

"你若娶了那位林家小姐，虽然她这郡主只是宫中叫着，没有上皇册，但你的仕途只怕也会有些问题。"范建以为他在担心这个，直接挑明了。

范闲站起身来，微笑道："再说吧。"

范建告诉范闲靖王府明天会有诗会，先做些准备。范闲想到可能又要被迫杜撰出几个卖私盐的老辛老苏老李老杜，不禁有些头痛。

范建看着他微笑说道："我知道你是有诗才的，在某些场合不需要太过隐藏锋芒。虽然宫中有人助这婚事，但如果你在京都文场扬名，这门婚事应该会更顺利些。"

　　范闲苦笑着应了下来,知道自己给妹妹的信被他偷看了,那自己写《红楼梦》一事自然也没能瞒住他。想到一直到现在才点破,不由暗自佩服他的隐忍老辣性情。

第十一章 千古第一七律

靖王府的诗会与太子召开的诗会在京都里最是出名,每月一次,风雨无阻,不知多少贫门才子、寒家诗人削尖了脑袋想往里面钻,想借一诗一词一句名动天下,求个晋身的阶梯。

靖王虽然是皇帝陛下的亲弟弟,却是位富贵闲王,没有太大权势,两相比较,那些有着明确目的的文人自然更愿意去太子那边。但是如果能得到靖王世子的称赞也是大长名声的好途径,所以每次诗会,在世新门外不远处的郡王府总会迎来许多客人。这些客人有的坐着轿子,有的坐着马车,也有人步行而来,门口的那位老管家一视同仁,验过名帖之后,都会恭谨请入。

范闲坐在轿子里面,脸色十分难看,时不时捂住自己的嘴,强行压下呕吐的难受。想到是来参加诗会,斯文盛事,坐青帷小轿可能应景一些,所以他要求和妹妹坐轿子,只是常年住在澹州海边,船晃不晕他,这轿子却让他晕得厉害。他一边难受着,一边拉开轿边侧帘,有气无力地问藤子京:"还有多远?"

藤子京忍住笑意,回答道:"过了路口就到了。"

范闲噢了一声,又坐了回去,双手指如兰花一绽,将拇指与无名指搭在一处,任由真气缓缓释出,洗刷着内府,烦恶稍去,但还是有些昏沉。

他昏昏沉沉地想着一些问题,这些天在府里住着,总觉得父亲大人与自己想象当中很不一样。他为什么会如此看重自己这个私生子？难道真是因为母亲，爱屋及乌的关系？

隔着薄薄的青布，他看着坐在马上的那个人影，心知藤子京虽然倾向于自己，但毕竟是父亲的人，不能完全相信。那自己到哪里去找可以信任的下属呢？他很想知道自己的母亲从前在京都里做过些什么，和自己的父亲是如何认识的，又是如何离开这个世界的。这并不仅仅是单纯的好奇，而是他坚信只有知道过去，才能更好地把握现在以及将来。

靖王府门前，几名士子正受宠若惊地向一个年轻人行着礼，他们断断想不到，今天的诗会，世子竟会亲自在府门外迎接。

两抬青帘小轿慢悠悠地晃了过来，靖王世子有些不耐烦地与那几位行礼不迭的家伙拱了拱手，便迎了上去。几位士子才知道自己会错了意，脸上却不敢流露出丝毫不满，依旧自矜地笑着，潇洒地一拱手，在管家的带领下往后园去了。

人们都很好奇，是何方贵客竟然让世子亲自出门相迎？等看见从第一抬轿子里走下来的那位黄衫罗裙姑娘，人们才知道原来是范府的大小姐到了。不说靖王府与范府之间的关系，单论柔嘉郡主与范小姐的私交，世子在府外迎一下也是寻常。

"若若妹妹。"靖王世子姓李名弘成，某些方面的风评不是很好，向来与青楼之类的地方离不开关系，在范若若面前却是眼观鼻、鼻观心，显得十分守礼。

范若若微微敛衽，问世子安，微笑着说道："柔嘉今天又出的什么题目？"

世子笑答了几句，目光却时不时地瞥向后面那抬轿子，心想都半天工夫了，那位仁兄怎么还不下来？这时有下人走上前去，很恭敬地将轿帘掀开，不料轿中空无一人。世子不由怔住了，他身边的王府众人也是吃了一惊，心想这演的是哪一出？

范若若微笑着解释道："哥哥在后面。"

说话间，众人便看见一个十六七岁的年轻人气喘吁吁地从不远处赶了过来，身边跟着一位亲随。年轻人穿着件淡栗色单衣，领扣没有系好，看上去有些轻浮，可配上那副可爱亲切的干净脸庞，旁人却觉得他就应该如此随意打扮才是。

"抱歉，抱歉。"范闲对世子抱拳行了一礼，有些尴尬地说道，"晕轿晕轿，天又热了些，刚才在府外喝了碗酸浆子，晚了晚了。"

"不晚，不晚。"

李弘成很喜欢这个有过一面之缘的年轻人，笑着说道："范兄能来便是好的。"

范闲发现他对自己的称呼比前日多出了一个"范"字，一时间不知道对方是想表示怎样的态度。他略顿了顿，说道："王府外面的酸浆子比别处要好些，自然是要来喝喝。"

李弘成见他的话竟是轻轻飘到天边，更觉得有意思，笑着将他兄妹二人迎入府里。

范闲在澹州的时候，就知道妹妹作得一手好诗。虽然这些诗在他看来只是伤春悲秋，逃不出某些框框——这个时代是有好诗的，但经常来参加诗会的太子党和那些年轻书生们显然没有太高的造诣，所以若若还是有了不小的才名。

他很好奇，在这样的场合里妹妹会有什么样的表现，还有那位造成《红楼梦》外流，便宜死了盗版书商的柔嘉郡主又长着什么模样。跟随李弘成走进回廊流水的后花园，他才知道，原来在这个看似开放的国度里，依然是男女分座，女士们坐在湖对面一个亭阁之下，前方有层层白色幔纱挂着，随清风而舞。他有些失望地跟着世子走到湖的另一边，看着远处随风飘动的轻纱，不由想起前世最爱的周星星，在内心深处叹道："这就是初恋的感觉吗。"

两家相熟，世子请范闲自便，便去招呼旁的客人，毕竟今天来了几位有些刺眼的人物。

范闲不知道今日平波之下的暗流，在偏僻处坐了下来，看见几上有酒，很自觉地倒了一杯，小口抿着。边上的几人看他面生，却又是世子亲自领进来的，于是好奇地上前行礼相见，准备套些背景。哪料范闲笑容可掬，言语却是无缝，嗯嗯哈哈半天，那些人依然不知道这个漂亮的年轻人是谁家子弟，不免有些无趣，各自讷讷退开，静待诗会开场。

阳光温柔，杨柳飘拂，洋洋洒洒的春风可着劲儿地往人衣领里钻，春暮之风，当然没有什么峭寒力道，像无形的小手般轻轻动着，十分舒服，正是睡觉的大好辰光。范闲本不是浪荡形骸的狂人，起先还堆着笑脸，强睁着眼帘，听着场间诗来词去，看着席上酒来筹往，但被这春风一吹，小太阳一晒，脑袋渐渐昏沉，便要睡去。只模糊听着几个句子，像什么"梦中雷州道，又来走这遭。须不是山人索价高，时自嘲……"，又有"酒杯浓，一葫芦春色醉琉翁，一葫芦酒压花梢重……"

忽听着一句"东夷人物尽飘零，赖有斯人尚老成……"，他想着五竹叔对自己说过，母亲曾经在东夷城里住过一段时间，醒过神来，不觉下意识里向那边望去，却看见几人坐在湖边最舒服的位置上，正是前天在酒楼发生过冲突的郭保坤、贺宗纬一行人。他微微皱眉，心想靖王世子明明知道范府与郭家那天的意气之争，为什么今天却两边都喊了？

似感受到他的注视，正隔湖向佳人展现自己成熟稳重风姿的郭保坤转过头来，一看是范家那个使黑拳的，面色一变，把手中正在招摇的折扇扔在了桌上。与郭保坤同桌的那几位顺着他的视线望去，一下子就发现了躲在偏僻处的范闲，众皆变色，心想已等是满腹藻华的读书人，今天又没有带护卫，待会儿若那范府小子再使一招黑拳，谁上去挡着？

范闲微笑地望着他们，点了点头，像是朋友一般打了个招呼。那些人怔了怔，低声商议了几句，郭保坤阴沉的脸上多出几分快意，只有贺宗纬有些不以为然。

湖那边白幔之下的姑娘们写成诗篇，便有府中女史抄录后送到这边，供诸位才子品评。

世子笑道："文学之道不是斗蛮力，诸君不用客气，可不能输给弱女子。"

众人齐声称是，有人出主意以某物为题，作诗一首，择其最佳者三首与对岸相和。郭保坤那桌上一位书生眼珠一转，拱手道："晚生不才，不知以湖水为题如何？"

"极妙，今日碧波浮金……"有人做托。

"极是，看那湖光山色……"有人做庄。

郭保坤望向范闲，高声说道："今日范少爷也来了，不如这轮便由范少爷开始吧？"

范闲今日来本就是依父亲的命令在京都众人面前亮个相而已，听到要自己作诗，微笑摇头道："我可没那个本事，还是诸位请吧。"

见他退让，郭保坤觉得对方果真是个绣花枕头，冷笑说道："前日范兄在一石居中高谈阔论，将天下才子不放在眼里，今日竟是吝于指教，不知是眼界太高还是只会空谈？"

听他如此说法，场间众人才知道原来两边早有嫌隙，这是借诗寻衅来了。府中大半都是靖王府客人，虽不知道范闲是谁，但看他与世子似乎相熟，所以有人便在猜是不是范族子弟，却没有几个人猜到他是司南伯范建的儿子。

见旁人议论纷纷，郭保坤喝了口茶，阴沉地笑道："这位范兄便是近日进京的那位，诸君应当听过才对。"

众人不是蠢货，一下就知道了范闲的身份，再看向范闲的目光便多了一丝怜悯，一丝不屑，以及诸多复杂情绪。范闲面色不变，犹自挂着浅浅的微笑，却是坚持不肯作诗。靖王世子看着他面上的笑容，愈发瞧不清此子深浅，圆场道："诗在诗意，范世兄今日无意，诸君莫要强求。"

范闲笑着道了声谢，依旧坐在原处，看着场中诸人你来我往，听得对方乏善可陈的句子，继续无聊。这副模样落在旁人眼里，却是有些放肆，有人讥笑道："范家小姐诗文闻名于京都贤达，不料范家少爷却是另行默言之道，实在是出人意料。"

郭保坤压低了声音笑道："毕竟不是府里养大的，当然要与众不同。"

他看似压低了声音，却是刻意让周围的人听得明白。庆国风气开放，但私生子的身份终究上不得台面。而范闲的身份更是敏感，听他刻意这样说，一时间，场间弥漫着一股诡异的味道。

湖对面有个亭子，五六个姑娘家坐在里面，有的在吃着果子，看着湖那边捂嘴笑着什么；有的在皱眉提笔想着什么。这些女子衣饰非富即贵，想来都是京都官宦家的小姐。其中一位身着淡黄色紧身小马甲的姑娘，眸子异常清亮，就像是半透明的西海玉石一般，正是范闲在京都外曾经远远瞥过一眼的叶灵儿——京都守备的独女。

叶灵儿的目光往湖那边一扫，转过头望着范若若问道："若若，你家那个见不得人的今儿也来了吗？"

范若若将手中毛笔搁在案上，淡淡道："叶灵儿，平日你这张嘴就像你家那些刀刀枪枪。有些棱角倒也罢了，今日又是从哪个酱坊里回来，染了这么些气味儿？"

亭间诸女听见这话全静了下来，谁也料不到锦口绣心、温柔无比的范家小姐居然也有如此说话的时候。

叶灵儿因为某件缘由对范府那个私生子十分厌恶，先前说话才会如此无礼，此时见向来温柔的范若若对自己说话如此刻薄，不由更是生气，却又一时找不到话来反击。

柔嘉郡主在范若若身旁磨墨，听着二女之间的对话，天真地说道："你们两个平素也是极好的，怎么今天偏偏像吃了磺石一般。"

叶灵儿冷哼一声说道："谁知道范大小姐今日是如何了？"

范若若道："语涉兄长，如此无礼，我怎能不应？"

叶灵儿冷笑道："我又哪里无礼？难道那位已经认祖归宗，上了范氏宗谱？"

范若若冰雪聪明，当然知道叶灵儿是为了何事迁怒于哥哥，也不回答，起身往亭外走去。不知为何，叶灵儿也随了上去。柔嘉郡主轻声哎了一声，不知道如何是好，亭间诸女也不知道叶灵儿说的那人是谁，更不知道二人为何忽然动怒，不免一头雾水。

亭外，丫鬟们并没有跟上来，范若若说话也直接了许多，面色一沉道："你与林家小姐交好，那是你的事情。她不甘心嫁给我哥哥，是她的事情。若你再对我家兄长出言不逊，休怪我不再顾往日的情分。"

叶灵儿埋怨道："昨日你来我府上，我就与你说过，林姐姐根本不愿嫁你那哥哥，我要你回府去说说，谁知你今天还把他带到靖王府来了。别以为我不知道你们家存的什么念头，只怕就是想借机在这诗会上抢些名堂，好让宰相大人点头。"

范若若心里叹息一声，发现这些小姐们看待事情果然如同哥哥说的那样，单纯至极，便说道："你要我与谁说去？父亲大人还是哥哥？你也清楚，像我们这种人家，婚事不可能由自己决定。"

叶灵儿恼道："但你那哥哥那种身份，林姐姐怎么能嫁他？"

范若若笑道："我那哥哥有父无母，你那林姐姐无父无母，什么身份？还是这等身份。"

那林家小姐虽说是宰相私生女，宰相却是不敢认她，不能认她，而至于她的母亲，更是庆国敢知而不敢言的秘密——所以说她是无父无母，倒也不为错。

叶灵儿想不到范若若微笑之中说出来的话，竟然如此尖刻，气得双唇微抖，急声说道："你以为这婚事就定了吗？谁知道将来有些什么变故。"

范若若心情微凛，脸上却依然满是温柔微笑，往前走了一步，盯着叶灵儿的眼睛，压迫感十足地说道："我劝你不要做些什么不得体的事情，至于这门婚事……我也不认为就定了，也许哥哥见过你一心怜惜的那位林家小姐后，说不定马上就逃出京都了。"

叶灵儿一身家传武道修为，在这文弱女子面前却是气势渐低："就凭你那哥哥，也敢对林姐姐挑三拣四？"

范若若叹口气，神态像极了范闲某些时候做出的表情，说道："我只是不明白，这是范府与她家的事情，你这么着急是为了什么？"

叶灵儿有些难过，说道："你也知道林姐姐身体不大好，既然如此，何必要逆她的意思，让她嫁给一个不想嫁的人。"

哪个少女不善怀春，哪个少女不想嫁给自己想嫁的人？范若若将心比心，那位无力把握自己爱情的林家小姐确实有些可怜，但她又能如何呢？她忽然想到一种可能，眼神一亮说道："家父认识一位名医，不知道方不方便去那位小姐府上看一看？"

叶灵儿是京都守备叶重的独女，家学渊源——可惜都是在武道之上，所以没有落个文雅淑静的性格。有四大宗师之一的叶流云当叔祖，叶家在庆国的地位有些特殊，小姑娘本身却不是什么霸道蛮横之辈，只是心疼林家姐姐缠绵病榻，还要被迫许给一位未曾见过面的男子，所以着急了些。

前些日子，京中高门之间有一个传言，听说宫中准备将林家小姐指给范府远在澹州的那位私生子了，这消息一出来，林家小姐羞怒相加，夜里又受了些风寒，咳了几口血，病情加重。叶灵儿本在定州兄长处，听到这事赶紧回京，正是范闲在城门外看见的那个场景。

又过几日，京都传闻，范府那位私生子已经回京了，只是和范府小少爷范思辙一样，都是个横行霸市的纨绔子弟。这个传闻让叶灵儿更是恼火。她昨日去看林家小姐，发现她眉眼间略有羞意，几经盘问，虽然没有问出什么，但猜得出林家小姐一定是有了心上人。

她不忍心见姐妹伤心难过，所以去求父亲向宫里求情，断了这门婚事。谁料到竟惹得父亲大怒，没办法，才请范若若过府，是想看看能不能有办法将这婚事缓上一缓——她原本也知此事不大可能，但总得试上一试，才算尽了姐妹间的一场情义。

此时听范若若要介绍名医，她赶紧说道："不用了。"

范若若却没有就此作罢，微笑着说道："若真是心疼林家小姐，让那位名医看看又怕什么？"

"御医都没有太好的法子，你说的那位名医……"叶灵儿强忍着才没有说出重话。

范若若微微一笑，说道："那位医生是费先生的学生。"

叶灵儿怔了怔，眼里露出惊喜的神情，上前拉住范若若的手："那就麻烦你了。"

说完闲话便回了亭子里，姑娘们看见这两位小姐面色平静，以为事情已经过去，都松了一口气。旁边自有丫鬟婆子在服侍着，又有女史将已经抄好的诗卷送到湖对面去。湖对面那些才子所作的诗也抄了过来，诸女翻拣着看，间或赞叹一声，范若若却支着颔看着湖对面，不知道在想些什么。叶灵儿想到那人，好奇接过诗卷从头到尾翻了一遍，却没有看到那个名字，惊讶问道："范公子的诗呢？"

在她想来，范府既然是让那个私生子来王府博名，便断没有藏着掖着的道理。女史恭敬地说范公子并没有作诗，如何如何，诸女才知道湖那边的唇枪舌剑比这边也不弱。

柔嘉郡主看了若若一眼，道："若若姐姐，你怎么不来看这些才子诗作？"

诸女议论之时，范若若早听在耳里，知道兄长在湖那面受辱。她从栏边回头，平静的眸子里隐藏着一丝怒意，冷冷道："这些人也会写诗？"

诸女虽然一向知道范家小姐精通诗文之道，但听见她说出如此言语，还是有些意外。范若若回身，拾起砚旁细毫，在纸上悬腕而挥，写了几句，待稍干后递给女史，吩咐道："送这两首过去，让那些人看看。"

女史领命而去。

且说湖这面郭保坤暗点范闲身份，闹得满座俱静，场间气氛有些怪异。靖王世子眼眸里闪过一丝怒意，觉得太子手下这群人果然毫无体统，他轻轻握紧手掌，暗自想着是不是要给对方一点教训，转眼一看范闲模样，又觉得此子定有应对的手段，应该不用自己出手。

范建让范闲来参加诗会的原因很简单，是要让他出个大大的名，抢个入京头彩，以便打动长公主"芳心"，范闲却似乎一点儿也不着急，真让人瞧不明白他到底在想些什么。待众人所作诗词送到湖亭之后，过不多时，便有女史回话，将范家小姐作的诗递给了靖王世子。

世子眼睛一亮，脱口而出："好！"

身旁幕僚清客凑了过去，细细一品，也是频频点头："果然不错，只是……"他们是觉着这诗由一女子写出来，总有些不对路数，但想到范家与靖王家的关系，所以住嘴不言。

众人好奇，纷纷凑了上来，只见那纸上用娟秀小楷写着："八月湖水平，涵虚混太清。气蒸云梦泽，波撼澹州城。欲济无舟楫，端居耻圣明。坐观垂钓者，徒有羡鱼情。"

"好诗，果然不愧是范家小姐所作。"贺宗纬也夹在这些人当中，称赞的声音格外响亮，似乎要传到湖对面去，"写湖景洒然，转议论自然，实是佳作。"

郭保坤却皱眉道："眼前小湖一方，用气蒸似乎不大妥当，何况云梦泽在南方，澹州城却在海边。范小姐只为字面漂亮，在这自然二字上却欠缺了一些。"

但这诗确实不错，众人交口称赞，没有几个人附和郭保坤。靖王世子却从这首诗里看出了别的味道，所谓"欲济无舟楫，端居耻圣明。坐观垂钓者，徒有羡鱼情"，虽然隐晦，却仍然透露出作者不甘心为隐，想要有一番作为的心思，是个干谒诗的套路——他转头望向一直安静坐在偏僻处的范闲，心想这诗……莫不是你作的？思琢间，已经有人将意见转到对岸，范小姐的解释也已经来了。

"湖是水，海亦是水。由云梦而思之东海，我家兄长身坐澹州，心在江海，随意用之，有何不可？此诗乃是家兄十岁所作，今日抄出，只为请诸位一品。"

话里前面的意思先不理，但却明明白白说清楚了，这首诗不是范府小姐所作，却是那边一直默然不语的范闲所作！

阖园士子再望向范闲的神色就不再是不屑与复杂，而是充满了震惊与不解，十岁便能作此诗，这范闲，难道是个天才？

无数道目光落在范闲的身上，他腼腆一笑，拱了拱手。

世子看着他这模样，险些笑了出来，范家小姐说的那些话，他是不会信的。一个十岁的少年或许真能写出好诗，但像这种小心翼翼拿捏分寸的干谒诗应该不会写，估计是范闲昨天夜里写好了，今天才故意让范若若拿出来，好在诗会上一举惊人。他并不反感这些，反而觉得有趣，范闲这个看上去十分洒脱的人物居然也会写出这种诗来。

范闲不知道靖王世子在想些什么，只知道这首前世孟浩然拍张九龄马屁的诗，比场中这些人的水平还是要高那么一点点，就很满足了，至少满足了父亲大人的交代。

郭保坤心头大怒，万万想不到这个"绣花枕头"居然还有这样一首保命之诗，哪里肯善罢甘休，冷笑说道："不知范兄还有何佳篇？毕竟这是您十岁时的大作。"

话中的意思，明显不相信这首诗是他自己写的。

范闲心里叹了口气，心想为什么总有人喜欢逼自己做这些事情呢？说起作诗作词，在这个世界上有谁是自己的对手？毕竟自己是李杜苏三神附体，五千年诗力加持的怪物，于是微笑应道："我向来不作命题作文。"

郭保坤看他有恃无恐的模样，咬牙道："那请范兄随意作一首，让诸位京都才子也见识见识。"

范闲看了一眼这个讨厌的家伙，抛下一首诗，起身便离开了花园，在王府下人的带领下，上茅厕去也。

此诗一出，掷地有声，全园皆惊，落花流水，横扫千军。

一阵喝彩之后，众人兀自品味着其中滋味，郭保坤的脸上也是青一块白一块，不知道该说什么好。世子此时再也顾不得手中扇子该如何拿才不会中了范闲风骨之评，啪的一声合上扇子，吟诵道："风急天高猿啸哀，渚清沙白鸟飞回。无边落木萧萧下，不尽大江滚滚来。万里悲秋常作客，百年多病独登台。艰难苦恨繁霜鬓，潦倒新停浊酒杯。"

"哀、清、无边、不尽、万里、秋、客、百年、病、独、千古忧愁，尽在浊酒一杯！好诗，好诗！"

世子大声赞叹，忽然想到自己那位外表悠闲、实则心头苦闷的父亲，不知怎的竟是心中一酸，复又一戚，摇头良久无语。待稍微冷静一会儿之后，又生出诸多不解，心想你范闲小小年纪，虽然身世凄苦，又怎能说霜鬓多病？这真是不可解，完全说不通。但众人犹自沉浸在诗句气氛之中，看着夕阳西下，不论达者还是寒门，都生出些许人生无常，悲戚常在之感，无意间将范闲的人生经历与这诗中的沉重丝毫不协之处忽略了。也没有人怀疑是他人代笔，毕竟这首诗非诗坛一代大家断然作不出来，而若是似庄墨韩先生这样的大家，便是为天子代笔也不愿意，更何况是范家一小儿。

"有这一首诗，范公子今后就算再不写诗也无所谓了。"有人叹息道。湖畔才子们各自默然，知道今日自己是无论如何再也作不出更好的句子来。整个诗会就因为范闲的这首诗而陷入了沉静中，却没有人发现作者本人早就溜走了。

其实这首诗并不合景，也不合时，但范闲实在是被憋急了，赶紧背了一首了事。一方面是被郭保坤给憋急了，另一方面是他真的有些急，先前无聊，喝的酒水稍微多了一些。

提着裤子从茅厕里出来，他十分舒服地叹了口气，系好了裤带，从下人的手上接过毛巾，擦了擦手。回去的路上，他忽然看见有一片苗圃长得十分喜人，嫩绿的叶子，碎碎的小花，在高树之下，暮光之中，透着一股子生机。

范闲回身问那下人，可不可以四处逛逛。下人知道这位是范府的大少爷，那范家小姐和思辙少爷在王府里向来是随意走动的，自然不会说个不字。范闲将下人遣走，走进那片苗圃随意观看，发现这里倒没有种一般大户人家喜欢的奇花异草，反而是种了许多自己都叫不出名字的植物。模样粗拙得很，应该是些野菜或者农作物，心想这靖王爷家里真是与众不同。

天光其实还很亮，只不过头顶有树木遮蔽，所以比较幽静，可以听见头顶鸟儿归巢时的欢快鸣叫，身边全是绿绿的颜色，很是舒服。范闲得以摆脱那个很无趣的诗会,大觉快意,哼着小曲往深里走去,一面走一面笑着想道:"不会像段誉一样,碰见个神仙姐姐吧?"

"你是何人?"

一个人从植物丛里站了起来,好奇地看着范闲。

范闲一惊,心想凭自己的耳力居然走到这么近才发现对方,如果对方是个杀手那自己一定完蛋了。这才觉到自入京之后,警惕性减少了很多。

对方当然不可能是王语嫣,也不可能是自己念念不忘的白衣女子,而是一位四五十岁年纪的花农,手里拿着锄头,脚边放着泥筐。

范闲微微一笑,对着花农拱手一礼道:"惊着老人家了。我是王府的客人,顺路走到这里来,看这片圃园收拾得极好,所以逛一逛。"

老花农将手在衣服上擦了两下,似乎不知道该如何行礼,听见他称赞这片园子收拾得好,憨厚地笑了起来。

范闲找了块石头坐了下来,接过老花农递过来的水壶,也不嫌弃,喝了几口,随意与他聊些种花种草的事情。他对这方面基本一无所知,听着花农眉飞色舞的讲解有些新鲜,但听多了也有些厌烦,本想离开,但想到那个更加厌烦的诗会,不由叹了口气。

花农好奇地问道:"公子怎么不高兴?"

"诗会很无聊的。"范闲心想对方不过是个仆役,一定不会对诗会感兴趣。

果然,花农很郑重其事地点点头:"吟诗作对,都是闲人才做的事情,又不能换碗饭吃,真是些蠢猪。"

范闲一怔,心想这岂不是把自己也骂进去了,不由大笑起来。

诗会的当天晚上,靖王府日常家宴,世子本准备去醉仙居风流风流,结果被老管家请了回来,有些不自在地坐在饭桌上,和妹妹一起等着父王训话。

靖王爷坐在桌头,竟赫然是下午和范闲在苗圃中聊了半天的老花农。他看着下方一向自命风流的儿子,不知从哪里来的怒气,骂道:"你这蠢猪！天天就只会去那些地方！"

世子知道"蠢猪"二字是父王的口头禅，也不如何生气，苦笑应道："父亲今日又因何发怒？"

靖王爷哼了一声，没有继续发作，问道："今天你又开那个什么诗会了？"

李弘成一怔，苦笑应了声是，他知道父王不喜欢这些文人的事情，但自己要为二皇子拉拢京中文人，这些事情总是需要做的。出乎他的意料，靖王爷并没有生气，反而颇感兴趣地问道："今天来诗会的有个小子，穿着一身淡栗色的单衣，那是谁家的小子？"

李弘成心想今天来的人杂，自己哪记得住这么多。靖王爷皱了皱眉，似乎在想那人的特征，憋了半天之后说道："那小子长得很漂亮，像个娘们儿似的。"

李弘成扑哧一笑，知道父王说的是谁，回答道，"您说的是范府那一位。"

靖王爷眉毛一挑，竟是露出了几丝凶戾之气，暴喝道："什么，你说他是范建在澹州的那个儿子？我干他娘的，就范建那模样，也敢生这么漂亮的儿子！"

柔嘉郡主在一旁听着父王爆粗口，脸都羞红了，不过她也很感兴趣，若若姐一直奉若师长的那个男子究竟是个什么样的人。李弘成有些恼火地看了父王一眼，心想幸亏没有下人在旁边，转念一想，王府里的人谁没听过父王的脏话。

靖王爷下午撞见不知自己身份的范闲后，觉得对方有些面善，却总是想不起来像谁。又因为范闲讨厌诗会，却能听他说了半天自己最得意的莳艺之道，所以有些喜欢那小子，却没料到那个漂亮小子竟然是范建的儿子，遂问道："他叫什么名字？"

"范闲。"

"学学那个范闲，别看他出身不正，但是眼光还是很好的。"靖王爷叹了一声，看看自己的儿子，教训道，"范闲这人能和一个花农说半天话，

185

你却太过于自重身份。要知道自矜这种品性，实在是很不适合你现在做的那些事情。"

世子李弘成知道自己与二皇子交好的事情瞒不过表面忠厚暴躁，实则精明无比的父王，赶紧应了声是。吃完饭后他准备回书房读书，以便让父王心中高兴些，哪料到靖王爷沉吟半晌却说道："你刚才不是准备去醉仙居吗？"

醉仙居不是酒楼而是青楼，一字之差却是天壤之别，世子心里一紧，赶紧连道不敢。靖王爷盯着他的双眼，骂道："男子汉大丈夫，想去就去，别这么毫无担当。"

李弘成直到坐在醉仙居的雅座里，抱着京都极红的清倌人袁梦姑娘，仍然想不明白为什么父王今天会忽然变了性。他自然不知道，靖王爷这时候正在府里一边喝着酒，一边痛骂："狗日的范建，当年天天泡楼子，居然还生出这么个漂亮种来，难道这有什么讲究？"

靖王爷逼子嫖妓的家事暂且不提，且说范闲诗会散后早早钻进了轿子，与藤子京和几个护卫会在了一处。范若若上轿之前，向他点了点头。范闲知道那件事情已经安排妥当了，精神一振，便开始安排晚上的事情。

"郭保坤肯定是住在尚书府，大约每隔三天要入宫一次，名为编撰，实际上就是太子伴读。"

范闲皱眉道："太子今年多大了，还要伴读？"

"太子是皇后亲生，在皇子中排行第三，今年已经十九岁了。"

范闲有些意外，说道："我记得三皇子不是还小吗？"

藤子京有些意外他居然不知道这件事，说道："太子是储君，不入序列。三皇子乃是柳妃所生……便是府里太太的族妹。"

范闲怔了怔，才知道原来柳氏在宫里还有这样一位靠山，却不知道几年前澹州那件事，与那位柳妃有没有关系，转而问道："郭保坤如果出事，我会不会有事？"

藤子京想了想，说道："可能会有。"

范闲看了他一眼，说道："有句话怎么说来着？主辱……"

藤子京的话接得极快："臣死。"

范闲笑骂道："混账话，你死了我又没个好处，当然是要别人死，知道怎么做吧？"

如果司南伯不管这档子事，主办此事的他只怕要逃离京都很多年，但藤子京依然毫不含糊地应了这事。因为他相信跟着面前这位年轻人，必然能有更好的未来。

范闲很满意对方的态度，却说道："我会自己动手。"

藤子京吃了一惊，准备阻止。

"本来我也嫌打他会脏了自己的手，但如果是你或者你喊家里的护卫动手，将来在官府那里也不好说话，相信父亲也不会因为几个下人而去得罪郭家。如果是我动手，身份不一样，后果自然也会轻很多。范、林两家联姻在即，父亲和宫中那位一心想促成这门亲事的贵人，总不能让我出什么事情。"

藤子京苦劝道："少爷万万不可自己动手，再说了，京中权贵子弟打架毕竟只是小事，如果要扯老爷和府里在宫中的助力进来，实在是有些……"

"有些因小失大？有些胡闹？"范闲微笑说道，"父亲要我打响自己名头，这岂不是最好的手段？"

藤子京很是无语，心想这是怎么说的？

范闲不做解释，问道："靖王世子请了吧？"

"请了。"

"订在哪里？"

"醉仙居。"

"这酒楼的名字倒也雅致。"

"……少爷，这是一处青楼。"

范闲怔了怔，又叹了口气，转而道："把麻袋准备好。"

187

第十二章 黑拳

京都西面有一条流晶河，入苍山之前水势渐缓，窝成一大片镜般的水潭。每到晚上，很多座花舫在湖面上随意行走，上面张灯结彩，像是水晶宫一样夺人眼目，十分美丽。百姓们都知道这上面是做什么营生的，也没有太多人会指指点点。

醉仙居不是妓船当中最大的，却是档次最高的。二层楼船，精巧美丽，设置清雅，最关键的是这座花舫上有如今京都风月场上最红的司理理姑娘。

司理理姑娘模样性情自是不用说，琴棋书画俱佳，吹拉弹唱皆精，在诸多京都才子的吹捧下，又有了才女的名声，自然极受欢迎。当然，能让她在京都秀场异军突起、成了花中翘首，更重要的原因是某个流言。传说司理理姑娘其实并不姓司而是姓理——不是这个理字，而是皇家的李姓。传闻里说这位姑娘竟是开国之初的某位皇族遗孙，只是因为祖上犯了大事，才落魄到如今地步。

真正了解皇家的人自然对这种流言嗤之以鼻，那些客人其实也知道这绝对是假的。司理理姑娘从不解释，众人干脆将错就错，反正皇帝陛下也不会来理会一个妓女姓什么。

这种心理很好解释，那些天天在朝上当叩头虫的官员们，如果想到在自己身下辗转反侧的妙人儿竟是陛下的"远房亲戚"，估计会愉悦许多。

所以醉仙居很红很红，很贵很贵，每到晚间，愿意一掷千金成为理理姑娘幕下之宾的冤大头不知道有多少。但今儿个有些奇怪，花舫停在岸边，却不许那些翘首以待的公子哥们上去。几个面相凶狠的大汉守在跳板之外，险些与那些人冲突了起来，幸亏老鸨下来解释了一番，那些公子们才知道今天醉仙居竟是被人给包了。这得多少银子？那些公子们悻悻离去，暗中咒骂包下醉仙居的那人是个败家子。

范闲看着桌上的精巧点心，喝着那双纤纤素手递过来的美酒，确实觉得自己很败家。虽然这些银钱是藤子京从司南伯府的账房里支出来的，虽然父亲掌管庆国银钱，范府的账房便等于是庆国的小小账房，这些小钱还不会看在眼里。但范闲一想到今天要花费的数目，依然有些肉疼。再者不知道父亲若是知晓自己用府中的钱来逛青楼后会有怎样的反应，所以他有些不安。

另外，不安还来源于怀中这位姑娘。

司理理姑娘眉若柳叶，黑眸顾盼流转，唇若涂朱，轻轻开合间自然流露出一股风情。最要命的是她这一身的丰润，坐在范闲怀中，每一方寸间的触感都让范闲有些失神。

感觉到身旁这漂亮公子越来越快的心跳，司理理偷偷一笑，确认范府这位少爷果然是个雏儿，就不再逗他，从他怀里下来，斟了杯酒送到他唇边浅浅饮了。

船儿缓缓离开河岸，姑娘缓缓离开范闲。

范闲松了一大口气，毕竟是前后三十几年的老处男了，猛然间遇到这种刺激，着实有些受不了。见他神情，司理理有些好奇，如今这年月，谁家公子哥不在十三四岁的时候就和府里的丫鬟们鬼混一气，像这样的人还真是少见。她看着范闲俊俏的脸，不知道想到什么，一时间竟有些失神，默不作声地夹了些菜放到他面前的碟子中。

范闲两生以来头一次进妓院，也有些紧张，见对方默不作声，还以为庆国的青楼姑娘服侍人就是这么个风格，于是也不作声，只是左手有意无意间仍停留在司理理的腰上。

场间的气氛一下子就暧昧了起来。

另一个船舱里却是热闹得很，藤子京正带着几个心腹手下在喝酒，老鸨在一旁相陪，问要不要姑娘来陪陪。几个手下似乎有些心动，藤子京却很冷漠地摇了摇头。跟着少爷这些天了，还一点显示自己手段的机会都没有，今天难得要出手，怎能喝酒寻欢误了正事。

老鸨自然也不强求，反正钱都已经给了，便眉开眼笑地在旁斟酒说话相陪。这老鸨也姓司，名叫司凌，年纪不过三十来岁，风韵犹存，说话做事利落得很，几杯酒下肚，就轻声在藤子京耳边问道："大爷相貌堂堂，不知是在哪家做事？"

藤子京笑了笑："订的时候就说明白了，我们家少爷是范府的大公子。"

司凌妩媚一笑道："京都范氏是五大族之一，下面的府邸不说有十几家，最豪阔的至少也有三四家呢。"

藤子京呵呵一笑，没有回答。

司凌心头一动，试探着问道："出手这么阔绰的，想来……是范侍郎家？"

本来今天就是刻意逛楼子，藤子京当然不会否认，点了点头。

司凌惊叹道："原来是司南伯的公子。"

她心里还是有些纳闷，既然是司南伯家的少爷，那和自家女儿坐在后舱的那位俊俏后生肯定就是最近大家偶尔提及的范府私生子，这样一个外面的儿子，怎么可以支使范府这么多银钱。这些疑问她自然不会说，只是笑着想道，当年自己开始梳笼接客的时候，曾经听那些前辈姐姐们说过，司南伯范建是京都风月场上常客，就连婚后也时常流连河上，惹得御史频频上奏本参他。奈何他与陛下有幼时的情分，谁也没奈何。想不到这二十年过去了，司南伯的儿子又开始一掷千金入花丛。一看范家少爷便知道对方初涉此道，第一次出来寻欢，便找上了自家这最红的姑娘，这可真是家学渊源啊。

河岸上忽然出现了几个红灯笼，似乎有人在向这边喊着什么。老鸨站起身来，有些犹疑不定，藤子京眼尖，认出是靖王府的侍卫，赶紧吩咐花舫往岸边靠去接人。

靖王世子上船后，便进了后舱，世子的侍卫和藤子京他们相熟，自去饮酒。司凌吓了一跳，心想怎么把这位爷也请来了，后舱里那位范小爷的面子可真大。

后舱里，靖王世子瞧着范闲的一脸怂样儿，忍不住开口嘲笑道："理理姑娘又不会吃人，你躲那么远干吗？"

范闲心想如果你再不来，我就要吃人了。他问道："世子怎么这么晚才来？"

李弘成心想难道能告诉你，父亲大人因为你的缘故把我教训了一顿？他笑道："你从澹州来，不知道这京都规矩，向来是在家中用完饭后，才会出来赏赏夜景。"

赏夜景这词用得妙，这规矩却不见得有，范闲心知肚明，也不戳穿对方，微笑着与他干了一杯。说来奇怪，他与靖王世子加上此次也不过见了三面，但都觉得彼此的脾气有些相投。靖王世子没有皇亲国戚的那种霸蛮感觉，范闲也不像一般权贵子弟那般俗不可言，在他面前也是洒脱自然。

几杯酒下肚，两人更加熟络，李弘成似乎很感兴趣他在澹州的生活，范闲便拣着不怎么奇怪的事说了几句，比如海市蜃楼什么的。

司理理姑娘有些坐立不安，不知道该侍候哪位爷，虽然包船的钱是这位范少爷出的，但靖王世子的身份何其尊贵，万一范少爷让自己招呼世子，那可怎么办？

李弘成看了这位姑娘一眼，他常在青楼流连，这位理理姑娘也是见过，但诸事不巧，没与她有过什么瓜葛。见她面上现出为难神情，虽知道对方是刻意扮出这等委屈，还是心头一软，示意她坐到范闲身边去。

老鸨自然不会让堂堂世子干坐,早就去旁的花舫上请来一位姑娘。这姑娘姓袁名梦,也是流晶河上极红的一位清倌人。她与司理理在小桌旁一左一右,倒也配得上世子与范家大少身份。

酒渐浓,夜渐深,靖王世子与范闲感情渐近,都很满意这一次会面。眼看着天上明月移了方向,二人互视一眼,微微一笑,各自携美回舱。

红烛渐起,司理理姑娘眼波如丝,背靠在范闲的怀里,手指轻轻挠着他的手心,呼吸如兰。

范闲不动声色地从袖中取出一个自制的蜡丸,轻轻捏碎。司理理带着一丝微笑昏睡了过去,舱内迷药香气如兰。

花舫停在岸边,靖王世子站在舷旁,怀里抱着袁梦姑娘,微笑地看着消失在夜色里的那几个人。袁梦好奇地问道:"范公子做什么去了?"

世子点点她微凉的鼻尖,笑骂道:"在我面前,还要装?"袁梦甜甜一笑道:"不论范公子去做什么,反正没有避着您,倒是司理理姑娘只怕什么都不知道。"

"不避着我,说明他聪明。我只是他拉来的一个挡箭牌而已,但如果要我心甘情愿,就不能瞒着我。"李弘成忽然问道,"你看范闲对司理理是什么看法?"

看样子袁梦与世子特别熟稔,掩嘴而笑的模样与清倌人的身份完全不一样。她应道:"范公子好像很喜欢理理姑娘,只是想不到能忍得住这春宵不度,却去做别的事情。"

"那你日后多与理理来往,说不定范闲以后会常来醉仙居。"李弘成微微挑眉。

"是。"袁梦像下属般答应下来。

李弘成将手伸进她的衣襟,一把握住那团软肉揉捏着,袁梦轻唤一声,身子都险些软了。

"你知道范闲是谁吗?"

"是户部侍郎范建大人最疼爱的私生子。"袁梦答话的声音像小猫儿一样,眼睛却十分清亮,"属下明白了,爷是想拿住庆国的钱粮命脉。"

李弘成笑了笑,摇摇头:"我没那个野心,只是觉着范闲是个值得一交的朋友而已。"

这话有几分实在,也有些事情没有说明白。李弘成知道范、林暗中联姻的事,所以他很清楚,那个叫范闲的年轻人将来有可能会管理皇家背后那庞大的商业系统。如果二皇子要与太子一争高低,那银钱就是最重要的武器。

郭保坤今天在诗会里落了下风,心情非常不好,晚上去花天酒地了一番,才稍稍舒缓了一下心情。可是一想到家里那个古板的父亲心情又变得不好了起来。转而又想着明天该给太子弄些什么好玩的东西进宫,却发现轿子停了下来。

他全无防备,额头撞到前面,撞得生痛,心中大怒骂道:"你们这些混蛋,怎么抬的轿子?"

没有人回答他,轿外一片安静,郭保坤有些狼狈地从将要倾倒的轿子里爬了出来,发现街道上一片安静,正是回府必经的牛栏街。三个蒙面的黑衣人围住了轿子,郭府的轿夫和护卫都倒在了地上,不知生死。郭保坤以为是遇着沿路抢劫的贼人,吓得半死,心想这京都治安什么时候变得这么差劲?他哆哆嗦嗦地问道:"你们是什么人?意欲何为?"

牛栏街一向安静,尤其是入夜之后,基本上没有什么行人,郭保坤有些绝望,不指望高声叫喊能有人救自己,所以声音很低。

一个清清柔柔的声音回答道:"我是范闲,我想打你。"

郭保坤愕然回首,却发现一个麻袋迎面而来,套住了自己,没看到从侧巷里走出来的范闲。麻袋里有幽幽清香,却让郭保坤昏沉的脑袋清醒了许多,这样一来就更加凄惨,因为紧接着便是一通暴风骤雨般的痛揍。那三个蒙面人拳打脚踢,竟是毫不留情。

动手的是藤子京三人,范闲静静看着,心里并没有什么复仇的快意,他只是想让别人知道不要轻易尝试来撩拨自己，另外还存了些别的念头。

郭保坤堂堂尚书之子，何时受过这等屈辱与痛苦，但他知道下手的是范闲，权贵子弟争斗，向来没有下死手的可能，犹自放着狠话："姓范的小杂种，有种你就打死我！"

范闲挥挥手，让一直默不作声捱着的藤子京几人让开，走了过去，先踹了几脚，对着那个不停滚动的麻袋轻声问道："郭兄，你知道下午为什么我会写那首诗吗？"

麻袋里的郭保坤早已经痛得说不出话来，只是呜呜哀鸣着。

"风急天高猿啸哀，渚清沙白鸟飞回。无边落木萧萧下，不尽大江滚滚来。万里悲秋常作客，百年多病独登台。艰难苦恨繁霜鬓，潦倒新停浊酒杯。你欺我两次，我便要打得你哀、悲、多病，不如此，怎能让我痛快。"话音刚落，隔着麻袋一拳头狠狠地砸了下去，谁也不知道如此深夜，他怎么会有如此准头，直接击中了郭保坤的鼻梁。郭保坤只觉一阵痛麻酸痒直冲脑际，鲜血流淌，终于忍不住痛哭惨号起来，开口不停求饶。

范闲看着地上不停扭动的麻袋，发现自己心狠手辣的一面似乎要从这些年的掩饰里慢慢挣脱出来，朝麻袋踹了几脚，便带着藤子京三人遁入夜色之中。

半天后，郭保坤才从麻袋里钻了出来，身上青一块紫一块，看着身边那些护卫轿夫还躺在地上，不由痛骂无数句，用脚将这些人踢了起来。

护卫们中了迷药，好不容易醒来，看见自家公子居然被人打成一个猪头，顿时吓得半死，赶紧上前扶着，连轿子也不坐了，将公子直接背回了郭府。

当天晚上郭府闹翻了天，一大清早就派人赶到了京都府，将状纸直接递给了吏部侍郎兼京都府尹梅执礼，痛诉昨夜惨剧，誓要将那些范府护卫治上重罪，更不能放过那个胆大包天、在京都当街行凶的范氏私生子，不然堂堂尚书的脸面搁哪儿去？

司理理觉得自己做了一个美梦，在梦中遇着自己的良人，正在花烛之下行那羞人之事，几番云雨之后，才悠悠醒来，入目却是一个有些陌生的漂亮脸颊。

她想起来这便是那位俊俏的范公子，心中不免奇怪，莫不是酒喝得多了，怎么连那些细节都有些记不明白？想到此处，一丝幽怨不由生上心头，知道自己终究还是走上了一条抗拒的道路，但一想到脑中残存的销魂记忆，不由双腿微夹，浑身酸软。

发现身旁男子一动，司理理赶紧装睡。范闲醒后看着这姑娘的如花睡容，哪里忍耐得住，抱在怀里好生温存了一阵，才满意地带着满手余香，洗漱离船而去。过了一阵子，司理理才睁开双眼，开始收拾昨夜战场，不知道发现了什么，她发出了一声又羞又疑的惊呼。

离开花舫的时候，天没有全亮，世子还在房中抱着袁梦姑娘睡觉，所以范闲没有去打招呼。他刚来京都不久，不便外宿，更何况郭家那边就要闹起来了，他得回范府去看戏。

昨夜没有真的与那位理理姑娘如何如何，倒不是因为范闲是位道学先生，而纯粹是精神和生理中的洁癖作怪，他很难接受别的男人曾经染指过的女人。而且前世的时候见多了街上的性病防治宣传板，对于花柳病有一种很深的恐惧。这个世界没有避孕套，所以青楼逛逛无妨，真要做什么，未免有些冒险。

但难免遗憾，范闲叹了一口气，有些后悔在澹州的时候没有与思思继续发展，做些什么。轿至范府角门，一主三仆四个人鬼鬼祟祟地喊开门溜了进去，吩咐开门的护卫不准声张。护卫一看是藤大人和澹州来的少爷，哪敢多事，便回去睡了。

范闲回房补了个回笼觉，醒来的时候天已经大亮。他拖着木屐走到前院，只听得那里一片吵吵闹闹，心里猜到发生了什么事情，脸上却装作一片惘然。

话说这天早上，京都府尹梅执礼正在书房里犯困，不料却听到一阵急过一阵的鼓声，不由好生恼怒，心想是哪里来的刁民，竟然敢耽搁老爷我的清休。但朝廷规矩在此，他也不敢怠慢，上了公堂，一阵喊威声后，师爷将状子递了上来。

梅执礼一见这状纸，心里便是一抖，这告人的与被告的，都不是寻常人物。原告是礼部尚书郭攸之的独子，如今的宫中编撰，薄有才名的郭保坤；被告是户部侍郎范建家的范闲。郭家告的是昨夜范闲拦路行凶，寻衅生事，当街殴打朝廷命官。

看见状纸上的这两个姓，梅执礼便有了退意。如今朝中分成两派，一派拥立太子，另有一派不显山不露水，却隐隐以二皇子为首。这礼部尚书郭攸之，当年做过太子的老师，自然是太子那派。户部侍郎范建表面上没有什么倾向，但向来与靖王府交好，而靖王世子又是人人皆知的二皇子一派。这案子看着简单，但一个不好便会惹得太子与二皇子一派大相攻讦。想到此处，梅执礼暗中骂着那个不知轻重的范闲，心想这个私生子在澹州边地待着，哪里知道这京都里的凶险，居然敢当街行凶，真不知道此事该如何收拾。但状纸上写得清清楚楚，人证物证俱在，由不得梅执礼拖延。他看着状纸眉头一皱，便发了文书去司南伯府拿人，另一面却暗中派人赶紧去户部衙门通知范侍郎。

范闲看见的便是京都府派的差役来拿人的场景。要知道范家与皇家关系亲近，这些年只有他们拿人，哪有自己被拿的道理，十几根木棒早就举了起来，家丁护卫们摆出忠心护主的架势，虎视眈眈地看着那几个可怜的差役。

范闲正准备说话，却不料听见一声暴喝："哪里来的狗腿子，都给我打出去！"

敢于放言暴打官差的，自然是范思辙。家丁护卫听见小少爷发话，一声吼，举着棍子英勇向前，想着对方是官差，没有真打，只是砸在地上将对方吓出去作罢。

官差们知道对方不好惹,铁链那些刺眼的家伙一样都没带,料不到还是落了个凄惨下场,不由又气又怒,心想你范家再了不得,今天总得去人啊。

"胡闹什么。"柳氏袅袅婷婷地从里面走了出来,看着那几个差役皱了皱眉,吩咐人请进去看茶,又不易察觉地看了范闲一眼。

范闲无辜地耸了耸肩。

花厅中,几个差役坐立不安地看着这位夫人,依他们的身份平时断然不可能得到这种待遇。他们明白堂堂范家如此客气是因为什么,正因为如此这茶喝得才有些不是滋味,万一对方恼了,自己这些小虾米在京城里还怎么过?

问清楚了事情的来龙去脉,柳氏挑眉道:"这话不对吧,我们家大少爷昨儿个从靖王府诗会回来,便一直在家中读书。牛栏街离我们范府远得很,怎么可能是我们家大少爷去打了他郭家的儿子?"

差役有些为难地说道:"这可是郭公子亲口指认的,再说了……"他有些不相信地说道,"范公子昨天真的一直留在府里?"

柳氏柔柔的目光一下子变成了两把小刀子,狠狠地盯着那个差役:"难道我们范家还会说谎不成?"

那差役吓了一跳,赶紧闭嘴不言,但也不可能就此退走,毕竟公堂之上原告还在等着。范闲坐在一旁安静沉稳,心下却有些诧异,不知道柳氏为什么会帮自己说话。

柳氏微微一笑说道:"他郭家说我们打便是打了?世事无非是道理人情,总不能说他们递个状纸,咱们家就得去乖乖应着。我们范府不是什么大富大贵,但在这京都也有几分脸面。你们得先说清楚了,今儿个在府衙里递状纸的是谁?"

"是郭府管家。"差役心想您家若不富贵,京里真找不出几家富贵了。

一听只是个管家递的状纸,柳姨娘柳眉倒竖,拍桌骂道:"喊个管家递个状子,便要我们家的少爷去应着,哪有这等道理?不是说那郭公子被打了吗，打成什么模样了？既然告状就亲自去告，不然赶明儿我也天天让家里管事去衙门告状，就告他郭保坤仗势欺人，霸男占女。不管我告的有理没理，你都得让那郭保坤去你们衙门候着！"话音未落，只听柳氏高声吩咐道："徐管家！"

徐管家知情识趣地站了出来，应了声是。

柳氏沉声说道："喊郑先生赶紧写上十几份状子，从明天起咱家每天往京都府跑一趟，就算不吓死郭家，也要累死郭家。"这还不算完，她犹自微笑着向差役解释道，"郑先生是府上清客，听说前些年也做过你们家老爷的刑名师爷，写状纸应该是没问题的。"

差役心想，这哪里是吓死郭家累死郭家的搞法，明显是准备吓死京都府累死京都府，就无可奈何地求饶道："夫人，您饶了小的吧，这事……确实咱也没辙啊。"

柳氏一通长篇大论之后，觉得嘴巴有些干，伸手去端茶杯，却发现范闲已经笑吟吟地端着茶杯递了过来，二人眼光一触，又迅疾分开。

差役把双手一摊，告饶道："那您说怎么办？"

柳氏略一沉吟，知道总得有个了局，老在这儿耗着也不是个事，说道："要说打人，这是决计没有的。"

范闲加了一句："断然没有的。"

柳氏又道："我范府也不是很明白，为什么他郭家要冤我们家的人。"

范闲状作沉思："前些日子，在酒楼上有些冲突，那位郭公子吃了些小亏，说来这是我的不对。"

柳氏惊讶道："有这事？那就是你的不对了。不过……难道郭公子因此怀恨在心，所以便来诬告你？"

范闲叹息应道："大概是这样吧。"

官差大哥打断二人的相声表演，苦笑道："这话公堂上再说吧，那郭家状纸写得清楚，范公子正是因为那桩事情怀恨在心，所以才会半夜拦街行凶。"

柳氏问范闲："酒楼上最后是什么结果？"

"我把他家一个侍卫鼻梁打断了。"范闲自责说道。

"你没什么事吧？"

"我怎么能有事？当时酒楼上的人都瞧见了，我是个不肯吃亏的人。"

柳氏叹了一口气，转过头来对差役说道："您听听，怀恨在心的，自然是吃亏的人，我们家少爷占了大便宜，难道还会怀恨在心？"

差役向来只在公堂上听讼师胡搅蛮缠，哪见过还没上堂就率先自辩的架势，早傻了眼，不知道该说什么好。柳氏毫无烟火气地一伸手指，差役手里便多了一张银票。做完这个动作，她恢复了一位夫人应有的自矜与高贵，淡淡说道："衙门我们会去，要去瞧瞧郭家玩的什么名堂。不过可不能这个时候去，你回去告诉梅大人，什么时候那位郭公子上了公堂，我们家的人就去公堂与他对质。"

一个差役心想这不合规矩啊，哪里有来拿人却拿了一手银票回去的道理，正准备说话，余光看着银票上的数字，不由怔住了，一咬牙便带着同伴离了范府。

范府回复了清静，花厅之中除了柳氏与范闲之外再无旁人。范闲看了她一眼，心想如此聪慧的女子，前些年怎会做出那样的蠢事？今天见识了柳氏的手段，无来由地生出一分欣赏来，场面上不落下风倒是小事，关键是争取了许多的时间，以便处理。

柳氏喝了一口茶，淡淡问道："你弄这样一出，究竟是为了什么？"

范闲笑着说道："父亲希望我能快速在京都扬名，这写诗弄文实在是没甚意思。如果能和当朝尚书家打场官司，出名应该快许多。"

"你打便打吧，还非得亮明身份去打，似乎生怕不嫌麻烦。"柳氏的话里带了一丝怒意。

范闲回道："如果不让被打的人知道是我打的，这口气怎么出？"

柳氏看了他一眼，觉得面前这个俊俏小子比自己那儿子不知道成器多少倍，虽然表面上也在做些横行霸道的事情，心中却极有数，不由叹了口气，稍觉失落。

范闲不知道她在想什么，忽然问道："刚才您为什么帮我？"

柳氏有些惊讶他说话如此直接，幽幽应道："我虽姓柳，却是范家的人。"

范闲盯着她的双眼，知道这个女人说话不可不信，不可全信，却不知道应该如何回应。

一时间，花厅里安静得连根针落在地上都能听见。

"梅大人是我父亲的门生，我已经派人去取信了。你父亲此时应该也已经得了消息，相信不会有什么事，顶多赔他们几两银子。"柳氏闭上了双眼，似乎有些疲惫，"下午让管家陪你去京都府。藤子京昨天夜里跟着你的，今天就不要再跟着去府衙了，那太招摇。"

范闲好奇地看着柳氏美丽的脸颊，实在是想不明白，这样一个家中既有背景，自己又如此能干的女子，为什么会甘心嫁给父亲做妾。

过了正午，范府将一切都准备妥当，该打点的地方都打点了，该走的门路也已经提前知会了。又派下人去打听清楚，郭保坤已经被担架抬到了公堂上，柳氏才有条不紊地安排马车，派点人手，簇拥着范闲，像个得胜的将军一样往府衙开去。

范闲不是很在意这趟公堂之行。初入京都就闹出这么大动静来，怎么看都有些不智，但他想借此看一看父亲大人在京都官场的隐藏实力，好为日后做安排，同时可以印证一下内心最深处的某个疑问。二是在自己的身上泼些脏水，方便在需要的时候让宰相那边主动退婚。第三个理由很简单，郭保坤欠揍。在酒楼上发现郭保坤看若若的眼神不对劲的时候，他就想好了要收拾此人，在靖王府诗会上被对方言语侮辱更是增加了他动手的决心。

来到衙门外，范闲被红色木栅外群情激奋的民众吓了一跳，在家丁的帮助下很困难地挤了进去。他站在公堂凉沁沁的石板上，看着公案后面那幅画着红日出东海的墙壁，四周阴森森立着的刑棍，并不紧张，却有些兴奋。回头却发现那些京都百姓比自己还兴奋，拼命往前挤着，想占据更好的位置，有几个专业看热闹的光棍汉都快要坐到栅栏上了。

他好奇地问了身边的府中清客郑拓几句，这位郑先生很多年前是江南一带有名的刑名师爷，与如今的京都府尹也有过一场主客情谊，柳氏让他跟着范闲最合适不过。

郑拓笑着解释道："京里的人胆子都大，别看一破落汉说不定就是国公的什么穷亲戚。今儿个尚书与侍郎家打官司，很是少见，这种热闹当然要来看。"

范闲心想原来都是来看戏的，有些头疼地摇了摇头。郑拓低声问道："少爷，虽说先前在府里已经对过了，但我还要最后问一次，这件事情到底是不是您动的手？在府尹老爷面前自然不能承认，但您给我说个实话，我也好拿稳章程。"

范闲一脸诚挚地说道："郑先生，不敢瞒您，我确实没有打那个什么郭公子。"郑拓看着英俊少年那张亲切诚实的脸庞，呵呵一笑，轻轻拍了拍他肩膀，表示赞赏。

第十三章 讼

伴着喊威声,京都府尹梅执礼端着架子从后厅里走了过来。又过了一阵,一个浑身裹着绷带的男子也坐在轮椅上,被人从后堂里推了出来,后面跟着位状师轻摇着纸扇。范闲笑着摇了摇头,心想自己下手哪有这么重,堂堂尚书府居然也玩这种博同情的小招数。

轮椅上的那位伤者自然便是郭保坤,他浑身疼痛,特别是鼻梁那处更是痛苦至极。须知道,范闲体内的真气本就与世上常见的真气不同,霸道凶戾十足,又哪里是一时半会儿就能好的。他看见像个没事人一样站在公堂上的范闲,双眼里流露出愤怒至极的神情。

范闲没有理会,看着那位正在摇扇子的状师,低声问了郑拓,才知道对方是京中有名的大状宋世仁,口碑极差,只替达官人家做事,所以有个名头,叫作"富嘴"。

京都府尹梅执礼将手中的惊堂木一拍,啪的一声响清亮无比,公堂内外嘈杂的声音顿时消失,那些趴在红栅栏上的看客变得鸦雀无声。

"堂下何人?"梅执礼已得了两边的知会,心里有数,但表面功夫自然还是要做。

原被告双方各自应了,宋世仁又递上状纸,梅执礼假意看过,又交由郑拓,让范闲亲自看了一遍。范闲细细一看,发现与自己的预料没有太大出入,点了点头又交还了回去。

打官司这种事情其实并不如话本小说里写得精彩，开始的时候基本上都是自说自话。郭保坤一口咬定昨夜打伤自己的就是范闲还有范府的几个护卫，郑拓却坚持范公子昨天一夜都待在范府里，有诸多下人作证。衙外看热闹的百姓们议论之声渐高，倒是相信范闲的人多些，总觉得这样漂亮柔弱的公子哥怎么也不可能是那种半夜打黑拳的恶人，反而是那坐在轮椅上的尚书公子，被打成那样，看着就不是什么好人。

　　梅执礼看着下方吵个不停，心头生厌，挥挥手让众人停了。

　　"敢问大人，凶徒此时就站在公堂之上，大人为何不速速拿下？"宋世仁先声夺人，心想这状纸上写得清楚，府尹大人却半天不发话，说不定早就决定偏袒范府。

　　郑拓道："宋先生这嘴未免也快了些。郭公子昨夜遭袭，据案状上写着，是被人用麻袋套住头颅，然后惨被殴打。我不明白的是，既然他被打之前已经被套住了头，又怎么能看见行凶者的面目，又怎么能断定是范公子所为？"

　　"自然是听见了范公子的声音！而且范公子自己当时就承认了，难道这个时候又准备不认？"宋世仁嘲讽意味十足地看着范闲，"男子汉大丈夫难道这点儿担当也没有？"

　　范闲自然知道对方是在激自己，神情平静，还有些愕然，似是不怎么明白对方为什么要诬攀自己。

　　郑拓的声音又及时响了起来，嘲笑意味十足："声音？本人精研庆律法例，还从未听说过有哪桩案子是靠声音定了罪的。"

　　宋世仁也不着急，缓缓说道："若声音不足以证明范公子身份，那我请诸位看一首诗。"说完这话，他从袖中取出一张纸，然后大声念了出来。

　　坐在堂案后面的梅执礼正有些走神，忽然听着这首诗，却是精神一振，说道："好诗好诗，不知是何人所作？"说完这话，他才想起来，这时候是在公堂而不是在书房，眼前也不是诗会而是审案，便咳了两声，让宋世仁把诗递了上来。他细细看了一遍，愈发觉得这诗不凡，好奇地问宋世仁："这诗是何人所作，又与本案有何关联？"

宋世仁应道："这诗乃是昨日范闲范公子在靖王府诗会所作，昨夜范公子拦街对郭公子痛下毒手时，曾经念过这几句诗，言明就是要让郭公子如何如何。"

梅执礼大吃一惊，看着堂上那个满脸诚恳，带着明丽笑容的年轻人，万万想不到范府的这位居然能写出这等诗来，再听着宋世仁后面所言，更是纳闷头痛，心想你打人就打吧，偏还要吟首诗，这种争勇斗狠的场所，又岂是讲风雅的地方？这下可好，被对方揪住把柄了。

能在京都府尹这个关键位置上坐了这么多年，梅执礼当然是极厉害的官员，关键还是靠他的那手"和稀泥"功夫。京都藏龙卧虎，豪贵云集，如果只是一味公正清明，是断断然做不长久的。想当初他入宫时，洪公公曾经传了他四字真言"息事宁人"，他从此之后就谨守这四字，果然安安稳稳地度过了好几年。所以对于今天这案子，他依然保持这个态度，自己不会做出任何决断，就看两府私下如何谈。实在不行，将案宗拖上几日，往刑部一递了事。既然抱着这等想法，他断然不想让案子在自己手里变成铁案，有些担心地望向郑拓。

郑拓当年在梅执礼衙中当过一段时间师爷，自然知道这位老东家担心什么，呵呵一笑说道："真是荒唐可笑！想那诗会之上，才子云集，人多嘴杂，范公子这首诗一出惊艳，自然有人抄了出去。旁人知道这首诗也不稀奇，更关键处……"他冷冷看了宋世仁一眼，嘲笑道，"难道范公子患了失心疯？下午才作了这首诗，夜里就会跑去打人，而且一边打还一边吟诗？！且不说那种场面太滑稽可笑，只说凶徒主动表明身份，谁会这么傻？依我看来，明明是有人与郭公子有仇，又知道范公子与郭公子前些日子在酒楼上的龃龉，才刻意误导郭公子，以为行凶的是范公子。"

几句话说得倒是颇有道理，栅外百姓议论纷纷，不停点头。坐在轮椅上的郭保坤忍不住痛骂道："休想巧辞狡辩！这个私生子仗着范府权势，根本不将王法看在眼里，所以才会如此肆无忌惮！"

郑拓的脸一下就阴沉下来，冷冷说道："郭公子是宫中编撰，还是注意下自己的言辞，毕竟您是太子近人，伤了宫中体面，就不好了。"

这话一是刺郭保坤，二来也是暗暗点明，如果论起权势来，范府是无论如何也及不上身为太子近人的郭家，郭保坤前面的那番话自然是站不住脚的，果然栅外一片哗然。

范闲脸上没有什么表情，内心却对郑拓十分佩服，自己昨夜安排的一些事情都被郑拓利用上了，并没有什么遗漏。说来奇怪，宋世仁这个状师倒不像郭保坤那般着急，只听他微笑地说道："府尹大人，我家公子受了伤，可否先行下去休息？"

梅执礼点了点头，让衙役带着下人将犹自愤怒不已的郭保坤领到后面去了。宋世仁转过身来，对着范闲与郑拓行了一礼，说道："如此说来，范公子是不肯承认打人之事了。"不知为何，郭保坤离开之后，他的脸上神采张扬了许多，似乎现在才是真正的战场。

郑拓和范闲同时一笑，没有说话，开玩笑，牛栏街那么黑，一无人证，二无物证，你拿什么证明是我们打的人？而且状纸上说得清楚，郭府的家丁护卫都被迷药弄昏，如果你再让他们来作证"打人者范闲也"，也没有人会相信，就连梅执礼也是皱了皱眉。

宋世仁看着范闲追问道："范公子昨夜一直都在府中？"

郑拓应道："正是，阖府下人可以作证。"

宋世仁冷笑道："传人证上来。"

梅执礼这才知道还有变数，点点头，便有郭府的人带了一拨人上了堂。这些人打扮服饰各异，有卖汤圆的，有打更的，有在街口等生意的轿夫，甚至还有一个暗娼。

郑拓微微皱眉，感觉有些不妙，旁观人群好奇道："这是做什么？"

宋世仁开口，众人才知道是怎么回事。原来这些人都是京都夜里在街上讨生活的人物，经过一番盘问，这些人作证，昨天范府的轿子从靖王府出来后并没有回府，而是往城西去了，半夜才神神秘秘地抬了回来。

范闲微微眯眼看着场中，有些佩服郭家，居然能在半天时间内找齐这么多曾经看见过自己的人。郑拓见他毫不担心，有些着急，压低了声音说道："待会儿死都不承认，就说这些人是郭家用钱收买的。"

范闲叹口气说道："郭保坤确实被打了，伤情这么惨，难道因为想冤我，就花钱做这么多事？这在情理上也说不过去。"郑拓想不到大少爷居然会站在敌方考虑，一时间愣住。

这个时候，宋世仁的唇角浮起一丝嘲讽之意，望着范闲："范公子昨夜不是在府中吗？为何京都有这么多人都曾经看见您并没有回府。敢问范公子，半夜逡巡京都夜街，究竟是做什么去了，需要如此鬼鬼祟祟？"

京都府尹梅执礼皱眉望着范闲，看他准备怎么回答。

公堂上一片沉默。

范闲面上多了丝被发现秘密的尴尬笑容，轻声答道："昨天夜里……我在醉仙居过的夜。"

醉仙居是什么地方大家都清楚，在青楼过夜，行事如此鬼祟似乎就有了个说得过去的解释，旁观人群齐声哄笑起来，自然不免有讥笑范闲的句子。梅执礼听见这个解释却松了一口气，而宋世仁依然微笑着，不依不饶地问道："醉仙居？敢问范公子可有人证？"

"司理理姑娘可以作证。"范闲微笑说道。

宋世仁顿了一顿，忽然嘲讽笑道："是吗？可是……司理理姑娘今天已经离开京都，前往苏州，这事情未免也太巧了些，不知道是不是有人怕理理姑娘说出什么不该说的来。"

范闲抬起头来，盯着宋世仁，才知道郭府早有准备，不知道用了什么手段竟把司理理逼出了京都。看他无语，宋世仁成竹在胸，对梅大人行礼道："事情已经很清楚，范公子打人在先，欺瞒在后，还请大人将他押监待审。"

郑拓忽然笑道："荒唐！难道就因为我家少爷夜晚出游，便要被栽上如此大的罪名？"

宋世仁逼问道："既然范公子出游，敢问先前为何先生说范公子整夜待在府中？"

郑拓自如应答道："这眠花宿柳之事，名声总是不好听的，所以先前才不得已……"

宋世仁笑着截断了他的话："眠花宿柳？如今这花在何处？柳又在何处？"

他向四周一拱手，朗朗而道："郭公子与范公子前日意气相争，昨夜便遇袭，贼人嚣张自称范闲。范公子昨夜整夜未回，却说不清去处，这真凶是谁岂不是一目了然。"

梅执礼冷冷地看着这个状师，心想这种案子就算你说破天去，难道还真以为是一般的刑名官司？他转头问道："范闲，你可有佐证，证明你昨夜的下落？"

范闲想了想，说道："其实昨天是与靖王世子一起胡闹去了，不知这算不算证人？"

靖王世子都扯了进来，这案子还审个屁！梅执礼黑着脸将两边人喊到前面来，说了几句话，便宣告此案暂告一个段落，范闲留京待察，不准出城。郭家自然不干，但奈何对方这人证分量太重，一时间也没有办法，只好回府再行商议。旁观的京都民众，发现竟然是这样无聊的结局，尚书家和侍郎家都没怎么闹起来就结束，发一声哄后各自散了。

范闲和郑拓走出府衙的时候，意外地发现那个宋世仁正在外面等着自己。

"范公子。"宋世仁恭敬行礼。

范闲不知道他是什么意思，还了一礼。

宋世仁轻声说道："郭家与我有恩，所以今日不得已，得罪了。"

范闲忽然想到一桩事，挑了挑眉，问道："可理理姑娘真的离开京都了？"

宋世仁无比恭谨应了声是。范闲盯着他的双眼问道："是你做的，还是郭家做的？"

宋世仁有些吃惊，说道："我本以为是范公子遭她出京……难道，昨夜您真的在醉仙居？"

范闲自嘲一笑道："难道你真以为是我打的郭保坤？"

这个时候案子暂告一段落，双方说话却依然有些不尽不实。几句话说完，宋世仁就转身上了一抬小软乘，离开了京都府的衙门。

范闲不解道："已经得罪了，何必再来示好？"

"宋世仁是个聪明人。"郑拓笑着摇摇头，说道，"少爷在府中可没说是和靖王世子一起喝花酒，宋世仁玩了这么一出，差点儿没把我吓死。"

范闲笑了笑："大家都知道，公堂之上只不过是过场，这么紧张干吗？"

郑拓摇头叹道："不论这事后面如何发展，郭府算是彻底得罪了。"

"总是要得罪人的，干脆拣个能得罪的得罪一下。"

"少爷，您的……花名、诗名……估计一天之内就会传遍京都。"

"固所愿也，不敢请耳。"

"佩服佩服。"

"客气客气。"

重重深宫之中，黄色的琉璃瓦在阳光下泛着金光，朱红色的高墙无来由地生出一股压迫感。殿后园子中，一个慈眉善目的老太太正半闭着眼睛听身旁的女官说着什么，在她身前有两名贵妇正侍候着。石桌上奇果异蔬杂陈，其中一位贵妇长相端庄，凤眼朱唇，眉眼间全是小意与克制，正剥了一个果子，小心地喂老太太吃了。

"皇后啊，怎么是你。"老太太睁开眼睛，看见是她递过来的果子，笑着怪道，"这些事情让那些孩子做去，你统领后宫，母仪天下，又怎是做这些事情的人。"

贵妇温柔一笑道："这孝道是无论如何也要尽的。"

这位贵妇便是如今庆国皇后，她服侍的老太太自然是皇帝陛下的生母，如今的皇太后了。只是不知坐在另一旁的那位宫装美人又是什么身份，居然可以与皇后并排坐着。

"不用念了。"太后吩咐道，"你们都退下吧。"

女官与宫女都退了下去，只留了两位老嬷嬷。太后闭眼问道："先前听那个范家孩子的几首诗，你们觉得如何？"

皇后微笑说道："我不及淑妃，不大懂文字上的高低，只是听来似是好的。"

太后呵呵一笑道："岂止是好，那首'徒有羡鱼情'倒也罢了，那后一首'万里悲秋常作客'，又岂是一般才子所能写得出来的……只是……"

见太后住嘴不语，皇后凑趣问道："只是如何？"

太后叹口气道："只是句子里悲郁气太重，而且小小年纪，怎么写出这种老人气味来，只怕那孩子也是个福薄之人。"

听见这话，一直沉默不语的另一位宫装美人竟是流下泪来，不知道因为何事伤心。皇后赶紧安慰道："太后也只是这般一说，若那个叫范闲的真个福薄，太后指甲里随便挑些福缘给他，不也就填起来了。"

太后也是最烦她哭哭啼啼，满脸不高兴地说道："我就生了三个孩子，皇上自不必说，李治虽然贪玩，总也算知天乐命。倒是你这丫头，哭了几十年了，还没有哭明白，真是……"

宫装美人嘤嘤切切哭泣着说道："我那孩儿已是个福薄的人，皇帝哥哥偏要她嫁给范家那个更福薄的孩子，这日后可怎么办？晨儿的病若是没有起色怎么办？"

原来这位就是范闲可能的丈母娘，一直未嫁的长公主殿下。

太后忍不住开口骂道："晨儿的病根子就因为你这个当娘的没给她积福，如今还好意思说这些！范家的孩子怎么了？一听说要给晨儿冲喜，二话不说就把孩子从澹州接了回来，不说那也是个没名没分的可怜娃，只冲着范建对咱们皇家这份心，你也不该说范家的不是。"

旁边的宫女早就退走，只剩下几个老嬷嬷束手肃立，就像什么也没

209

听见一样。太后气得胸膛不停起伏，皇后赶紧上来揉着，太后将皇后的手拿开，语气略缓了一些说道："再说了，晨儿总是要嫁人的，她这个身份，朝中名臣大将之子，谁要娶了去也不见得过得好。这个范……范什么来着？"

皇后赶紧提醒道："范闲。"

"对，范闲，你先前也听了，确实是个有才的孩子，配上晨儿，也不算委屈了她。"太后喘了两口气说道，"而且陛下已经准了这门亲事，你再来我这儿闹，又有什么用呢？"

长公主是先帝唯一的女儿，如今的皇帝陛下即位后，即封为永陶长公主。从诚王府时期一直到宫中，这位公主极受宠爱，性情却没有沿着飞扬跋扈的路子走，动不动就伤春悲秋，因飞花落泪，因东去之川涕然。她幽怨说道："皇帝哥哥也是的，许配给哪家不好，非要许给范家，明知道范家和宰相大人……"

太后重重一拍桌案，咬牙寒声说道："我说过多少次了，不要在我的面前提那个人！你不要脸，我还是要脸的！当年若不是你用自己这条命护着他，我早就把那个人给杀了！这么些年了，我不曾让他见过晨儿一面，但我并没给他设置过任何障碍。因为我知道当初他想娶你，是你自己怕误了他的前程所以不嫁……好！你要给他前程，我就给他前程，如今他已经是文官之首，你也应该了了当初的心愿，但是我不允许你和他再有任何瓜葛，而在晨儿的婚事上面，他不可能有任何的发言权，明白了没有？"

长公主擦掉眼泪，声音微颤道："知道了。"

皇后看了一旁还在擦拭泪痕的长公主一眼，低声说道："洪公公先前派人来说，今天京都府衙里在审一件案子。"

太后笑道："噢？什么案子，居然连那条老狗都感兴趣。"

听着老狗这个词，皇后与长公主都只好微笑不语。洪老太监在宫里的地位特殊，太后能这般半作践、半亲热地唤着，她们却不能。

皇后说道："这桩案子晨间便在府衙里闹了起来，一直拖到刚才才有了个结果……听说是礼部尚书郭攸之的独子郭保坤，状告范府的那位，说那位昨夜将郭保坤拦街痛打了一番，还吟了一首诗，这诗……先前母后也看了的。"

"噢？"太后十分诧异，"那个万里悲秋常作客又打人了？"

这话一出，旁边的皇后忍不住掩嘴笑了起来，连长公主也破涕为笑，说道："母亲说话真是风趣。"

太后笑道："不是我风趣，是那个范闲有趣，这才入京几天，怎么就把尚书的儿子打了。快给哀家说说，这府衙上面又是怎么个场景。"她忽然想到一件事情，皱眉道，"京都府没敢用刑吧？这要打坏了，十月份怎么成亲？"

皇后扑哧笑道："母后这是说的哪里话。虽然范闲不是什么正经出身，但毕竟是司南伯的骨肉，胸腹中又有才学，早就有了秀才出身，不可能被打的。"

"那就好。"太后说道，"那郭保坤是不是常和太子在一起的那些人？"

皇后有些不安，低声应了声是。太后寒声道："那些小兔崽子，只会撺掇着承乾走马弄鹰，都是一肚子坏水，不消说，那个范闲一定打得好。"

长公主的神情不变，心情却有些复杂，没料到母亲竟是不问缘由便认为范家私生子打得好。但她才被教训，这时候不方便说话，好在皇后小意说道："那位郭编撰倒也有几分才名，这样当街被打，总是有些说不过去。"

太后没有什么反应，淡淡问道："案子审的结果怎么样了？"

"范闲搬了靖王世子出来当证人，京都府衙没办法，只好暂时押后再审。"

"弘成给他作证人？看来还有些人缘。"

皇后知道太后表面上没有什么，实际上最厌烦百官与皇族之间过于紧密的联系，但也知道事情要讲分寸，不能说得太多，便将话题转了回来:"听说郭编撰被打的那天晚上,范家公子与世子正在流晶河上逗留,所以这件事情应该与他无关。"

沉默了一会儿,皇宫后花园里气氛显得有些压抑,太后忽然起身说道:"有些乏了。"外面的嬷嬷宫女们赶上来扶着,一大帮人往回宫的路上走去。

看着皇太后的舆驾缓缓转入宫墙之后,皇后和长公主才立起身子,对视一眼。皇后苦笑道:"看来太后虽然很不高兴范家子宿娼,口风却没有松动。只怕晨儿真要嫁了。"

长公主叹了一声气说道:"我只是担心那范闲的人品,不过……"她望着皇后,柔弱不堪的神情似极了河畔垂柳,轻声说道,"范家与靖王府关系好,娘娘还是小心一些。"

皇后心头一凛,知道对方是提醒自己,如果这门婚事真的成了,陛下真可能将内库那里的生意交给范家打理,那范家父子二人一在户部一在内库,就等于掌握了庆国大数的银钱来往。而如果范家因为靖王府的关系倒向二皇子,那太子的局面便有些不稳,不由得皱眉道:"我真是想不明白,范建那个老家伙究竟给皇上灌了什么迷汤,竟然说动了陛下。"

长公主微笑着说道:"娘娘也很久没有召柳氏入宫了吧?"

皇后面色微沉,说道:"柳氏是个聪明人,三年前你出主意去杀澹州的私生子,算是借了她一次刀,她现在已经警醒,只怕不好再利用了。"

长公主嫣然一笑,三十多岁的人依然美得如盛开的花朵一般,娇嫩至极,"难道她敢多嘴说些什么?再说了,我与柳氏从小就认识,知道她是个极喜欢钻牛角尖的人。"

皇后沉默了一会儿,说道:"我还是不明白,为什么陛下要把内库交给范家来管?"

长公主轻声说道:"皇帝哥哥不喜欢我与你关系太好,所以早就决定让我从内库里脱手。我更好奇的却是陈院长为何不同意这件事情,如果不是前些日子陈萍萍回乡省亲,范建趁机入宫,只怕这门婚事还未必能成。"

范府书房里，范建看着儿子那张干净漂亮的脸，怒气便减了三分，有些无奈地说道："你可知道为了这门婚事，我努力了多长时间，付出了多少心血？"

范闲笑道："只不过是权贵子弟之间的斗气，父亲想多了。"

范建看着他冷笑着说道："你以为我不知道你在想什么？你打心里抵触这门婚事，所以想自败名声，好让宫里踢你出局。"

范闲没想到自己的心思没有瞒过父亲，只好低头不语。

范建又冷冷说道："而我先前说你不聪明，也就是因为你拖了靖王下水。要知道郭家是太子那派的人，靖王世子却是二皇子那派的人，你打郭保坤，拉靖王世子，这事落在别人眼里，岂不是要说我们范家已经投靠了二皇子？"

范闲挑眉道："庆国上下都知道父亲与靖王交好，妹妹与柔嘉郡主也是打小的朋友，两家关系之亲密甚至可以说是官场上的异数，难道您……？"

"不要忘了你奶奶当年是陛下的乳母，靖王也是她带大的。那时候陛下忙于别的事情，所以都是由我带着玩，两家的感情自然极好。"范建哼了一声说道，"但私交是私交，公务是公务，国事乃国事。这宫里的事情又岂是我们做臣子可以议论的？太子如今依然是太子，国之储君，陛下万年之后，我们范家当然要忠于太子。"

范闲听出这话里的毛病来，笑着说道："太子如果不是太子，那又怎么办？"

说来奇怪，听着儿子说出如此大逆不道的话，范建却没有丝毫吃惊，也没有教训他，只是淡淡地说道："这只有陛下才能做决定，陛下没有决定之前就站阵营，只会是错误的做法。"

"孩儿明白了。"范闲终于得到了痛打郭保坤想要的一个结果，"范家不站在太子一边，也不站在二皇子一边，只是站在……陛下这一边。"

"不错。"范建道，"如果不想站错队，就不要急着抢站，只要永远站在最强者的一边，你就永远不会犯错。而这整个天下，最强的自然就是陛下。"

"万一陛下驾崩了呢？"范闲不怀好意地看着父亲。

"陛下春秋鼎盛。"

范建沉默了一会儿，继续说道："将来是将来的事，是你们这一辈人的事。"

"你知不知道，为了让你能轻松地从公堂上走下来今天我们与郭家在朝廷里暗中交了多少次手？大理寺、刑部、吏部，到处都可以看得见我们两家的影子，郭家最后甚至还找到了监察院，如果不是陈萍萍不在，说不定你今天真的回不来了。"

"陈萍萍？"范闲当然知道对方便是整个庆国阴暗力量的掌权者，但因为知道范家与监察院之间的亲密关系，所以他有些纳闷，"为什么陈萍萍在，我就回不来了？"

"因为他反对这门婚事。"范建面无表情地说，"这次急召你入京，就是因为陈萍萍回乡省亲，无法在陛下面前说话，倒不完全是因为那位姑娘的病情。"

范闲不解道："费介是我的老师，您与陈院长的关系也一直密切，为什么他会反对？"

"在外人看来，我与监察院之间并没有太深的关联。"范建淡淡道，"至于他为什么会反对，很简单，因为就某些事情的看法上我和他有分歧，所以会导致完全不一样的判断。"

"什么看法？"范闲盯着父亲的双眼，一丝都不游离。

范建皱了皱眉，最终还是决定告诉这孩子一部分事实："陛下不喜欢太子，但是皇后与长公主亲近，而长公主掌管着内库的银钱出入，这让陛下很不放心。"

范闲心头大惊，说道："原来……陛下是怕东宫有变？"

司南伯爵府的书房里，并没有宫廷阴谋即将大展开来的铁锈味道。

范建笑了起来，心想面前这孩子虽然聪明，但政治斗争方面的经验确实是太少了些，看来以后要慢慢地教："陛下这一生都是马背上过来的，怎么会怕这些，只是他不愿意看到自己父子反目，所以借此警告一下后党。"

后党？就目前看来是皇后、太子、长公主……或者还有宰相？范闲问道："陛下应该有更好的方法解决这个问题，您以前说过内库的产业一向由监察院监管，为什么他会选择我？"

"因为我建议他选择你。"范建望着范闲，却像是望着极远的地方，像是望着另外一个人。

范闲知道父亲不会再做任何解释，转而问道："那为什么陈萍萍会反对？"

范建说道："陈萍萍一直认为，你应该走一条不一样的路。"

范闲忽然想到了监察院门口的那个石碑，终于忍不住心中强烈的疑惑，问道："为什么监察院门口……"

"会有你母亲的名字？很简单，庆国当初本来没有监察院。你母亲当年说，有监察院吧……"范建笑了起来，似乎心中十分快意，"所以，庆国就有了监察院。"

范闲半天没有回过神来，因为他想到了前世很熟悉的那句话。

——上帝说，要有光。于是就有了光。

今夜，范闲第一次知道当初那个叶家拥有何等恐怖的力量。

在庆国东征西伐陷入财政危机的时候，是叶家一手撑住了摇摇欲坠的朝政，而令百官惊悚、被皇帝陛下用来"团结"整个庆国力量的监察院，也是由母亲当年建议设立，并且从建院之初的机构设置到庞大的支出，全部是由母亲一手处理和提供。难怪监察院的门口写着"叶轻眉"的名字，难怪自己从小就在监察院的注视下长大。范闲看着父亲叹道："父亲，我说句话，您可别生气。"

"放心吧，我什么时候对你发过脾气？"范建似乎猜到他要说什么，微笑不减。

范闲想了一下措辞，最终发现不知道该如何组织语言，苦笑着直接说道："我现在真的很怀疑……老妈当年是怎么看上您的？"

"想想你母亲的名字……"范建很多年没有笑得这么开心了，挥挥手让他离开了书房。

范闲走到园子里，才明白了父亲的意思，不由笑了起来。叶轻眉，叶轻眉，看轻天下须眉。有这样一个名字的女子，又能看得上谁呢？

第十四章 登堂

范若若想到白天在京都闹得沸沸扬扬的那桩案子，问道："哥哥曾经说过，如果做一件自己不愿意做的事情，那一定需要一个很明确和强有力的理由。今天你上京都府打官司，肯定有什么原因。那么你得到想要的结果了吗？"

范闲说道："还算比较满意，至少知道了父亲究竟在朝廷里面怎么站的队，知道了原来范家在朝廷里的影响力比我想象的还要大很多。至于你能猜到的那个原因，我就不知道效果了。毕竟我不可能变成一只蚊子，去偷听宫里那些大人物的对话。"

范若若嗔怪道："若是为了这些事情，也不需要行险吧。"

范闲笑着解释道："反正是拿定主意要打那个姓郭的小匹夫，顺便看一看京都里的水有多深也是好的。"

"喂，我听不懂啊！"在一边听了半天的范思辙终于忍不住叫了起来。

范闲好笑地看着他："我看你今天修改后的计划书，觉得你实在是有些天分，怎么会连我和你姐姐说的话都听不懂？"

等范思辙离开后，范闲转过头问妹妹："约好了吧？"

范若若点点头，莞尔一笑道："万一被人认出来怎么办？如果让京都里的人知道你居然这样着急要去看新媳妇，只怕都会笑死……而且说不定会让很多人不高兴。"

"不管了。"范闲用力地挥挥手,"我得先把这件事确定一下。"

一大清早,京都守备叶府的马车就停在了司南伯爵府的门口。马车上叶灵儿略显焦急地等着。过了一会儿,范若若领着一个面色蜡黄、略微有些驼背的年轻人从府里走了出来,叶灵儿眼睛一亮,迎上前去。

叶灵儿敛衽一礼,说道:"有劳范小姐了。"接着转身向那个略有些驼背的年轻人微笑问道:"先生便是费大人的学生?"

年轻人蜡黄的肤色配上眼角的几条皱纹,看上去精神不怎么好,拱手回应道:"正是。"

叶灵儿说道:"辛苦先生了。"

年轻的医生笑了笑,礼貌道:"病人要紧,我们还是快去吧。"

叶灵儿与范若若上了头一辆马车,年轻的医生上了后一辆,此人自然就是范闲。今天一大早起来,就在若若的眉笔粉底的帮助下,化了一个装,这还是小时候跟费介学的一些皮毛,但看起来效果似乎不错。其实他的信心最主要是因为,他相信自己在京都已经有了小小名气,但真正见过自己的人还是少之又少,至少那位叶灵儿和林家小姐就没有见过。

前一辆马车里,叶灵儿与范若若在说着话。"真是麻烦你了。"叶灵儿脸上忽然有些犹豫,"不过那位真是费大人的学生?看着很年轻呀。"

范若若笑了起来:"我知道大夫总是老的好,今儿只是让他去看看,毕竟费大人的医术连御医都很佩服的。我们家与费大人有些关系,让他去瞧瞧总没有什么坏处。"

叶灵儿一想也是这么回事,林家姐姐的肺痨始终没有哪位医生能拿出真正的法子来。宫里曾经传说过费介,谁知道费介巡边去了,一时半会儿又回不来,能找到费介的学生也算是运气不错。她忽想到另一件事,问道:"若若,听说昨天你哥哥被人给告了?"

范若若心想你此时问这个干什么?于是笑着回答道:"是不是又给我哥加了一条罪状?"

叶灵儿冷哼道:"这次我承你的情,但是对于你那哥哥我是没半点儿好感。男子汉大丈夫竟然像个面团似的，别人怎么说他就怎么做，也没点自己的意见。"

范若若心想如果哥哥真有了意见，这门婚事自然不成，到时候还不知道谁不高兴。她微笑着回应道："我们这种身份的人，早就应该清楚，很多事情都是身不由己的。"

"可是你哥也太胡闹了吧？明明都要娶林姐姐了，居然还去……还去眠花宿柳，这让林姐姐的脸往哪儿放？"叶灵儿想到最近的这些传闻，恨恨道，"不止如此，还当街打人，这种品性……若若你不要生气，你说说，如果让你嫁这样的人，难道你肯甘心？"

范若若心里想那有什么不甘心的？嘴上说道："所谓流言止于智者，外面人胡嚼的这些东西你理会做什么？我家兄长也不是个一味蛮不讲理，四处风流的人。"

叶灵儿冷笑道："还不是？你知不知道从昨儿起，京都里的人都是怎么称呼你哥的？"

"怎么称呼？"范若若睁大了眼睛，想知道京里大众会怎样看待自己这个与众不同的兄长。

"说他是……范府那个打黑拳的！"叶灵儿气呼呼地说道，"你看看，你看看别人怎么看你哥。"

范若若笑道："那你知不知道我哥还有个绰号？"

"什么？"

"太后说，万里悲秋常作客又打人了？"范若若忍住笑意，"万里悲秋常作客，这个绰号是不是长了些？"

叶灵儿知道对方是在告诉自己，那个叫范闲的人不仅会打黑拳，也作得一手好诗，哼了两声，没再说什么。明明太后很欣赏范闲的诗，她难道还能有意见？

两辆马车一前一后地驶进了离皇宫不远的一个安静院落，院外可以看到有许多宫中的侍卫，腰边系着式样简单却方便拔出的短刀。下了马车，叶灵儿熟门熟路地要往里走，不料却被门口侍卫拦了下来。叶灵儿好奇地说道："怎么了？"

侍卫为难地说道："叶小姐进去自然无妨。"

叶灵儿气极而笑，拉着范若若的手说道："这是司南伯家的小姐，京中大大有名的才女。"她瞪了范若若一眼，"万里悲秋常作客的妹妹，难道还不能进去？"

"万里悲秋常作客是谁？"侍卫大人碗大的字能认得一锅，当场就傻了眼。万里悲秋常作客本人，却躲在叶灵儿的身后苦笑着。叶灵儿扑哧一笑，心情好了许多，解释道："今天请了位大夫来给姐姐看看，你难道还拦着？"

侍卫转过头去，看见那个脸色有些难看、身体有些佝偻的医生，心里想着，好家伙，自己的身体都成这样了，还敢给郡主看病？但这话说不出口，毕竟要给叶家小姐面子，这宫中的侍卫有几个不和叶家有或多或少的师门关系。他苦笑着说道："叶小姐，如果您早前给小人们说一声，我肯定不敢拦您，也不会拦这位大夫。但今天确实不行，您看您请的这位大夫又没有在宫中上册，这就去治，万一治出个好歹来……"

范闲神情不变，有些着急，却不知道这是他早前种的因，今日得的果。上次他糊里糊涂闯入庆庙，与宫典对了一掌，整个皇宫的侍卫都被骂了个狗血喷头，哪里还敢随意通融。

"这位先生可是监察院费大人的学生。"叶灵儿瞪了侍卫一眼。

侍卫说道："费大人的学生？怎么好像从来没有听说过。"

叶灵儿也想到了这一点，心想以费大人的医术，他的学生应该很出名才对，怎么从来没有听说过？她狐疑着转身望向范闲。范闲却是早有准备，从怀里掏出一块腰牌来。

这是当年费介离开澹州前送给范闲的监察院腰牌，没有人能仿冒，即便能也没有人敢。

侍卫看向范闲的目光顿时肃然起敬，悄无声息退后半步，心想难怪年纪轻轻,却是一脸阴沉,病气十足,常年和毒物浸在一处,想不成这副鬼样子也很难。

既然找到了足够承担责任的担保方,侍卫自然放行。三人走入安静的小院中,沿路偶见花丛,一条小石子路从花丛里伸了出去,通向院子深处的一幢小楼。

有丫鬟请三位上楼,然后端上茶来,范闲留意对方行止,猜测应该是宫女出身,又过了些时候,一位老嬷嬷走了出来,略带骄色地说道:"叶小姐您来了。"

叶灵儿明显不喜欢这个老嬷嬷,冷哼了一声算是应答,问道:"林姐姐呢?"

"小姐正在睡觉,不知道叶小姐今日前来有何贵干?"老嬷嬷貌似恭敬地站着,语气间却是拒人于千里之外,范闲不免有些意外,心想这又是哪一出?

叶灵儿今日不想与这老婆子斗嘴,嚷嚷道:"我给林姐姐请了位好大夫,你去通传一声,等林姐姐收拾好了,这位大夫就来看病。"

老嬷嬷看了范闲一眼,知道这便是那位大夫,冷冷说道:"小姐身份您也是知道的,除了宫中御医之外,还有谁够资格医她?"

叶灵儿又将范闲的身份搬了出来,谁知这老嬷嬷竟是毫不退让,比外面的侍卫还要难缠许多。范闲不知道如今这皇家规矩,但凡未出阁的女儿身边总是婆子女官一大堆,有些不耐烦了,向范若若使了个眼色。范若若会意,笑着站了起来,对叶灵儿说道:"既然不合规矩,那我们就走吧,毕竟这地方不比京都别处。"

叶灵儿果然经不起激,跳将起来,对着老嬷嬷就是一顿臭骂。范若若又假意劝解,将委委屈屈的老嬷嬷劝到桌旁坐下,又递了杯茶给她喝。

一会儿后,老嬷嬷忽然脸色一变,急匆匆地走了。此时林小姐的大丫鬟听着声音从里屋出来,看见老嬷嬷不在,就将三人迎了进去。

叶灵儿脾气大却不傻,认真看了一眼范闲。范闲半低着头,什么都没说，跟着走了进去。他的身上永远揣着一些别人想不到的东西——泻药、迷药、春药，药不离手，还有匕首、暗弩、五竹叔，这三大护身法宝。有这些"东西"跟在身边，真可谓是天下都去得了。

入得林家小姐闺房，闻着阵阵幽香，范闲知道这是西胡特有的某种香料，有助于病人息神静养。只是香味太浓，将这小姐闺房里本应有的脂粉味冲淡了许多。

叶灵儿进幔帐后说了些什么，范若若又走了进去，范闲运功于耳，听清楚了妹妹正在向那位姑娘问安。那位姑娘咳了几声，似有些气喘。范闲在心里勾画着里面的场景，不知道小姑子初见新妇，二人会是怎样的表情。他忽然发现自己确实有些花心，明明喜欢了那位啃鸡腿的白衣姑娘，今日入得林家小姐闺房，却又开始想象林家小姐脸上的红晕是什么模样。

"先生请进。"叶灵儿代主人相邀。

范闲直起身子，掀幔而入，在丫鬟端过来的圆凳上坐好，像个正牌大夫一样，捋了捋颔下胡须，只是这新黏上去的胡须有些不结实，他赶紧开口道："烦请小姐伸出手来。"

隔着幔布隐约能看见一位少女，她听着大夫说话，将左手伸了出来，搁在柔软的腕枕之上。这腕枕似是常备之物，就搁在一边，看来宫中的御医常来诊治。

范闲看着那白如静玉的一截手腕，微微一怔，赶紧收敛心神，伸出一根手指，搭在手腕上。指尖与林小姐的手腕一触，双方不知道为何，同时颤了一下。

叶灵儿不敢打扰大夫诊脉，好奇地看着这位费大人的学生，发现对方只用了一根手指，想到传闻中费大人的手段，越发多了几分信心。却哪里知道，范闲虽然颇通医术，但毕竟只学了一年，哪能和真正的御医比学养，唯一的强处便是在用药和前世的少许见识。之所以故意用一指断脉，只是想唬一唬身周的人，树立自己神医的形象。

片刻后，范闲有些依依不舍地收回手指，说道："小姐脉象有些虚，但躁意十足，虚损火旺相杂，细若游丝，倒有些麻烦。能不能看看小姐的面相，好作判断？"

"不行！"大丫鬟毫不犹豫地拒绝了这个提议，虽然庆国风气比较开放，但她家小姐身份太过特殊，御医都不让看脸，更何况这个不知从哪里来的野路大夫。

范闲有些失望，转而说道："听说御医断定小姐是肺痨？"

那位林小姐有些虚弱，躺在床上一言不发，回答他的还是那位丫鬟："是。"

范闲想了想，觉得有些把握。肺痨就是前世的肺结核，自己穿越时没有像其他大能那样带上一个急救箱，但治病的法子总是有许多的，于是继续问道："小姐是不是经常感到疲劳，而且经常咳嗽？"

"是。"

"是不是身体渐渐瘦了？"

"是。"

"是不是经常感觉潮热不适？"

"是。"

范闲有些恼火，这大丫鬟的嘴真快，又问道："是不是经常流虚汗？"

"是。"大丫鬟依然抢着回答。

范闲却像是没有听到，在伸出床幔的那只柔软的掌心里摸了一下，发现确实有些微润。林小姐万万想不到外面的大夫竟然如此大胆，又羞又急地将手缩了回去——范闲的动作很快，所以床外的三位姑娘都没看见。

范闲沉默了一会儿，问道："还没有咯血吧？"

"已经开始咯了，入春的时候好了些，不过前些天又咯了起来。"看见这年轻的大夫将症状说得准确，大丫鬟收回了轻视，带着一丝担心和希望回答道。

范闲起身去书案前找了支笔,开始写药方。大丫鬟瞧了瞧,发现依然是百合固金汤,只是多了两味紫珠草和黑山栀,又还多了一味黄芩,皱眉问道:"黄芩苦寒泻火坚阴,但是太伤元气,能用吗?"

所谓久病成医,这丫鬟几年来看着不同的大夫为小姐看病,对于治肺痨的方子熟得不能再熟,一下就指出了其中的问题。范闲看着她不免多了几分佩服,解释道:"只要病人身体好,应该无碍,先用猛药冲上一冲,然后再徐徐图之。"

大丫鬟有些恼火地说道:"小姐得的是肺痨,身体虚弱得很,怎么可能禁得住?"

范闲也不生气:"小姐既然已经咯血,这病就有些重了,得先养好再用药。"

"到底是先用重药还是先养?"叶灵儿听得有些糊涂了。

"从现在起,每天给小姐喝一碗羊奶,记住要喝生的。"这是他前世听的某个偏方,确实很有效果,又问道,"小姐饮食如何?"

大丫鬟得意地回答道:"每天清粥小菜,绝对没有挨过一点儿荤腥。"

范闲心想都病成这样了,你们怎么还这样呢?一个弱弱的小姑娘,居然还不让她吃好点儿,也太过分了,问道:"为什么这么吃?"

三位女子像看白痴一样看着他,心想肺痨患者要忌荤腥,这是全天下人都知道的道理。

范闲所受的教育却不同,便执着地说道:"不要再忌油荤了,羊奶一定要喝,日常的膳食也必须丰富一些。如果一时适应不了,就用生山药、生薏米各一两捣成粗渣,煮至烂熟,再将霜柿饼半两揉碎,倒里面调匀喝下去,然后再开始吃肉,半月之后再用我先前开的方子。"

丫鬟连连摇头,哪里敢依。

范闲无奈道:"我这里有些现成的药丸,先吃两粒,如果疗效不错,便该信我了吧?"

"药丸或许是好的,但肉是一定不能吃的。"这丫鬟十分倔强。

范闲无可奈何。

他咯血的时候,她在咯血。当他急得无可奈何时,她也急得无可奈何。

那位躺在病榻上的清丽姑娘,听到外面大夫的声音,早已急得不知该如何办才好。这声音如此耳熟,明显就是自己在庆庙偏殿里遇见的少年郎。虽然不知他为何来到自己家,也不知道他怎么变成了费大人的学生,但是,但是……林姑娘双手紧紧地抓着绸被的边角,可爱的如贝白牙轻轻咬着下嘴唇,一抹并不健康但是格外魅丽的红色染上了她的脸颊。这可怎生是好?明知道那人就在幔纱外,却不知该如何相见,真是急死了!

听到外面的对话渐渐结束,诊脉的人就要离开,姑娘终于忍不住了,撑着身体坐了起来,斜靠在床头,使尽了全身的力气喊出了蚊子般大小的声音:"等一等!"

听见幔纱后的声音,外面的四个人有着完全个一样的反应。丫鬟赶紧走过去,低声问有什么事情。叶灵儿面露关心,若若却是想着今天哥哥冒险乔装来到这里却没有办法看见林家小姐一面,但总算是听到了声音。她抬头去看哥哥的表情——不料却看到了一只呆鹅。

范闲呆呆地看着幔纱后的那张床,似乎要隔着几重幔纱看清楚那位姑娘的模样,以证实先前听到的声音没有错。在庆庙的时候,他曾经听过鸡腿姑娘说过话,尤其是那句,其实只有那句:"你……是谁?"

如此轻柔的三个字,却令他印象无比深刻,未曾忘记。他马上知道了幔纱里的人是谁,一种失而复得的狂喜冲入他的大脑,让他在短时间内有些麻木,不知所以,甚至想到了黄立行的那首歌:"音浪太强,不晃,会被撞到地上……"

叶灵儿走了过去,急道:"你先躺下去,坐起来干吗?"

"这……这位大夫,先前说得似乎很……有些道理。"幔纱里的姑娘似乎有些着急该如何措辞,"……当面看看,或许……大夫会更有把握些。"

丫鬟为难地将求助的目光投向叶灵儿,叶灵儿已经开始怀疑范闲的

225

医术,劝了几句,但耐不住林家小姐坚持,心头一酸,只道姐姐自忖来日无多,所以不肯放过任何一线希望,只好叹了口气,伸手去拉幔纱。

范闲看着渐渐拉开的幔纱,紧张地等待着二人相见的那一刻。

幔纱拉开,锦被之中,一个肤色白皙、双眼水灵、面有红晕的清丽姑娘,就这样出现在众人面前。如同没有旁人一样,两对目光柔和却坚定地对到了一处。

范闲的目光里满是喜悦与开心,而林家小姐的目光却十分惘然和失望!范闲马上反应过来,由于化了装,这位只有一面之缘的未婚妻自然没法当场认出自己来,眼神里不自禁地带上了一丝笑意与无奈。

林小姐看着面前这个陌生的年轻大夫,很是茫然。

叶灵儿忽然觉得费大人学生的目光十分令人讨厌,催促道:"傻站着干吗?"

范闲微笑着走上前去,细细端详着那张自己记挂了几日的美丽容颜,看着那抹不健康的红晕,心头生出万分怜惜,柔声道:"一定要按我刚才说的法子进食吃药,知道吗?"

听见这声音再次响起,看见这完全不一样的脸庞,林家小姐有些晕眩,手臂撑在床上,轻声说道:"麻烦您了。"

她知道范家小姐将来极有可能成为自己的小姑子,心头难免有些莫名的情绪,再看那位年轻大夫,心头更是一片激荡,明明声音是他,为什么却不是他?

看着年轻的大夫就要走出门,林姑娘十分着急,却没有法子。身为名义上的郡主,先前坚持见大夫一面已经是极大胆的举动,难道还要去追问对方:前些天你是不是去过庆庙,是不是看见一个白衣的姑娘,还记得那只鸡腿吗?

——罢了罢了,明明不是那个人,只是声音有些相似罢了,看来这些天睡得太沉,又太记挂那个声音,竟有些魔怔。就在姑娘家患得患失,渐趋失落的时候,范闲忽然顿住脚步,回身带着一丝古怪的笑容说道:"羊奶要喝，荤腥要沾，如果饿了，多备几只鸡腿吃吃。"

林姑娘眼睛一亮，问道："可这些天胃口不大好，时常有些恶心作呕。"

"不要紧，吐啊吐的，就吐成习惯了。"范闲发现自己将来的妻子是个聪明人，十分欣喜，补充道，"白天可以通通风，但晚上一定要记得……关窗子。"

叶灵儿和丫鬟都觉得这个大夫是不是脑子出了什么问题，居然说出这样的话来。

回范府的马车上，只有一脸微笑的范闲和正在旁边偷笑的范若若。范若若看哥哥忍笑十分辛苦，打趣地说道："想笑就笑吧，憋着干吗？"这话一出，马车里顿时传出一阵极快意的大笑声，十分响亮，惊着了道路两旁的行人，吓坏了守在前面的藤子京。

"这个世界上的事情真巧。"看见哥哥高兴，范若若也替他欣喜，"没想到林家小姐竟然就真的是哥哥在庆庙遇见的姑娘。"

范闲挠挠眉毛，笑着说道："以后别叫什么林家小姐了，叫嫂嫂。"

范若若取笑他："十月才过门，现在就叫嫂嫂会不会急了点儿？而且……宰相大人和长公主都不喜欢你，你不也曾经想过推了这门亲吗？"

范闲有些不好意思地笑了笑，说道："此一时彼一时。别说宰相大人、长公主，就算监察院那位院长大人回了京都，我也不去管他。"

范若若好奇地问道："今天我也是第一次看见林……嫂嫂。"她自己忍不住笑了起来，"她虽然生得清丽，但也没你上次形容得那般美若天仙啊。"

范闲一怔，郑重地问道："这还不算美若天仙？"

范若若客观地说："不算。"

范闲想了想，有些茫然，半天之后才说道："难道这就叫作……情人眼里出西施？"

"哥，你这句话的意思我大概能明白，不过西施是哪里的美女？"范若若很好学。

这时候范闲满脑子都是林家姑娘,无心回答妹妹,就随便糊弄道:"西施就是澹州港一个卖豆腐的姑娘,长得很漂亮,皮肤很白。"

"骗人。"范若若有些不满意,发现哥哥自从确认将来的嫂嫂就是心上人之后,整个人都有些恍神。

范闲安慰道:"哪有骗你。你小时候还偷偷跟我溜出别府去菜场逛过,当时她就在那里卖豆腐,只不过你年纪小忘记了。"

林小姐姓林名婉儿,小名叫依晨,从小在皇宫中长大,没有什么朋友。她的身世离奇,虽然知道自己的父亲就是当今的宰相大人,却没有太多机会可以见面,倒是与舅舅亲近些。尤其是三年前舅舅给自己指定了婚事之后,更是连母亲都被剥夺了管自己的权利。这日子倒是轻松自在,只可惜也未免寂寞了些。叶灵儿又常常随着兄长们在定州那边疯,就算在京都,入宫也不是太方便,所以身边连个能说说体己话的人都没有。

年初的时候,不知道为什么,舅舅让人将自己与父亲的关系捅了出来,当时她还以为舅舅是准备让父亲难堪,逼父亲请辞,谁知道后来竟完全不是这么一回事,反而是将三年前搁置的联姻之事重新提上了台面。姓范名闲,户部侍郎范大人在澹州的私生子?林婉儿唇角浮起一丝苦笑,看来对方也是个苦命人,从小就见不到爹妈的面。可是为什么一定要自己嫁给他呢?难道说自己的身份就是如此的不光彩,只好胡乱许给范闲?也不知道范闲长的是什么模样。

林婉儿无法自抑地想到白天的那位大夫,一丝笑意涌上唇角。她掩嘴笑了起来,那人可真好玩,居然想了这么个法子混进别院来,要知道这里可是皇家别院,禁卫森严,也不知道他是怎么做到的——冒充费大人的学生?还真是个胆大包天的人。但她马上想到,这个人是随着范府小姐一起来的,难道他和范府有什么关系?那他一定知道自己与范府那位公子的婚事……天啊!既然他明明知道这些,为什么还要来见我?为什么还要对自己说那些话？

两抹红晕在她的脸颊上染开，在旁边铺床的丫鬟看着斜倚在床头的郡主，不由得呆了，笑嘻嘻地问道："小姐，又想到什么开心事了？最近这两天老看你无缘无故地笑。"

林婉儿有些窘迫，说道："难道笑也不能笑了？"丫鬟吐了吐舌头，走到窗边去关窗子，此时夜已经深了，早已到了入睡的时辰。林婉儿想到白天那位少年说的最后一句话，低声说道："你去拿些香来。"丫鬟心想这不是还有吗？嘴上却没说什么，自行下楼去了。

林婉儿走到窗边，纤细的手指放在窗棂的小横木上，心想："到底关还是不关呢？"一想到自己身上的病，一想到自己已经许给了叫范闲的那个陌生人，林婉儿心头一痛，手指暗暗用力，将这窗子死死地关住。

春夜更鼓声起，正是鸡鸣狗盗佳时。

范闲从范府的后墙上像叶子一样轻飘飘地落了下来，落地时没有发出一丝声音。他掸掸身上的灰就没入了夜色之中。

京都繁华，但到晚上还有灯光的地方毕竟是少数，比如瓦弄巷那边是因为要摆夜市，还有杂耍。再比如流晶河的水潭那边，前半夜的时候因为要接恩客上船，河边也会有些灯。而其他的街道大多数都是一片黑暗，只有旁边民宅里的幽幽灯光，偶尔会透过门缝投射到青石板砌成的大街上，映出一道道细细暗暗的线。

范闲就在这些模糊不可见的线条间穿行着，在黑夜里奔跑着，夜风清凉打在他微微发烫的脸上，感觉很舒服。没用多少时间，他就来到了白天曾经去过的皇家别院旁的小巷中。远远看着院子里的那幢小楼，他皱了皱眉头——四周一定有大内侍卫，用五竹叔的话，自己顶多是七品的内功、二品的控制，如果想不惊动这些高手，一定要非常小心才行。

他必须见到林小姐，告诉对方自己是谁，将来会嫁给谁，最关键的当然还有她的病。

黑夜里一片安静，打更的梆子声刚响起不久，短时间里一定不会再次响起，偶尔传来几声有些越季的蛙鸣声。范闲站在巷口的墙后，调息着体内的真气，让那股霸道的真气缓缓布满全身，以后腰雪山为枢，控制着自己身体里每一部分的肌肉和神识。

他将双手在衣服上使劲儿地擦了擦，保证上面没有太多的汗水，然后找准皇家别院后墙一处不引人注意的地方。真气缓缓渗出掌心，再由掌缘奇妙收回，形成一个小凹陷，就像以前在澹州港外爬悬崖一样，很轻松地依附在了墙面上，缓缓往上爬去。

这面墙足有两丈高，一般的高手无论如何也跳不过去。由于墙面光滑，皇家侍卫对这里的防守是最薄弱的，谁也猜不到今儿个来偷香的居然是一个蜘蛛人。

月儿遁入云彩之中，范闲悄无声息地落在了园子里，像只狸猫一样钻进了密密的矮树丛里，借着树木掩住了自己的形迹。这一整串动作由直直落下转成向前疾冲，竟没有发出太大声响，全亏了在澹州时五竹对他的严苛训练。

别院里没有太多侍卫，时近子夜更是松懈，听着远远的前门处似乎还有人没有睡，园子里根本没有人在巡查。范闲松了一口气，小心翼翼地走到了小楼下面，抬头发现楼里的灯光早就熄了，不由诧异：这么早就睡了吗？是不是身体不舒服？

楼下门关着，而且不知道那个老嬷嬷会不会肚中余毒未清，半夜起来出恭。范闲转到楼外，双手真力缓出，用力扣住木质的廊柱，往上面爬去，很快便到了窗外。

白天最后说的那句话，范闲相信那位姑娘一定明白是什么意思，所以他满脸自信，微笑着轻轻一拉窗子……没动，他稍稍用了些力，再一拉窗子……居然还是没开！

林婉儿早早就上了床，却一直无法入睡。躺在软软的薄被之下，她双手抓着被角，一双大眼在黑夜里睁着，紧张地看着床顶，不知道在想什么。

窗外的动静她马上听见了，心头一紧，不知道该如何是好。万万想不到那少年的胆子竟然如此之大，居然敢半夜摸进皇家别院来。她本应喊人，但又想到，如果侍卫赶了过来，漂亮的少年只怕会落个死罪，又有些不忍，此时紧紧地咬着嘴唇，不知道该如何是好。

"好在窗子关上了。"她在心里安慰自己，只要进不来，对方自然会知难而退，如此一来自己不会面对根本不想面对的局面，那少年也不会落下如此大的罪名。

可惜事不如人愿，只听得窗户那里嗤的一声轻响，便被人推开了，一个穿着黑色衣服的少年握着把涂着黑漆的细长匕首从外面翻了进来。林婉儿隔着幔纱看见这一幕，下意识里便要喊了出来。但看见那张在庆庙神台幔布外见过的干净脱尘的脸，不知为何将这声喊生生地咽了回去。

范闲动作很快，没有一丝初恋小男生应有的羞涩，反身将窗子关上，然后走到床边，一把掀开幔纱，一股淡淡的幽香开始在房间里蔓延。

林婉儿觉着脑中略有些迷糊，闻到一股淡淡的香气后，整个人的精神却清醒了过来，才知道这个少年已经施放了迷香，不由吓了一跳，难道这个人是……传说中的采花大盗？

无尽的后悔开始涌上林婉儿的心头，她嘴巴一张，便准备喊人！

范闲完全没有这种自觉，满心喜悦地准备喊醒这位姑娘，哪里知道姑娘居然还是醒着的，眼睛里满是惊恐的神情，而且准备喊人！他赶紧掠至床上，伸手捂住了林婉儿的嘴。

掌心处触着她的软唇，痒痒的。

"别喊。"范闲生平第一次做这种事情，难免紧张，慢慢移开手掌，"是我。"

似乎看出了少年并无恶意，林婉儿渐渐平静了下来，忽然想到刚才的那两道异香，急忙问道："你把我的侍女怎么了？"侍女就睡在旁边的笼榻上，刚才这番动静应该早就醒过来了才对。范闲轻声道："这香有宁神的作用，没什么坏处，只是让她睡一觉。"

林婉儿的心略安，看着面前这张干净的笑脸，一分欣喜，三分恐惧，心想这人到底是什么人，是什么身份？看见她眼里的惊恐，范闲心疼地说道："别怕，我就是白天的那位大夫，走之前不是说好了晚上要来的吗？"

林婉儿忽然嫣然一笑道："你不是让我把窗子关好吗？"佳人莞尔一笑，范闲有些心动，脖子上却忽然一凉。

一柄短剑，寒光闪闪，剑柄握在林婉儿的手里，剑刃却搁在范闲的脖子上！

林婉儿说道："不管你是谁，只要这时候离开，我保证不追究这件事情。"

范闲颈上搁着一把剑，却依然笑眯眯地看着她柔声说道："我待会儿就走，今天只是来看看你。"说完这话，自顾自地从怀里掏出一个油纸包来，全然不管脖子上锋利的刀口。反而是林婉儿怕无心割伤了他，将剑往外面挪了挪。

范闲撕开油纸，从里面拿出一只香喷喷的鸡腿，凑到她的唇边，笑嘻嘻地说道："那天在庆庙吃了你一只鸡腿，知道你馋这口，专门给你带过来。"

林婉儿哭笑不得，心想这是什么时候，这少年居然还如此胡闹，如果让侍卫发现一个陌生男人在自己房间里，两个人就都完了。她抖着声音说道："求你了，快走吧。"

范闲本想再逗逗对方，见她如此惶急，心头一软，哄道："别怕，我不会伤害你的。"这句话一出口便感觉有些不对，这怎么很像前世武侠小说里采花贼常说的台词？

果不其然，林婉儿神色大变，剑刃再次逼近他的脖子，颤声说道："我不管你是谁，若想言语轻薄于我，那便是一剑下去。"

"我这些日子时常想你。"范闲不管不理，自顾自地说着，"自从庆庙见了你之后，就极想见你。"

林婉儿急羞道："说的什么胡话！我是……"她将牙一咬说道，"我已经许了人家，更何况你怎能半夜偷入女子闺房，也太放肆无礼了！"

"你许了范家，我知道。"范闲微笑地望着她。

林婉儿想到与这少年初见时的场景，想到二人默默对视时的复杂情愫，心头一阵伤痛，说道："既然知道，还不离开？莫非真要人将你杀了？"

范闲望着她正色说道："我……就是范闲。"

死一般的沉默不知道持续了多久，范闲自己觉得有些尴尬了，却发现林婉儿的眼角滴下一滴泪来。随即她赶紧抹了去，低声问道："这位公子，请自重。"

范闲苦笑道："我说的是真的，你要怎样才能相信？"

林婉儿看着这张脸，半天才敢低声说道："你是……范公子？"

此时天上的月儿早已挣脱云层的束缚，露出那张明媚的脸，将淡淡光泽洒下大地，些许清晖从窗外透了进来，笼着床上床下的一男一女。

范闲笑着点了点头，林婉儿根本不敢相信自己听到的这些，心情激荡，又咳了起来，手上的剑早就不知道丢到哪儿了。她颤声问道："你就是范家那个打黑拳的？"

范闲看着她那柔弱的模样，心疼地伸掌握住她的手腕，递了些真气过去，替她疏理着体内的脉息。听到"打黑拳"三字，他有些尴尬地说："不过打了两次而已。"

林婉儿渐渐有些信了，喜色浮上脸颊，又问道："你就是那个万里悲秋常作客？"

范闲继续苦笑："憋急了写的……不作数，不作数。"

林婉儿眼睛渐渐清亮："你，你……真是你？"

范闲有些无奈地说道："今天我与妹妹一起来的，若我不是范闲，妹妹怎么可能会帮一个陌生男人来看她的未来嫂嫂？"

林婉儿觉得也对，此时却又想到另一个问题，生气地说道："那你上次去庆庙，也是专门去见我？"一想到那么多事竟被这少年蒙在鼓里，她便无比恼怒，心想就是这个可恶的家伙害得自己这几天患得患失，还想了那么多女儿家不该想的事。

范闲一看她的神情，便知道对方在想什么，赶紧解释道："向天发誓，庆庙初遇小姐，那可真是巧遇。直到今天晨间见着小姐，才知道小姐的身份。"他轻轻咳了两声，看着她那张清美的脸，轻声说道，"一切都是缘分。"

林婉儿羞得低下了头，将手腕从范闲的手里挣脱出来，低声说道："那你为何今天要与范妹妹一起来看我？"

范闲一怔，心想难道要坦白，自己是准备将她的病治好之后，便潇潇洒洒地闹一出逃婚记。这话是打死也不敢说的，他柔声回答道："听说林家小姐身体不好，而又没办法见她，所以只好偷偷来看看……哪里知道，原来是在庆庙遇见的鸡腿姑娘。"

林婉儿轻啐了一口，心想怎么把自己叫得如此难听？

范闲笑着指了指搁在边上的鸡腿，问道："这时候要不要吃？"

林婉儿忍不住笑了起来，应道："你自吃去，我可没那么贪嘴。"

此时，范闲忽然听到楼下有人起床，似要往楼上来了，眉头一皱说道："有人。"

林婉儿一急，心想就算你是我将来的夫婿，如果让人瞧见了我还怎么见人，推着他说道："那你赶紧出去。"

范闲心想自己辛苦了半夜，怎能就这般走了，脸上坏笑一起，身子一翻就钻进了被窝里面。这床极大，被极大，屋里又黑得厉害，若有人从外面来看，还真是看不出异状。林婉儿大惊失色，却来不及再做什么，就听着有人摸了上来。原来是那位白天拉了几次肚子的老嬷嬷。她又羞又急地滑入被中，将身体对着外面，装作已经熟睡了。

老嬷嬷看了看，发现没有什么异常，低声咕哝了几句，觉得头有些昏，似乎睡意又来了，于是转身下了楼。

林婉儿一肘撞向后面，压低声音羞叱道："人走了，还不赶紧出去！"

好不容易能一亲香泽，正在第一次感谢老嬷嬷的范闲哪有马上离开的道理。他觍着脸说道："困了，再躺躺。"

林婉儿这才知道自己将来的夫婿竟是个无赖子，又气又恼地说："这……这怎么能行？"

范闲嘿嘿笑着，往她的身体靠近了一些，鼻尖嗅着那淡淡的体香，心旷神怡地说道："为什么不行？"

"这……这……传出去了叫我怎么见人。"林婉儿羞羞地将头埋在被窝里，感觉着身后的热气，又往外挪了挪。

范闲叹了口气，害怕这姑娘因害怕会挪到床外去，那可是要着凉的。他只好爬了起来，满腹的欲求不满，坐到床边，拉住姑娘微凉的小手。林婉儿挣了一挣，没能挣脱，也就由他去了，心想只要你不躺在床上，已经算是大幸。

范闲看着她微微闭着的眼，忽然说道："我发现我这一生，运气确实太好。"

"嗯？"林婉儿好奇地睁开眼睛，眸子清亮无比地看着他。

"喜欢上一位姑娘，这位姑娘却在我喜欢她之前就已经是我未过门的妻子。你说这种事情会发生，岂不是说明我的运气很好？"范闲的脸上满是真挚的喜悦。

林婉儿好奇地问道："如果……如果……"

"如果什么？"

"算了，没什么。"

林婉儿轻咬下唇压下了心中的疑惑。

"还有件事情要和你说。"范闲看着她有些消瘦的脸，心疼地说道，"白大夫说的是真的，你这身子现在必须好好将养，清粥小菜那种，对肠胃有好处，对痨病却没有什么帮助。"

姑娘家今日连遇惊喜，一颗水晶心肝早已颤得不行，听到"痨病"二字，便马上想到自己的病，便又低落了下去，忧伤地说道，"御医瞧过，说是这病不好治，虽说是寒痨不会过人，但……日后若真的与你在一处，只怕会拖累你。"

范闲看着她认真地说道："羊奶、鸡腿，我开的药方，还有等会儿我给你留的药丸，按照我说过的法子慢慢服用，一定能把身子养好。"

林婉儿低声说道："御医都没法子根治，只是一年拖一年的。"

范闲笑了笑："我的医术自然及不上御医，就算我的老师在京中，大概也只会走些偏门法子，只怕宫里的贵人们不敢给你用。不过我说的饮食却是御医们想不到的地方，加上只要你把身体养好，老师这次出巡边关一定能搞到许多珍贵的药材，到时候你的病自然就有希望。这治病诊治是一部分，药引是另一部分，别看皇宫大内珍奇药材无数，但真正好的只怕还不及我老师的收藏。"

林婉儿听他殷切言语，心头一片感动，轻声道："麻烦范公子了。"

范闲不了解女子心思，一旦确认了眼前这男子是自己将来的夫婿，说话自然就会矜持一些。他有些意外地说道："还叫我范公子？"

林婉儿好奇道："那叫什么？"忽然明白了他的意思，羞得满脸通红，背转身子，不再看他，用蚊子般的声音说道，"那得等成亲之后，再改称呼。"

"我的意思是，你可以称呼我为范兄。"范闲忍着笑说道。

林婉儿这才知道上了对方的当，又羞又恼，欲待伸手去打，却想到与这男子只见过两面，还算是陌生人，只好住手。范闲看着她瘦削的肩膀，说道："成亲后，咱们到苍山去，那里海拔高些，又有温泉，最适合休养。"

林婉儿听见"成亲"二字，虽然微起羞意，但还是点了点头。其实她没有听明白海拔是什么意思，又想到另一个疑问，轻声问道："费大人真的是你的老师？"

"是啊。"范闲微笑说道，"我一直以为费老师既然在监察院那处做事，应该是个很低调的人，谁知道在京都里竟然有这么大的名气。"

林婉儿笑道:"他可是当年北伐时的功臣,名气极大,不过世人惧他用毒,不敢来往。"她看着范闲这张漂亮的脸,好奇地问道,"费大人怎么会是你的老师呢?"

范闲耸耸肩说道:"林姑娘,后面估计麻烦多着呢,如今我自己都还没有理清楚,将来你要嫁给我,只怕也会遇着许多麻烦事。你可得想好了。"

林婉儿也知道这次联姻背后隐藏着许多利益的交换和再分配,所以开始的时候十分抵触以至于病情加重。但既然今天发现心上人竟然就是眼前人,那还有什么奢望呢?想到最近京都闹得沸沸扬扬的事情,说道:"范公子,有时候真的想不明白,你是司南伯的儿子,监察院费大人的学生,却又精通诗文之道……对了,那句'万里悲秋常作客',真是你写的?"

范闲没有从她脸上看到质疑,只是很单纯的发问,问道:"有什么问题吗?"

林婉儿说道:"太后极喜欢你这一句,但是宫里最近在传,说这诗是抄自前朝。"

她自是十分相信眼前这位,说得有些生气。范闲这才知道诗会之事余波未平,和郭家的官司还没有结束又来了这种指责,不过他本来就是抄老杜的,也不怎么生气,反而是看着自家未婚妻的神情有些心疼,就轻轻拍了拍她的手,让她不要再说了。

"我会常常来看你。"

"可是……如果被人发现了怎么办?"

"对啊,我还真担心被人发现后,我那个怪叔叔会把那些人都杀了……这真是个问题,赶明儿得和他交流一下。"范闲想到这种可能,不禁有些后怕。

第二日清晨,林婉儿迷迷糊糊地从暖和的被窝里醒来,睁开双眼,揉了揉,发现精神特别的好。丫鬟甜甜笑着过来行礼,然后准备扶她起床洗漱打扮，这时候林婉儿才想起昨夜之事，一声惊呼说道："啊！人呢？"

丫鬟好奇地问道："什么人？"

林婉儿惶急地说道："你昨夜可曾听到什么声音？"

"没有啊，小姐。"丫鬟认真地答道。

林婉儿走到窗边，一头黑黑的长发直直垂到臀际，一身俏白布衣，看上去十分美丽。她往窗外望去，却发现早已没有那人的踪影，不免有些怀疑自己昨天是不是只是做了一个梦，做了一个很想将其变成现实的梦。

正在胡思乱想之际，丫鬟捧着一个撕开一半的油纸包走到她的面前，偷笑着说道："小姐又偷吃，当心被嬷嬷看到，告到陛下那里去……快把窗子关上，不要吹着风了。"

林婉儿接过油纸包，又发现自己衣带中多了几粒药丸，心头一片温暖，再看窗外园中景色便多了几分绿，就连窗子关上之后，也感到无尽春意正撬窗遁入。

第十五章 庆余堂

范闲在花厅里喝着豆浆，嚼着油条，心里舒坦无比。他承认自己运气好，明明都已经死了的人却偏偏到这个世界里再活一遭。明明一出生就可怜得不行，妈死爹不要——但后来才知道原来杀母的仇人都被丁掉了，自己身为人子想报仇也没地儿去报。老爹虽有些问题，但整体似乎也还行。最关键的是，要接受那些大人物的安排，与没见过面的女人结婚——结果，这女人还就是自己喜欢的那个！

运气好的人有，运气常好的人也有，但运气好到像自己这样的，范闲都有些不敢相信。发现他心情好，柳氏没有什么反应，倒是范思辙来了兴趣，等自己母亲离开之后，他压低声音问道："大哥，么么乐？铺子已经看好位置了，你啥时候去看看？"

"你不是请了掌柜吗？"范闲心情好，满脸春风，大肆放权，"你自己先办着，有不妥的地方再来找我。如果觉着自己年纪小压不住阵，府里那么多清客随便拎两个去。"

范思辙嚷道："怎么说你也是大东家，书是你的，钱你也出了一半，怎么也得看看吧。"

听见"大东家"这三个字，范闲一乐说道："成，那过两天去看看。不过前些日子父亲不是打过你一顿板子，不准你误课吗？"

"你来接我好了，顺便带你再在京里逛逛。"

"免了，和你出去又要得罪人，我可不想天天上公堂。"范闲一口喝完碗里的豆浆，咂巴咂巴满嘴的渣子，有些不满意，"这书局的生意如果做得好，将来等你大了，还会有很多生意等着你去做。"

范思辙没有听明白这话，摸摸脑袋就走了。范若若在一旁安静地听着，这时才笑着问道："决定接受这门婚事？"

"父母之命，不得不从啊。"范闲叹息着，遗憾自己没有搞笑这方面的天赋，"婚事我是一定要的，不过随着婚事而来的那些东西就有些麻烦了。平白无故要得罪那么多人，还不见得能真正掌握那些东西，算来算去似乎有些不划算。"

范若若知道哥哥说的是皇家商号，也有些为他犯愁，毕竟长公主已经管了这么多年，谁都不知道宰相和太子那派的人从里面捞取了多少好处。如果将来这门生意真交给范闲管，接手查账是必须的，说不定从内库到皇家商号有不少人要出事。

"如果不查账怎么样？"

"不查账也成，但要把以前的旧账全部封存起来，万一以前的脏水泼到我们身上那就完蛋了。而且关键是这条财路断了之后，某些人一定会很愤怒。"

"要不然……只与林家姑娘成亲，这商号就不要了。毕竟当初是爹爹与陛下商议的结果，这时候再让爹爹退让一下，陛下也应该不会太生气。"

范闲摇摇头，想到那天晚上父亲的神情，知道父亲对于拿回母亲的家业，有一种很狂热的执着。虽然不知道这种执着来自于何处，但眼前这种机会要父亲主动放弃真是相当困难。而且他自己也不想放弃，毕竟这是老妈留下来的，属于自己的东西，凭什么要让皇家的人享受？虽然按照宫中的说法，与林婉儿成亲之后，要过上几年才能亲手打理，但离肉近些，有什么不好！范闲此时将书局的事情当作正事来办，一方面是练手，另一方面也是想证明给某些人看，自己是有经商头脑的。

"会不会……有人会使用一些非常手段？"范若若担心地问道。

范闲想了想回答道:"虽然没有见过长公主,也没有见过宫里面任何一位大人物,但我想,既然能够掌管内库十来年,这位长公主不管是什么性情但一定是个聪明人。在目前这种局面下,如果我真被杀死,不管是不是她做的,肯定很多人的目光会盯着她。陛下或许不会在乎我的死活,但一定不会容忍有人暗中破坏他的旨意。现在我被缠在官司里面不能离开京都,但如果有人在京都内对我动手那也太傻了。"

范若若佩服地看了他一眼:"哥哥分析得有道理。"

"别这样看着我。"范闲有些无奈地看着她,"我又不是神仙,只是个普通人,肯定有很多事情会在我们的意料之外。"

范若若听着这话有些担心,范闲的心里还算踏实,毕竟五竹叔一直隐藏在黑暗之中。除非正在旅行中的叶流云忽然回到京都来,才会有人想动自己。

来到东川路选定的书局地址,范闲一行人好好看了看,发现位置确实不错。此处四周交通便利,离太学不是太远,从各地来京都准备考学的学子,基本上每天都要路过这里。最关键的是这地方又不是太热闹,能方便各府的小姐们派出自己的贴身丫鬟来买书。范闲点点头,和范思辙往里面走,迎面便看到府里的那几位清客,拱手一礼道:"崔先生,麻烦了。"

那位崔先生苦笑道:"我说二位少爷,这么个书局一年能挣几个钱,还要耗这么多精神,实在是有些不值当。"

范闲知道这些曾经在户部主过事的前任官员们,当然不会把这种几千两银子流水的生意放在眼里,笑着解释道:"弟弟既然喜欢,那就由着他玩吧。"他本不指望这事能一直瞒着父亲,所以请府里的几个清客来帮忙,而父亲既然允许崔先生来帮忙,就等于默许了两个儿子在府外的胡闹。

几人在后厅的房间里说话,范思辙咬着毛笔杆在算什么,一旦眼前放着账本，这家伙便会寄情于其间，将身外事全部忘记。说话间从庆余堂请的掌柜也来了，这位掌柜面相忠厚，眼神一片清澈，所谓眸子正人身正，范思辙有些满意，自与他去交代书局的事情。

范若若早就将《石头记》前六十几回的稿子交给了范思辙，崔先生一直派人在万松堂盯着付印，应该不会出什么问题。范思辙还老催着范闲要后面的稿子，准备在京都里一炮打响。这些天范闲却没有什么心思去抄书，所以一直推着。

商定好了书局开业的时间，又确认了监察院八处的批文一定可以拿到手，众人发现没什么事情可做了，到时候从万松堂进些经史子集，再以《石头记》为主打，似乎就等着收钱了。至于那些伙计，全部由庆余堂的掌柜一手管理，也不用范家操心。范闲有些奇怪为什么大家如此信任那个庆余堂，等到有个机会单独和掌柜在一起的时候，他温和地问道："掌柜贵姓？"

掌柜微笑应道："免贵姓叶。"

范闲微怔，重复问道："姓叶？"

掌柜看出他的异样，有些不解地应道："是啊，庆余堂一共十七位掌柜，全部姓叶，这在京都是人所皆知的。"

"全部姓叶？"范闲眉头一皱问道，"你们和二十年前的叶家有什么关系？"

掌柜略感诧异，看了两眼范闲，生出些许沧桑之感来："这么多年过去了，我还以为现在的年轻人早就不知道叶家了。不错，我们都是当年叶家的掌柜，后来叶家出了些问题，产业全部没入宫中，而我们这些人本应该是离开后自寻活路才是，但不知道为什么，朝廷却不允许我们自己做生意，到现在就成了如此尴尬的一个局面。我们只能负责替他人打理生意，却不能自己入股，这庆余堂也就是这么来的。"

范闲这才知道对方是母亲当年的属下，不免生出了一些亲近感，遂好奇地问道："叶家出事后，朝廷没有……"话没有说完，掌柜已明白了他的意思。所谓斩草除根，既然朝廷连叶家的产业都霸占了，断没有留着这些老人的道理，掌柜不知为何也觉得面前这位范府的少爷很亲切，回答道："我们也觉着奇怪，所以这些年一直过得很害怕，朝廷又不准我们离京，很怕哪一天就会如何了。"

"哪天带我到庆余堂去看看。"范闲忽然在京都里找到了一个与母亲过往有关联的地方，很是喜悦，对掌柜说道，"我有很多很多的事情想要问你们。"

回到范府之后，在父亲的书房里，范闲将今天遇见的事情讲给他听，问道："庆余堂真是叶家当年的旧人吗？"

"当然是。"范建捋着颌下短须，在回忆过往，只听他悠悠说道，"这些人其实很不简单，当年都是叶家分驻各州的大掌柜，你母亲由于当年得罪了权贵，遭了不幸。你可知道当年的叶家是何等的风光，朝廷一时间也有些慌神，如果叶家倒了，这庆国只怕要乱上好几十年，所以最后想出了一个折中的法子，先将叶家收归皇家，至少在表面上断了下面那些官员借机大肆敲诈的可能，然后……"

范闲截断他的话，问道："杀死母亲的仇人，最后究竟是怎么死的？"这是他心中一直的疑惑。

范建看着他的双眼，说道："你年纪小，不知道十四年前庆国发生过什么事情。"

范闲说道："十四年前，似乎是有人意图变天，想将陛下从皇位上拉下来，最后闹出了很多事情，京都整整杀了一个月，这便是所谓的京都流血月，我听费老师讲过许多次。"

"不错。"范建说道，"在这一次的清洗中，当年曾经参与谋害叶家的人，全部被我们杀死了。"

范闲留意到父亲话中的"我们"二字，小心地问道："我们是谁？"

"我与陈萍萍。"范建微笑着，"这大概是我们追随陛下二十几年来，最成功的一次行动。"

范闲沉默良久，说道："后来呢？"

"先前说过，叶家的产业收入内库，这是对于当时稳定朝政最好的办法，满朝文武，不可能提出更有效的建议。"范建解释道，"问题就是那些大掌柜们都是你母亲一手教出来的，虽然远远及不上你母亲的天纵智慧，但如果放任不管，谁知道会不会出现第二个叶家？所以陛下决定将他们全都集中到京都来，让他们重新训练一些人手，去接手那些生意，却不准他们拥有真正的产业，这才有了如今京都赫赫有名的庆余堂。"

范闲有些难过地说道："这些掌柜们居然因为这样一个理由，被迫困在京都十几年，真的很惨……父亲，如果将这些掌柜们都用起来，会不会引起朝廷的注意？"

范建摇摇头："用庆余堂的掌柜，本来就是各王府私下产业最喜欢的手法，朝廷才不会管这些。不过如果你想将庆余堂那十七位掌柜全部搜罗齐，似乎也没什么必要。"

"如果朝廷真的忌讳这些，为什么当初不将这些掌柜全部杀了？"范闲提出自己的疑问。

范建看着儿子，解释道："当年你母亲出事的时候，我在西边追随陛下作战，陈萍萍到本朝与北齐交界的地方执行一个秘密任务，半途明白过来之后立即折返京都。如果我们那时在京都还让这些掌柜被杀，那也未免太低估了我们。"

柳氏在外面敲了敲门，父子二人停止了谈话，范建让她进来。看见柳氏手上端的那碗果浆，范闲才知道夜已深，到了父亲入睡的时辰，站起来准备告辞。范建却挥手让他留下，让柳氏自行前去歇息。

在柳氏离开前，范闲用余光瞥见这妇人的眼光里流露出一丝担忧，知道她是在担心父亲的身体，不由微微皱眉，心想这个女子对于父亲也许真有几分情意，只可惜心肠太狠，当年竟做出那等事情来。

"说说最近朝廷里面的局势吧。"范建端起微温的果浆子，缓缓地喝着，

"我知道你还一直怨恨,三年前柳氏派人毒杀你的行径。"

范闲一怔,没想明白朝廷里面的局势与柳氏有什么关系,更没有想到父亲会如此直白地将这事挑明,一时间竟不知道该说些什么。

"两件事情其实互有关联。"范建知道儿子在想什么,淡淡地说道,"三年前柳氏之所以会做这种蠢事,一方面是她自己糊涂,但更多的是被宫里的人骗了。"

"是谁能骗得她连奶奶的性命都不顾了?"范闲冷冷地问道。

范建皱了皱眉头,将手中的果浆碗放了下来:"我不是替柳氏开脱,只是当时她找的人,表面上是听她的命令,实际上却是听宫里那人的命令。柳氏在这件事情中,只不过是个替罪羊的角色。"

范闲皱眉问道:"莫非他们早就知道我是叶家的儿子?"

"他们当然不知道!"范建右手微微用力握住椅子的扶手,声音坚定地说道,"知道这个秘密的,没有人想伤害你,如果有人想伤害你,也一定不是因为这个原因。"

"难道整个京都从来就没有人知道父亲与母亲之间的关系?如果那些人知道父亲与叶家的关系,为什么就没有人怀疑过我这个私生子是叶家家主的儿子?"

范闲满是怀疑地思考着这个问题,心里略有寒意,说道:"那是因为什么原因?当年我不过是个十三岁的男孩,远在澹州,和京都里的一切似乎都没有瓜葛。"

"那年陛下为郡主指婚,便已经决定了,将来皇商产业就由你来管理。也就是那一次,你第一次出现在皇宫众人的谈话中。眼看着一个小孩子拥有了一个他抱不起来的金元宝,你想想皇宫里面的那些贵人们会如何考虑?"

"干净利落地杀死我。"

"监察院查了几年,基本上已经查清楚了这件事,只可惜没有证据,奈何不了那些人。"

"就算有证据，只怕也奈何不了对方。毕竟监察院是臣子，那些人是主子。"

范建点了点头。

"想杀我的人是谁？"

"皇后、长公主。"范建沉默了一会儿，"不过既然你已经平安长大，而且入了京，相信再给她们几个胆子，也不可能冒着陛下震怒的危险再对你动手。"

范闲说道："您太乐观了，就算将我杀了，皇帝难道还会把自己的老婆和妹妹如何？"

范建没有回答，转而说道："最近一段时间，靖王世子一定会想办法拉近与你的距离，而且他一定会让你与二皇子见上一面，你自己要小心处理。"

范闲应了下来，知道京都里每方势力都必须主动或者被动地在这件事情上表明立场。皇子争夺天下的继承权，虽然是一个看上去有些老套的把戏，但无论在哪个朝代，总是要上演的。只要那层厚厚的幕布拉开，隐藏在后面的戏子们便会纷纷上场，或使三尺剑，或用三寸舌，演给别人看，也演给自己看——范府如果想不偏不倚，紧跟着皇上，也要付出很大的努力才行。

范闲走后，范建一个人孤独地坐在太师椅上，喝着已经凉透了的果浆，想着父子先前的对话。想到当初自己付出的惨痛代价，他的唇角抽搐了一下。接着他又想起京都那个流血的月份。那个黯淡得没人知道的夜晚，皇后的父亲在自己的刀下颤颤发抖，他一刀将对方的头颅斩了下来……

后来的一段日子里，范闲过得很是自在。每天在府里享受着大少爷的待遇，偶尔溜到东川路去瞧瞧筹划中的书局到了什么地步，和那位姓叶的掌柜熟了起来。一应事顺，府里清客崔先生回到了范建的身边。每隔一天的晚上，范闲总会溜到那个皇室别院，熟门熟路地翻墙而入。只是现在的窗子已经不再关上，鸡腿姑娘总是默默地等着他。

之所以经常往那里跑，不是因为"恋奸情热"，实在是因为林婉儿的病不能再拖。皇家的人都是木头，好在御医在收了司南伯府不知道拐了多少道弯递过来的贿赂后，终于认可稍微进些油腥对于郡主的身体是有好处的。

范闲经常去那里是为了送一些吃的和自己配的药丸，因为怕和御医开的药相冲突，所以用药都极温和。就这般过了些日子，林婉儿的身子明显有了起色，脸上的红润渐多，脸颊处明显圆了一圈。

别院的侍卫实在是有些松懈，加上范闲在澹州被五竹训练出来的爬墙功夫，夜夜偷香喂药，竟是没有人发现。不过林婉儿的病根却还是没法子根除，范闲心想还是等费介老师回来再说，实在不行，成亲之后想办法搬离京都，范家在苍山上还有一处别院，最适合疗养。

经过了这些日子的接触，这对未婚夫妻之间熟稔了许多。不知道为什么，从庆庙一见钟情之后，两个人便觉得对方与自己有些相似的地方，也许是容貌，也许是气质，也许是对待事物的看法，这种投契感让初恋的他俩真切地感受到了执子之手的美妙，由两个本来陌生的男女，变成如今一眼一指便能知道对方想些什么，竟是没有花多少时间。

林婉儿望着他的脸，担心地问道："你天天用那香让四祺入睡，时间久了，不会有什么问题吧？"

范闲安慰道："第一次来就说过了，这香对人身体是有好处的。"

林婉儿想到他第一天摸进窗来的情形，不由扑哧一笑，说道："如果当时真把你当采花贼杀了，后果真是无法想象。那该多遗憾。"

范闲笑着牵着她的手："依晨，或许有些事情必须要让你知道。"

林婉儿听他喊自己的小名，微微一羞，说道："什么事情？"

"如果你要杀我，估计是很难的。我从小就跟着很厉害的人学习，所以骨子里不是什么写诗的文人，倒更像个莽夫。"

林婉儿叹息道："知道啦，如果不是莽夫，怎么会当街痛打郭尚书之子，又闹得沸沸扬扬的，直到现在还不能离京。"

范闲打郭保坤的案子一直没结，两边角力不下，京都府早就挂了白旗，举了免战牌，将案子递到刑部，用的名义是：案情复杂，难以勘决。其实这案情有什么复杂的，如果真想查，只要把现在跟着范闲在京都街上闲逛的几个护卫一抓，然后一用刑，就什么都明白了。可问题是打官司的两家背景不简单，案情就自然复杂了起来。

案子递到刑部之后，轮到刑部开始头痛，目前正在筹划着请宫中下旨，让监察院来办理此案。虽然这种治安案件不应该是监察院的管理范围，但两边都是官员，监察院又有监督官员的职责，倒也说得过去——郭家在等着监察院开始调查的那一天，殊不知范闲也在等着那一天，他手上拿着费介留的牌子，才不会害怕监察院。

范闲安慰着林婉儿："不要紧，这事过几天自然就淡了。"这时他忽然想到面前这个少女的母亲，曾经在几年前试图要杀死自己，眉尖不由皱了一下。

林婉儿是个冰雪聪明的姑娘，见他神情，问道："是不是最近有些麻烦事？"

范闲看着这姑娘的如画眉目，沉默了一会儿又问道："如果将来……我与长公主之间有什么问题，我很担心你如何自处，只怕你会很伤心。"

林婉儿微笑着："为什么要提前思量那些还没有发生的事情呢？我从小就病着，数着手指头过日子，不知道哪一天就会离开人间，所以一向不喜欢思考还没有发生的事情。"

范闲叹了一口气，满是怜惜地将她搂进怀里，嗅着她发间的余香，心里默默说着："我知道你的感受，因为我曾经和你有过一样的遭遇。"

范闲很喜欢夜里偷跑到女子闺房中的感觉，这像是偷情，却是一种没有心理负担的偷情。如果允许的话，他愿意这样的日子更长久一些，至少在成亲之前不要有太多的事情来打扰自己。

奈何所谓事不从人愿，平静的生活总有结束的一天。这天下午，靖王世子李弘成摆车驾，来到范府中，柳氏赶紧上前将他迎入花厅用茶。

李弘成等了半晌，发现自己要等的人还没来，不免自嘲一笑，心想这位范公子架子真是大，这朝中文武百官有资格让自己等的也没有几位。他转念想到京中的这些事情，又有些佩服范闲，入京不久，闹出的动静倒是不小，不管是那首"万里悲秋常作客"，还是当街殴打东宫侍读，以及与郡主的那门婚事，都吸引了无数人的视线。

正想着，范闲走了过来，他倒不是故意让世子等，只是刚才正在和庆余堂的掌柜商量书局的有关事情，所以耽搁了时间。范闲先就那天晚上的事情向对方表示感谢。李弘成笑了起来，温言说道："我当时就想，咱俩认识也不过数日，怎么就舍得包下整舫醉仙居来招待我，原来你心里是存了这个念头……郭保坤那厮草包一个，在太子的舍人之中也排不上什么名号，只是家里那个老了还有些学问，打便打了，哪里用得着拐那么些弯子。"

范闲知道他说的是自己在公堂上的举动，自嘲笑道："这不是没经验吗。若早知道京都里面打人也这般轻松，在王府园子上我就一拳过去了。"

李弘成摇着手中的帛金小扇："那可使不得，事情做得太出格，我可不好出面保你。"

范闲呵呵一笑，再次谢过，才问对方今日前来有何吩咐。李弘成略一沉吟，说道："这事也瞒不得你，凭咱们两家情分，我得把话说明白。本来二皇子是想让我诓你去见上一面，求个自然相见，免得惹你反感，但这般做法仍是骗你，所以我明说了，明儿个二皇子在流晶河上设宴，专请你一个，我只是作陪。"

范闲说道："这我是真不明白了，二皇子身份何等尊贵，我哪里入得他的眼。"

"你是真不明白还是揣着明白装糊涂？"李弘成笑了起来，注意到花厅四周没有什么闲杂人等，正色道，"还是那句话，我初见你面便觉心喜，不忍心瞒你，觉着这种手段不免让你我生分。你也知道陛下虽然春秋鼎盛，但事无远虑，必有近忧，朝中众人的目光总是落在那些皇子身上。大皇子天生神武，却领兵在外。太子是皇后亲生，但一向品行不端。我靖王府虽然不偏不倚，但实话告诉你，在这些皇子之中我与二皇子的交情却是好些。"

范闲吓了一跳，心想这怎么和自己预料中的完全不一样？前世看二月河的时候，那些皇子说话净是把简单的话往复杂里说，恨不得套上八十件衣服，才不落人口实，哪有像面前这位一样，一开场就把话挑明了。这夺嫡之事是要掉脑袋的，您咋就敢裸奔着狂呼呢？

似乎发现自己的话将对方吓着了，李弘成尴尬一笑道："是不是嫌我说得太直白？说老实话，我也不知道为什么，看着你便不想玩那些虚头巴脑的招数。不错，我就是在替二皇子拉拢你，这事和嫁人一样，总是个你情我愿的买卖。"

范闲看着世子干净的眸子，似乎想从里面看出隐藏着什么。他不可能判断出对方是胸怀如霁月的君子，还是将开诚布公当作拉拢人心手段的谋臣。但无论如何，世子已经站明阵营。裸奔倒也罢了，他在京中既无势力，又无人手，是断然不敢脱了衣服与对方抱膀子的，于是微笑着说道："我能清楚地知道，二皇子为什么要见我吗？"

"为了十月的那场婚事。"李弘成依然坦诚，微笑着望了过来，"明年大比后，如果你显现出来了相应的能力，陛下便会将内库交给你。对于我们而言这是天大的好事，那边的银钱入账会少许多，有些事情就不方便做了。另外一方面，我相信司南伯大人掌管庆国户部多年，新旧之际，必然要把前账查清楚，如此一来，说不定会有些意外之喜。"

范闲说道："还早着呢，婚事要到十月份，我真正能接触到那些东西，得要等到明年或者后年了。"

"是啊，所以明天只是吃吃饭。"李弘成很认真地看着他，"就当是上次事情给我的回礼如何？你也不用只听我说，也许明天你看到二皇子了，会有一些新的想法。"

范闲笑了笑，心想二皇子与太子之争，只怕要到十几年后才会真正开始，如今便开始连自己这种不起眼的家伙都在拉拢，还真有点儿"造反从娃娃抓起"的感觉，便应了下来。

回到书房之中，他坐在椅子上，盯着笔筒里的那些笔，眉头紧锁。那次打郭保坤的事情，自己选择了靖王世子做掩护，就是送给对方一个拉拢自己的机会。因为要想在京都生存下去，自己则必须要站好队伍。父亲可以永远地站在陛下那边，但他不可能站在太子那边。原因很简单，皇后曾经想要他死，现在宫里的这些人依然会想他死。

第十六章　牛栏街少年杀人事件

二皇子宴请的地点依然是在流晶河上，范闲听到这个地点便想到那夜自己手下柔如软玉般的身子，心情不免有些异样。接着他又想到，打官司那天为什么那个叫司理理的女人会如此凑巧地离开了京都？

京都治安一向大好，范府的马车旁边只带了四个护卫，在春光照耀之下，缓缓向着城西驶去。过了望春门，走过那条曾经埋伏打人的牛栏街，范闲掀开车帘，呵呵一笑。藤子京等四个护卫里有三个是经历过那天事情的，听见少爷发笑，自然知道他笑的是什么，也爽快地笑了起来。

牛栏街四周民宅不多，倒有些许多年前败落了的铺子，很安静，不论白天还是夜晚，都没有什么行人。范闲将脑袋伸出帘外，看着头顶缓缓向后退去的大片梧桐叶子，看着头顶的天光，想着待会儿见到二皇子之后应该如何自处，心中不免有些微的烦恼。

忽然，他的眉头皱了起来，感觉有些不对劲，接着便闻到了一丝极幽淡的甜味。

这是"苦忍碱"的味道，西蛮人最喜欢用的一种从青蛙中提取的箭毒！

"散开！"

范闲喊了一声，身体已经率先从车窗里跳了出去，一手揪住离他最近的护卫，也没有看清是谁。从小受的训练让他的嗅觉异常灵敏，但既然都可以闻到这种异香，说明箭手离自己这马车已经近在咫尺，一场毫无先兆的暗杀即将开始！

就在他跳下马车的一刹那，一个大石碌子被人从巷子后方扔了过来，呼啸带风，狠狠地砸中了车厢，车厢散成无数碎木溅向空中！

紧接着便是一阵箭雨袭来，射向马车。如果不是范闲见机快，就算他在车厢中能凭小巧腾挪的功夫在石碌下捡条性命，这会儿也在马上被射成了刺猬。

范家的护卫除了藤子京以外都是五品的高手，骤遇敌袭却是毫不慌乱，噌噌数响，拔出腰刀舞动，几团银光闪着，竟是将大部分的羽箭挡了出去。但箭手虽然不多，却隔得太近，几声闷哼之后，那三名护卫腿上都中了箭，跟跄着跪倒在地。

一轮箭雨初歇，三名护卫咬着牙跳上了墙头，横刀而出，竟是将墙后那几个箭手砍得东倒西歪。不过这箭毒太过霸道，不一时三名护卫便感觉浑身酸麻，再也控制不住自己的肌体，半跪在了地上。

——便在此时，他们抬起头来，看着一双恐怖的巨掌拍上了自己的头颅！

范闲躲在梧桐树后，避开了起初的箭雨，听得高墙之后传来三声惨呼，心头一震，险些被身周那两柄像毒蛇一样的剑刺穿。

困住他的是两个女子，穿着一袭黑衣，手中的剑也漆着黑漆避免反光，很明显是相当老道的刺客。范闲心里清楚，对方既然不蒙面，那肯定是要将自己这一行五人全部杀干净。

他脚尖在地上一拧，膝盖微弯，让左侧的那柄剑擦着自己的左胸过去，紧接着又是险之又险地避开了右边的那柄剑！

他没有学过武功招式，只是接受过五竹长达十年的教育，眼下的闪躲完全是下意识里的举动。好在这两柄黑剑虽然灵动如蛇，鬼魅如烟，但无论速度还是准确度比起五竹手中的木棍差得太远，他才有可能在险之又险的局面里，一次次躲过如附骨之疽般的刺击。

三人沿着墙角愈战愈远，范闲终于渐渐冷静下来，再看这两柄剑，觉得剑尖变得慢了许多。那两名女刺客却是发现对方看似狼狈,但自己的黑剑根本无法刺中他的身体!

又是轰的一声,远处巷角的墙倒了,一个像巨灵神般高大的汉子从断壁里走了出来,径直走到左腿中箭倒在梧桐树下的一名护卫身前。

今天跟随范闲出门的四名护卫已经死了三个,这是最后一个,也已经浑身酸麻倒在树下,刚才范闲去抓他时没有注意,这时候才发现这是藤子京。他心头一紧,便想往那边闯过去,只是没想到这两个女子手中歹毒的剑芒竟是毫不放松,拦住了他的去路。

正在此时,本来看上去已经奄奄一息的藤子京忽然从地面上一跃而起,一直藏在身后的腰刀,化成一道异芒,猛地斩向那名大汉的脖颈!

范闲心头一喜,接着再次震惊。

那个大汉微微偏头,举起右手,就像捏苍蝇一样捏住了藤子京冒死砍出的一刀。一丝血从大汉的虎口上流了出来,手掌却没有被这刀砍断,真不知道他的身体是什么做成的。

藤子京见势不妙,脚尖在大汉的胸膛上一点,便准备借力跃过旁边的墙去。范闲的几个护卫之中,藤子京虽是领头,武道修为却是最弱的一个。

大汉咧嘴一笑,一拳横直便轰了过去。藤子京体内箭毒发作,浑身一软,没有避开,只听得喀喇一声,一声惨号,左大腿整个被这一拳生生从中打断,瞬间倒在地上,鲜血迅速渗出裤管。

当大汉捏住藤子京那刀的时候,范闲已经知道不妙,闷哼一声,脚步硬生生一顿,险之又险地让那两柄黑剑擦着自己的胸腹交错了过去。剑锋刺穿了衣襟,也在他的身上划出两道交叉的血口。而他借着这一刹那的空隙,双手一捏,两道粉红色的轻烟闪过,直喷两个女刺客的面目。女刺客反应神速,敛气闭嘴,脚尖一点便准备遁开。范闲好不容易寻到这么个机会,哪里肯放过,一声大喝,体内霸道真气疾出,双臂一振,竟似倏乎间手臂长了一截,手掌将将挨到了两个女刺客的咽喉。

两声咔嚓轻响，女刺客喉骨尽碎，嘴吐血沫，软绵无力地倒在了地上。

此时，那个大汉已经举起手，正要往藤子京的头上拍去。

范闲很冷静，这种冷静来自于两世为人的经验，来自于费介与五竹的教导。此时他来不及思考为什么五竹叔没有出手，只知道自己面临着来到京都之后最危险的一次考验。如果连这个考验都无法渡过，那只能证明自己根本不应该来到这个世界上再活一回。

四丈的距离，他只用了一眨眼的时间便奔了过去，左手一翻喂了一颗药丸入嘴，右掌一举，便拦在奄奄一息的藤子京之前，将那大汉的手掌挡在了半空之中。

一声闷响在巷子里暴起，震得旁边的梧桐树都在颤抖，树叶纷纷坠下。

范闲觉得右手那处痛入骨髓，一道从来没有遇见过的强大力量从那个大汉的手掌里传了过来，不过片刻工夫便要支撑不住了。他的唇角渗出血来，却一点也不慌乱，左手已经摸到那个扳机，准备给对方致命的一击。但这时候却发生了一件很奇怪的事情。一道风从巷口来，轻柔无比地绕着范闲的身体打着转，似乎有一股奇怪的力量，以风为媒介，不停与他的身体较着劲。这股力量虽然不大，但却十分讨厌，有力地干扰了范闲接下来的动作。大汉咧着嘴呵呵笑着，看着范闲的目光像极了一头蛮力十足的野兽，双眼之中泛着恐怖的猩红。

范闲的目光透过大汉宽阔的背影，看到巷口有一个模糊的人影，那人头戴竹斗笠。

"让我拍碎你的脑袋吧！"大汉狂声笑着，手掌上的力量又增加了几分。

范闲知道自己面临着重生以来最大的困境，右手臂开始微微发抖，内心深处的恐惧与愤怒化作了无声的狂喊："拍你妈的！"

在这生死时刻里，一直周游于他全身，似乎早已平静如湖的真气，就像是遇到了某种挑衅，再也无法安静下来！一股宏大的真气从后腰雪山处喷薄而出，沿着他体内的小循环猛地灌注到右臂中。

在那一瞬间，范闲有一种错觉——右臂是铁铸的。

强大的真气对撞让两只大小相差许多的手掌分开了一寸左右的距离，然后紧接着狠狠地再次撞上。轰的一声巨响，是无数道尖啸，二人身周泛起无数道尖细的真气碎流，将空中飘舞的梧桐树叶撕得粉碎。

"死吧！"范闲大喊一声，以极恐怖的控制力收回拳，又直线出拳，击在大汉的胸腹上。大汉脸上浮现出一种很奇怪的神情，一张嘴吐了范闲满脸的鲜血，胸腹处明显凹下去了一个大坑！但谁也想不到这个大汉的生命力竟是如此顽强，受此重击之后，竟还稳立不动，大手如蒲扇一般狠狠地扇在范闲的右肩上。范闲的右肩马上变成了烂豆腐一般，鲜血横流，一片狼藉。范闲骨子里的狠劲，今天终于爆发了，受此重创，竟只是痛呼一声，借着力整个人扑入大汉的怀中，左手已经掏出那柄细长的匕首，狠狠地插了对方的咽喉，然后用力地往下一拉。

大汉的胸腹处先是被砸出一个大坑，紧接着又被开了膛，内脏稀里哗啦地涌了出来。他有些不敢相信自己的眼睛，抬起头看了范闲一眼，然后往后一倒，像棵大树般砸得地面嗡嗡作响。

整个世界安静了。

清风徐来，血光不散。

范闲喘着气，困难地保持着站立的姿势，看着巷口那个戴着竹斗笠的模糊人影，隐约猜到对方是被武道高手视作鸡肋的法师，想不到今天险些因为他死在大汉的手下。

那个人影向范闲微笑致意，然后准备离开。

两个人相距有四丈的距离，这个法师擅长的是风术，很自信如果自己逃跑，除非是四大宗师亲至，不然天下没有人能够抓住他，更何况是重伤之后的范闲——计划已经失败，自然要潇洒地转身离开。

范闲看着依然讲究风度的那厮，扔下细长的匕首，抬起左臂，扣动机簧。巷口处，那个人影捂着咽喉，倒在了地上，就此没了呼吸，手指间竖着一枝细巧的夺魂弩箭。

"蠢货！"范闲面无表情地骂着，走到藤子京身旁，喂他吃了一颗药丸。

藤子京身体里的箭毒化解了些，渐渐醒了过来。

范闲指着藤子京大腿根的那条大动脉，说道："捏住这个地方。"

藤子京的大腿断了，痛得脸色苍白，汗如黄豆一般淌了下来。他哆哆嗦嗦地用手摁住大腿根，触动了伤处，忍不住又叫了一声。但藤子京确实是条好汉，眼看着范闲撕布止血，又倒了些让自己灼痛不已的粉末在伤口，竟是没有再哼一声。

这种伤势最要紧的是受伤后的一刻钟之内，范闲沉着脸，争分夺秒地处理着他的伤口，确认不会致命，才终于松了口气，两腿一软险些跌坐在地。

藤子京看着他担心地说道："少爷，你的伤……"

这时候的范闲浑身是血，那张漂亮的脸上也涂满了血，看上去有些狰狞。这时候他才感到右肩处无比疼痛，他微微皱眉，真气运至那处，发现经脉没有什么问题，开口说道："你先躺着。"

他心里还存着万一的想法，沿着那个大汉开出来的断壁走了进去，只见墙后全是尸体，是被那三名勇敢的护卫斩杀的箭手，接着他看见了那三具浑身缩成一团、头颅已经被拍碎的尸首。

缩成一团是中了箭毒的症状，头颅肯定是被那大汉拍碎的。

范闲沉默着退了出来，坐到藤子京的身边，再次沉默地包扎自己的伤口，沉默地等待着友人或者是敌人的到来。

牛栏街范闲遇袭，毫无疑问是这个月里京都最骇人听闻的案件。庆国持平日久，首善之地的京都更是京禁森严，连寻常的杀人案子都极少见，更何况是在光天化日之下当街行刺户部侍郎范建大人的公子。

尽管这位公子到如今也没有录入族谱，但毕竟和以前那桩斗殴案件不一样，刺客明显是来杀人的，而且居然动用了箭手。京都重地居然有人用箭手杀人，这已经触及朝廷统治的底线。

庞大的庆国机构开始运转起来，没有花多少时间，便查出了这桩刺杀案件的"真相"。这必须要感谢范闲，如果不是他在被刺杀的过程中奋起反击，将对方的主力军尸首全部留在牛栏街上，这个案子估计会成为庆国历史上的又一桩神秘凶案。

被范闲当猪一样开膛的那个大汉太有名气，案子的侦破没有费多少周折，监察院陈院长和费大人没有急着赶回京，就知道事情并不是很严重。

那个大汉名叫程巨树，是北齐国出了名的凶人，一身横练功夫刀枪难入，最关键处是力大无比，真气雄浑，是真正的七品高手。被范闲捏断咽喉的美女蛇刺客，则是来自东夷城的杀手，监察院十分清楚这对姐妹花杀手其实一直在北齐国的控制之下。

案情似乎明朗了，这起刺杀的幕后主使者是北齐国。京都的人们议论纷纷，不停地猜测为什么如今虽是病虎，但犹有余威的北齐国，会对范家公子下手。

如今范闲在京里已经有了些诗名，有了些花名，有了些凶名，但放在整个天下看去依然只是一个微不足道的小角色，北齐付出一位高手、两名女刺客的代价，居然只是为了杀死刚刚入京不久的他，个中缘由，这是无论如何也很难解释清楚的。但对于庆国真正掌握权力，能够接触到某些秘密的人而言，北齐国用的却是一个妙招、狠招。

不知道北齐是如何打探到范闲在以后的几年里有可能接手内库，必然会变成太子殿下与二皇子之间角力的对象。如果能杀死范闲然后远遁，人们肯定会怀疑这是不甘心丧失金钱来源的太子做的，或者说，会怀疑是二皇子故意杀死范闲来栽赃陷害太子。不论是哪一种猜测，都会给庆国的朝政带来无法预测的波动。

现在范闲只是一个小人物，他的死活却是件大事情。监察院二处的官员们每每分析到这里，都很佩服北齐国的同行们能想出这样漂亮的计划，只是一个小动作，却可能延缓庆国一直暗中筹划的北伐战略。北伐战略只存在枢密院的参谋室中。在监察院的规划室里、皇帝陛下的脑子里，打还是不打终归是皇帝陛下的一句话。长期以来，北齐一直活在这道阴影之下，他们选择此时出手还真是极聪明的举措。

前提当然是能够成功杀死范闲，还不留下任何线索。但北齐方面也没有想到，范闲身边的四个护卫都是司南伯的"私藏"，三个拥有五品的实力，在中了箭毒的情况下，还能清扫箭手——当然，最可怕的还是那个漂亮的私生子，竟然能在围攻之下，杀死两个厉害的女刺客和那个七品高手程巨树！

至于那个法师，则被很多人刻意地忘记，因为那可能与北齐国师苦荷有关。

"监察院与刑部的联名折子已经出来了，确认是北齐做的，后面连着的那根线也已经拔了出来——二皇子约你相见，安排在流晶河上，他以为你喜欢司理理姑娘，所以就选择了醉仙居。但谁都猜不到，醉仙居竟然是北齐放在京都的一个暗桩。"范建坐在昏暗的卧房里面，看着躺在床上的儿子，冷静地说道，"我知道你很生气，但是既然你人没有什么大碍，那些刺客也都死在了你的手上，这件事情就算了。"

"就算了？"范闲心头微寒，转而说道，"司理理人呢？"

"在逃往北方的路上被监察院四处的人截了下来，此时正在押回京都的路上。"

"希望她不要死。"范闲的声音很冷淡。

范建笑了笑："监察院看管的人，向来都是不容易死的。"

"您认为这事真的就这么简单？"范闲微笑着问道。

范建看着他脸上的微笑，忽然生出一些寒意，发现这个小家伙与他母亲竟似是截然不同的两种人，沉默片刻后说道："你有什么不一样的判断？"

"那些箭手是怎么混入京都的？我听说那些箭手的尸体第二天就被火化了，是不是有人害怕从这些人的身上发现什么？"范闲有些困难地侧了侧身子,继续说道,"我知道您不愿意我知道这些,是害怕我忍不住去报复,但是我想我有权利知道是谁想要我的命。"

范建冷冷地看着他,说道:"你应该清楚,我代表皇帝陛下拥有一部分暗中的力量,这股力量远不如监察院强大,但也足够专业。我们没查出与北齐人勾结的是谁,怀疑的对象并不局限在太子与二皇子中间,甚至还包括宰相与长公主。既然无法弄清楚究竟谁是真正的敌人,那就不要太过声张,为自己树立太多的敌人。这是我对你的忠告,希望你能接受。"

范闲点点头,又触动了肩头的伤势,皱眉道:"我会想办法查清楚的。"

范建很满意儿子的表态,安慰了几句,便离开了卧房。

父亲离开之后,范闲沉静了下来,他看着昏暗房间里的一个角落,带着怨气与恼怒问道:"为什么那天你没有出手?"

五竹从黑暗里走了出来,眼睛上依然蒙着那块黑布,黑布上没有一丝皱褶,就像他那张永远没有表情的脸。

"我为什么要出手?"五竹很少用这种反问的句式,而自从范闲离开澹州来到京都后,他也变得比在澹州时更加神秘,竟是一次也没有和范闲见过面。

范闲沉默不语,心想也对,就算对方是看着自己长大的人,自己也没理由要求他什么。

五竹说道:"我以前就说过一次,我教了你许多年,费介也教过你,如果你还处理不了这些小事情,那是你自己的问题。"

"那大汉是七品高手,你以前说过,我的实在七品,势在三品,怎么也不是那个大汉的对手。"范闲苦笑着说道,"你说这是我自己的问题,难道你不在意我被别人杀死?"

"你死了吗?"五竹第二次反问。

范闲盯着他脸上那块黑布,不可置信地说道:"你当时一直在我身边?"

"是。"

"那你为什么不出手？"范闲压低了声音,愤怒道,"那三个护卫死了！藤子京也伤了！"

"我从来不关心除了你之外其他任何人的死活。"五竹冷漠无情,"你身边的人都是因为你聚拢起来,如果你想操控他们的人生,就必须保护他们的人生,所以这些护卫的生死是你的责任,而不是我的责任。"

范闲再次陷入沉默之中,发现五竹叔说得对。

"而且我不能帮你太多。"五竹面无表情地说道,"在澹州的悬崖上,我曾经说过,如果我在你身边会给你带来麻烦,那是一些你绝对不愿意面对的麻烦。所以你记住,在京都里,我永远不会在阳光下站在你的身旁,除非你要死了,或者是……你已经死了。"

范闲不明白五竹叔这样的绝世强者还害怕什么,但他听出了这句话说得不容置疑,黯然地点了点头。

"有人来了。"五竹再一次消失在黑暗中。

来者是客,却是范闲此时不大想见到的客人。靖王世子李弘成满脸阴沉地走了进来,毫不见外地一屁股坐到床边,压低了声音吼叫道："今儿的消息知道了吧？北齐的使节居然死不认账,那些激动的太学生险些把鸿胪寺给砸了。"

鸿胪寺是庆国的外交机构,专门负责与北齐、各诸侯小国、东夷之间的文书银钱来往,还有相关事宜。一听到鸿胪寺险些被砸了,范闲苦笑道："北齐自然不会认账。"

李弘成说道："陛下发了明旨,北齐留在京都的使节已被赶出城了。"

范闲嘲笑道："对付外面的人,倒是挺快速的。"

听出他话里有别的意思,李弘成沉默了一会儿,说道："这几天一直想来看你,但你的伤势没好,有些话不方便说。"

范闲叹口气道："也不知道是哪辈子亏欠你的,吃顿饭居然会被人暗杀。你说话向来直爽,今儿个怎么吞吞吐吐了？"

李弘成自责道："这事确实怪我,谁也没想到醉仙居竟然是北齐的暗桩。"

他略斟酌一下又说道:"今日来首先是代表二皇子表示歉意,他原本准备亲自来府上探望,但你也知道,最近京里面因为你被刺杀的案情有些乱,他不方便贸然前来。"他苦苦一笑,说,"要知道很多人还在猜测,我与二皇子才是杀你的幕后黑手,就为了想栽赃给太子殿下。"

范闲似笑非笑地望着他。

李弘成失笑道:"这般高深莫测地望着我,难道我就得承认这是我主使的?"

范闲也笑了起来,他相信这件事情不是对方做的,失去范府的支持对于本来在朝中就无强助的二皇子而言,是无法承受的损失。至少要比栽赃陷害太子所得到的好处大太多。

范闲好不容易从床上坐起身来,丫鬟扶着他喝了一碗水。看见门口的人影,他不禁在心底里骂了起来,自己明明受了如此严重的伤,却是访客不断,这哪里是养伤,分明是在受罪。

来的是监察院第一处的官员,奉旨办理院务,正在查勘牛栏街的行刺案件,这个案件由于牵扯到朝中官员,加上有些言不清道不明的背景,一应案宗全部交给了监察院。

"怎么称呼?"有下人给那位监察院官员倒了碗茶,范闲眯着眼看着对方。这是除了上次勇闯监察院之外,他第一次在别的地方看见监察院的官员。监察院的官员似乎身上都有一股子死腐气息,让范闲再一次想起了天杀的费介老师。

"下官沐铁。"那位官员唇如薄铁,面色深黑,毫无表情地回答道,"前些日子,公子伤重,所以有些问题没有问清楚,今日奉令前来询问,请公子配合。"

范闲皱皱眉,心想,这个官员看来不知道范府与监察院暗中的关系,才会如此说话,挥手说道:"我倦了,改日再说。"

沐铁想不到对方竟然拒绝回答问题,脸色有些难看。

范闲从枕头下面掏出费介留给自己的腰牌，扔了过去："都是自己人，有什么话直接说吧。"

沐铁身边的茶水一口没动，接过牌子看了两眼，脸色剧变，竟是离座而起，走到范闲的面前单膝跪了下去，双拳一抱行礼道："见过大人。"

范闲很吃惊，他哪里知道费介留给他的牌子是块提司牌，是监察院独立于八大处之外的铁证。沐铁看见之后，难免心中震惊，自然跪下请安。

示意沐铁站起来，范闲问道："费大人什么时候回京？"这是他此时最关心的问题，一是婉儿的身子虽然见好，但病根却无法除去，不知道还要熬多久。二来目前京中局势复杂，五竹叔依然是个鬼魂，父亲客气中有着掩饰，自己信任的费介却不在京里。

沐铁恭敬地回答道："应该还有些日子。"

"你们查出什么没有？"范闲盯着他的双眼问。

沐铁沉声应道："院里知道消息太迟，所以箭手的尸身已被全部焚化，最后追查到巡城司，就断了线索。"

"巡城司？谁管这块儿？"

"焦子恒。"

"嗯？"

沐铁抬起头来看了范闲一眼，有些惊讶对方不知道焦子恒的身份，回答道："应该不是太子的人。"断定对方的身份后说话便再不顾忌，这正是监察院的风格。

"你负责这起案子？"范闲好奇地看着他，"几品官？"

"下官七品佥事。"沐铁微笑着回答道，"只是个跑腿的。"

"司理理什么时候能入京？"范闲忽然想到唯一的人证，皱起了眉头。

"那群人跑得快，现在就算截住了，也要过些日子才能回京都。"

沐铁自以为猜到了为什么有人与北齐勾结来刺杀这位漂亮公子哥，这位公子哥必然是院里重点培养的人选。他心头一热，问道："大人，虽然不知道您在京中具体执办什么事务，但您毕竟初入京都，如果有什么地方需要属下效力的，请尽管吩咐。"

范闲好奇地问道："那你眼下的事情怎么办？"

沐铁憨憨一笑说道："可以马上转交。院务一向是按阶层分等级，以大人的身份，调我来帮忙是很简单的事情。"

范闲猜到了对方是什么想法，苦笑地说道："还是免了吧，我自己都不知道要做什么，你跟着我平白无故丢了性命，有什么好处？"

说到这话，他忽然心头一黯，想到前些天在牛栏街死去的三个护卫。这几个护卫从自己入京后便一直跟着，自己连他们的名字都还没有记清楚，人却已经死了。让丫鬟将窗子打开，外面的天光清风一下子涌进了阴郁了许久的房间，范闲深吸一口气，精神一振，决定要做点儿什么，向这位心热的监察院官员问道："院里有个叫王启年的吧？"

王启年看着面前的烧饼摊子，嗅着香辣香辣的味道，鼻头一酸，险些哭了出来。最近这段日子他的生活很不好过，被院里除了名，不只是失去了俸禄以及养老保障，更关键的是，不论哪部衙门一旦看见他档案中有曾在监察院任职的记载，便会礼貌地请他离开。想当年自己初进监察院，意气风发，侦缉破案，手下犯事官员谁不得老实吐露罪情。谁曾想到，竟然也会有如丧家犬的这一天。如今年纪也大了，家中还有妻子儿女要养，唉……他有些失魂落魄地离开，摸着腰里的几块碎银子，他心想自己这是到底得罪谁了？

其实他清楚为什么自己会被除名——这件事情的起因很简单，听说上次主子的主子的主子微服去庆庙散心，不知为何被一个莽撞的少年闯了进去，事后才发现，沿街布防的宫中侍卫竟在那时全部昏了过去。宫中大怒，所以开始追查，监察院也开始协助。本来这事与他没多大关系，但谁也想不到，通过沿街走访，宫里竟然查出那名少年在进入庆庙之前先来了监察院——这事可就大了，陈大人不在京都，监察院就像是没爹的孩子，监察院的官员们心想，万一宫里认为那少年与院里有什么关系，这可怎么说得清楚？

调查的最后查出了王启年。因为有很多监察院官员证明，那个少年进监察院后拉着王启年说了很多的话。王启年一头雾水地接受调查，将自己与少年的对话全部讲了出来，就是隐去了有关对方是费大人学生的这一背景。最后没有查出王启年别的问题，只好算了，随便找了个由头，将他踢出监察院，算是找了个替罪羔羊。

王启年就这般可怜地被赶了出去，但他依然没有说出那个少年的身份，因为他心里隐隐清楚，这事不是表面这般简单，少年可能缺乏经验，随便地泄露自己的身份，自己却不能这样做——失去差事可怕，得罪了费大人更可怕，这是所有监察院官员都非常清楚的事情。

"等费老回来了，我去告状。"王启年哭丧着脸，脑袋有气无力地耷在高耸的肩膀中间，往远处走去。

"王兄。"一位一处的官员满脸微笑地从街角闪了出来，拦住了他的去路。

王启年定睛一看，认出对方是一处的沐铁，听说眼下正在调查牛栏街刺杀事件。他和自己平时没有说过几句话，怎么今儿个却有空来找自己？他满脸狐疑地行了一礼："沐大人有何贵干？"

沐铁脸上堆出近乎谄媚般的笑容，柔声说道："恭喜王兄，贺喜王兄。"

沐铁本来以为能够攀上范闲这根高枝，没料到却是给他人做了嫁衣裳。不过范公子既然将这事交给自己联络，将来总有再接近一步的可能。本来他是个一心扑在公务上的木讷人，但年岁渐长，也要为将来打算打算，看到范闲的腰牌，他认准了范闲是条极粗的大腿，对着可能是范公子亲信的王启年自然会比较恭敬。只是沐铁素来木讷，今日初做此事，脸上谄媚的笑容就显得有些僵硬，不够自然。

王启年心头一颤，看着对方脸上僵硬的笑容，心想难道自己要被灭口了吗？

第十七章 监察院

余悸未消的王启年坐在一个僻静的房间里,看着对面那个漂亮的公子哥。就算将对方化成灰自己也一定认得,因为他就是那个害得自己被赶出监察院的少年。看见那块腰牌之后,王启年知道自己赌对了,这位公子明显不仅是费大人的学生,还有更强大的背景。

范闲实在没料到这块腰牌会有多么大的作用,不由眯着眼回忆以前与费介在一起的时光。监察院的那个跛子是自己刚转生时就看见的救命恩人,很明显,监察院是看在母亲的面子上才对自己如此照顾,那就一定要把这个优势利用好。

"我说的话,你都听明白了吗?"范闲微笑地望着王启年,这个官员年纪有些大了,家中有妻有子,正好符合范闲的要求。他没有统御下属的经验,一切都要在过程中学习,所以愿意自己的第一个亲信,是一个偶尔认识的,而且野心不太大的人。

"明白了,范公子。"王启年笑了笑,手指下意识地压在腰带上,那里除了几块碎银子之外,已经多了好几张银票,"不对,应该是范大人。"

"我刚入京都不久,所以没有什么得力的手下,老师又不在京中。"范闲想了想后说道,"我还有个亲信,叫藤子京,只是目前受了伤,估计几个月内不得好,将来他身体好了,我会安排你和他见面。"

"是。"王启年没有什么多余的话,这点比范闲初进监察院时,要好太多。

"想办法找些人手吧。"范闲第一次尝试做这些事情,所以感觉有些陌生,只好一步一步地学习,"像你我这种,能从院里调出人来吗?"

王启年有些不安地说道:"大人,下官……其实刚刚从院里离职。"

范闲大惊,心想自己莫非如此不顺,问道:"是什么缘故?"

王启年鼓足勇气,将监察院内部调查的事情说了,也将庆庙的事情说了,刻意在隐瞒范闲身份上多说了几句,以表露自己的先见之明和"提前产生的忠心"。

范闲试着问道:"我现在的职位是提司,这个职位能让你重新回到院里吗?"

"当然能。"王启年大喜过望,"只是需要走些程序。大人可以发个手令,让我先恢复监察院的身份,然后过些日子人再回院里。"

"好,那我马上处理。"范闲看着这个半大老头,心里也在犯嘀咕,自己找这么个人当亲信,能有什么用处?嘴上却温言问道,"不知你最擅长什么?"

"跟踪隐迹。"王启年一提到自己的专项,整个人的精神变得振奋起来,于是侃侃而谈。听了半天范闲才知道,原来自己是碰上奇人了,这位王启年少年时是庆国北部的一个独行贼,最喜欢在当年北魏与庆国之间那十几个小诸侯国之间流来窜去,将在甲国偷盗的货物贩卖到乙国,又将乙国偷盗的东西卖到丙国,因为从来不肯吐露赃物的原始来源,加上天生擅长隐匿形迹,就很安全地做了几年无本生意。直到后来这些小诸侯国的官差们恨急了,联起手来四处围堵,他实在无法施展手段,才被迫进入庆国。不料一进庆国就撞到了当时正在随皇帝筹划北伐事宜的监察院院长陈萍萍,束手就擒,从此变贼为官,一直到了今日。

范闲看着他的眼睛,轻声说道:"司理理正在被押回京都,或许有人要截她,或许有人要杀她,但不论是哪种,你不要去管,你只要盯着那些人,看他们最后是和谁接触。"他顿了顿,有些不好意思地说道,"因为你刚才说过，你最擅长跟踪隐迹，武技却很差，所以我只好想了这么个笨法子。"

王启年笑着回答道："年轻的时候，院子还没有现在这么大，我和宗追两个人是院子里追踪术最强的两个人，只不过他后来一直跟在院长大人身边，我却有些懒了，改成了文职……不过大人放心，虽然半老胳膊半老腿，盯几个人应该还没问题。"

"我有官司在身，不能离京，不然一定去看看你的技艺。"范闲笑了起来，"老王，别的不说，你先把自己的老命顾着，这最重要。"

确定了这件事之后，范闲人不停脚地回到了范府，皱着眉头让妹妹把自己受伤的肩膀重新调理了一下。他的伤处是不肯让那些医生来动的，一方面是不信任对方治疗毒伤的本领，另一方面是若若纤细微凉柔软的手指头，总比那些粗鲁男子来得温柔。

进了书房，看着华发渐生的司南伯，范闲有些困难地行了一礼，很直接地说道："父亲，我需要一些人手。"

范建看了他一眼，忍不住微微笑了起来："你要盯哪里？"

"长公主的别院、宰相家的用人房、太子经常逛的妓院、二皇子喜欢去的马球场、靖王府家的葡萄架子……"范闲耸耸肩，"您知道我对这些事情并不是很专业，所以需要您支援我一些比较专业的人手，然后由他们做出判断，怎样才能查到幕后那人。"

范建举起食指摇了摇："我们不需要专业，但是需要统筹安排，一群专业的人，在一个没有经验的人的安排下，依然做不好这些事情。"

"请父亲指点。"范闲说得很诚恳。

范建看了他一眼，又低下头去继续看书："其实你说的那些地方，已经有人在盯了。我只是很奇怪，你刚来京都不久，怎么知道这些地方的？"

范闲笑了笑，知道父亲表面上劝自己先忍耐，其实他早就开始了暗中的调查："多和下人们聊聊天，就很容易知道一些事情。"

范建头也未抬，目光依然停留在书上："不过你要做好心理准备，在京都的调查，估计不会有任何结果。"

十几日后，京都向北约有五百里地的沧州城外，一行人正顶着晨间的寒风往南前进。这行人是监察院四处的人手，千里追击，终于在司理理快要逃出庆国之前，将对方拿下，这便是要押回京都准备受审。队伍已经往南走了许久，眼看着再过些天就能回到京都。

领头的监察院官员递了个馒头进囚车，说道："吃了它。"

司理理此时满脸憔悴，长发散乱披着，脸颊上还有些灰垢，若范闲此时见到，定然想不到这便是与自己"同床共枕"了一夜的京都头牌红倌人。司理理嚼了几口硬硬的馒头，忽然扬脸咬牙说道："就算将我押回京都，我也不会告诉你们什么！"

那位官员看着她的目光里满是嘲弄："你认为我们押你回京是想从你嘴里知道什么？我实在是不明白，北齐的那些同行是不是没事做了，居然让你这样一个蠢货留在京都。"

司理理确实是北齐的探子，日常却是以花魁的面貌见人，听得多是恭维或是称赞，哪有男人会这样冷冰冰地骂自己是蠢货。她冷笑着说道："我当然知道你们不想从我嘴里知道什么，因为我说出来之后，庆国朝政只怕会乱上好一阵子。"

官员讥诮道："其实你最开始有个最好的选择，刺杀发生当日，就应该束手就擒，而不是远遁，那时随便你指证与北齐勾结的是哪位官员，都足以达到北齐的目的。而你逃了，这说明你将自己的性命，看得比这次任务更重要。"

司理理低下了头，承认了这个事实。她用手指使劲地捏着那个发硬的馒头，在上面留下深深的指痕。

官员又冷冷地说道："我们一直知道醉仙居是你们的暗盘，只不过没什么作用，所以只是盯着。谁知道你们竟然胆大包天，做出那种事情，做完之后还想跑，这个世界上哪有这么简单的事情！"

司理理一行在边境线上被抓住后,才知道自己一行人的一举一动全部在监察院的暗中观察之中,心中不禁大起寒意,对庆国皇帝的这个特务机构感到十分恐惧。

眼看着那位官员骑马准备离开,司理理忽然嘶声大喊:"你最好现在就杀了我,不然等会儿你们朝中那位大人一定会来救我的!"

官员皱眉看了她一眼,忽然开口说道:"应该是那位大人会派人来杀你。"

话音落处,囚车一行人的前方山坡之上,便出现了众人预料之中的拦路者。只是谁也没有想到拦路的竟然是庆国北陲与诸小国接壤处的马贼,人数过百,怒刀锋亮,与只有十几个人的监察院队伍遭遇,明眼人都知道,谁会是获胜者。

虽然马贼人数不多,但竟然敢出现在离京都只有五百里的地方,而且拱卫京都的州军竟然一无所知,如果让天下人知道了,一定会让朝野上下一片哗然。此时司理理的脸变得惨白,她虽不是什么聪明人,却也知道如果落到那些人的手里一定会被灭口。

那官员似乎也没有想到那位朝中大员竟然与呼啸边疆的马贼有牵连,表情有些紧张,靠近了囚车,说道:"司理理,看来你我都将命丧于此,都这个时候了,不如你告诉我,与北齐勾结的朝中大员究竟是哪一位。如果我这帮属下能有几个逃出去的,将来报知朝廷,也好为你我报仇。"

司理理长睫微垂,想到自己即将命丧此地,泫然欲泣,正准备开口说话,却忽然想到一丝蹊跷处,抬起头来吃惊道:"大人又在唬我。"

这位官员料不到司理理居然会识破自己的伎俩,不易察觉地皱了皱眉。

司理理冷笑地说:"大人应该知道理理做的是什么生意,从小便学会察言观色,大人先前声音微抖,但抓住囚车的手却是稳定放松,明显心里不怎么担心。看来这趟狙击你们早有预料。"

"不错。"官员这时候才发觉这个漂亮的女子确实有做探子的潜质,微笑着看了一眼又说道,"如果连这种事情都猜不到,监察院就不是监察院了。"

在二人说话的过程中,百余马贼已经从小坡上冲了下来,杀气冲天,这种气势明显不应该是马贼,而应该是久经沙场的真正骑兵!

囚车四周,监察院的人布了个半圆形的防御圈,只是人数太少所以看着稀稀拉拉,十分可怜。但不知道为什么,面对着凶猛的来骑这些人的脸上却是一片肃然,似乎早已将生死置之度外。

"候……!"带队官员握紧右拳,冷冷地盯着越来越近的骑兵们,他的这声喊发了个阴平声,如果范闲此时在一旁听着,一定会联想起前世电影里常听见的那个洋文:"HOLD"。

伪装成马贼的骑兵越来越近,带队官员忽然退后一步,伸直右臂,喝道:"预备!"便在此时,本来排成半圆形防御阵形的十几个监察院官兵忽然阵势一变,成了个锐突之势,更加恐怖的是,不知道他们从哪里取出来了硬弩,端起平视,瞄准了前方的骑兵!

双方的距离太近,骑兵首领眼中暴出一道异芒,一引马缰,竟是抢先加速绕了一个弯子,从骑兵队伍前面绕了出去。在这样的高速行进中,能够陡然加速,强行转弯,骑术可见十分精湛。

"射!"就在骑兵首领拉动马头的同时,监察院领头的那位官员发出了命令。

一阵弩箭疾射而出,虽然并不密集,但机簧力让这些箭枝的飞行速度异常迅速,在空中发出嘶嘶的声音,听上去十分恐怖。数声闷哼响起,骑兵最前面的几骑身中弩箭,重重地摔在地上,后面的骑兵本来准备就势冲上去,但哪料到监察院居然用的是连环弩!

这种连环弩是二十年前才出现在世界上的一种武器,箭匣里可以装八枝弩箭,正是轻骑最恐惧的敌人。骑兵一见这阵势,看着扑面而来的弩箭,顿时慌了神,从中分成两道绕过囚车的队伍,准备从侧方一口吞下。

如果他们直接冲过来,或许效果会更好些。不过这个世界并没有如果,在他们绕行中，又有几骑中箭倒下，而更为恐怖的是，他们发现囚车之后的山坡后，居然还有埋伏！

一看见众多埋伏者的装扮，这群伪装成马贼的骑兵顿时丧失了斗志，再也顾不得返身杀死囚车上的女人，四散逃去。

埋伏在后方的，是一群浑身黑甲的骑兵，正是范闲在这个世界上睁开眼后看见的同一支队伍。是监察院陈萍萍院长出京办理院务时，皇帝陛下特准的贴身骑兵——黑骑！

黑骑们沉默着杀了过去，像狼群撕咬羊群一样，将那几十名冒充山贼的骑兵分割包围，快刀斩乱麻地将对方全部杀死。

"留活口！留活口啊！"坐在黑骑后马车边上的费介看着这一幕，急得嗷嗷叫了起来，"可别都弄死了！"

马车的边帘被一只枯瘦的手掀开，车中的老人看了一下四周的局势，冷冷地说道："你真是关心则乱，这些小杂碎只怕根本不知道谁是自己的主子，留那个领头的就行了。"

费介咒骂道："范建趁你我不在，把小范闲搞进京都，险些出事，我怎能不急？"

老人冷哼了一声，平整了一下自己膝上的羊毛毯子，教训道："我是回乡省亲，你自己要偷跑出京，这能怪谁？"

十年后的费介依然是那副怪模样，斑白的头发，褐色的眼神，怪声说道："谁知道范建存的什么主意，大人，回京后你得与他谈一谈了。"

这位老人自然是手握庆国阴暗力量的陈萍萍，他面无表情地看着远方那个有些惘然的骑兵首领，淡淡地说道："我自然明白范建的想法，只是他的想法……真是胡闹台！若要这些东西，真是不如不要……"他反复说道，"不如不要……"

二人说话的时候，那个骑兵首领早已远远地逃走，迅疾变成了远方的一个小黑点。这次围击明显是中了监察院的埋伏，只是他死都不明白，明明在老家省亲的陈萍萍怎么会突然出现在京都北部的沧州城外？

当看见黑骑的时候，他就知道自己败了，面对着阴险毒辣的陈院长大人，就连他的真正主子也只有唾面自干的份儿，更何况自己。他先前抢先脱阵，离黑骑的距离比较远，黑骑兵们似乎长途跋涉后有些疲惫，追了两里地后，眼看着距离拉得越来越远，只有收马回营。

"宗追去了吧？"陈萍萍问着身边的亲随。

亲随一弯腰应了一声。

远方树林中又有一灰骑急驰而出，悄无声息地远远缀着那个逃走的首领。

"那不是宗追。"费介皱眉说道。

陈萍萍盯着那个灰影，半天之后忽然笑了起来："既然他让我们看见，肯定就是自己人……能和宗追保持近乎一致的水准，我记得院里很多年前有这么一个人物。"

"王启年？"

"是啊。"陈萍萍微笑着，"看来我们担心的那个小伙子，终于学会了一些本事。"

派王启年出京之后，范闲因为受伤后不方便抛头露面，筹划中的书局也去得少了，过了一段深居简出的日子。如今的他已成了京都名人，那两首完全与他经历不符的诗，更把他推到了风口浪尖。支持的人将他视作诗坛天才，反对的人将他看作为赋新词强说愁的代表性人物——只是没有人知道，连这七个字都是范闲带到这个世界上来的。

在暗处也流传着抄袭的说法，但是"万里悲秋常作客"实在是太过耀眼，也没有谁敢站出来厚颜说这诗是自己写的。但范闲知道肯定有那么一天会真相大白，因为自己痛打的郭保坤之父是礼部尚书，郭家所交往的都是文坛大家，而范闲一向不惮以最坏的恶意来推断所谓的文人。

与诗名相比较，真正让他在京都名声大震、真正得到大多数人赞赏目光的是牛栏街的刺杀事件。案件中一些细节渐渐从监察院里流传了出去——身为受害者的范闲在那样危险的境地里，不仅能够保住自己的性命，更是奋起反击将北齐的刺客斩杀于掌下刀前，杀的还是个七品高手——这个事实让范闲在京都士子的心目中顿时高了一个层次，再也没有人说他是范家打黑拳的。提起他时，都不忘赞一声文武双全。

牛栏街案件发生后，范闲一直在思考某些问题。藤子京下乡疗养去了，不知道会不会留下残疾？死去的三名护卫，家里得到了足够的抚恤，甚至连朝廷都发了嘉奖令。

但他们终究是死了，血淋淋的事实教育了他，要在这个世界上生存，不仅有风花雪月相伴，也不仅是请客吃饭，他需要拥有完全属于自己的力量，比如王启年，比如自己的武道修为。

如今在京都，他将自己冥想修炼的时间从中午调到了晚间，每每半梦半醒中，总感觉身体腰后雪山里的真气就像是一泓温水，十分舒服地冲洗着身体里的每一处，隐隐约约间，似乎这股真气的数量与密集度都有了某种程度的提高。

对于自己当时能在两名女刺客的骚扰下，还能杀了那位七品高手，范闲始终感到有些不可思议。他查过藤子京等护卫的真气流动方法，发现这个世界上没有谁与自己的练功方法一样。这个认识并没有让他感到丝毫惊慌，既然能靠着细长匕首与袖弩杀死七品高手，那就证明自己的真气是很管用的。

他与这个世界的武道修行者不一样，头脑里没有所谓品级之间牢不可破的概念。大汉的那一摊血淋淋的下水证明了他的想法，只要你够狠够准，就算是四大宗师又如何？

只是霸道卷的第二册始终没有进展，范闲的目光落在房间角落里的那只箱子上，来京都后，差不多都将母亲留给自己的这物件给忘了，看来什么时候得去找找钥匙。

一道旨意像闪电般划过了京都的上空，这份从深宫之中颁出的旨意是关于范闲的。在目前的背景下，这道旨意的内容显得格外与众不同。

奉天承运，皇帝诏曰……

太监的嘴皮子不停地翻动着，却听不清楚说的是什么。跪在范府大堂上的范闲很害怕面前这个太监的唾沫会飞溅到自己脸上来，看着面前越来越湿的青砖，在心里不停地叹着气。

圣旨终于念完了，在柳氏的提点下，范闲照规矩呼完万岁再谢恩，将圣旨收下。柳氏又毫无烟火气地递了张银票过去，那太监才心满意足地走了。

"放哪儿？"范闲捧着手上的圣旨问柳氏，"总不能老捧着吧？"

柳氏笑着接了过来：“府里经常接旨，有专门的房间供放。”最近这些天，范闲与柳氏之间保持着微妙的表面和谐，但双方都不知道日后会怎么样。

"说老实话，我也是学过经文的人，怎么就听不明白先前那公公讲了些什么？"回到自己的卧房里，范闲重新包扎了一下右肩的伤口，看着坐在桌旁似笑非笑望着自己的妹妹。

"戴公公是江南余佻州人，说话口音一向难懂。不过这些年时常来府上宣旨，我倒能听明白些。"

范闲赶紧问道：“圣旨说了什么，为什么是颁给我的？”

范若若抿唇一笑，说道：“其实宫里这十几年一直对家中有赏赐，虽然父亲的爵位一直被压着没有升，但是我与弟弟，甚至连柳氏都各有封赏，现在看来，也轮到哥哥了。”

这些事情范闲是知道的，连范思辙那个小东西都有了个恩骑尉的封号，但事涉自己不免有些好奇：“我还没归宗认祖，宫里就算想赏也没什么名头吧？”

"对啊，所以这次陛下的旨意，只是说上次的事件中，你击毙了敌国探子什么的,与国有功,特加封太常寺协律郎。"

"太常寺协律郎?"范闲有些吃惊。

太常寺是掌管宗庙祭祀的地方,协律郎这个官职虽然只是八品官,但可以随意出入庆庙。自从与林婉儿相认之后,他时常猜测上次在庆庙祭祀的贵人究竟是什么身份,只不过因为某些原因没有问婉儿。难道说这道旨意……其中蕴含着某些意思?

范若若忍不住笑了起来,指着哥哥说道:"哥哥啊,真是什么事情一牵涉到你自己,你就糊涂了……这太常寺协律郎是每位郡主驸马成婚前一定要担当的官职啊。"

范闲恍然大悟,有些不好意思地笑了起来,看来这门婚事终于定了。他接着想到因为受伤的原因已经好多天没有去皇室别院,婉儿知道自己遇刺后一定会很担心,不知道病情有没有加重?而想杀死自己的究竟是婉儿的父亲还是母亲呢?因此心情不禁沉重起来。

"伤好些了吗?"林婉儿看着范闲埋怨道,"身子这个模样,还过来做甚?"

范闲微笑说道:"担心你担心我。"

林婉儿心头一暖,听明白了这两个担心,沏了杯新茶,送到范闲身前:"我听你的,这些日子一直好好照顾自己身体,你也要好好照顾自己身体。"

范闲单手接过茶杯,吹拂开上面的白雾,温柔地说道:"郡主怎么能服侍人呢?"

林婉儿咬着下唇道:"再气我,我就将你赶出去。"

"舍得吗?"范闲笑着说道,这时忽然想起一件事情,"我决定了,成亲之后,我们去苍山的别院过冬。那里对你的病有好处,而且相信在那之前,费介老师也应该回到了京都。"

"别光想着我。"林婉儿担心地说道,"以后再出这种事情可怎么办?"

范闲记不清这是第几次深夜潜入闺房，别院里的侍卫真是有点够呛，居然一次都没有发现。

"北齐不是傻子，这次露了馅，下次再用同样的手法朝廷也不会上当。"

"就怕朝廷里面有些人，觉得再行刺也有北齐人当幌子，会更肆无忌惮的。"

范闲早就知道未婚妻是个聪明人，而且她从小在皇宫里长大，对于官场上的事比自己明白些。此时听她一说，微笑着抬起她那软乎乎的下巴，捏了一捏，说道："放心吧，我坚信自己是这个世上运气最好的人。"

林婉儿觉着颌下痒痒的，心中对这般亲昵的动作是又欢喜又紧张，顿时两抹红色在那雪白的肌肤上显了出来，她轻声说道："人总不能靠运气过日子啊。"

范闲最喜欢看她这种羞答答的模样，说道："我运气好到有了你。"

"有我……很重要吗？"林婉儿微微垂着头，从这个角度望过去，长长的睫毛正在微微颤动，显然有些紧张。

"很重要。"范闲将她搂入怀中，他不是一个擅长说情话的人，此时有些紧张，笨拙无比地试图寻找对方的唇瓣。

林婉儿被他抱着，只觉着一股男子气息扑面而来，不由身子有些软了，无力地倚在他的胸前，一转头轻声问道："到底是谁想杀你呢？"

这一转头，却恰巧避过了范闲的狼吻。范闲有些失望，再听着这问题更是心中微凉，抱紧了怀中柔软的身躯，双手在她的背上无意识地滑动着："别管了。"

林婉儿觉着背上一阵麻痒，忍不住笑了起来，却依然坚持着问道："如果是我父母……"

正在享受怀中女子美妙触感的手忽然停了下来，范闲看着她问道："如果真是长公主和宰相大人，怎么办？"

林婉儿望着他的双眼，认真地说道："如果嫁给你，我就是范家的媳妇儿。"

很明显,这个问题她已经想过很多次,所以才会不假思索地回答出来。

范闲懂了,他知道未婚妻从小就在宫中长大,是太后一手带大的,极少与长公主一同生活,母女感情淡淡的,但听见这个回答依然十分感动。

这一对青年男女,拥有相似的人生背景和成长历程,所以很清楚对方心里的苦与某种略显自矜的骄傲,也正是如此,才会在庆庙仅是一面便定了终生。

"什么时候,你才能出去走走?"范闲搂抱着她。

林婉儿小心地靠在范闲的左肩上,免得碰到他的伤口,无奈地道:"我打小便在宫中,极少有机会出去,只是四年前舅舅给了我一个郡主的身份才有机会出门,可最近身子又弱了些……"她小心地望着范闲,"你是不是觉着老这么偷偷摸摸的太不像话了?"

范闲笑道:"我可是最喜欢这种偷偷摸摸的感觉……只是你这病是需要走动走动,晒晒太阳的。"

林婉儿听见他自称喜欢这种偷偷摸摸的感觉,不由想到这些夜里自己竟如此荒唐,让范闲躲躲藏藏的,说道:"那明儿我进宫去求求舅舅。"

"舅舅?"范闲听她喊得亲热,低声笑了起来,"对,咱舅舅是天下最大的皇帝啊。"

范闲将今天接到的圣旨说了。范闲被封太常寺协律郎,林婉儿知道这门婚事定了下来,很是欣喜。

"对了,上次我们在庆庙第一次见面的时候,你随谁在一起?"

"是和舅舅啊。"林婉儿好奇地回答道。

"啊?"范闲很是吃惊,想到自己居然和九五至尊擦肩而过,不免心里生出了一些别样的感受。贵人既然是皇帝陛下,与自己对了一掌的那位高手自然便是宫中的侍卫头子。想到自己能和侍卫头子对一掌后只吐了几口血,又不免有些骄傲。

林婉儿看他脸上表情变幻着,来了兴趣,问道:"很意外吗?"

"只能怪自己笨,没想到那里去。"范闲苦笑着说道,"总以为是太后或者长公主,唉,来到人世走一遭,如果连皇帝都没有看见过,未免也太遗憾了。"

"我虽然不大理会外面的事情,也知道范家是极得圣眷的,你若想见陛下也不是什么难事,更何况……大婚之后,总是要进宫拜见舅舅的。"

听见"大婚"二字,再看这姑娘家含羞的动人神情,范闲心头一荡,揽着林婉儿的左手偷偷摸摸地下滑,沿着腰线一路向下,终于摸到了那片柔软丰腴的肌肤。他用手掌揉了又揉,只觉手掌下一片滑腻弹软,十分适意。

之所以前些天林婉儿强忍羞意,让范闲每日床前相伴夜话,便是因为发觉自己清逸脱尘的未婚夫实在是个守礼君子,这么多天了,也只是浅尝香泽便满足离去,从来没有太过逾矩的举动,如此林婉儿放下心来,内心深处还有些莫名骄傲。不曾想,今日这厮受了伤,反而起了色心,当感觉自己的臀部被那只手揉了一揉,一时没有反应过来,傻乎乎地睁着眼睛看着范闲足足有几弹指的时间。看着范闲眼中的情欲越来越浓,才一声轻呼醒过神来,满脸涨得通红,伸手去背后用力拨开对方的色爪。

范闲怎肯放过,一侧身便将她收进怀里,右手受伤不便,双脚就像只大号考拉熊一般缠着想挣扎的姑娘,低头便向那檀唇上吻了过去。

许久之后,两个人才缓缓分开,范闲只觉心旷神怡,不知该如何言语。而林婉儿眼中也渐显迷离之色,只是泪水朦然,竟是羞得险些哭了出来。范闲看着林婉儿的表情,一时呆住,不知该说什么好,赶紧解释:"没控制住,没控制住。"

"你欺负人。"林婉儿抽泣起来,只是不敢惊动园子里的侍卫和老嬷嬷,声音有些小。

"我哪里有?"范闲大感冤枉,心想都已经快成夫妻了,亲热一下又如何?

似乎猜到少年郎在想什么,林婉儿鼓着腮帮子说道:"还有几个月。"

范闲无奈地说道:"这么多晚上咱俩都一起过了,何必在意那些。"

林婉儿最怕这个说法,一听他说出口,羞得不行,将脸埋在被窝里不敢看他。

"早些回吧,身上还有伤呢。"

范闲委屈地说道:"那我明天再来看你。"

林婉儿将被窝拉下来一点点,露出那张可怜兮兮的脸蛋,求饶道:"你明天不是还有正事吗?"

"啊,对了,明天书局开张。"范闲记了起来,不忍再欺负这丫头,只好推开窗准备离去。

月光透了进来,照在床上,也照在了旁边依旧熟睡的丫鬟身上。范闲忍不住偷笑起来,不知道这个丫鬟天天睡得这么好,过几日会不会变胖许多。

第十八章 狱

范闲的书局开业，东川路上人头攒动，连周遭的太学都出现了难得一见的逃学风潮。街畔楼中张灯结彩，一个方方正正的门脸全数用上好的木材裹着，乌黑之中透着清亮。

来的人有大半是来瞧范闲的，大家都很好奇入京不过一个多月的范府私生子，怎么就能混得如此风生水起，更加好奇一个能文能武的贵族公子哥怎么想到来开书局了。

牛栏街刺杀之后，范闲对生活的看法有了许多的改变，这次没有隐藏在幕后，而是很光明正大地站了出来，承认了自己及兄弟就是这家书局的东主。他还给书局起了个名字——澹泊书局，请李弘成回家让靖王爷亲笔题写了，做了个横匾挂在门口。

身旁的人多在怀疑，这书局的名字是什么意思，范闲解释道，这是"不烦不忧，澹泊不失"的意思，又抛出诸葛亮的那句"非澹泊无以明志，非宁静无以致远"，将众人小震了一下。世子最初听见这解释，也是虎躯一震，以为他是借此向夺嫡的那几位皇子表明心迹。其实只有范若若最了解自己的兄长，知道澹泊的意思——曾经漂泊在澹州。

眼看着四周的人越来越多，范闲的额头上开始滴汗，对旁边的叶掌柜嘀咕道："前儿说的广告，效果未免也太好了些，怎么今天刚开张就拥了这么多人来。"

叶掌柜对"广告"这两个字并不陌生，呵呵笑道："听说东家手里拿着那位曹先生的书稿，六十八回之后，只有咱们独家付印。仅凭这《石头记》的名声，便足够吸引这么多人。当然，大家主要是来看您，看看一位能杀死七品高手的少年诗家是个什么模样。"

范闲咕哝道："咱家身长不是八尺，身宽也不是八尺，有什么好看的？"

不管他愿不愿意，道贺的人还是纷至沓来。也许是难得找到与司南伯府拉近关系的机会，也许是知道皇上已经封了范闲为太常寺协律郎，与宫中某位姑娘的婚事将近，各部官员纷纷差遣属下前来道贺，就连各王府也派人送来礼物。东川路上轿子不断，唱礼之声四起，礼盒都快堆满整间议事房了。街上围观的人群啧啧称奇，心想不过就是个书局，竟然闹出如此动静，这位文武双全的范公子果然不是寻常人物。

范闲与来客们拱手见礼，知道大部分人还是看在父亲面子上来的。好在书局地方过于逼仄，来客们也不是什么头脸人物，只是说明是哪家哪家的便告辞而去。

这时靖王世子李弘成终于来了，街上识得他身份的人纷纷行礼，他温和回应，全无一丝皇亲国戚的骄横之气。见他往店里去了，有些路人好奇道："这澹泊书局面子可真够大的。"

"靖王府与范家关系向来好，你不知道吗？"

范闲心头微动，这样一个如春风般温柔的人物却甘心为了二皇子奔前走后，那位二皇子又该是何等样的人物呢？二人进入后方安静的房间里，李弘成打量着四周的装饰，叹息道："看来还真投了不少银子。"

"我只拿了一千七百多两。"范闲给他倒了一杯茶，说道，"小生意，入不得世子的眼。"

李弘成接过茶来，摆手说道："你们范家人最能挣钱，这是满朝百官都知道的。只不过司南伯大人是为朝廷挣钱理财，你却是为自己挣，这两边可不一样。"

范闲笑了笑："挣了银子，总是要向朝廷缴税金的，就算自个儿得些，也不可能总放在手里生锈。如果拿出去用，又是照顾了别人生意，别人生意好了，朝廷的税也就多了。所以不论是在哪里做生意，只要能挣钱，这钱最后总是到了朝廷的手里，最后又用到百姓的身上。"

李弘成听得有些糊涂，又似乎有些明白，赞道："几句话却说出了大道理。朝廷一向尊农抑商，我还奇怪为什么你会选择这营生，是不是无意仕途，原来却是如此。"

范闲心想只是闲侃，为什么又成了道理？转而问道："这次劳烦王爷写字，什么时候领我去王府拜谢老人家？"李弘成这才想起面前这少年还不知道自己父王曾经与他相见过。在这儿不点破，准备日后看他笑话："你什么时候愿去就去，哪用得着与我说什么。"

李弘成一直觉着范闲比实际年纪成熟许多，不说宠辱不惊，也是沉稳异常，一直想破破对方的沉稳功夫，忽然拍手说道："对了，还忘了恭喜范世兄。"

范闲一怔，不知道何喜之有。

李弘成道："恭贺世兄领了太常寺协律郎的职司，这门口喜鹊叫了，得请多喝几顿。"

范闲笑了起来："原来是这事，你应该早就清楚了才对。"

"以往只是宫中传闻，却没落到实处，自然是不算数的。"

李弘成眉头忽然皱了起来，此时想到一桩事情，二皇子与自己总以为范家就算不偏帮自己，也不会站在太子那一面，但己方似乎忽略了一个很重要的问题，那就是婉儿的身份。他压低声音说道："司理理要押回京了，说不定能查出与北齐勾结的人到底是谁。"

范闲根本没有想到对方在这一转眼的工夫里竟然想了这么多事情，苦笑着说道："我只不过是个小蚂蚁，只求朝中这些贵人不理我就好。"

李弘成知道对方这话不尽不实，也并不点破，微笑说道："总之和打郭保坤那事一样，有什么需要我出手的，不要客气。"

"那是自然。"范闲话锋一转，"我打算在城南开家豆腐铺子，你有没有兴趣入股？"

李弘成正在喝茶，险些将茶碗摔了。他狠狠不堪地整理了一下衣裳，没好气地说道："豆腐铺子能挣几个钱，书局至少还是个书香钱，那可是酸渣钱。"

范闲呵呵一笑，也不理他，心想到时候将新榨的豆浆送到王府上时你再说吧。在澹州的时候，他豆腐吃了不少，但由于海边饮食习惯不同，豆浆倒极少喝。来京都后喝过几次，可觉着渣子太多，不知道是工艺问题还是什么，早就决定改进一下。

到了暮时，下学后的范思辙终于鬼鬼祟祟地沿后门进来了，今儿个书局开张，这从选址到选纸，从请掌柜到定书价全由自己一手操办，由不得他不紧张，所以早早地就过来了。一进书局，他先长吁短叹了一阵说没有看见白天的盛景，然后便一头钻进了账房。范闲喝着茶等他，过了一会儿，范思辙满脸震惊地走了出来。

范闲担心地问道："出什么事了？"

范思辙终于一口气缓了过来，说道："挣的比我们想的多太多！"

"啊？是吗？"范闲本想着第一天开门，能有些生意就算不错，接过弟弟递过来的账本，看着那数目心头也不禁颤了一下。且不说细校版的《石头记》就卖了八十几套，就连请万松堂代印的经史子集都被看热闹的读书人买了不少。

"今天开张，那些与咱家有交情的人多是来捧场的，以后自然没这么好的情景了。"他看着双眼变成铜钱模样的范思辙提醒道。

范思辙咽了一口唾沫，将羡慕的目光投向兄长："大哥，我知道的。只是你可以天天坐在书局里，我却只有躲起来的份儿，真羡慕你。"

范闲失笑道："你就这么喜欢当商人？父亲的爵位还等着你继承，好好读书吧，将来整个朝廷的银钱说不定都归你管。"

"那得当成户部尚书。"范思辙叹气说道，"那个老尚书都躺在床上几年了,朝廷也没让父亲顶上去。我啊……顶多能捐个功名,这条路只怕是走不通的。"

范闲有些意外地看了弟弟一眼,忽然发现,这小家伙虽然有很多顽劣不堪的地方,但看已看事却是出乎意料的精明,想了想后说道:"爱做生意就做去,父亲那里我去说。"

范思辙大喜过望,忽又愁眉不展道:"可是母亲那里怎么办?"

范闲心里一顿,想起了许久没有考虑过的柳氏。京都范府,似乎是其乐融融,但谁知道这种看似美妙的局面,能延续多久呢?

范闲带着范思辙走出书局门口,忽然想到一件事情,回身诚恳地对叶掌柜说道:"前些天说的事情,麻烦您安排一下,我不想让太多人知道。"

叶掌柜不明白年轻东家为什么对庆余堂的那些劫后之人感兴趣,可还是应了下来。

范思辙好奇地问道:"大哥,安排什么?"

"你知道庆余堂是什么地方吗?"

"我当然知道。"这位叶掌柜就是范思辙许了大价钱请回来的,他当然清楚,便悠然神往地说道,"这是当年叶家的掌柜们,如果他们都是我的人,那该有多好啊。"

范闲怔了怔,觉得自己平时是不是过于小心了,看来"叶家"这两个字早就成了黄纸堆里的陈年旧事,京都里的人不再将其看作某种禁忌。上了来接自己的马车,发现若若也等在车厢里,范闲自责道:"早知你来了,我们就该早些出来。"范思辙看着姐姐,无来由地害怕,解释道:"我只是来看看,这生意和我可没关系,你不要告诉父亲。"

范若若淡淡地说道:"都是一家人,谁乐意让你挨板子。"

东川路由白日的喧闹变作了此时的安宁,范府的马车嘚嘚嘚嘚地向着京都东城驶去。斜阳西下,马车的影子拖得老长,在街上的石板间向前滑行。随着石板细微的起伏往上弹起,似乎想拼命地挣离石板上的凉意,投身于火红的暮色之中。

还是那句老话，范闲觉着目前的家庭生活还是挺幸福的，幸福这种玩意儿，既然手上已经抓住了，就得攥牢一点。所以对于暗杀自己的案件，他决定尽快查清楚。

王启年灰头土脸地坐在桌子边上，这房子是离京前用范大人给的银票租下的，地点很不起眼，应该不会有人注意到这里。

范闲把茶推了过去，说道："辛苦了。"

王启年可不敢当，赶紧汇报这次的任务："如同大人所料，司理理一行人回京的时候，路上就遇着拦截的人。不过院里早有防备，一举击溃来敌。依大人吩咐，从沧州城出来后，属下就一直跟着院里的队伍，那些拦截的人马化装成马贼，但观其进退有矩，应该是军队。"

范闲一惊，心想怎么把军方也扯进来了，问道："是州军还是什么？"

"不是很清楚。"王启年说道，"依大人令一路只是跟踪尾随，最后发现那个领头的校官逃到了梧州。"

"梧州？"

"不错，当夜那个校官就与梧州参军会面。"王启年忽然想到有些事情必须交代，赶紧说道，"其实当时与属下一同跟踪的，还有另外的人。"

"谁？"

"宗追。"

范闲微异："就是你曾经说过当年与你齐名的宗追？你不是说他一直跟在陈大人身边吗？"他明白了，与自己一样，监察院方面也在借着司理理追查着幕后的线索。

"是啊。当天我远远看见陈院长的马车了，黑骑也在那里，不然无论如何不可能抵挡得住来的那些骑兵。"王启年有些为难地问道，"既然院里已经在追查，我们还要继续吗？"

"先不慌说这些。梧州那位参军是朝中哪位的门下？"

"那位参军姓方名休，倒没有什么背景，只是与巡城司的方参将是远房亲戚。"

范闲皱眉思索,在这一案件里,巡城司肯定扮演了不光彩的角色,只是自己应该怎么往后挖呢?或者说,自己真的应该往后挖吗?如果牵扯出太多的大人物,只怕事情很难收场。他深深地吸了一口气,问道:"司理理什么时候到?"

"明天。"王启年看了他一眼,"院长大人也是明天回京。范大人,要不要请示院长之后,我们再提审司理理?"

"费大人呢?"

"好像没有。"

范闲略显失望,但想到陈萍萍马上就要回京又无来由地精神一振——监察院可是那个女子一手弄起来的,虽然人心易变,但他初到这个世界时见到的那一幕和后来费介老师的细心教导,让范闲确信监察院不是敌人,不是友人,而是自己人。

在庆国的官场上流传着一个说法:"世上没有监察院查不出来的东西,哪怕是你藏在夜壶里的银子。"范闲也相信这一点,虽然父亲的手下没有查到什么蛛丝马迹,但如果说这个世界上还有人能够查出来,就一定是那个叫陈萍萍的人。为了安全起见,范闲让王启年暂时停止了活动,只让他去安排一些人手,跟紧院里的一举一动。

陈萍萍回京当夜,就被陛下急旨召进宫,长谈一夜,才放精神上已然委顿的陈大人回府。文武百官一面艳羡陈大人在陛下心中圣眷不减,一面却又诅咒着这位老大人早些因劳成疾,归老去吧。

陈萍萍在宫里的时候,监察院的行动有条不紊地进行着。当天夜里监察院一处官员杀气腾腾地闯进了巡城司衙门,开始查抄,另外一队人却是直扑城南方参将的府邸。

参将府外的高树上,范闲双手牢牢地抓着树枝,整个人体内的真气缓缓流淌,悄无声息地隐没在繁茂的树叶之中,双眼冷然看着府里的乱象。

没过多久,这次行动就结束了。

满脸失望的监察院官员从后院里退了出来，带来了一个令人失望的结果：巡城司参将方达人畏罪自杀，就在监察院到达前的半个时辰前悬梁自尽。

等众人散后，范闲才从树上溜了下来。走在安静的夜街上，他还在想着这件事情。方达人身为一名武将，即便因勾结北齐谋刺之事暴露而选择自尽，拔刀自刎更符合武人性格，悬梁而死的死法则宫怨气太浓，只怕并非他心甘情愿。

心念一动，便再无法按捺，他直接按王启年留的地址找了过去。王家在城南一条普通民巷里，夜间大老爷们儿都躺在外面乘凉啜茶，却将家里的媳妇儿都关了起来。范闲悄悄地从街沿下行过，找准地方，一闪身就消失在阴暗的巷角中。

王启年虽然是个低层官吏，但毕竟是监察院里的人，之所以离职后显得无比穷困，则是因为他所有的积蓄都用来买了这座小院子。

范闲翻墙而入的时候，王启年正满脸疼爱地看着自己的儿子，一手拿了把大蒲扇在扇，耳听着有异动，机警万分地一扭头，却看见了范公子那张干净漂亮的脸，不由大吃一惊。

"嘘！"范闲向他比了个手势，悄无声息地跟着他来到一个安静的地方。

王启年没有想到白天才向这位年轻的大人述了职，对方竟然马上又找来了，他满脸狐疑地问道："大人，出了什么事？"

范闲将刚才方参将自杀的事情告诉了他。王启年皱眉道："对方下手倒真是快，这下就有些难办了。"

"你带我去趟大牢，我要见见司理理。"范闲说道。

"院里在查，我们这时候插手，会不会引起什么误会？"王启年顾虑更多。

范闲说道："陈萍萍被召进宫了，我怕大牢里又会有什么意外。"

王启年心想确实得抓紧一些，于是说道："这些事情您还是不要沾手的好，下官处理吧。"

范闲摇摇头，说道："还是一起去。"说实在话，他一直对于监察院的大牢很好奇，当然，对于那位司理理姑娘也很好奇。

京都已然入夜，一大片浓墨似的黑暗里，点缀般地亮着些光明，流晶河畔最盛，瓦弄巷次之。最黑暗的地方永远都是监察院。监察院只听皇帝陛下的话，所以如今庆国的天牢不在刑部，也不在大理寺，而是设在此处，看管着一应重犯，戒备格外森严。

这天晚上，王启年领着一个全身笼在灰色大袍里的神秘人，进入了监察院大牢。

天牢的地点离监察院并不远，拐个街角便到了，一旦有事可以马上支援。王启年如今表面上不再是监察院的一分子，但凭借着范闲手头的那块腰牌，竟是轻轻松松地进入了天牢。天牢的两扇铁门悄无声息地打开，全无范闲想象中阴森的磨铁之声。负责看守的护卫仔细查验过腰牌后，恭敬地请二位入内，又从外面将铁门关上。

铁门内便是一道长长向下的甬道，两旁点着昏暗的油灯，石阶上面略觉湿滑，但没有一星半点儿青苔，看来平日里的打理十分细致。往下走去，每隔一段距离便能看到一个看守，这些看守看着不起眼，但范闲细细打量，发现竟都是四品以上的角色。

不知道走了多久，空气变得有些浑浊，与周遭浑浊的灯光一融，让人的感觉变得有些迟钝，似乎已脱离清新的尘世，到了黄泉凶恶之地。

"请二位大人出示相关文书或是内宫手谕。"一个眼神有些浑浊的牢头看了王启年一眼。

王启年对这个牢头很恭敬，将范闲的腰牌递了上去。牢头十分苍老，脸颊两边的皱纹似挤成了被细水冲刷后的干土垄一般，他接过腰牌，再看王启年的眼神便有些怪异。

王启年恭敬地一侧身，让出后面全身笼在灰色袍子里的范闲，介绍道："今天陪这位大人前来审案。"牢头虽看不清对方的容颜，但知道手上这块腰牌的分量，遂点头示意了一下，从桌上取出钥匙，打开身旁的门，一摆手请二人进去。

范闲一皱眉，心想难道待会儿要隔着栅栏问司理理？他不愿意在太多人面前暴露自己的声音，所以转过身去，对王启年眼神示意了一下。

王启年摇摇头。

看着身后的铁门关上，范闲有些好奇地问道："你怎么这么怕他？"王启年愁眉苦脸地说道："他就是七处的前任主办，一辈子都在牢里过的，到了外放的年限，居然宁肯回来继续当牢头，说是喜欢这里的血腥味道。这样的人我能不害怕吗？"

范闲打了个寒战，心想这监察院里果然是一窝的变态，当年那个女子出钱搞了这么一个怪物机构，也真不知道她是怎么想的。

二人很快便来到了关押司理理的牢室外。望着栅栏里那个模样媚丽的女子，范闲挑了挑眉。一个弱女子被关在这样可怕的地方，神态却依然镇定自若，看来在北齐她一定是受过训练的角色。不过她应该也不是什么真正厉害的人物，不然当初一定不会逃离京城，而是自投罗网，胡乱攀咬几个大人物，将庆国的朝政搞得日日不安。

范闲并不知道自己的推论与押送司理理回京那位官员的看法极为一致，他将罩在头上的灰袍取下，望着司理理，温柔地说道："理理姑娘。"

司理理早就知道栏外有人来了，今天刚到京都便有人来开审，看样子对自己还是极为重视，所以刻意摆出一副淡然自若的神情，但没料到竟然是范闲！

"范公子？"司理理无比诧异，强行忍住了自己呼叫的声音。

"司姑娘，醉仙居一别，已有月余，着实料不到再次相见，竟然是在这样的场合。"想当初同床共寝时，满指香腻，口舌交缠，范闲何曾想过这个女子竟是北齐的暗探。

司理理不知想到什么，幽幽地说道："不曾想到，范公子竟然如此深藏不露。"

范闲叹息道:"瘦玉萧萧伊水头,风宜清夜露宜秋。更教仙骥旁边立,尽是人间第一流。本以为你我即便只是偶然同游,也算极有缘分,谁曾想姑娘竟是别有心思。"

这首诗乃是前世钱惟演所作《对竹思鹤》,讲的便是个清高脱俗。范闲认为司理理既然名冠京华,素有才女之称,一贯在众人的惜爱目光中生存,应该骨子里有些清高才对。不料司理理竟是缓缓低下头去,没有丝毫触动。

范闲再叹息:"卿本佳人,奈何做贼。"

司理理嫣然一笑,果然佳人如兰:"公子能入此大牢见我,想来身份也不简单,大家各自为主效命,何必多说?"

范闲取出一个小药瓶扔了进去,说道:"这是毒药,总有人来逼供的,如果你不想受活罪,自己吞服了去。"小药瓶在干草上滚了两滚,在司理理的身边停了下来。司理理捡起这个小瓷瓶,攥得紧紧的,她断然没有想到,先前还温柔可亲的范公子,一转眼竟变成了一个诱惑自己死亡的魔鬼。

如果她愿意死的话,当初就不会逃离京都。范闲算准了这点,看着她的双眼柔声说道:"既然你要杀我,难道我还应该疼惜你?你的想法未免也太荒唐可笑。既然我给你指了一条少吃些苦头的路,为什么不谢谢我?如此怕死的人,怎么也配做探子。"

司理理气得紧咬牙齿,恨意十足地抬起头来,一双幽深的眸子穿透略显凌乱的秀发,盯在范闲的脸上。

范闲脸上一片平静:"舍生忘死这种话就不要多说了。其实你不是愚蠢的人,知道自己就算供出与北齐勾结的朝中大员,最后也是免不了一死,所以干脆咬牙不说。"

司理理忽然觉着范公子说话的声音越来越远,越来越轻,却越来越可怕。

"我不是朝廷的人。我只是想找到那个人,然后报仇。"

"我愿意和你做个交易。"

"除了相信我，你再没有别的路可以走了。"

范闲淡淡地说着，言语里却是阴寒无比，声音越来越低，就像是在自言自语："我是个不介意对女人用刑的人，因为你先想着杀我。生死之中，男女双方本来就是平等的。"

毕竟从小就挖坟，范闲表面上的清逸脱尘并不能完全掩饰骨子里偶尔爆发的阴郁恐怖。王启年沉默地离开，去让那个牢头来开门，同时准备一应相关的刑具。

随后，无数声女子的惨叫在幽深的天牢里响起。

许久之后，范闲微微皱眉望着晕倒在干草堆上的司理理，看着她血肉模糊的五指，脸上没有一丝表情。反倒在旁边一直默不作声的王启年心中有些异样，他实在想不到如此清逸脱尘的公子哥，看到刚才恐怖的用刑场面，竟还能如此冷静，真不知道在他温柔的表象下，掩藏着多少不为人知的冷酷。

"用刑要管用，至少需要五天的流程。"王启年有些困难地咽了一下口水，低声解释道，"眼前这个司理理显然是个新手，才会让大人逼出一些情报，但归根结底是受过训练的人，一旦涉及一定要保住的秘密，又承受不住身体上的痛苦，自然就会昏了过去。"

当那个牢头进来时，范闲已经将自己的脸隐藏到灰袍之中。牢头佝着身子收拾刑具，一边收拾一边摇头说道："这位年轻的大人，用刑也是一门学问，你要在短短半个时辰之内问出来，这本身就是对我们专业人士的一种侮辱。"

范闲一时气闷，侧着身子让牢头离开，看着他走远了，才开口对王启年苦笑说道："看来还是交给专业人士来做吧，过几日我们来等消息就好，我看此处的防卫，应该不会有人能潜进来灭口。"

正准备离开的时候，司理理悠悠醒来，触到手指伤口，痛得凄声惨叫，平日里在花舫上弄弦而歌的唇与手，今日手已毁了，唇中也只能发出凄惨的声音。

范闲微微一顿，回身隔着栅栏看了她一眼。

司理理咬着下嘴唇，满脸苍白，冷汗早已打湿了她的头发，两只眼睛像受伤后的雌狮一样，狠狠地盯着范闲的脸，似乎想将他的容貌全部记在脑海之中。

范闲就这样沉默地看着她，王启年知趣地离开了一段距离。

"刚才我给你的药瓶收好了，下次用刑如果真觉着受不了，就吃了它。"范闲第二次用死亡来考验对方，语气十分淡漠。

司理理终于忍不住哭了出来，恨恨地望着他，目光无比怨毒。

潮湿的气味混着鲜血的腥气，在甬道尽头的囚室外发酵，一对月余前还在床上假意恩爱的男女，早已调换了彼此的角色。范闲当初还以为自己会像明清小说里写的那样，会与这个女子来上一段妙事，又或者像白乐天一样将她领回家去，谁知道故事根本尚未开始就草草结束。不过这没有什么好叹惜的，既然对方要杀死自己，如果此时还像费介老师当年说过的那样给予多余的同情心，那是对自己以及身边人的极大不负责任。

迎着那两道怨毒的目光，范闲温柔平静地解释道："我认为性命这种东西，能自己掌握就自己掌握，所以才将毒药给你，你应该知道你的死对于我没有什么好处，所以不必用这种目光望着我。我依然怜惜你，但并不会心生内疚。我的三名护卫的头颅被你们的人拍成了烂西瓜，谁会为他们的死感到内疚？"

说到这里，他摆摆手，继续道，"也许你不相信，我曾经非常怒恨这个老天，自认为一辈子都在做好事，最后却得了个最凄惨的结局，如果恨有用的话，这老天早就被我恨出了几百万个窟窿。我后来明白了，在你还有能力掌握自己身体的时候，必须感到庆幸自己还有日子可以过。"

司理理依然沉默不语，将满是伤口的双手轻轻地抬起，不让它们与粗糙的茅草接触。

"司姑娘，想开些吧，这个世界上什么都没有性命重要。"范闲平静地说道,"你是庆国人,却为北齐卖命,能够舍弃如此多,想来应该不是为了金钱,而是为了报仇之类的原因。我不知道京都那些关于你的传闻是不是真的,但是如果你想做些什么事情,就必须要保证自己活着。而你这时候想活下去,就必须付出一定的代价。"

司理理猛地抬起头来,眼睛里的光芒虽然黯淡,却像是坟茔中的冥火始终不肯熄灭,咬牙说道:"你怎么保证我能活着?"

范闲精神一振,半蹲了下来,说道:"你今天刚到京都,我就能到天牢里来审你,你应该能猜到我在监察院里的地位。"

司理理无力地摇摇头:"你认为我会相信你吗?"

"这和相信无关。"范闲温柔地说道,"这本来就是赌博,只不过现在你比较被动,因为在生与死之间,你没有选择的余地。"

司理理的目光无助地游移着,似乎有些心动。她转过脸来,看着范闲那张干净漂亮的脸,不知为何,却想到了那日深夜里花舫上二人的交缠,一股毫无道理的恨意涌上她的心头,她像疯子一样扑了上来,一口唾沫往范闲的脸上吐去。

范闲侧身避开,十分诧异,明明这个女子的心防就要松动,怎么忽然间又变了一副面孔?他哪里知道,不论前世今生,不论何种职业,这女人的心思总是如海底细针,山间走砂般难以触碰,难以捉摸。

范闲的眉头皱了起来,脸色不停变幻,不知道在想什么。他想到昨天夜里那位参将自杀,再想到梧州那位恐怕也已经死了,就知道对方下手狠且快速——如果自己想要抓住真正想对付自己的人,似乎只有司理理的嘴,如果口供出得太晚,只怕与司理理联系的人也会死去,或者离去。而用刑似乎在短时间内不足以令这个北齐女间谍的神经崩溃,可惜现在范闲需要的是时间,不然即便熬上几日又怕什么。

看样子从她嘴里问不出来什么,范闲有些失望,从栅栏前站起身来,好像准备与王启年一道离开。忽然间,他深吸一口气,皱眉站回牢舍前,隔着栅栏冷冷地看着这个女子。王启年有些诧异地看了他一眼。

范闲的声音清清淡淡地响了起来："说出是谁做的,我以在这个世界上的祖先名义起誓,绝对会放了你。"

回答他的是死一般的沉默,但范闲不肯死心,一双渐趋温柔的眼睛注视着司理理的脸,注视着司理理平举在胸前那双血淋淋的手。

天牢里的湿气有股发霉的味道,不知道过了多久,司理理依然是紧咬着下唇,没有说话,显然她的内心深处也在进行着痛苦的挣扎。范闲扔给她的那个青瓷瓶,此时在她身旁的干草上,似乎在散发着某种很诡异的味道。

很久之后,范闲叹了一口气,似乎放弃了,临走前对司理理说了最后一句话:"你举着双手的样子,像只可爱的小狗。"

后来王启年一直觉得范公子有些神经质,在那种局面下还能调笑敌国的探子。范闲自己却没有这种自觉,这话纯粹是下意识里说出来的。当然,他也不知道自己这随口一句话,立即会造成什么效果,以后又会给自己带来什么。

司理理听到他说自己像只可爱的小狗,微微一怔。

出乎所有人的意料,紧接着的是这位女间谍的扑哧一笑,一声失笑后,她的面色一阵变幻,不知道在想什么,只觉着此时自己的精神无比放松,似乎这一笑之后,就卸下了所有的负担,整个人的魂灵怯缩地躲在自己的躯壳中,小心翼翼地祈求着生存——身体就像泡在温暖的热水里,十分舒服,开始真切地怀念起生活里的美好。

过了一会儿,她缓缓地抬起头来,苍白的双唇微微翕动,吐出了三个字:"吴先生。"

范闲听得清清楚楚,是"吴先生"三个字,一愣之后回头望向王启年,王启年点头表示听说过这个名字,他这才松了一口气,一道淡淡的兴奋涌上心头。他将手伸到栅栏的干草上,在司理理不解的目光中,拿回那个装着毒药的小瓷瓶,对她说了声:"谢谢。"然后就转身离开。

司理理似乎明白了一些什么,满是鲜血的双手紧紧握住栅栏,对着离去的背影恨声凄叫道:"不要忘记,你用祖先的名义发过誓!"

厚重的铁门悄然无声地关上之后,监察院大牢里回复了平静与灰暗。这里的犯人通常是关不了几天就到地府去了,因此剩下的犯人并不多,所以此时甬道最深处隐隐传来的几声哭泣十分清晰,十分凄楚。

过了一会儿,牢头恭敬无比地推着一台轮椅从密室里走了出来。陈萍萍正坐在轮椅上闭目养神,忽然睁眼问道:"你看我选的这个提司如何?"

牢头想了一想:"心狠手辣,他只占了半截。"

"哪半截?"

"手或许是辣的,但骨子里依然是个温柔的小男人。"

陈萍萍微笑着,苍老的面容上浮现出一丝欣慰:"如此就好,如此就好,心温柔手段狠,总比心狠手段烂要强些,至少错打错招地从司理理嘴里得到了口供。"

牢头冷静地问道:"司理理怎么处理?"

陈萍萍想了想,淡淡地说道:"看一段时间,如果能发展成我们的人,就尝试一下。如果不行,就杀了。"

"不需要向那位范提司交代?"

"我是准备将这个院子交给他,但他现在既然还没有这个能力,就没有必要知道太多。"

"是。"牢头应了声,又道,"一处正在准备出发。"

陈萍萍咳了两声。此时满朝文武都以为他还滞留在皇宫里,谁也想不到他竟然只身来到了天牢中。咳嗽好不容易停下来,他示意牢头将自己推出去,然后说道:"那个吴先生既然已经逼死了方达人参将,估计这时候早就离开了京都,只怕来不及了。"

牢头耸耸肩,当年他是负责七处事务的主办,从来就瞧不起一处的办事效率,查案这种事情也没有什么乐趣可言,所以他并不太关心能不能捉住那位吴先生。

陈萍萍今天从皇宫出来之后便到了这里,就是想瞧瞧范闲如今究竟是个什么模样，有没有能力接手自己为他准备的一切。牛栏街遇刺，他与五竹同样，都没有怎么放在心上，这只是小事罢了。看范闲在处理这个事件里所表现出来的特质，才是更重要的方面。

这只是一次小考。

范闲从王启年处得知，吴先生就是京都有名的谋士吴伯安，此人徘徊在二皇子与太子之间，似乎没有什么明确的倾向。据传言，官场上许多事情的背后都有这位中年人可怕的身影。

"怎么能确定司理理说的是真的？"王启年向他请示。

"很简单，那个吴伯安如果还在京中，那就不是他，如果已经跑了，那就是他。"

最简单的判断也许最接近事情的真相。

王启年又紧张地说道，"难道真要放了司理理？大人，您目前可没有这种权限，可是先前又……"虽然监察院的人向来不敬鬼神，但用祖宗发誓却是无比看重。

范闲没有回答他，在心里想着，自己在这个世界上的祖宗和自己似乎关系不怎么大。他知道此时自己不方便再出面，便让王启年去通知一处。

只是王启年都没有注意到，在他们分手的时候，范闲静静地看着街角里的黑暗处，用坚定的眼神，用无声的唇形，把吴伯安的名字又说了一遍。

安排完这些事情，范闲回了范府，小心翼翼地从怀里取出一个密封极好的小皮袋，将那个小青瓷瓶从皮袋里倒了出来。这瓶子用的是青砂工艺，气眼比一般的瓷器要大些，所以足够容纳一些淡淡的迷香。先前为了让司理理放松警惕，他着实花了不少工夫。

毁掉青瓶，范闲紧紧地抱着薄薄的丝被，安静地睡去。第二日王启年前来回报，面带愧色地说吴伯安早已经离开了京城。吴伯安离开京城，范闲似乎早就料到了，所以并不怎么失望。

第十九章　御前

离京都约有十八里地有处庄园，远远可以看见苍山之上的雪巅，即便已是初夏，庄园里依然十分凉爽，葡萄架子长出了叶子，一片青葱适目。

范闲千辛万苦才问出来的吴伯安，此时正神态逍遥地坐在葡萄架下，看着对面的年轻人，略带责怪地说道："你不应该来。"

对面的年轻人是宰相家的二公子林珙，他望着吴伯安，极有礼貌地说道："吴先生被迫离开京都，小侄自然要来送一下。"

吴伯安微微一笑，他自认胸腹之中有天下，所有的事情都在计算之内，世人总以为自己在二皇子与太子之间摇摆，却哪里知道自己与宰相的关系。他责备道："太冒险了，宰相大人并不知道你我二人定的这计谋，如果让人知道了，只怕你父亲也极难脱身。"

林珙阴险地笑道："先生先去崂山清修一阵，等京都闹上一闹，太子就会知道，一定要依靠我们林家，将来才能坐稳这个天下。"

"不错。"吴伯安显得忧心忡忡，"自从小姐的婚事传出来后，不知道是不是觉得长公主再没办法控制内库，皇后那边显得冷淡了许多。"

从年初的宰相私生女事件，再到与范府的亲事，吴伯安觉得陛下一直在削宰相大人的脸面，只怕是在为将来太子继位做打算。果不其然，太子与宰相府渐渐疏远了起来，所以他暗中策划了此计。这样不但可以一举杀死范闲，暂时稳住内库的局面，也可以让太子陷入某种不安定的风言中，逼着东宫重新建立与宰相府之间的紧密关系。

只是从一开始，宰相就严厉地反对这个计划，倒是二公子显得十分热情。一位公子，一位谋士，便开始暗中操作起来，假宰相之名使动在军中隐藏了许久的方氏兄弟——只是吴伯安万万没有料到，范闲竟然能在那样恐怖的袭击中依然逃出生天，更是生生击毙了几个刺客，留下了抹不掉的痕迹。

不过局面依然在掌控中，方参将已被灭了口，就算监察院查到背后是自己，也不可能查到宰相那里，所以吴伯安让二公子林珙赶紧回京。

林珙傲然笑道："这处庄园我已经经营了许久，即便是大内侍卫或监察院的人来了，也极难进来捉人，更何况你我行事如此隐秘，又有谁知道我们会在这里？"

吴伯安一想，果然如此，且将心放下，骨子里摆脱不了的名士风气又流露了出来。他一摇纸扇对着头顶的葡萄架子笑着说道："这葡萄架子搭得极雅，却让在下想起个笑话。"

"什么笑话？"

"有一位官员惧内，有天被家中娘子抓破了脸皮，第二天上堂，太守问这是怎么回事？官员尴尬应道，说昨夜在葡萄架下乘凉，不料架子倒了，划伤了脸面。太守大怒，呵斥道：这定是你家泼妇做的，岂有此理，速传衙役去将你妻子索来！正此时，谁也没想到太守夫人正在堂后偷听，大怒之下冲上公堂，对着太守一通呵斥。太守慌了神，赶紧对那位官员说：你先退下，我家的葡萄架子也倒了……"

二人讲完笑话，齐声哈哈笑了起来。二公子林珙自然是听过这笑话的，却从笑话里听出了一些别的意思，难道吴先生是在暗讽自己父亲惧内？只是母亲早亡……难道是说宰相畏惧长公主？林珙微感恚怒，眼角余光里却看见一个黑影出现在园子里面。

那是一个瞎子，眼睛上蒙着一块黑布，手中提着一把铁钎，钎尖上的鲜血正缓缓滴下。

林、吴二人猛地站起身来，知道对方悄无声息地潜入此处，那外面的高手们一定都死在了这把铁钎之下。一想到这庄园里的高手们，竟然临死前连声惨呼都没有发出来，林珙心头一阵恶寒，畏惧地喊道："你是谁？有话好说！"

五竹没有回答他的话，像个鬼魂一样从园子那头，疾速冲了过来。

林珙大吼一声，抽出腰间软剑，当头砍了下去。

五竹一侧身，闪过剑尖，整个人的身体已经贴住了林珙的面门，两个人贴得极近，看上去有些怪异。

噗的一声。

鲜血从林珙背后戳出来的铁钎上滴落，他看着面前的那方黑布，眼中满是恐惧和诧异，自己是堂堂宰相之子，这个人竟然连说话的机会都不给就杀了自己！

哧的一声，五竹平静地从林珙身上拔出铁钎，看似极缓，实则快速地向旁边移了三步，避开了对方胸膛上喷出的血泉。

铁钎不偏不倚地刺穿了林珙的心脏，血花从小孔里喷射出来。看着这血腥的一幕，吴伯安面色惨白，死死捂着嘴巴，不让自己发出半点儿声音。他看见对方蒙在眼睛上的黑布，知道对方是个瞎子，便试图蒙混过关。

五竹微微偏头，转身"望"着他。

吴伯安心中涌起强烈的绝望，但面上却露出了一丝惨笑，尽量让自己的声音变得稳定些："我不是宰相的人！这位壮士，卖命于人，并不见得是件有前途的事情。老夫吴伯安，在京中交游广泛，若壮士雄心犹在，不若……"他的声音戛然而止，然后很困难地低头，看着已经穿过自己喉骨的那把铁钎。

他不明白，这个刺客为什么不愿意听自己把话说完……自己是个文弱书生，并没有什么威胁。而且他自命不仅是算无遗策的谋士，更是辩才无双，只要这个瞎子刺客肯把这番话听完，一定不会杀死自己——自己这一生还有许多大事要做，怎么能就这么死了呢？然而，谋士吴伯安就这样死了。

五竹在这个世界上活了几十年也一直没弄明白，为什么不管是在东夷城、在北魏、在京都，或者是在这里，每当自己要杀对方的时候，这些人总喜欢喋喋不休地说个不停。小姐当年说过，"刀剑总是比言语有力量些"，五竹一直认为自己很明白这句话的意思，却不明白为什么世人总不明白这个道理。

他收回铁钎，有些孤独地向园子外面走去。

他离开之后，葡萄架子终于承受不住先前五竹快速移动所挟的杀气，喀咔一声倒了下来，盖在那两具尸身之上，绿叶乱遮，老藤虬纠连在一处。

连着几天，监察院都没有别的消息，沐铁倒是曾经来过范府一次，进行拍马屁的工作。只是吴伯安这人并不出名，真正厉害的谋士却忽然在人间消踪匿迹，范闲的心情似乎并不太好。

司南伯手中的暗处力量也悄悄加入到了搜索的队伍中，可依然一无所获。等到王启年灰头土脸地汇报行动失败后，范闲也只好暂时将这件事情压下，强行将心思转移到妹妹、书局、鸡腿这些比较阳光的地方，耐心等待着黑布叔的手段。

这天下午，他强打精神带着妹妹和思辙去靖王府做客。不料靖王却不在府中，李弘成无奈地说道："父王今儿个入宫去了，说是太后想他了。"

范闲打了个哈哈，没有去多想这句话的意思，就和李弘成去了后园凉棚下面，一边吃瓜果，一面躲避初夏的炎热。都不是外人，郡王的幼女——那位曾经让范闲很感兴趣的柔嘉郡主也在场，并没有避讳什么。

郡主很漂亮，脸蛋红扑扑的，是极温柔有礼的那种，这是范闲来到这个世界之后见过的最温柔的女性。但范闲依然断然决然地鼻孔朝天，不施半分青目。

这位郡主姑娘今年刚满一十二，好比一颗纯洁无比的青涩果子。范闲虽然骨子里有些多情，却不是滥情之人，更不是那种无耻之徒。

谁知怕什么来什么，柔嘉郡主今日一直乖乖巧巧地坐在若若身旁，两道目光却是有意无意地瞄着范闲，一对大眼睛忽闪忽闪地羞意十足，看得范闲心里发慌。

范思辙被王府下人领着去射箭了，范闲与世子有一搭没一搭地说着话，那两位姑娘也在轻声说着什么。范闲正觉尴尬之时，忽见一位王府属官急匆匆地走了进来，附身到李弘成耳边说了些什么，只见他面色一变，两道疑惑的目光望向了范闲。

"出什么事了？"范闲看着凉棚，微笑地说道，"王府的葡萄架子搭得倒是挺好的，只不过让我想起一个笑话来。"

世子没有给他在女孩子们面前卖弄才学的机会，面色沉重地将他拉到一旁，轻声说道："出事了。"

"什么事？"范闲知道事情肯定不简单，不然李弘成这家伙也不会这么紧张，脸上却仍然笑道，"你家的葡萄架没倒就成。"

说来奇怪，李弘成早就到了适婚的年龄，不知道为什么，却一直没有娶夫人进门。

"没空与你讲玩笑话。"李弘成沉着脸说道，"昨天苍山脚下一处庄园里出了命案，吴伯安和宰相的二公子林珙都死了。"

范闲大惊失色，问道："什么？"

李弘成说道："不错，你未来的二舅子死了。"

范闲却一时没有想到这复杂的亲戚关系上来，吴伯安的死在他的预料之中，但是……如果说不是五竹出手而是有人在灭口，怎么也不至于将宰相的二公子赔了进去。范闲有这个自知之明，自己的身价如今还远远及不上那位二舅子。既然吴伯安和那位二舅子死在一起，难道是说上次想杀自己的是宰相林若甫？

他对这位没见过面的妻兄并没有什么感情，但想到随之而来的事情，不禁震惊无语。略镇定了一下他问道："人是怎么死的？"

那个庄园极偏僻，按道理这桩命案恐怕要很久之后才会被人发现，但没有想到第三天正好是山令传榜的日子，一入庄园便看见满地尸首，大惊之下层层上报。因为死的是宰相的儿子，还有那个身份特殊的吴伯安，所以这消息经过京都府和刑部直接到了皇宫里面。靖王今日入宫，偶然听到这个消息，便请宫中相熟的公公传话回来。

范闲心头一动，靖王应该知道自己今天会来王府做客，让人传消息回来便是想通知自己，只是为什么对方会认为自己需要这个消息？看见他的神情，李弘成压低声音说道："监察院在找吴伯安，听说和你上次遇刺的事情有关系，这次他死得如此蹊跷，当心别人疑你。"

范闲装作吓了一跳，连连摆手道："这事与我可没关系，连监察院都找不到的人，难道我还能找出他来？如果宰相大人真的信了这事，那我以后在京都里还活不活了？"

李弘成看他神态不似作伪，舒了一口气："如果真是你干的，我不免要重新估计一下你的力量，将来得讨好你才行。"

范闲已和他相当熟稔，笑着骂道："这又是什么混账说法！我只求宰相大人不要把他儿子的死和我联系起来，就要去烧高香了。"

李弘成说道："应该不会，你刚才的解释很有力，陈大人都抓不到的人，你初入京更是不可能抓得到。就算抓住，也不可能为报私仇泄愤就胡乱杀人。这事我信你，父亲那里，我会替你说去，相信宰相也不会乱来。"

范闲叹了口气说道："只怕宰相首先要想办法解释，为什么二公子会和吴伯安在一起。要知道吴伯安可是与北齐奸细有联系的角色，叛国的罪名是坐实了的。"

李弘成点了点头，略带忧虑地说道："只是宰相大人老来丧子，受了这种打击，若再被政敌借吴伯安之事攻讦，只怕日子会不大好过。"

范闲看了他一眼，心想宰相的政敌不就是你和二皇子了吗！

回到范府，范闲径直往父亲的书房走去，发现父亲并不在家，应该是被召进宫去了。他有些不安地回到自己的房间，坐到桌前时，才发现自己的背后都湿透了。

其实在李弘成复述庄园里吴伯安和宰相二公子的死状时，范闲就知道是谁下的手。在这个世界上，再没有人比他更熟悉五竹叔出手的方式和留下的痕迹。

那天夜里范闲在天牢中查到吴伯安的线索，就知道吴伯安命将休矣——只是没有想到林婉儿的二哥也会一同死去。

虽然不知道五竹是如何找到那个吴先生的，但是依五竹的性子，一钎子捅死两个谋害范闲的幕后黑手，一点儿都不惊奇。五竹是宗师级的强者，在他眼中，什么宰相府公子，或许和澹州那个来杀自己的刺客一样只是个血肉之躯而已。只要不牵连范闲，五竹的铁钎从来没有禁忌。

范闲的不安在于，既然连靖王都认为自己与林珙的死有关联，那宰相会怎么想？他是想报当日护卫被杀，自己和藤子京重伤之仇，他也想过幕后主使之人可能是宰相大人——自己未来的岳父。如果真是这样，范闲自忖也只会杀死吴伯安以警告对方，但却没有想到林婉儿的二哥就这样干净利落地死了。林家就两个儿子，听说大的那位还有些问题……

想到林婉儿，范闲又是一阵头痛，就算婉儿从小生长在宫中，与林家人没有什么感情，但毕竟是血肉之亲，这是无论如何也撕脱不开的事实。他站起身来绕着桌子走了两圈，眼光渐趋坚定，下定决心，一辈子也不能让婉儿知道其中原因。

庄严无比的皇宫深处，天下最有权力的那个人所处的房间，却远远不如他统治的辽阔疆土那般有气势。宝鼎里的焚香渐渐散去，只留下厚厚的积香灰，门外西去阳光侧向照了过来，那些扑槛而来的柳绵在光线中纤纤可数。

房内铺着浅色石砖，左右依次站着十数位朝中大员。今天并不是正式的朝会，所以这里并不是太极宫，只是一处偏殿，皇帝陛下也没有坐在高高的龙椅上，只是随意坐在一把椅子上。

皇帝今日穿着一件水青绸的便服，腰间扎着一条盘龙金丝带，乌黑的头发束得紧紧的，只偶尔在鬓角处露出几根银丝。他随意坐在椅子上，比四周站着的臣子要低，然而那股气势却像是坐在世界的最高端，俯视着脚下的万千臣民。

今日国事已毕，留在屋里的是几位老臣、重臣。

陈萍萍在左手第一位，由于坐在轮椅上，所以显得很特殊，头颅无精打采地微微垂下，似乎要睡着了一般。大臣们都知道身为陛下第一亲信的陈院长，曾经得过明旨，不用参加例行朝会，但今天这会议却是必须要参加的。

宰相林若甫在右手第一位，他今天也有特殊待遇，坐在一张圆凳子上，只是官服有些长，显得有些滑稽。这个名噪天下的奸相生得却是眉清目秀，眸子炯炯有神，只是微白的胡须揭示了他真正的年龄，想来年轻的时候一定是个美男子。

今日他双眼红肿，嘴唇发白，想来先前曾哭过。

"宰相大人节哀。"皇帝轻声说道，房间里嗡嗡的回声响了起来，"你且在府中休养数日，也好……送送那孩子。"

林若甫站起身来，恭敬行了一礼，哽咽道："老臣不敢，犬子之事，惊扰了陛下已是罪过。"

那几位各部大臣也温言相劝老宰相，人死不能复生，如何如何。

林若甫忽然高声说道："敢请陛下为老臣做主，为那死去的孩子讨个公道！"说完这话，他就直挺挺地跪了下去。今日午间得知二儿子的死讯，一向心如铁石的宰相大人也险些晕厥了过去，所谓白发人送黑发人，哪里禁得住这般情绪上的冲击。

皇帝的唇角不为人知地翘了翘，不过没有人敢盯着天子的脸去看，所以也没有人注意到这个小细节："自前日范家小子遇袭之后，不期京都之侧又发生如此凶案，这京都府自然难辞其咎。宰相大人放心，寡人自当重重处分，给你一个交代……各有司定要抓紧缉拿凶徒，以刑部为主，若有不协事,陈院长在一旁统领一下。"

陈萍萍看似熟睡,此时却睁开双眼,微笑着应了下来。林若甫双眼里暴出两道精光,却是片刻即逝,对着皇帝叩了个头,才在众人的劝说下站了起来。

庆国并不如何讲究殿前仪范,皇帝陛下知道宰相这个头是不好禁受的,沉默片刻后说道:"前次事情有北齐贼子的影子,意图引起朝廷风波。今次莫非又是外贼潜来作案?这边禁如今难道疏落成这副模样?传旨下去,着北三司好生自查。"他忽然厉声训斥道,"陈萍萍,你的院务也得用些心才是,四处难道是吃白饭的!你这次回乡省亲,硬是多拖了一个月。难道要朝中大臣的子弟个个死于非命,你才肯回来!"

群臣惊惧,极少见陛下如此发怒,更少看见陛下对陈大人如此严厉训斥。陈萍萍却是面色不变,开口自辩道:"回京之时,因为朝中有人意图劫走北齐密谍司理理,这司理理与前些日子范氏子遇刺一案有关。兹事体大,我得院报之后绕了一段路,押那探子回来,所以耽搁了些时辰。"

"原来如此,那便罢了。"皇帝竟是将这案件高高举起,却又轻轻落下。

众大臣原本惊得不行,心想陛下似乎连陈大人都不怎么喜欢了,接着发现如此发落,才明白原来迟归一事,终究不成体统,陛下是借此事将这笔账清掉。众人紧接着想到陈萍萍所言司理理一事,他们还是头一次听说有人意图劫囚,不免心头震惊,暗忖莫非真的有朝中大员与北齐勾结,妄图惑乱朝政。

"司理理一事暂且放下,先将宰相公子这件案子查个水落石出。"皇帝冷冷地看着陈萍萍。

陈萍萍在轮椅上欠了欠身子,又看了林若甫一眼,说道:"这两件案子,其实……倒是一件。"

"怎么讲?"不只皇帝,就连其余那几位大臣也来了兴趣,唯有林若甫似乎想到了什么,脸色变得十分难看。

"宰相大人心忧子逝,有些话我本不当说。不过做臣子的,在陛下面前不敢隐瞒，还请陛下恕臣出言无状之罪。"

皇帝皱眉道："说来听听。"

陈萍萍握着满是青筋的枯手成拳，堵在唇边咳了几声，似乎将胸里的闷痰全部咳了出来，只听他淡淡说道："宰相二公子林珙被杀之时，与吴伯安在一起。"

"这吴伯安是谁？"皇帝皱眉道，"讲清楚些。"

吴伯安在京都官场中颇有几分名声，此时屋里的大臣大多知道，只是以往总以为这个谋士是在太子与二皇子之间摇摆，哪里想到竟会与宰相家的公子待在一起，此时再投往宰相大人的目光，不免多了几分担忧。毕竟大家是文官一体，如果被监察院咬出什么，大家都没颜面。林若甫却是安坐圆凳之上，双眼红肿未消，看不出担心。

"臣日前追查范氏子遇刺一事，司理理供认，与北齐方面联系的人正是吴伯安，而私放西蛮箭手入京都的人，则是巡城司参将方达人。在沧州城外意图劫囚的骑兵首领，正是方达人远房堂弟梧州参军方休的手下……如今看来，这事件的筹划者便是吴伯安，方休与方达人都是执行者，负责接应北齐的刺客及杀人灭口。至于那些箭手的尸体被抢先火化一事，目前还没有查到什么头绪。"

"你想说什么？"

"臣无他意，只是好奇，为什么林二公子死前，会与前些日子范氏子遇刺案件的主谋待在苍山脚下的庄园里。"

此言一出，群臣哗然，礼部尚书郭攸之率先出来为宰相辩解："且不说那司理理是不是受刑不过，胡乱攀咬，即便吴伯安与前宗案子有关，"他转向皇帝请罪道，"臣一时情急，陛下莫怪，着实是因为那吴伯安乃二十年前进士，在京中颇有才名，交游甚广，林二公子与他在一处实属寻常，岂能因此而随意诬蔑死者？宰相大人丧子之痛未去，陈大人便如此胡言乱语，实在是……不堪！不堪！"

林若甫对陛下躬身行礼，沉痛地说道："犬子不肖，行事孟浪，招致不测，但若说他有此不臣之心，老臣是断断不信的。那吴伯安臣也见过，还曾与他游历京都四周名胜，确实是个有才之人。若与吴伯安有故，便与命案有关，那岂不是臣也脱不得这嫌隙？"

"不错。"一位大臣也点头说道，"臣也曾与吴伯安见面，观其面，似乎颇正，若此人真是狼心狗肺之徒，这又与林二公子何干？陈大人当谨言才是。"

林若甫面现激动地说道："若臣与此事有关，天厌之，天厌之！"见宰相大人说了如此重的话，几位大臣随他一同跪了下来。见大臣们跪着，皇帝撑颌于椅斜瞥了陈萍萍一眼，眼里却尽是笑意。转瞬间，皇帝面色如霜，请诸臣起身，正色道："陈萍萍已先请罪，还未说完，容他先说下去。"

朝堂之上总是如此，陈萍萍一院独大，文官系统总是喜欢抱团。陈萍萍淡淡看了林若甫一眼，说道："宰相大人息怒，本官只是觉得不解。监察院暗索京都一日一夜，都没有找到吴伯安，贵公子却能与这位谋士在葡萄架下把酒言欢，自然想问个明白。"

"吴伯安究竟是不是前宗案子的幕后主使，此时犹未可知，也许当时他与林二公子约好去苍山赏景。陈萍萍，此事稍后再论。"皇帝忽然冷冷开口，阻止了陈萍萍的陈述。

见陛下站在己等一方，各部大臣松了一口气，林若甫却被"稍后再论"四个字击中了心房，一阵寒意袭上心头，知道陛下是在警告自己不要借题发挥。

这是一种交换，一种不借助言语却双方心知肚明的交换。林若甫相信府中袁宏道的判断，珙儿的死与范家应该没有什么关系，所以沉默不语，接受了这个事实。毕竟如果监察院真顺着吴伯安勾结北齐的线索追下去，事涉谋逆，只怕自己这个宰相也做不成了。

"你先前说这两宗案子本是一宗，究竟是个什么说法？"

陈萍萍面无表情地看了这些大臣一眼，大臣畏他眼神寒毒，有些不自在地咳了几声。只听他轻声说道："经刑部与院中查验死者伤口及当时场景，判定行凶者乃是东夷城四顾剑一脉，所以臣断言两宗案子本是一宗。"

听见"四顾剑"三个字，就连不谙武道的大臣们都有些动容，难怪先前讲述苍山庄园遇袭之事时，听说凶手只是一个，便悄无声息地杀死了十数位高手，而且均是一击致命。此时只有林若甫面色不变，似乎早就知道了这件事情。

"嗯？"皇帝皱起了眉头，四大宗师的名头虽然还不放在他这位九五至尊的心上，但这些超然的武道强者，对于朝廷威严来说总是很难忍受的存在。

"因为前些日子被范氏子反击杀死的刺客中，有两个女刺客，据院中档案记载，这两个女刺客应该是东夷城四顾剑门下，只是不知道是那人的徒弟还是徒孙。月前便有院报，四顾剑不在东夷城内，据臣看来，那剑痴应该是来了庆国。"

皇帝缓缓闭上眼睛，寒声问道："他为什么不是去杀范家的孩子，而是找到了吴伯安？"

"世人皆知四顾剑乃是个剑痴，门下弟子暗杀他人被反击而死，只怕他还会赞叹对方手段了得，更不会视其为仇。而此人又最是厌恶阴谋诡计，严禁门下弟子牵入家国之争。如果不是吴伯安许了什么好处，说动了那两个女刺客，她俩就不会死了，只怕在他心中，只有吴伯安才是真正的仇人。"陈萍萍淡淡而言，撒起谎来真是面不改色。

许久之后，皇宫的这间屋子里响起了庆国皇帝威严的声音："京都府尹梅执礼上折请罪，罚俸降职使用一年。监察院进驻巡城司纠察，免焦子恒巡城司职务。刑部继续侦办补充两宗命案，待卷结之后，发诏令东夷城交出元凶，照此办理吧。"说完，他安慰了林若甫几句，便起身而去。

众臣退后，宫女上前推着陈萍萍的轮椅入了内宫。大臣们并不惊讶，他们从来没幻想过自己有一天能获得陈萍萍这样的恩宠，所以才会在大小事情上都紧紧抱团，与监察院的势力对抗着。也等同是与皇帝的私人势力对抗着。这是庆国建国以来文官们的传统概念，似乎已经根深蒂固地扎进了他们的脑袋里，永远无法摆脱。大臣们甚至满怀恶意地想着，陈院长或许正是因为瘫了，又没有子嗣，才会让陛下如此信任吧。

安静的深宫中，没有一个太监宫女，只有皇帝与陈萍萍相对而坐。

皇帝端起茶杯啜了一口，似乎觉得茶温不怎么合适，眉头一皱，竟将杯子摔碎在陈萍萍的轮椅之前。啪的一声，瓷杯化作碎玉四溅，茶水打湿了陈萍萍的裤脚，他因腿脚不便，竟是无法躲开。与先前不同，皇帝此时的声音显得特别寒冷和压迫感十足："四顾剑？这个说法荒唐了些吧。"

陈萍萍就像是没有看到眼前这一幕般，满面微笑，十分恭谨地回答道："臣不敢瞒皇上，那伤口凄厉，颇有茫然之意，刑部与院里判断一致。"

皇帝翘起唇角，笑着看了他两眼，眼中忽然闪过一丝异色，喝问道："是不是老五在京里？"

陈萍萍缓缓抬起头来，张开双唇，半晌之后才说道："不错，五大人如今正在京都。"

皇帝似乎有些疲惫，揉了揉眉心，淡淡地说道："你究竟还有多少事情瞒着朕？"然后又叹息道，"罢了。不过既然你连朕都敢瞒，那就一定要瞒住天下人，不要让那些人知道老五的存在。"

"是。"陈萍萍恭敬应命。

"那两个女刺客真的是四顾剑门下？"

"是。"

皇帝忽然皱眉问道："四顾剑难道不会真为了报仇，去杀范氏子？"

陈萍萍应道："一代宗师，总是有些架子的。眼下他还在东夷剑坑里潜修，只要范闲自己不去东夷城就好，而且这件事情臣也在处理当中。"

"知道了，那些事情前天夜里没谈完，今天继续。"皇帝半闭着眼睛养神，问道，"拖了许久才肯回京，就算你不怕御史们上章，朕也要顾及这天下臣民的议论。朕知道你是在使小性子，不满意对他的安排。"

陈萍萍轻轻搓着右手无名指的指甲，不知道是紧张还是激动，但那张满是皱纹的脸上却依然十分平静："这件事情后，估计宰相会记仇，就算他相信是四顾剑出手，总会认为自己的儿子是因为范氏子死的，这门婚事……还是算了吧。"

皇帝淡然道："不妨事。不知道为什么，靖王很喜欢那个小家伙。别看他不管事，但他若真要护个人，这朝廷里也没有谁敢再动。至于林若甫，他是聪明人。林珙死后，他应该相信谁，二十年后，总该有个真正聪明些的决断才应该。"

"靖王？"陈萍萍有些意外。

"当然他没有认出来，所以不知道他与那小家伙是何处来的情分。"皇帝叹息道，"也许一切皆是命数。"

这句话似乎涉及了某些经年之痛，一帝一臣同时极为默契地沉默了下来。

陈萍萍忽然说道："当年我就反对，今日，臣依然反对这门婚事。"

皇帝睁开眼睛看着他，说道："你比朕还要小，但这些年劳心劳神，却老了许多，以后还是少管些事情。这些小家伙的事，哪里有资格让你操心。"

陈萍萍应道："这件事情办完了，臣就告老。"

"什么事情？"

"陛下，那个孩子的事情。"

皇帝的语气变得淡了起来："为了将他母亲的东西留给他，朕转了这么多道弯，这才名正言顺地让他得到这些东西。朕用心良苦，莫非你还有什么不满？"

"臣不敢。"陈萍萍心知肚明陛下为了让范闲能够重获叶家资财，着实施了不少手段，他正色说道，"臣总想着，万一哪日臣去了，这监察院该如何处置，如果将院子再交到一个外人的手里，这实在是很危险的安排。"

与皇权的继承不一样，监察院是一个畸形的存在，全依赖于庆国皇帝对陈萍萍的无比信任，依赖于陈萍萍对皇帝的无比忠心。如果陈萍萍一旦死亡，不论是谁接手监察院，都极有可能对庆国的朝局产生难以估量的影响。交给臣子，则有可能出一权臣威胁到皇族；交给皇子，则有可能造就一位过于势大的皇子，影响到皇位的交迭。

皇帝又闭上了双眼，在思考着什么："你认为朕应该将院子交给他？"

"不错，那孩子既然不是外人，自然不会威胁到宫中。可是他的出身又注定了不可能参与到天子家的争斗之中，所以最能保持中立。"陈萍萍缓缓应道。

皇帝似乎有些意动："且待朕思琢思琢，你好生将养身体，总还有一二十年好活，这事情不用太着急。"

"是。"陈萍萍见今天的目的已经达到，恭敬行礼退出，早有远处宫女看见过来推扶，往宫外的道路走去。

皇帝站起身来，闭目良久，忽然睁眼看着那个轮椅往宫外行去，他不曾怀疑过陈萍萍对自己的忠心，但一直有些疑虑，为什么这条老狗会对那个女子如此念念不忘，不惜一切地替那孩子争取所有可以到手的权力——想到那个孩子，这位天下至尊的脸上忽然闪过一丝温柔，心想他来京后还没有见过，什么时候得瞧瞧。

宫女将轮椅推出内宫，有侍卫接过，然后缓缓推行到外宫，再至宫门口，便有监察院的人接了过去，将陈老大人搀扶上马车。马车在朱雀大街上向前行进着，碾轧着石板路，发出噔噔有韵律的声音，但半天都没有行出内城。

往东城去的路很安静，这时候天色已经半黑了，马车往斜里一拐，在一个僻静的地方停了下来，这里早有另外一辆马车等候在此。监察院的官吏与那马车旁的护卫似乎并不熟悉，却同时很默契地离开马车，散落在四周，形成了一个比较隐蔽的防卫圈。

两辆马车挨得极近，同一时间，马车里的人将侧帘掀开，双方对视一眼，正是陈萍萍与范闲的父亲，当朝礼部侍郎范建大人。陈萍萍看见满脸正气的这张脸，十分恼火："趁我不在京，你就哄着陛下给你儿子找了门好亲事！"

范建见他发火，既不恐惧也不紧张，微微笑着应道："几年前，你坏了我的事，现在我只不过想办法将事情圆回来而已。"

陈萍萍冷冷道："得那么一堆臭钱，又有甚值得可喜的。"

范建摇头道："钱是最重要的东西，不要忘记当初院子初成时，若不是闲儿的母亲，你们喝西北风去吧。"

"如今这内库早不是当年的叶家，你范家如果接过去，只怕会焦头烂额。皇上逼林家认了私生女，就是想让你和宰相能和平相处，也是为以后考虑，不然将来让人知道郡主嫁皇子，那是个什么说法。"陈萍萍冷笑道，"听我一声劝，退了这门婚，对你对他都是好事。"

"你以为我不知道你在打算什么。"范建皱眉道，"这些年了，你也没有找到证据。"

"不仅仅是这个原因。"陈萍萍寒着一张脸说道，"就算陛下觉得亏欠他，但你想想，如果陛下真听了你的将叶家还给他，这院子怎么办？陛下雄才大略，绝对不允许世上有人同时掌握这两种国之利器，即便是他也不行。"

范建的眉头皱得更紧了："你既然知道这些，为什么还让我儿子牵涉到这些事情里面，让他做个富家翁岂不是更好。"

"富家翁就这么好做？"

"有你我在京都里，长公主也受了教训，以后的几年应该会很平稳。"

陈萍萍寒声道："不要忘记，你的……儿子，一月前险些被人给杀了。"

范建盯着他的双眼："这是我的疏忽，何尝不是你的问题，如果你不是赌气不回，也不至于京里会有这些风波。"

陈萍萍冷笑道："至少现在他是你的儿子，就该你护着。"

听到这句话，范建沉默了很长时间，说道："在这些明争暗斗里，我付出的代价远比你大，所以如果两边无法抉择的时候，希望你尊重我的意见。"

接着，陈萍萍也沉默了很长时间，最终还是认可了对方的说法。

范建冷冷地放下车帘，一声令下，两辆马车分道扬镳。

黑夜笼罩着皇城，在这片似浓墨汁的背景中，有的人为了利益相聚，有的人为了理念相聚，可往往又会因为这两个词分开，只等某日某个机缘巧合的缘故，再次走到一起。

皇城根下，高高的朱红宫墙旁，缓缓地行走着一抬轿子，后方远远地跟着几个亲随。远处宫门的禁军看见这抬轿子绕着宫墙行走着，却没有人上前发问。

那是宰相的轿子。

这是宰相的习惯。

每当庆国陷入某种问题与困惑时，他总是令人抬着自己的轿子绕着宫墙打转，有的人说他是在森严的环境中思考问题，鄙视宰相的人则认为这种怪癖说明了他对于权力的病态狂热。庆历二年，南方大江发了洪水，宰相大人便是坐着轿子绕宫墙转了许多圈，第二天便上了一道折子，详细地阐述了赈灾救灾一应事项分工及流程，条疏清晰有力。而在最关键的银钱用度上，却有些捉襟见肘，户部独力难支，恰在此时内库有几大笔海外贸易银两入账，险之又险地为宰相的计划提供了保障，为此陛下龙颜大悦。

世人常道，宰相是奸相，看他府第便知。宰相是能相，看这天下便知。但不管是奸相还是能相，其实在某些特定的时候，他总会回归到最原始的角色，比如父亲。今日宰相绕着宫墙"散轿"，无人敢来打扰，因为大家都知道他的二儿子死了，他的心情很不好。

夜色渐渐地深了，皇宫里点起了红烛灯笼，隐隐约约的黄色烛光从高墙上洒漫了过来,但宫墙这面却依然是漆黑一片。轿子缓缓走到某侧僻静地,迎面远远有一只灯笼摇摇晃晃地过来了,走得近了些,才看清原来也是一抬轿子。

两抬轿子同时停下,轿夫小心放下前棍,就像范建与陈萍萍会面时一样,悄无声息地退到了远处。轿头自然倾前,坐在里面的人应该会很不舒服才对,但很奇怪的是,不论是宰相还是那个轿子里的人,并没有出来相见。

轿头相向而拜,像是两个朋友在揖手问安,又像是一对新人洞房前在拜天地。

"若甫,不要太过伤心了。"对面轿子里终于响起了柔柔弱弱的声音,竟然是长公主亲自出了宫,来见自己多年前的情人。

听着这个熟悉的声音,轿中的宰相大人微微皱了皱眉,似乎想到了很多年以前的事情,他淡淡地说道:"长公主关心臣之家事,臣不胜感激。"

听见他这番拒人于千里之外的话,长公主的声音马上变得清冷起来:"这主臣之别……在你我二人之间怎能提起?为何你今日说话如此生分。"

宰相冷笑:"公主殿下,若甫无能,却不想成为公主殿下手中随意揉捏的面团。"

另一抬轿中沉默了下来,似乎想不到对方会说出如此伤人的话语,半晌之后才低声应道:"珙儿虽不是我的孩子,逢年过节我总是让人送礼物至府上,我也如你一般疼爱……罢了罢了,今日你心情不好,还是先别说这些了。"

林若甫沉默了很长时间,终于下定了决心,声音微沉地说道:"今日与长公主相见,便是要讲与公主听,十月份晨儿的婚事,我已经允了。"

宫墙外一片黑暗,只有搁在长公主轿旁的那个灯笼散着些许光芒。长时间的沉默足以证实轿中那位看似柔弱的女子,此时心中是如何的震惊,听到这话之后又是怎样的愤怒。许久之后,长公主清冽如三九寒风般的声音才透出轿帘之外："那是我的女儿,我不会让她嫁给范家那个小杂种。"

不论在宫中宫外,长公主始终给人一种柔弱不堪的形象,谁知道此时说话竟如此厉杀。

"您……能拗得过陛下吗?"林若甫的声音里无来由多出一丝自责自怨自嗟,"何况……陛下让天下人都知道,晨儿是我的女儿,这就注定了她只能是个不怎么光彩的角色。"

长公主的声音马上变得万分凄美："你真的忍心……"

林若甫此时听见对方这种声音便觉得十分恶心,厌恶地说道:"公主若是担心内库的事情,这如今已经不在我的考虑范围之中。"

长公方颤声说道:"你不考虑,谁去考虑?我一个妇道人家,独处宫中,这些年难道容易吗?"

轿中林若甫面上憎恶之色大作:"我有一女,却终年不得相见,只在宫廷大宴上偶尔远远瞥上一眼,做父亲做成我这种模样,难道我容易!"

长公主凄楚辩解道:"这是没法子的事情,当年我珠胎暗结,又不忍心误了你的前途,这才独自一人将她养大。这些年来,我在宫中为你打理,从内库里暗调银两让你使用,难道你就不念我的一丝好?"

林若甫低声咆哮道:"我的前途?从当年至今日,我何时主动要过这等前途?当年穷酸读书郎,如今却成了一代宰相,似乎风光,但有女不得见,生了个儿子……却……"他在轿中颤着声音说道,"……却惨死在前。这哪里是我的前途,哪里是我所想要的东西!这只是你想要的权力,你不甘心嫁给一个永世不能出头的驸马,安安稳稳地过下半辈子罢了,莫非我还会因为这些来谢你?"

长公主听着这些话语,心头大怒,哭骂道:"林若甫,事已至此,你却来说这些混账话!若你真的不甘心,当年调你入都察院任给事中的时候,你为什么不说话?让你进翰林院的时候你为什么不难过?为你求来吏部侍郎实职的时候,你为什么不自责?步步高升的时候,你不记着我的好，如今稍有不顺，便将所有怒气发泄到我身上！"

"很好，睿儿。"听着长公主的声音越来越高，林若甫的声音反而安静了下来，说的话却无比怨毒，"我宁肯你是这样的一个泼妇，也不希望你永远是那种哀哀戚戚的模样。你知道不知道，那样很恶心。"

长公主被气得说不出话来。

"关于晨儿的婚事，我决定了，我观察过范闲，不管他是什么样的人，但至少是一个不容易死的人。"林若甫冷冷地说道，"我不希望我的女儿变成一个寡妇。"

长公主痛斥道："你今日是不是昏了头，珙儿才被谋害，你就急着拉拢范家，难道你真信陈萍萍那条老狗说的？四顾剑何等样身份的人，怎么可能来京都杀人！说不定范建就是幕后的主使。"

林若甫冷冷道："死的是我的儿子，你以为我没有去看他最后一面？那些伤痕是掩饰不了的，四顾剑的剑意凌厉却随性，就算我认错了，我府上那位却不会认错。"

见说服不了对方，长公主语气放软，哀求道："你再等我查查，就算你不怜惜我，但也不要让晨儿嫁入范家。"

一阵沉默之后，林若甫终于开口说道："吴伯安向我提议刺杀范闲的计划，我没有同意，没想到他却说动了愚蠢的珙儿。"

长公主沉默了下来，知道已经很难让对方相信自己与这案件并没有什么关系。

"吴伯安是你的人。"林若甫的声音寒冷得似乎要将在夜风中摇摆的轿帘冰冻住，"我一直都知道他是你的人，他是你用来监视我的。但我没有想到，我的儿子会因为你而死，所以，到此为止吧。"

夜风渐起绕皇城，青轿一抬缓缓遁入黑暗中，一只灯笼颓然无力地倒在另一个孤独的轿子旁边，轿中隐隐传来女子的饮泣声。

太监心惊胆战地上前，宫女在旁打着灯笼，一行人缓缓沿着皇城的角门入宫而行。

轿子走了许久才到了长公主暂居的广信宫，轿帘一掀，满脸泪痕的长公主从轿上走了下来，几个太监和宫女赶紧低头，不敢抬头去看。长公主柔弱无力地走上石阶，擦拭净了脸上的泪水，忽而嫣然一笑，像露后杨柳一般展现出青青之姿，轻声说道："都杀了。"

数道青光乍现，几个太监来不及求饶，便被长公主贴身的宫女用袖中短刀割喉而死。夜殿之内，尸首倒地，发出轻微的几声。

宰相府虽不是京都最大的宅子，却是最富贵的一座宅子，不论是靖王，还是累世富贵的田陵侯家，都及不上相府。相府的正门以及装饰看上去并不如何富贵，但真正懂行的人，一眼便能瞧出来府内的摆设，都已经是些敛去风华，只余内在的高级玩意儿，随便几张椅子，估计就能置换靖王家那一大片苗圃。

林若甫其人能在短短的二十余年间，敛取如此多的财富，世人皆知其贪其奸，奈何陛下却总是睁着眼当作没有看见，这真让人很无奈。

走过前厅，与那些前来慰问的文官们打了个招呼，林若甫落寞地走进内宅。官员们知道宰相大人心情低落，不便打扰，纷纷告辞，只有几个有紧急公务的官员手足无措地等着。林若甫似乎想起了他们，走了回来，问了一下情况，强打着精神处理完这些事情，才无力地挥挥手让他们走了。这些官员离开相府的时候，又是自责又是感佩莫名，宰相大人在这样的情形下，竟然还能以公事为先，实在是国之砥柱。

来到内宅，进入书房后，林若甫坐在桌前，长久不发一语。

"大人，此时与东宫翻脸，似乎不大合适。"宰相最亲近的朋友，也是最私密的谋士袁宏道给他端了一杯茶。袁宏道今天穿着一件素服，他看着林若甫强打着精神，不由心头一黯，说道："先不说这些了，大人先去歇息吧。"

林若甫摇了摇头，皱纹里满是浓浓的忧愁，轻声说道："事已至此，为了这满府子侄，还有林氏族人，我总要筹划个路数。"

袁宏道皱皱眉头，又听着宰相说道："我在朝中太久，不知道得罪了多少人。膝下二子一女，原本指望着珙儿能够成器，不料却遭此横祸，如今便只有大宝和晨儿……总得为他们安排一下才妥当。"

袁宏道再次皱眉："只是如此转变，似乎来得剧烈了一些。"

林若甫的目光忽然温柔了起来："身为人父不需要太过惜身。若说夺嫡之事，陛下正当壮年，只怕到时候你我早就死了，何必操心那么多……确认是四顾剑下的手？"

袁宏道点了点头："是的。"

林若甫深吸了一口冷气："有时候发现手中的权力并不能换来什么……但既然范家和监察院暗中通了这么多年气，我想，如果加上老夫，他们应该也不会拒绝。"

袁宏道微笑道："范侍郎依着与陛下的情分，一力促成这门婚事，想来是对老大人早有所盼。"

林若甫道："我要亲眼看看那个叫范闲的，究竟配不配得上我的女儿。"

袁宏道又道："那长公主那边……"

明明知道宰相的二儿子非正常死亡，与长公主的计划有不可推脱的关系，所以袁宏道小心翼翼地提到了她。

"李云睿让吴伯安筹措第一次的暗杀，乃是一举三得之计，杀死范闲，她可以重夺内库之权；说动珙儿，她可以此为绳，将我相府牢牢捆在她的身上。只是她没有想到，范闲并不是这么好杀，而吴伯安这条贱狗，却害得我那孩儿……死了。"林若甫眼中暴出两道寒芒，"不过她依然还有最紧要的一环，便是她算准了陛下的心思，当初就算程巨树一行人能逃出京都，只怕也会被她假传我的命令，让方休在沧州杀死他们，以此坐实北齐杀人。"

袁宏道皱眉道："原来，长公主是猜准了陛下想要大动刀兵。"

林若甫摇摇头："陛下当年北伐，未竟全功，一直耿耿于怀，长公主如今送给他如此好的一个借口，就算陛下不喜她自作主张，也要承她这份情。只不过当年和约之事太过复杂，陛下这次顶多也就是夺些土地，给北齐一点儿颜色看看。"

袁宏道叹息道:"长公主智计惊人,实在是难以对付。"

林若甫缓缓闭上眼睛,说道:"我从未想过对付她……留给晚辈们去做吧。"

"是,大人。"

此时,书房外面传来一阵吵闹,值此深夜不知是何人竟敢如此喧哗,但看宰相与袁宏道的神情,明显知道外面是谁。门被推开了,一个二十多岁的大胖子走了进来,后面的几个老妈子和下人居然没有拖住,赶紧站在书房外面向宰相请罪。相府规矩大,没有相爷允许,谁要是私进书房,那是会被严处的。林若甫挥挥手,示意知道了,然后满脸温柔地看着那个大胖子轻声道:"大宝,怎么又不乖了?"

被叫作大宝的大胖子,眉际之间很宽,双眼直愣愣的,看上去智力有些问题,但听到林若甫说话便马上安静了下来,羞羞地说道:"大宝乖,只是弟弟还没回来。"

这是林若甫的大儿子,小时候生过一场病,结果就变成了如今的模样,只有三四岁的智商,所以极少出门,京都众人同情相府遭遇,也不怎么提这件事情。大宝平素里与林琬最为亲近,这两天一直没有瞧见弟弟,变得烦躁了起来。

林若甫心中一恸,像刀绞似的痛了起来。他捂着胸口,稳了半天才柔声劝道:"二宝出门了,过些天就回来,大宝乖,快去睡吧。"

大宝终于安静了下来,脸上持着憨拙的笑容,被老妈子们领去后院睡觉了。

一阵沉默之后,林若甫冷冷地说道:"我现在只有一个儿子一个女儿,大宝又是这个模样,袁兄,你说我应该怎么办?"

袁宏道皱皱眉:"若为大公子着想,晨小姐嫁给范闲并不是很好的主意,毕竟范家很难逃脱政治上的倾轧,以后的生活极难安定,若将大公子托付给晨小姐不是太方便。"

林若甫摇摇头，话语里带出一阵寒意："只要他姓范，就注定逃不出这些网，所以我宁肯他是个心狠手辣之辈，如此才能护得晨儿和她大哥一世安全……"说完这话，他马上恢复了平静，走到书案后，拉开那层纱幕，看着幕后的天下大势图皱眉不语。他的目光偶尔扫过东夷城的方向，但更多的还是停留在庆国的北方，庆国与北齐之间那些错综复杂的小诸侯国。

　　良久之后，林若甫皱眉道："得马上拿出个方略来，虽然不见得是场大战，双方可能也不会直接接触，但北方诸郡要往那些小国运粮运马，都必须得提前准备好。"

　　袁宏道应了一声，然后便听着宰相大人开始咳了起来，由于咳得太急，只见眼角震出一些泪水。宰相在地图前面负手而立，皱眉筹划，就好像亲生的儿子今天并没有失去。

　　袁宏道看着他的背影，在心里叹了口气，感动与歉疚一齐涌上心头，想着林若甫这生虽大富大贵，却没过上什么舒心的日子，真可谓是一见公主误终生。

第二十章　太平

所有的事情，都发生在一天的时间里，没有人知道这些暗流下的交易或是争吵意味着什么。司南伯范建与陈萍萍会面，宰相大人与长公主私下会面，朝廷上下知道这两件事情的人，不会超过十个。范闲当然也不知道自己的将来已被安排到一条金光大道上。

如果入京后这几个月像黎明前的黑暗，浓黑如黏稠的墨汁糊住了他的五官，让他备感压力，无法放松。那么后面的这些日子，却忽然像是天神端了盆清水来，照着他的脸上一泼，既让他感到清爽自在，也让他变得无比清醒。

这些天里，他一直催眠二舅子的死和自己没有一丝关系，唯如此才能面对他此时最难面对的林婉儿。林婉儿自从知道二哥死后，精神低沉，虽然这对兄妹并没有见过几面，但骨血相连终究有些难过。范闲将这些看在眼里，心中也有些不好受，虽然那位二舅爷是想杀自己的幕后凶手。

让范闲比较心安的是，似乎没有人怀疑到宰相家二公子的死亡与自己有关系，包括宰相大人在内。其实这件事情是他与靖王多虑，当日吴伯安与林珙藏得如此隐蔽，连监察院一时间都查不出来，那除了天下四位宗师之外，还有谁能找到？只要没人知道范闲与五竹的关系，就没人能想到范闲与林珙之死有关联。

更出乎范闲意料的是，经过多重传话，隐约收到相府递过来的消息，宰相大人对于十月份的婚事表达了某种程度的认可。正当范闲不停猜忖是不是老人家白发人送黑发人，真的已经心灰意冷时，他的父亲范建却比朝野上下任何人都抢先看明白了此事背后的原因：宰相与东宫或者长公主有了嫌隙，这是林若甫在寻找新的投资方向，也是相府的政治重心从东宫移走的一个迹象。

一前一后的两次暗杀案件，就像两道春雷震响了京都的天空，但春雷过后却无雨水余泽，渐渐的事情也淡了，只是宰相大人似乎心伤子逝，变得有些心灰意懒，托病极少上朝。那位跛子陈院长也不怎么上朝，只是在院子里待着，偶尔发出几条命令。想到此事，范闲有些疑惑，为什么陈萍萍回京之后没有召见自己——他此时还不知道在天牢中，那位老跛子已经偷偷看过自己——他更困惑的是，明明陈萍萍都回京了，费介又跑哪儿去了？

无论如何，朝中的各方势力在这一次短促却惨烈的交锋之后，付出了几条生命的代价，重新构筑起一种有些脆弱的平衡。有的人接受了不得不接受的改变，比如内库掌控权在几年后的易手，有人开始寻找另一条保全自己以及家族的道路，比如宰相。这些变化，对于范闲而言无疑都是极有利的，至少他不用过于担心自己的安全。直到此时，他才给远在澹州的奶奶写了一封信，告诉老人家，自己在京都过得挺好的，请她不要太牵挂。

春天之后是夏天，这虽然是一句废话，但对于千辛万苦终于在京都立住脚的范闲而言，他的生活中终于少了些淫雨绵绵，多了些明朗晴天，幸福的日子，开始在那边向自己缓缓招手。夏天已经来了，秋天大婚的日子还会远吗？

朝廷的诏书早已发到了东夷城，但是东夷城死不承认自己与苍山下庄园之事有任何关系——这是用屁股都能想得到的应对，孤守东夷城剑居的那位大宗师想要保持着自己的骄傲，又不想为东夷城四周的百万子民带来兵刀之灾,所以只好沉默。而北面的局势有些紧张,北齐阴乱庆国内政是罪证俱在的事实,由不得对方辩解。双方边境线上厉兵秣马,有小的冲突不断发生,似乎一场战争即将爆发。

乌云在庆国北面飘着,京都却是盛夏时节,人们自在游走,一片安乐,享受着盛世带来的平安与富庶。范闲也是其中的一员,牛栏街的事最后不算自己出手了结,但也算是对自己、对那些死去的人有了一个交代。而在处理这个案件的过程中,他学习到了许多东西,了解到许多监察院的办事流程,对费介老师当年说过的院务有了最直接的认识。

夏日难挨,范家与郭家的官司终于了断了,在许多人眼里这已经是件小事。既然范闲成了太常寺协律郎,自然是要成为尚宫中哪位公主的贵人,郭家哪里还敢多事,早就撤了状纸,范闲也终于得到了可以离京的许可。

这天清晨,趁着毒辣辣的太阳还没出来,范府三位小主子钻进了马车,在护卫与启年小组的保护下,驶出京都,来到离京不远的范族庄园。此行并不是来避暑,而是来祭拜。

在墓地里早有护卫摆好瓜果香烛祭品之类,范闲沉默地看着还很新的几块墓碑,心里的感受很复杂,重生之后一直秉持的理念在这一刻竟然变得有些恍惚。

纸钱燃起的火中烟雾极重,范思辙受不住回到马车上,而范若若却是强忍着,半眯着眼睛,牵着兄长的衣袖站在墓前。她知道眼前长眠于此的三个家中护卫是为了哥哥死的,很是感激,而且因从小接受范闲的教育,并不认为祭拜下人是不合规矩的事情。

几个新来的护卫一声不吭地站在范闲的身后,不知道是被烟熏还是火呛,几个大汉的眼里有些泛红,望着少爷背影的眼神有些不一样。过了一会儿,一个护卫好心地劝道:"少爷,您来看这几位兄弟,心意到了便成,这里烟大,还是先回庄子吧。"

范闲揉了揉眼,听他的话上了马车。车上范思辙正在看最近一个月澹泊书局的账册，看见兄姐二人上来，挪了挪位置，压低声音问道："大哥，这是不是收买人心？"

范闲心情有些灰暗，微微一笑不去理他，拿手将他大脑袋上的头发揉乱，说道："你要相信这人世间总有些事情是真的，无情未必真豪杰……"范若若轻声接道："怜子如何不丈夫。"

范闲有些意外地看了妹妹一眼。范若若说道："哥哥前些天说过一次，我就记了下来。"

范闲笑着说道："记住了，是位姓周的人说的。"

范思辙笑着说道："哥哥又换笔名了，《石头记》后十几回什么时候拿出来？"

范闲听着"笔名"二字有些尴尬，心想自己老解释是谁写的确实有些多余，微恼之余，继续教训弟弟："人心也许可以收买，但感情却是自然而成。活在世界上什么都不在乎，六亲不认，生死无情，就算成了神仙，又有什么意思？"

范思辙摇头反驳道："你不是神仙，怎么知道神仙的感觉好不好？"

"但我知道做人做成神仙那样，又不能真的长生不老，感觉一定会很糟糕。"说到这里，范闲忽然想到了五竹叔，心里涌起一股强烈的不安和自责，他很担心五竹叔将来老了之后，会变成一个不会说话的孤老头子。

马车离开族里的墓地，沿着田庄之间最宽的那道田垄，有些费力地往庄子里驶去。马车刚到田庄外围一个大坡下面，就有庄子里的人前来迎接了。这里不仅仅住着佃农，还有范氏大族里的一些潦倒家庭。在京都这样繁且贵的地方待不下去了，只好往边上的农庄里走，只不过他们没有田，又放不下面子与佃农一起种地交租。范建虽不是一个舍得花血本照顾穷亲戚的主儿，但也不能眼看这些人饿死，所以就让这些族人帮着范府照看一下农庄，打理一下这里的事务，每月有些进项养家。

说来奇怪，范建始终没提让范闲祭祖归宗的事情，范闲也当作忘记了，本来他心里就有些疑问无法解释。只不过京都里早已没人将范闲看作私生子，范族众人更是知道范族日后的富贵恐怕就要靠这位漂亮的大少爷，所以对他格外恭谨。

范闲在家中护卫的带领下，走到西边林子边的一个小院子里。藤子京早就爬了起来，规规矩矩地站在院中等着："少爷，我要出去迎，可侯三儿硬是不让。"

范闲不和他客气，搀着他进了堂屋，解释道："别怪侯三儿，这是我说的。"侯三儿是新近归到范闲手下的一个护卫，先前入田庄来打前站。

范闲看着藤子京略显富态的脸问道："最近腿怎么样？"

藤子京呵呵地笑了一声："没事，已经能动了，大概过些日子就能回京。"

"要是觉着在这里不便养伤，干脆还是回京去。"正说话间，藤子京的媳妇、闺女进来拜见主人，范若若在旁打发了赏钱，又拉着藤子京五岁大的闺女出去了。

藤子京说道："少爷，待会儿吃些果子就回府吧，这庄子里没什么好吃食。再说如果多耽搁些时辰，回京太晚，怕进不了城门。"

范闲笑着摆摆手："来前就和父亲报备过了，今天我们三人就在这庄子里住一宿，明天再回。前几个月一直在京里劳心劳神，难得有机会清静一下。"

藤子京这才知道他准备在这里过夜，赶紧将媳妇喊进来，吩咐她准备客房、热水等等。田庄生活虽然不富裕，但胜在人多，一听说范府大少爷要在这里过夜，十几房中年媳妇就张罗了起来，不多时便准备妥当。

藤子京看了眼安静地站在范闲身后的王启年，察觉到对方身上的气味似乎与府中的护卫不大一样，低声问道："这几位……怎么安排？"

范闲说道："这是王启年。我如今在监察院里有个兼职，别和旁人说去。"

藤子京看着范闲的目光微变，毕竟他想不到自己当初偶动心思跟着的少爷，竟然入京没几个月，就能混到那座可怕的院子里去。

范闲又叫过王启年介绍道:"这是我曾经跟你提过的藤子京,你们两个人以后多亲近,要知道他可救过我的命。"

藤子京听着这话,黑黑的脸上浮出一层红色,连连摆手道:"少爷话重了,其实那天是少爷救了我的性命才对。"

王启年一抱手,笑了笑,没说什么。他和藤子京一样,对于目前的局面都很满意,不仅成功地回到了监察院,关键是月俸也涨了不少,院长大人还亲自接见了自己一次。自从许多年前转成文职之后,已经很久没有这种待遇了。

晚饭吃的是野味,虽然藤子京一再说田庄里没有什么好吃食,但流着肥油的肉在锅里滚着,再配上滑嫩的荡菜,真是无比鲜美,就连范思辙也开了胃口,旁若无人地抢着肉吃。范闲好笑地望了他一眼,夹了块肉送进唇里,发现这肉极嫩,但是丝皮之间层次分明,很耐咀嚼,不由大赞,问道:"这是麂子还是什么?"

藤子京的媳妇在一旁招呼着,听着少爷发问,赶紧回答道:"这是白麂子肉。"

听到是白麂子,范闲愣了起来。这一瞬间,他想起了许多年前,甚至比澹州还要更久的那个时间。当时自己在病床上躺着,念念不忘要吃白麂子肉,那位俏护士还打趣自己异想天开——前世的范慎也没有吃过白麂子肉,只知道是家乡人最爱吃的野味……这些回忆似乎都淡了起来,范闲已经很久没有想起前世的事情,不料却被今天的白麂子勾动了隐藏许久的情愫。

范若若在一旁小口吃着,看着兄长的脸色有些异样,小心地问道:"怎么了?"

范闲醒过神来,微微一笑说道:"没什么。"他转头询问藤子京,这些山货野味有没有腊制的?得到了肯定的答复之后,他高兴地让对方帮自己包几十斤,准备带回京都去。藤子京没有想到今天准备的东西竟然如此合少爷的心意,也是十分高兴。

范闲端起酒杯与桌上几个人喝了一巡，又对藤子京说道："你的伤还没全好，就少喝点。"旁边范若若望着兄长微微笑着，像是在羞他。范闲知道妹妹猜中了自己的心意，带回京的腊野味，除了自己想吃以外，主要的目的还是为了让婉儿享享口福。

用过晚饭，范思辙继续钻到自己的房里去算账，范闲真不知道一个十二三岁的小孩子怎么能耐住性子陶醉在枯燥的数字之中，只好叹声"一样米养百样人"，由着他去。

拒绝了藤子京拄着拐杖相陪的要求，范闲领着范若若来到院外的田垄上，看着对面青山坳里仿若静浮着的那轮圆月，头顶是不知名的树木在夜风里沙沙作响。

"梦还身前疑入梦，几人憔悴几人归。"范闲想到先前自己回忆起前世的人生，渐生感慨，"天地者，万物之逆旅。夫光阴者，百代之过客。人生便是一场大梦，有时候我真怀疑自己是不是还躺在那张床上，只是在做着一个长到没有醒来时的梦。"

他随意感慨着，心想妹妹大概不明白自己在说什么，却忘记了李白大人字句里隐着的潇洒对于一个少女有着怎样的杀伤力，果然范若若的眼睛开始发亮。

范闲无奈一笑，准备解释除了头两句，后面都是一个叫李白的牛人写的。又想到白天思辙嘲讽自己，于是叹了一口气，停止了这个让人看着或许矫情、自己看来却很自然的举动。

他知道即便自己说妹妹也不会相信，毕竟监察院当年抓了好几个辛弃疾，却没有一个是会写词的私盐贩子，所以干脆将若若搂在怀里，一起去看月亮。

范闲在这个世界上已经生活了十几年，依然保留着一些独特的禀性。这些禀性与这个世界不相符，对他而言是有极大的好处，比如男女之防，比如身体接触。当他抱着妹妹的时候，当然没有一丝一毫男女间的想法，只是很纯粹的兄妹之情。反是范若若被他搂进怀里，感觉一片温暖和微微羞意，自然忘记了再去追问那些东西。

远处，监察院的两名官员像两根铁钎子一样站在另一棵树下，保护着他们的安全。

"明天早些起来，我要进城去办事。"范闲嗅了嗅妹妹的头发，发现是淡淡的兰花香，好奇地问道，"这用的是什么法子？"

范若若不知道到底是该回兄长哪句话："泡的木梨花水，这么急做什么？"

这个世界上的女孩子其实极少洗头，范闲入京之后，便死皮赖脸地要求范若若与林婉儿经常洗头，还免费赠送了自己在澹州做的淋浴喷头和高悬木桶设计方案。若若与婉儿拗不过他，只好照做,不曾想效果明显，竟马上传遍了范府和皇家别院，如今甚至连柳氏洗头的次数都勤了起来。

"父亲应该很高兴。"这是范闲的潜台词，接着回答若若的话，"早晨京都清静些，我要去个地方，你陪我去，其他的人就不要跟着了。"

知道兄长信任自己，范若若好生感动。

范闲忽然想到一件重要事情，看着妹妹正色道："若若，虽然在我看来，你不过十五六岁的丫头，离嫁人还早，不过这京都风气实在不大好，我都被逼得快娶媳妇了。你也得留些心，挑就得挑个顺眼的，像那天天来府上的贺宗纬，我一扫帚就把他赶了出去。要嫁就嫁个好的，自己喜欢的，还得赶在指婚之前。指婚这种事情风险太大，毕竟这世上不是所有的人都有你哥哥和婉儿一样的好运气。父母之命倒也罢了，我有足够的信心可以顶住，可万一是宫里的旨意可怎么办？以家里的地位，这种事情不得不防。"

范若若听着兄长的话，略感羞意，最后听到"宫里"二字，才真正有了一些忧愁。她何尝不知道一般的官宦人家，在自己这个年龄确实就要定婚事了，只是……天天与兄长在一处，再看这世上男子便总觉乏味，让自己又如何寻到意中人呢？

第二日晨时，天光未至，薄雾飘拂在山坳里，昨夜的月亮已移到了对面的方田之上。范府的几辆马车没有惊动田庄里的任何人,往京都的方向驶去。后面的小院门口,藤子京拄着拐杖和妻子站在一起倚门相送,二人身旁,小闺女正揉着眼睛,似乎没有睡醒。

车到范府,范思辙打了个呵欠下了车,对迎上来的下人吩咐道:"车里有腊货,先弄到后面收好,不许偷吃,那可是大哥准备的人情!"接着一瞪眼睛吼道,"要是赶明儿林家姐姐吃麂子发现麂子只有三条腿了,当心我亲手把你们的腿斫一条来还账!"下人们早就习惯了这位小爷的霸蛮脾气,哪敢吱声,老老实实地从车上卸下山货。

护卫们也从后面的马车上下来,王启年走到马车旁边,静候范闲下来,不料过了半天却发现车上没有动静,揭开车帘一看,却吓了一大跳,只见马车内空无一人,范闲与范若若都不知道到哪里去了。他赶紧跑到范思辙的身后,问道:"小公子,请问范大人呢?"范思辙回头看了他两眼,教训道:"瞧你这紧张劲儿,我哥和姐路上就下了车,大概郊游去,不爱看见你们老跟着。"

王启年吓了个半死,这次能回监察院全亏了这位范大人,陈萍萍院长亲自接见自己的时候,更是千叮咛万嘱咐一定要保证范大人的人身安全不能脱离,哪里想到范大人出城一趟,竟是偷偷将自己一行人甩下了。

夏日燥热得连蝉鸣声都有气无力,范闲领着范若若在京郊的流晶河畔散步。好在天时尚早,河畔又一直有绿树荫身,所以还可忍受。

"知道这河为什么叫流晶河吗?"

"据京志记载,这河名应该是本朝之前就有的。好像是说河水绕京都而行,西入苍山,地势时有起伏,有的地方流速极快,有的地方却是安静无比如同一面镜子,又像是静止的水晶一般,所以就叫流晶河。"

又走了一截,远远看见对面河岸青树中隐隐有一民居,是座清新淡雅的小院子。院墙处伸出几根竹子,向天而立,在这炎炎夏日中,竟散发出一股傲立浊世的寒气。

"那就是太平别院?"范闲问道。

范若若说道："是啊，听说很多年前叶家的主人就住在这里。后来叶家产业收归内库，这院子也就成了皇家的别院。不过与柔嘉闲聊时，没听过有哪位娘娘来这里住过。"

范闲微笑不语，心想原来这里就是那个女子曾经工作战斗生活过的地方。

范若若看见哥哥脸上的微笑，问道："什么事情这么开心？"

范闲没有说什么，他今天带妹妹来这里已是个极大胆的举动，虽然自入京所见叶家似乎并不是什么大的禁忌，但既然父亲与五竹都那般谨慎，自己还是小心一点儿的好。他今天专门来这里看一看，主要是想进这院子去祭拜祭拜，但既然已经成了皇宫的别院，自然是不方便去了。不知道那个女子的墓地究竟在哪里，这让他心里产生了一些不好受的感觉。

来到这个世界之后，他并没有见过生出自己这副躯壳的女子，但无来由地将她认作了自己的母亲。也许是因为前世的时候父母早早双亡，又没有留下什么，所以来不及产生对母亲的依恋。而来到庆国之后，不论是重生之初的逃亡，还是在澹州时的享受，以及来京后的诸多妙遇，所有这一切都在昭示着那个女子曾经拥有的力量、权力以及决心，在提醒着他，他的母亲就是那个女人，那个叫作叶轻眉的女人。

范闲甚至产生过一种疑问，会不会她根本没有死，而是远远躲在某个角落里，带着一种温柔却又冷酷的微笑，默默地注视着自己在这个世上的一举一动，以及每一次挣扎与每一次解脱。

但范建极为冷血地打断了这个幻想，告诉他，她的墓地在京都一个极为隐蔽的地方，若时机成熟了，自然会让他去祭拜。

范闲叹了一口气，跪了下来，向河对岸的那个小院子磕了三个头。范若若微微一怔，不明白兄长这是何意，但冰雪聪明的她顿时猜到什么，随着范闲跪下来，往河对岸拜了一拜。

有青树遮蔽，所以对岸即便有人，也一定难以看见有一对冰雪般的璧人正跪在地上，向这方遥遥跪拜。

范闲拉着若若的小手站起身来，温言问道："为什么随我跪？"

若若认真地问道："我应该怎么叫，阿姨？"

范闲呵呵一笑说道："知道你能猜到，今天带你来本就不想避着你，有些事情只有自己一个人知道又不能往外说，真是件极苦闷的事情。"

范若若叹了口气："难怪小时候哥哥一直住在澹州。"

范闲说道："我只知道母亲是叶家的那位，你小时候没有听父亲或者柳姨娘提过这事？"

范若若想了想，无奈地摇了摇头。

范闲叹了口气，猜想大概是皇宫里面很厌恶叶家有后人的缘故，所以父亲才一直瞒着这件事情，不过以朝廷的能力，如果父亲当初与叶家女主人有瓜葛，这种关系又怎能逃得出宫里的注视？除非监察院一直替父亲隐瞒着。不过就算陈萍萍再如何敬重自己的母亲，尽力想保全自己这条小命，也应该没有能力将这件事情瞒得丝毫不漏。

种种不解涌上心头，让他异常恼火。是个没妈的孩子便也罢了，自己竟开始怀疑起另外的那一部分，这真让人相当的不愉快。

兄妹二人没敢太靠近那处院子，穿林而行来到了官道上，顺着道路往京都的方向走，准备走远一些找间驿店请小二拉辆马车过来。走了没多远，便发现官道上有一条小路正通向左手方向，隔着一步便有一方青石隐在青草间，这里应该很少有人走动。

范闲目力极好，能看见小路的尽头有一座小木桥，想来就是通往那个太平别院的，不由在内心深处叹了口气。

走不多时，二人来到一个茶铺，铺子全由青竹搭成，透风遮光十分清凉，范闲一见心喜，拉着妹妹的手便闯了进去，喊道："来两杯茶。"

回答他的是一片森森然的沉默，茶铺之中没多少人，最里边的那张桌旁站着位中年人，听到范闲的声音后缓缓回首。此人双目深陷，鼻如鹰钩，虽是戾气十足，此时却显得强自收敛着。中年人望向范闲的神色十分不善，似乎像是看到了一只小白兔。

范闲微惊，认出对方正是在庆庙外与自己对了一掌的侍卫头领宫典。

宫典乃是大内侍卫副统领，天子近臣，御前班直。他是叶重的师弟，庆国第一武家叶家的子弟，本身就是难得一见的上八品高手。

宫典微笑着向前踏了一步，浑厚的声音响了起来："这位后生，今日真巧。"

范闲将不知所以的妹妹向后拉了拉，堆起微笑应道："不期又见大人。"此时他的脑子在急速地运转着。婉儿曾经说过，那日在庆庙里的贵人就是皇帝陛下，那么宫典的职司应该是拱卫陛下左右。此时宫典出现在茶铺中，只怕皇帝也应该在这里才对。

他的目光掠过宫典瘦削却高耸着的肩膀，看见那桌旁有一位中年贵人正在饮茶。

恰在此时，中年贵人抬起头来，向这边望了一眼。